Snøtigerens klør

Al'duchans skatt
Del 1

Av
Anne Olga Vea

ISBN 978-82-93355-23-6
Utgiver Anne Olga Vea/Skogtrollet forlag

PROLOG: FUNNET OG TAPT 3
KAPITTEL 1: ET ROP OM HJELP
KAPITTEL 2: GLEMT AV TIDEN
KAPITTEL 3: EN BØLGE AV BLOD.
KAPITTEL 4: FJELLENES SJEL
KAPITTEL 5: ROSER OG DØD
KAPITTEL 6: ILD I MØRKET
KAPITTEL 7: SVIK OG MAKT
KAPITTEL 8: FRA DET SKJULTE..

Prolog: Funnet og tapt

Og høyen herre samlet sine menn
Bring meg ei til fall
La oss i natt vandre, mot våre fiender slå
La ulvene hyle ved vår port

Langt sør langs vestkysten fantes et lite samfunn et par mil fra selve
kystlinja. Stedet hadde fått tilnavnet Gråmyra og det var ikke uten
grunn for i dette området regnet det ofte og mye, noe terrenget bar
klart preg av. Bygdene var små og isolerte og stort sett selvberget
med det meste selv om en aldri ble rik av å være bosatt der. Folk
livberget seg som best de kunne, gårdene var sjelden store og enda
sjeldnere gav de rik avling, noen avlet sauer og krøtter mens andre
fant et levebrød på torvmyrene. Det å tørke torv kunne gi en inntekt
men det krevde hardt arbeid og det kunne være farlig også.
Kvinnene spant ull og på høsten plukket de av de rike feltene med
bær som vokste på moene. Noe av det ble solgt til markedene og
slik fikk de penger til det de ikke kunne skaffe selv.
Denne sommeren hadde vært begredelig, faktisk den verste i manns
minne. Det hadde regnet så lenge og så jevnt at vannet sto høyt flere
steder der det normalt sett var ganske tørt. Bøndene vred seg i
hendene i fortvilelse og mange begynte å lure på om gudene aktet å
drukne alt. Det bare pøste ned i ukesvis og da det omsider endte
gikk det enda flere uker før vannet trakk seg tilbake. Det oppsto
sjøer der det før var åkre og elvene grov seg nye løp og gjorde stor
skade på både avlinger og eiendom.
Kongen som hersket over dette landet sendte sporenstreks en av sine
rådgivere for å undersøke og mannen kom tilbake med ganske så
grimme nyheter. Det virket for at nesten alle hadde tapt stort på
uværet og kongen var ikke en urimelig mann så han signerte like

godt en avtale om at disse områdene skulle slippe skatt de neste fem årene, til de kom i gjenge igjen. Nyheten ble mottatt med fatning og takknemlighet, mange trengte hver en mynt de kunne få klørne i nå for å redde seg og buskapen gjennom neste vinter. Ble den hard kunne det stå på om livet for noen og enhver for området var også kjent for en slem tendens til kaldt og surt vintervær.

En av bygdene lå ganske idyllisk til like ved en mindre innsjø. Det var noen få gårder plassert nærmest i en klynge og samfunnet var av det slaget der alle kjenner alle. De fleste var da også i slekt og man delte på arbeidet og prøvde så godt en kunne å hjelpe hverandre. Denne sommeren hadde vært beinhard og avlingene var mindre enn noen gang før. Kornet råtnet nærmest og graset lot seg ikke slå til høy heller. De hadde vært nødt til å høste det stri og smakløse graset som voks i skogen og det kunne ikke berge buskapen særlig lenge. Denne dagen hadde startet med et realt regnskyll som vanlig og karene som jobbet ute var dyvåte til skinnet.

De prøvde å bryte ny jord et stykke opp fra de gamle jordene, håpet var at de skulle få noe som ikke var så vannsjukt og dårlig som den jorda forfedrene hadde brutt men håpet virket for å svinne. Det var like forbannet bløtt der også og gjørma var snart dyp. Røtter og stein var det plenty med og de begynte å tvile på om det i det hele tatt lot seg gjøre å bruke jorda til noe som helst. Et par spann med digre arbeidshester slet tungt i gjørma og kjørerne prøvde så godt som de kunne å utnytte hestenes kjempekrefter uten å slite dem ut.

Brått hørtes et rop og alle snudde seg for å se hva som sto på. Ene kjøreren sto og veivde med nevene og årsaken var lett å se. Ene hesten hadde tråkket uti et myrhull og sto nedi til langt oppe på manken. Dyret vrengte med øynene men var forholdsvis rolig, disse hestene var svært dyrebare for eierne og ble godt tatt vare på. Antagelig stolte den på at de ville hjelpe den løs igjen.

Karene samlet seg og så fulgte et blodslit uten like. Hesten satt virkelig bom fast, det var som om myra sugde den til seg og først utpå ettermiddagen var den fri igjen. Da hadde karene slitt seg nesten helt ut, de var dekket av gjørme fra topp til tå og et par var lettere skadet også. Det var en begredelig gjeng som trasket hjemover den kvelden, de hadde fått utrettet pent lite og angsten for fremtida var sterk nå hos de fleste. Hvordan skulle de klare vinteren etter en slik mareritt sommer? De hadde familie og husdyr å tenke på og ingen sa stort der de gikk.

Lederen for bøndene i bygda var en kar i førti årene som faktisk hadde litt boklig lærdom. Hans mor hadde vært guvernante hos en lokal embedsmann og lært ham å lese og han kunne mer enn de andre der. Han så med smale øyne på den slitne gjengen og ristet på hodet. Dette kunne ikke fortsette. De slet seg aldeles ut for ingenting, jorda var rett og slett for vanntrukken til at det gikk å dyrke noe der.

Kona tok i mot ham med store øyne og han ble skylt av ute ved brønnen før han i det hele tatt fikk gå inn. Riktignok var det jordgulv i alle husene men leira rant av ham og fruen ville ikke ha det i møblene. Etter litt satt han foran bålet med tørre klær på og en kagge med øl i ene neven. I den andre hadde han en bok. Det var en av de få som var å oppdrive i bygda og det var en ganske gammel avhandling om jordbruksteknikker rundt omkring.

Han hadde sett noe interessant i den og nå leste han sakte igjennom det forfatteren hadde notert. Teknikkene var nok noe gammeldagse sett fra de fleste ståsted men her i bygda hang de etter så det var ikke så veldig gammeldags tross alt. Han klødde seg i luggen og grep en bit kull, tegnet et primitivt kart på bordet med kullet. Kona så smalt og temmelig strikt på ham men han brydde seg ikke om det. Han tegnet inn sjøen og jordene og mumlet for seg selv mens han gjorde beregninger. Det kunne la seg gjøre! Det ville kreve mye arbeide men de ville ha uendelig mye igjen for det senere. Han tok en beslutning, han ville gjøre det. Neste morgen ville han samle mennene og foreslå det han hadde funnet ut og de ville antagelig gå med på det. De fleste var ganske unge og villige til å prøve noe nytt. Her ble en sjelden særlig gammel, arbeidet slet en ut før tida og så en mann sin femtiende navnedag var det godt gjort.

Som sagt så gjort, dagen etter ble det foreslått og etter bare en kort uke var arbeidet i gang. De delte opp arbeidsfolkene i to lag, et som gjorde det vanlige nødvendige arbeidet og et som bare tok seg av prosjektet. Slik fikk de gjort mer og de byttet på også. Sjøen var naturlig men den lå slik til at den kunne tømmes flere meter og det første de gjorde var å grave seg ned og lage et nytt utløp fra den som senket vannspeilet hele tre meter. Det tok to uker og høsten var kommet for lengst. Det blåste friskt og surt men karene jobbet hardt. De så allerede hvordan vannet forsvant fra noen av åkrene og synet gav dem ekstra krefter. Greide de denne vinteren ville de ha bedre jord neste vår, jord som kanskje faktisk gav god avling for en gangs skyld.

Da sjøen var senket begynte de å grave drenering i terrenget rundt sjøen og åkrene. Det var tyngre arbeid og de la ned stein i de dype smale grøftene så vannet hadde noe å renne mellom. Å lage rør av hule trestammer eller renner var for arbeidskrevende og de hadde lite godt trevirke. Da snøen kom hadde de allerede greid å drenere de største jordene og kunne ta vinteren i forvisning om at de hadde gjort et større arbeide.

Lagrene var langt fra fulle og det så ut til å bli en hard vinter så de diskuterte om hvorvidt de burde sende barna til slektninger andre steder. Det ble også foreslått å selge unna deler av bufeet bare for å berge dyra fra sultedøden. Å sultefore var regelen heller enn unntaket men døde dyra var de uansett ubrukelige. Det siste arbeidslaget som drev på holdt på å avslutte en grøft da spaden til den ene brått traff noe som ikke var en stein. Det klang hult hva det enn var og han ble nysgjerrig.

Han begynte å grave litt rundt og det som dukket opp av gjørma var en slags kiste av metall. Karen så temmelig forskrekket på funnet. Myra hadde ligget slik i århundrer, ingen av dem visste noe om ting gjemt i den. Han vinket til seg de andre karene som ble like forfjamset og nysgjerrige på funnet. De fikk løftet kisten opp og den var svært tung, faktisk måtte det fire sterke menn til for å få den opp. Metallet var svart og korrodert men den virket hel og de klødde seg i hodene alle som en. Hvem hadde lagt en kiste i myra?

De ble enige om å frakte den med hjem og de la den på en slepebåre bak ene hesten og fikk den helskinnet til gårds.

Det var umulig å få den opp så de måtte vente til dagen etter da smeden var våken og tilgjengelig. Han fikk brutt den opp og alle stirret temmelig lamslått på funnet. Kista var fylt med eldgamle mynter og noen andre gjenstander som neppe var så mye verdt men som var temmelig gamle. Det var et slags beger av uthamret bronse, en liten kniv og en slags figur som antagelig var en guddom av noe slag.

Lederen var svært ivrig, myntene var nok mye verdt og de andre tingene burde det gå an å få solgt til en eller annen med interesse for gamle verdisaker. Hvor mye de kunne få for dem ante han ikke men det kunne kanskje berge dem gjennom vinteren. Det ble besluttet å sende en av de yngre karene til nærmeste by med en pose med noe mynt og de andre gjenstandene og han fikk grundige formaninger om hvem han burde oppsøke og hvem han burde passe seg for.

Den unge mannen reiste alt dagen etter, været var godt og det måtte utnyttes og han fikk låne den eneste ridehesten i bygda også. Den nærmeste byen lå tre hele dagsritt unna og det var vei bare den siste dagen men folk fra Gråmyrene var vant med harde forhold og å overnatte ute i skogen var ikke noe han gruet seg for i det hele tatt. Det gikk ganske greit og udramatisk og nå frem og han fant et lite vertshus som var billig og enkelt.

Dagen etter tok mannen turen til markedene og plasserte tingene på en kasse foran seg og håpet at noen ville fatte interesse for tingene. Det var mye folk der og noen stanset og kikket men ingen gadd og engang å spørre etter en pris. Etter noen timer begynte han å bli en smule motløs og kjedet seg gjorde han også. Det var mye spennende å se på men han hadde fått et ansvar og han tok ikke lett på slike ting. Været var heldigvis godt så det var ikke plagsomt å sitte der men han kjedet seg og håpet at noen i det minste ville prute litt. Det meste av dagen hadde gått da to menn kom ruslende liksom tilfeldig over markedsplassen. Begge to bar mørkeblå kapper og støttet seg på en stav og den ene var temmelig mye yngre enn den andre som hadde et imponerende fullskjegg og et vennlig men barskt ansikt. De stanset ved noen av bodene, kjøpte noen grønnsaker og frukter, diskuterte litt med eieren av en bod som solgte fisk og viftet av en innpåsliten liten fyr som prøvde å selge lykke amuletter.

Omsider kom de til karen som satt der med de få tingene på kassa og den eldre karen bråstanset og stirret nesten vantro på de gamle gjenstandene. Han svelget litt krampaktig et par ganger, så renset han stemmen. "Si meg unge mann, hvor har du fått tak i de tingene der?"

Karen så at disse to mennene fikk respekt, antagelig var de noen med innflytelse så han tok av seg lua og bukket nesten der han satt. "Hjemme, vi fant dem i ei kiste i ei myr vi driver og drenerer. " Den eldre mannen hadde fått noe som lignet iver i blikket. "I ei myr? Si meg, hvor da?"

Karen forklarte det og den gamle lysnet opp. "Det forklarer ting, jeg kjenner nemlig til en av disse gjenstandene. "

Han pekte på gudefiguren. "Det der er bildet av en guddom som ble tilbedt for flere tusen år siden, av et brorskap som nå ikke eksisterer lenger. "

Den unge karen så litt vantro på den gamle som ristet litt på hodet. "Tilgi meg, jeg er uhøflig. Jeg er Jerak av Sanay og dette er min lærling Othar. Vi er Dhelebis prester, trollmenn som noen også kaller oss. "

Den unge karen reiste seg og prøvde å virke beleven og verdensvant. "Jeg er Mirtar, bare det. "

Jerak smilte vennlig. "Det gudebildet ble stjålet for mange århundrer siden og ingen vet hvor det ble av. Var dette alt dere fant?"

Mirtar ristet på hodet. "Vi fant en god del mynt også. Er de noe verdt?"

Jerak trakk på det. "Litt, men ingen formue. Disse gjenstandene derimot er mye verdt. Ikke selg dem til andre enn meg vær så snill. De er magiske alle sammen og kan være svært farlige om de faller i ukyndige hender"

Mirtar rygget liksom litt bakover. "Magiske? Hvordan da?"

Den gamle trollmannen smilte beroligende. "Det er jeg ikke sikker på min venn, men jeg vil finne det ut. "

Han gestikulerte vilt til lærlingen som fisket frem en pung fra kappen. "Her min gode mann, dette burde være nok for disse tre tingene, og det du har av mynt også. "

Mirtar tok pungen, den var blytung og da han kikket nedi fikk han øyne som teskåler. Pungen var fylt med gullmynter, det var en stor formue. Han stirret måpende på de to trollmennene som fort pakket de tre gjenstandene ned i en liten sekk og gjemte den på innsiden av lærlingens kappe.

Jerak så strengt på Mirtar. "Ikke fortell noen om dette heretter, selg resten av myntene om dere vil, men ikke her i byen og husk at de kun har metallverdien nå, og den er lav. Skulle dere finne mere ting i den myra så bor jeg her i byen, i det store grå huset like ved porten til borggården. "

Mirtar smilte og følte seg aldeles skjelven, for en handel. Tre små eldgamle tingester for en slik formue. Bygda var berget for vinteren og de neste vintrene også. Han velsignet denne dagen allerede. De to trollmennene trasket rolig videre og han satte kassa inn til en vegg før han gikk tilbake til vertshuset etter hesten sin. Han aktet å skynde seg hjem igjen og turte ikke å være i byen med så mye penger mellom hendene.

Mirtar kom hjem igjen tre dager senere og jubelen ble stor da de så hvor mye han hadde fått. De var i sannhet berget og bare lederen deres ble litt betenkt da Mirtar fortalte at de tre tingene hadde vært magiske. Hva om de falt på gale hender til slutt? Mirtar bare blåste i nesa av det. De to trollmennene hadde vært gode mennesker begge to og han tvilte ikke på at de fant ut av hva tingene var og hvordan de skulle brukes. Bygda sendte ut folk for å handle og da vinteren kom for fullt var de forberedt denne gangen. De hadde handlet mat og for og utstyr og kunne avvente vinterens strabaser med stoisk ro.

I byen hadde Jerak plassert de tre gjenstanden ei et skap, han lette i alle skriftrullene sine dag og natt for og om mulig å identifisere dem og fikk etter litt greid å løse gåten med begeret og dolken. Begeret var magisk men det var en ganske simpel magi. Om en drakk av det og lot en annen person drikke av det etterpå måtte den personen adlyde den første ordren du gav vedkommende, uansett hva det var.

Dolken var verre, den var en mørkere og farligere gjenstand som krevde blod for å fungere. Om en trakk blod fra en person med det bladet måtte vedkommende tjene deg for all evighet, også i døden. Jerak likte gjenstanden særdeles lite og låste den fort inn. Statuetten var derimot noe annet, den var svært mektig for han kunne føle den på lang avstand men hva den gjorde, se det var et mysterium.

Den var såpass spesiell at det burde være mulig å oppspore den og han sendte brev til alle de andre magikere han kjente med spørsmål og svarene var alle like. Beklager, men det finnes ingenting som beskriver en slik gjenstand. Othar var en ganske god lærling, lydig og ivrig men Jerak hadde merket seg en del brister i den yngre mannens personlighet som ikke var helt forenlige med det å være trollmann. Han var for ærgjerrig, for ivrig etter å bli et stort og kjent navn. Nå er det en sykdom som er ganske vanlig for yngre menn så Jerak så ikke så alvorlig på det men han sørget for å holde lærlingen på tå hev med oppgaver og utfordringer. Othar hadde evner og talenter i massevis, men han maktet liksom ikke helt å utnytte dem fullt ut. På tross av den tilsynelatende arrogante oppførselen var han innerst inne usikker på seg selv.

Jerak hadde nok fått større betenkninger rundt lærlingen om han hadde visst alt om den yngre mannen. Othar hadde en del laster og ukjent for de fleste så likte han å spille. Det hadde begynt i det helt små med mindre veddemål og kortspill på kroene, han hadde verken vunnet eller tapt mer enn han tålte og spenningen var så som så også. Tross alt skulle han bli magiker og det var temmelig enkelt å avsløre hvem som hadde gode kort og slikt. Men sakte hadde han eskalert til å bli en svært ivrig spiller, kort, terninger og veddemål var noe han ikke klarte seg foruten og i det siste hadde det begynt å gå utforbakke når det gjaldt det økonomiske. Han skyldte penger, kort og godt, og dem han skyldte de pengene til var ikke smågutter i underverdenen. Dette var folk som så det å knuse noens kneskåler som rutine og Othar hadde allerede vært nødt til å gjøre flere tvilsomme gjerninger for dem som avbetaling på gjelda.

Han var for naiv til å innse at de styrte ham inn i uføret med vilje, en magiker kan være utrolig god å ha et solid grep på og de sørget for å holde ham på tå hev med en subtil blanding av trusler og løfter. Othar trengte med andre ord penger, og mye av det. Han hadde gått og fortvilt lenge men nå hadde han skuet en utvei. Den var ikke ærlig, den var kanskje til og med farlig men det kunne berge ham. De gamle gjenstandene de hadde fått tak i var verdifulle, han hadde skjønt det og han hadde sine egne kontakter han hadde kontaktet svært så diskret bak Jeraks rygg. Om han kunne overrekke dem disse gamle tingene kunne de kjøpe ham fri fra gjelda, i det minste hadde de lovet det. Othar visste at det var trollmenn der ute som var langt fra ærlige, mange dyrket kun makt og han var smart nok til å innse at tingene kunne bli brukt på en skadelig måte. Men han hadde ikke noe valg, han måtte bare prøve å få tak i tingene uten at Jerak merket det.

Det hendte at mesteren tok seg turer til nabobyen for å besøke noen venner der og Othar ventet tålmodig til Jerak igjen bestemte seg for å reise bort. Han ville bli borte i et par dager og Othar lirte utav seg en liten løgn om at han følte seg uvel og ville bli hjemme. Jerak godtok unnskyldningen og Othar følte seg bare lettet da han så at mesteren forsvant ut porten og steg om bord i vogna han hadde leid. Othar ventet i noen timer, han kjente at nervøsiteten og iveren fikk det til å krible i hele kroppen på ham. Skapet der tingene var innelåst var grundig besverget men han hadde lært seg formularene som brøt magien, det var barnemat å fjerne tingene og vekke magien igjen etterpå. Jerak hadde ikke sett på tingene på ukesvis, det var lite trolig at han kom til å merke at de var borte med det aller første.

Othar ventet til kvelden, han satte et lite tent lys i ene vinduet som avtalt og like før midnatt banket det på døra en gang. Han skyndte seg å åpne, en ganske lang kar ikledd en skitten kappe og lærrustning sto utenfor, det regnet så det rant av karen og han så temmelig begredelig ut. Bak ham sto en annen mann, kortere og kraftigere med en litt stolt holdning. Han hadde bedre klær og virket utålmodig. Othar slapp de to inn og de ristet av seg vannet og kastet et fort blikk rundt seg før de vendte oppmerksomheten mot trollmannslærlingen.

"Du har tingene? "Den kortere mannens stemme var myk og kultivert og røpet at han hadde klasse, antagelig var han adelig. Othar nikket, han hadde pakket tingene inn i en liten boks lagt i sekkestrie og det så ut som en helt vanlig bylt med varer, slik som mange går med på vei mellom sine gjøremål. Den lange mannen grep bylten og gliste fort. "Det er strålende, og gammern vil ikke merke at de er borte?"

Othar ristet på hodet. "Nei, jeg har fornyet magien og det er ingen spor der, han sjekker neppe skapet med det aller første!"

Den korte karen smilte og klappet Othar på ryggen. "Du har gjort det rette min venn, disse gjenstandene bør utforskes og testes av noen som tør. De er for verdifulle til å ligge og støve ned. "

Othar nikket skjelvende og den lange mannen gikk bort til vinduet, kikket ut på regnet som rant nedover ruten. "Elendig vær ikke sant? Men ingen gidder å se ut når det er slik. "

Han slukket lyset og den kortere karen trakk frem en liten pung fra en lomme. "Her, du fortjener litt ekstra belønning for dette, vi skal kjøpe ut gjelda di også så se på dette som litt bonus"

Othar fanget opp pungen som ble slengt bort til ham, den var ganske tung og han åpnet den fort, kikket inn i den. Det var mynter i den og han tok ut en. Det så ut som en sølvmynt og han følte seg et øyeblikk nesten litt tåpelig. Dette i seg selv var nok til å slette gjelda.

Den kortere mannen bare nikket. "Slit dem med helsa gutt, det er sjelden en kommer over så gamle magiske ting"

Othar skulle til å si et eller annet lite åndfullt som takk for rosen men brått følte han seg merkelig svimmel, alt svingte for ham og han måtte gripe bordet for å støtte seg. De to mennene så bare på ham, de så ut som om de moret seg litt. Othar gispet og prøvde å holde seg på beina men de sviktet under ham, han greide ikke snakke heller for tunga ville ikke lystre ham.

Han ramlet om på golvet og den korte mannen gikk bort til ham og fisket pungen ut av grepet hans igjen. "Beklager gutt, men ingen løse tråder her. "

Othar prøvde å komme seg opp, prøvde å gjøre noe som kunne

redde ham men det var for sent. Giften som hadde vært smurt på myntene var så sterk at den gjorde slutt på ham i løpet av et par minutter. Den korte mannen stirret ned på liket med en litt foraktfylt mine. "Fyren var idiot, like greit at han aldri blir magiker. "

Den lange åpnet døra og tre karer til kom inn, de var svartkledd og begynte øyeblikkelig å ransake huset. De knuste kister og skap, rev i stykker tepper og puter og etterlot seg et fullstendig endevendt hus. Det var tydelig at de skulle gi inntrykk av at stedet hadde blitt ranet. Den lange karen kjørte korden sin gjennom brystet på Othars kropp et par ganger, bare for at det skulle se ut som om han hadde blitt overrasket av innbruddstyver og så forlot de bygningen like raskt som de hadde ankommet. Det så ikke ut der nå og de regnet med at Jerak ville slå alarm så fort han kom hjem igjen, men da ville de være langt vekke. Jerak ante virkelig ikke hva han hadde fått i hende, hvilke implikasjoner de tre gjenstandene skulle få. Men deres kilder antydet noe som overgikk deres villeste fantasi, fikk de bare løst den gåten kunne det være at de fant den største skatt av alle. Ingenting skulle komme i veien for det.

Jerak slo som ventet full alarm, men til ingen nytte. Byens lensmann fant ikke noe som tydet på noe annet enn et simpelt ran og Othar var grundig død og kunne ikke fortelle noe. Det var mye som var stjålet av gamle bøker og magiske ting der og Jerak forbannet seg selv for å ha reist. Han greide ikke å se noen sammenheng der i det hele tatt og hvorfor skulle han det? Han sørget og led over tapet og rakk ikke få seg en ny lærling heller. Året etter at Othar ble drept innhentet skjebnen også ham, han var ute en kveld for å finne noen spesielle urter som kun blomstret denne ene natten hvert år og ble våt på beina. Det medførte forkjølelse som ble lungebetennelse og før det var gått en uke var Jerak vandret til forfedrene. En ny magiker flyttet inn i huset og gjorde det aldeles om og etter noen år var det hele glemt av de aller fleste. Hvem som nå hadde de tre gjenstandene visste ingen og ingen brydde seg heller. Det var nok av andre ting å bekymre seg for om en ikke skulle bry hodet med slike ubetydelige ting.

Kapittel 1: Et rop om hjelp

Høyen herre tok sitt sverd sitt skjold i hånd
Bring meg ei til fall
Våre fedres blod roper ut i natt, ingen grid
La ulvene hyle ved vår port

Sola sto høyt på himmelen og folkene som jobbet nede på arenaen svettet i varmen. Det var ennå bare vår men det hadde vært en svært kort vinter og varmen kom fort. Whaly hadde bestemt seg for å fornye selve arenaen før hovedsesongen satte inn, underlaget av stein var så slitt at det gikk ut over sikkerheten og hun hadde som vanlig blitt så grepet av iver at hun hadde glemt at ting tar tid. Særlig når hun bestemte at hele den enorme flaten skulle få et underdekke av steinfliser som måtte kjøpes, fraktes og plasseres der av trenede murere. Det ble dyrt men Whaly hadde penger nok, aberet var selvsagt at det ikke var gjort i går å få alt til å gå på skinner. Frakteskutene som skulle ta med flisene fra steinbruddet nord for bukta slet med motvind og sterke strømmer, murerne var totalt overveldet av størrelsen på jobben og folkene som arbeidet på sirkus var også en smule satt ut. Ingen fikk bruke arenaen mens ombyggingen pågikk så trening og slikt måtte utføres utenfor byen. For noen var det et velsignet avbrekk i rutinene men for trenerne medførte det masse ekstra arbeid og humøret var til tider svært labert. Wilbwyn var ekstra snurt siden det ikke var noen ridebane utenfor byen og når han skulle trene lærlingene var det svært vanskelig å få dem til å skjønne hva han mente når de måtte ri rundt i svarte skauen som han kalte det. Whaly mente at arenaen kom til å bli aldeles praktfull når den ble ferdig men dit var det åpenbart et godt stykke. Akisha og de andre utvalgte hadde godtatt denne nye ideen med stoisk ro, Whaly kunne få slike nykker av og til og da var det like umulig å stanse henne som å stanse et jordskred med en vanlig spade. De fant seg i alt ekstra som skjedde der og håpet at murerne ville greie å holde tidsfristen i det minste. Snart startet sesongen og da måtte alt være i sin skjønneste orden. Folket ventet utålmodig på forestillingene og Akisha visste at det hadde blitt trent inn en del nå som virkelig burde slå an. Selvsagt visste alle at det kun var skuespill når folk stupte så blodet sprutet men det ødela ikke spenningen.

Den som slet mest med dette var Jalisa, hun skulle som vanlig holde orden på kjøkken og tjenere og samtidig ha ansvaret for maten der og det ble en større oppgave nå med alle de ekstra arbeiderne som skulle ha mat og husly. Hun hadde rast rundt som en svettende og bannende dervisj i flere dager og til slutt hadde Whaly forbarmet seg over henne og gitt en av de andre kvinnene der ansvaret for å skifte sengetøy, vaske klær og slikt så Jalisa bare trengte å tenke på kjøkkenet og matlageret. Whaly mente at hadde hun ikke gjort det ville Jalisa ha stresset på seg et hjerteattakk temmelig fort. Murerne var ikke vant med å få slik mat som den som ble servert her og de spiste som om de aldri hadde vært mette noen gang. Jalisa var sjarmert av takknemligheten deres men hun måtte med et sukk vedgå at matlagrene tømte seg med foruroligende fart.

Akisha og de andre utvalgte hadde ikke hatt noen oppdrag på en stund nå og slappet av med trening og studier. Rheynek slet med å lære Enez å lese og Rhylja prøvde å lære Thoran mer akrobatikk uten helt å lykkes. Akisha og Raigh jobbet for det meste med å trene de fem føllene som hadde blitt født etter Stålhauk og Dheg var så stolt av dem at en skulle tro han var faren. Akisha hadde vært svært glad for å se at alle med et unntak var sølvgrå som faren. Unntaket var et hoppeføll som var dypt leverfarget med et tydelig rødskjær i pelsen. Dheg mente at hun kom til å bli en utsøkt skjønnhet og Akisha hadde allerede døpt den Vinterild. De andre fire føllene var hingster og som snytt ut av nesa på faren, det ville bli spennende å se hvordan de utviklet seg.

Levenet fra arbeidet kunne høres over hele sirkus og bare om kvelden var det såpass rolig at det gikk an å slappe av og finne ro. Frostfugl og Khir holdt seg stort sett bare i skogen nå og Elywen og Våk red også ut hver morgen og kom tilbake om kvelden. De orket ikke alt bråket og alle folkene som raste rundt som hodeløse høner i iveren etter å få mest mulig gjort. Akisha var svært lettet den dagen da arbeidsformannen kom og annonserte at jobben ville være gjort ferdig i løpet av en uke om ikke noe skar seg totalt. Stemningen ble merkbart bedre og den kvelden satt de fleste i det store rommet som hadde blitt gjort til et kombinert bibliotek og oppholdsrom. Det var fyr på peisen bare for stemningens skyld og karene satt og spilte kort mens damene bare koste seg med løst prat om alt mulig. Elywen proklamerte at hun gledet seg hemningsløst til alt bråket ble borte og alt falt tilbake til det normale, hun fikk nerver av all hamringen og bankingen som hun sa det. Akisha sa seg enig og måtte gå med på at hun gledet seg til forestillingene. Vinteren hadde vært svært begivenhetsløs og nesten kjedelig og bare treningen brøt monotonien.

Mens de utvalgte satt og slappet av holdt Wilbwyn og en av lærlingene vakt i porten. Lærlingen var en svær kar som kom fra samme område som Wilbwyn og de to hadde funnet tonen med en gang. Den skjeggete øksesvingeren mente at Wulfrar kom til å bli like dyktig som ham selv med litt trening og anså mannen som sin egen protege. De sto og diskuterte hva slags stål som burde brukes for å lage en virkelig god øks og greide ikke helt å bli enige da Wilbwyn ble var en skikkelse som nærmet seg porten merkelig nølende.

Han rettet seg opp og løftet lampen som hang der litt høyere for å se klart. Vårkveldene var begynt å bli lysere men det var fremdeles litt vanskelig å se klart. Det var en kvinne som kom gående mot dem svært langsomt. Hun var kledd som en vanlig landsby kone med langt skjørt bluse og skaut og hun så meget usikker og litt redd ut. Det var vanlig at folk oppsøkte sirkus for å få et glimt av sine idoler men denne damen var ikke av dem. Det var ganske tydelig og Wilbwyn fikk Wulfrar til å bli stående, synet av to svære bevæpnede karer kunne kanskje skremme kvinnen bort.

Wilbwyn prøvde å se så vennlig ut som han kunne og kvinnen kom bort til dem. Hun bar et lite knytte i hendene og det var noe sårt i ansiktet som fortalte om sorg og angst. Wilbwyn sanset en tragedie med en gang, denne damen kom dit for å be om hjelp og han forberedte seg mentalt på det verste.

Kvinnen neide usikkert, hun så fort på Wulfrar som var diger og langhåret og skjeggete, han kunne skremt hvem som helst. Wilbwyn smilte og sørget for at våpnene deres lå i skyggen. "Er det noe vi kan gjøre for deg frue?"

Kvinnen trakk pusten dypt, hun så opp og det var ren fortvilelse i blikket hennes. "Jeg ønsker å snakke med en våpenmester? De skal hjelpe folk ikke sant?"

Wilbwyn nikket beroligende. "Ja, de hjelper folk. Bli med meg så skal jeg vise deg til dem"

Kvinnen trakk pusten dypt, hun så svært nervøs ut men Wilbwyn merket at hun virkelig trengte hjelp, det var tydelig på kroppsspråket og han undret seg på hva slags problem hun hadde som krevde en våpenmesters hjelp. Kvinnen fulgte etter ham inn gjennom porten og Wilbwyn valgte raskeste veien ned til oppholdsrommet og kvinnen hang på som best hun kunne. Det var temmelig mørkt der inne nå siden Whaly hadde kuttet ned på utgiftene til lys for å ha bedre råd til utbedringene og Wilbwyn hørte at kvinnen pustet nervøst bak ham. De kom ned til oppholdsrommet og Wilbwyn banket på døra. Han gikk inn og kvinnen kom like i hælene på ham, hun stanset i sjokk da hun så dem som satt der.

Akisha hadde sittet med en bok ved peisen da Wilbwyn kom inn og hun forsto med en gang hva som var på ferde. Dette var en person som var der for å be om hjelp og det betydde et nytt oppdrag, gudene alene visste hva de måtte møte denne gangen. Hun reiste seg brått og så at kvinnen så vettskremt ut, det var ikke så rart. Synet av Våk og Rheynek kunne skremt noen og enhver og dette virket for å være en vanlig person uten særlig kunnskap om verden.

Akisha gikk bort til Wilbwyn som nikket og tok et steg til side, lot kvinnen trø frem om hun turte. Akisha smilte så varmt hun kunne og kvinnen svelget hardt og tok seg sammen, blikket flakket og de andre der satt og stirret avventende på henne. De forsto også at dette kunne bety et nytt oppdrag. "Du trenger hjelp med noe?"

Kvinnen nikket ydmykt og så ned i golvet. "Ja ærede. Jeg er Liliet av Mathar, det er en landsby nede på stormkysten. "

Akisha geleidet Liliet bort til en stol, fikk henne til å sette seg. "Det er en lang vei å reise, hva er det du ønsker hjelp med?"

Liliet bet seg i underleppa. "Vi er en fisker landsby, det er vanlig at ungdommen tar seg arbeid andre steder, særlig de unge kvinnene for det er ikke tillatt med kvinner på fiskebåtene. I det siste har det forsvunnet jenter fra landsbyene langs kysten, de har alle fått tjeneste her i Shabuch og så har ingen hørt mere fra dem. Jeg kom hit for å lete etter min søster men har ikke funnet noe spor etter henne"

Akisha så fort på de andre, de så alvorlige ut og hun snudde seg mot Liliet igjen. "Alle hadde fått tjeneste sa du? Har de sagt noe om hvem de har vært i kontakt med?"

Liliet sukket, hun trakk frem en lapp pergament fra skjørtelommen. "En mann, som lovet dem jobb som kammerjomfruer og slikt. Men så fort de var reist ble de helt borte. Det eneste vi vet er det som står på denne lappen, det var en jente som har sendt den hjem. Hvordan hun har gjort det vet vi ikke. "

Akisha tok lappen, den var liten og skriften var utydelig og ubehjelpelig og antagelig skrevet med en pinne dyppet i blekk. Det sto ikke stort på den, bare noen få ord men de var nok til å få henne til å reagere. "Send hjelp, han løy. De selger oss, det er fryktelig. "

De andre hadde kommet bort til henne nå og Akisha så slitent på Raigh som nikket vennlig til Liliet, kvinnen rødmet dypt og så bort. "Vi har sett det før! Noen utnytter forbudet mot slaveri!"

Raigh rynket pannen. "Det høres enda verre ut spør du meg, det høres ut som en prostitusjonsliga. "

Han så spørrende på Liliet. "Kan du si noe om de jentene som har blitt borte, hvordan de ser ut og slikt?"

Liliet så ut som om hun var på gråten. "De var alle pene, de peneste jentene i landsbyene. Min søster er meget vakker, høy og blond og elegant. Og de var alle uskyldige, i det minste tilsynelatende. "

Raigh bannet grovt og Wilbwyn så temmelig mørk ut i øynene. "Det er jo å vente, en jomfru kan selges for store penger. "

Liliet hulket nesten. "Det er det vi har vært redde for, at noe slikt har skjedd med dem. Landsbyene er gode steder å vokse opp, men en blir naiv av det. Det er lett å bli utnyttet!"

Akisha tenkte fort, som vanlig. "Her i byen er det tre offisielle bordeller, alle under kontroll av kongens råd. Det er ulovlig med den slags aktivitet utenfor det løyvet. Jeg vil tro at en eller annen prøver å skape et marked ved siden av det de stedene tilbyr. "

Raigh så dyster ut. "Da er det neppe særlig håp for de jentene, den slags lyster som krever noe annet enn det bordellene tilbyr er som regel så syke at det ikke tåler dagens lys i det hele tatt"

Liliet hikstet og Akisha klappet henne på skulderen. "Ta det med ro, vi skal finne ut av dette. Om dette foregår i vår egen by kan du banne på at vi skal finne ut av det. "

Liliet nikket sakte og trakk frem en annen lapp fra skjørtet. "Her er navnene deres, og en enkel beskrivelse av dem. Jeg bare ber gudinnen om hjelp, de må reddes om de er i live"

Akisha smilte mildt. "Gudinnen vil være med oss i dette, jeg føler det. Hun hater den slags. Du kan få bo her så lenge, jeg antar at vi klarer å ordne opp i det temmelig fort"

Liliet smilte blekt. "Jeg er takknemlig, jeg skal be om at dere finner dem fort"

Akisha nikket til Wilbwyn. "Vekk Jalisa og be henne finne et rom til Liliet, og be en av tjenerne hjelpe henne med alt hun trenger mens hun er her. Vi må gå til aksjon, og det fort!"

Rheynek og Enez sto og så ganske sinte ut. Akisha visste hvorfor også, Enez hadde vokst opp på gata og i et horehus og det var ikke så rent lite elendighet hun hadde sett i sitt unge liv. Akisha strammet seg opp og nikket mot gruppen, alle sto og så konsentrerte ut, de ville hjelpe til alle sammen. Om noen drev med den slags aktiviteter i deres by ville de ikke hvile før det var stanset.

Akisha skar en grimase. "Så først og fremst, vi skal avlegge sjefen for bordellene et lite besøk, om det foregår ulovlige aktiviteter av det slaget i byen bør hun i det minste få en viss mistanke om det" Raigh gliste. "Det kan jo bli en artig opplevelse. Tror ikke de stedene normalt sett får slike gjester som oss!"

Akisha viste tenner. "Nei, men vi trenger informasjon fra innsiden av bransjen. Det er det best å få fra noen som driver på med det. " Hun så rundt seg. "Jeg går, Raigh Våk og Rheynek blir også med. Dere kan skremme folk om nødvendig. Jeg håper at den damen er samarbeidsvillig"

Wulfrar hadde stått der til nå, han skar en litt brydd grimase. "Jeg har snakket med folk som har vært på de husene. Sjefen der skal være en real person, streng og tilsynelatende hard men et godt menneske. Hun passer godt på jentene sine, om noen driver med lyssky ting vil hun bli forbannet, og god å ha på vår side!"

Raigh lysnet opp. "Det høres bra ut, takk for det Wulfrar, gå å ta deg et ekstra glass på det!"

Lærlingen forsvant ut og Akisha smilte kaldt til de andre. "Vi møtes ved porten om fem minutter. Kle dere godt, det er kaldt ute, og væpne dere også!"

Samtlige forsvant ut og Akisha skyndte seg til rommet og fikk på seg en kappe og gode støvler. Hun spente Elthear på ryggen og plasserte dolken i sliren ved hoften. Hun ante ikke hva hun kunne komme ut for nå, det var best å være forberedt. Raigh kom inn døra og trev med seg en jakke og sverdet sitt også og så løp de til porten. Våk og Rheynek kom løpende også og Akisha så at de var godt bevæpnet.

De gikk nedover mot havne kvartalet i stillhet, det var ganske sent på kvelden nå og byen var forholdsvis stille. Det var lys på gatehjørnene nå og vakter ute så folk kunne ferdes ganske trygt men havna var nå engang det stedet der sjansen for å treffe på trøbbel var størst. Det var ikke alle sjøfolkene som greide å styre seg når de hadde fått nok innabords. Raigh ledet an, han gikk med støe skritt og noen nattevandrere vek respektfylt til side. De så neppe hvem det var men de kunne se størrelsen på de fire som kom vandrende der og visste å passe seg. De gikk i en god stund før de sto foran det største av de tre lovlige husene i byen. Stedet så ikke så verst ut, huset var nytt og vakkert og et skilt over døra etterlot ingen tvil om hva som ble tilbudt der inne.

Raigh trakk pusten dypt og skar en grimase. "Jeg har sett innsiden av en del slike steder, de var sjelden særlig hjemmekoselige!"

Våk bare gliste kort. "Jeg har ikke sett noen så dette blir spennende!"

Akisha bare ristet på hodet av mennene og gikk bort til døra, den var åpen og hun gikk nølende inn. Det første som møtte henne var en dyp lukt av røkelse og parfyme som fikk det til å klø i nesa. Det var et stort rom innenfor og det var vakkert opplyst med lamper og en peis som det brant livlig i. Hun ble overrasket over hvor flott det var, møblene var luksuriøse, veggene vakkert malt i en lys blå tone som gav et delikat uttrykk og det hang ganske dyre malerier på de riktige stedene. Det så ut som en rikmannsbolig og bare lukta avslørte at det ikke var det.

Det sto en slags disk der og Raigh sukket og gikk bort, ringte i bjella som sto på den. En kvinne kom frem fra en dør bak disken og sto et øyeblikk og måpte litt sjokkert ved synet av de ankomne fire. Hun var kledd i en meget vakker silkekjole som avslørte flotte former men skjørtet på den var gjennomsiktig og Akisha så at Rheynek rødmet og så bort nesten demonstrativt. Kvinnen så avventende på dem, hun skjønte nok at dette ikke var kunder og Akisha viste henne ringen hun bar. Jenta fikk øyne store som tekopper før hun neide så hun nesten slo knærne i golvet. "Hva kan jeg gjøre for dere?"

Hun hørtes nervøs ut og Akisha smilte så beroligende hun kunne. Hun hadde aldri greid å forstå hva som kunne få noen til å velge en slik måte å forsørge seg på. "Vi må snakke med din sjef, det er svært viktig!"

Jenta nikket og raste opp trappa som et lyn, med den kjolen var synet av henne bakfra spennende for å si det mildt og mennene slet litt med å holde øynene på golvet. Det gikk et par minutter og så kom jenta rasende bort til trappa og vinket på dem. "Hun vil snakke med dere nå med en gang, følg meg!"

De gikk opp trappa og nå så de flere jenter som kikket frem fra diverse dører. Alle så litt forundret ut og de fleste var enten nakne eller kledd i svært så avslørende tekstiler. Samtlige var pene og virket sunne og friske og et par kastet slengkyss etter karene da de passerte dørene. Raigh bare gliste og ristet på hodet og Våk hadde et merkelig halvsmil om munnen som gav ham et litt fjollete uttrykk.

De stanset foran en ganske stor og flott dør som røpet at dette var et viktig rom, jenta åpnet den og de kom inn i et kontor som var både diskret og elegant. Det var holdt i mørke farger og virket nesten hjemmekoselig. Det var dominert av en stor pult dekket med papirer og Akisha ble litt overrasket. Hun syntes at det virket for at det var mye mer administrering her enn hun hadde trodd. Bak pulten satt en ganske voluminøs men vakker kvinne kledd i en svært konservativ mørk kjole. Håret var satt opp og hun gav et temmelig stramt inntrykk. Hun reiste seg da de kom inn og uttrykket i øynene var halvveis forbauset og halvveis nervøst.

Akisha smilte litt stramt, hun greide liksom ikke helt å føle seg fortrolig med dette stedet og aktiviteten som foregikk her. Damen svelget synlig og neide fort, hun var såpass bred at det så merkelig ut. "Hvordan kan jeg stå til tjeneste, ærede mestere?"

Akisha svelget og tok seg sammen, hun skulle være profesjonell først og fremst. "Vi har en mistanke om at en eller annen i denne byen lokker til seg jenter fra bygdene og tvinger dem til å selge seg. Har du hørt eller sett noe mistenkelig i det siste?"

Damen fikk noe hardt i blikket, et øyeblikk så hun rasende ut. "Om det er sant håper jeg at dere tar de ansvarlige, det var forferdelige tilstander i byen før den ble renset og jeg vet at det foregikk helt skrekkelige ting på noen av husene. "

Hun åpnet en skuff i pulten og halte frem noen papirer. "Her er papirene fra rådet, ingen får drive med dette uten at de har godkjent det. Jentene mine blir godt behandlet og får bra lønn og vi har vakter som passer på dem. Perverse griser har ingenting her å gjøre, men det forundrer meg ikke om de har funnet et annet marked"

Akisha tok papirene og så fort på dem, et gedigent stempel etterlot ingen tvil om at dette var et godkjent sted.

"Men har du hørt noe eller merket noe?"

Kvinnen satte seg ned med et smell, det var merkelig at stolen tålte vekten av henne. "Bevares, kall meg Nehera, egentlig så må jeg si at det har vært noen hendelser i det siste som har fått meg til å lure litt ja. "

Akisha så avventende på Nehera som trommet på pulten med de velmanikyrerte fingerneglene. "Jeg har vært i dette gamet i årtier vet du, jeg kjenner bransjen. Det var en velsignelse at rådet åpnet tre slike hus og forbød alle andre. Jentene er trygge og sunne og ingen får utnytte dem. Før var det livsfarlig å være tilknyttet denne handelen. Jeg vil hjelpe dere på alle måter om noen prøver å drive som før i tiden, kvinner skal aldri måtte lide for menns syke sinn og lyster!"

Akisha fikk en sterk mistanke om at Nehera foretrakk kvinner og hun skjønte også at hun var svært beskyttende overfor jentene sine. Nehera så skarpt på Akisha. "For noen måneder siden forsvant en av jentene mine, hun sa at hun hadde fått seg tjeneste hos en adelsdame men lovte å holde kontakt i tilfelle hun ikke likte jobben. Jeg hørte aldri mer fra henne"

Hun åpnet en ny skuff og trakk frem et ark. Det sto skrevet flere ting på det. "Hun sa at en mann hadde tatt kontakt med henne på en fridag hun hadde, en høy smal kar med fippskjegg og dyre klær.. Han virket svært kultivert sa hun. "

Nehera rakte Akisha arket. "Jeg fører arkiv over alt, det er nødvendig og lurt i denne bransjen. Her har jeg skrevet ned en del ting som har skjedd som har fått meg til å lure"

Akisha så fort på arket, det var notert datoer og slikt og hun leste gjennom listen. Jenta som var blitt borte var notert ned, en mann hadde kommet og bedt om å få slå en av jentene men da han ble brutalt avvist hadde han sagt at han kunne få det han ville andre steder. Noen besøkende hadde fortalt jentene at de hadde vært oppsøkt av en fyr som tilbød dem det lille ekstra, uten helt å gå i detalj hva det var, og det gikk også rykter i byen om at noen kunne sørge for alt en kunne ønske seg, uansett hva. Akisha likte det ikke, ikke i det hele tatt.

Nehera trakk frem en liten statuett, en gudinne figur. "Hun er med

oss kvinner, og jeg vet at du tjener henne. Jeg skal be om at du finner ut av dette, før det eskalerer. Det er så mange forvridde sinn der ute at dere ikke vil tro det!"
Raigh skar en liten grimase. "Åh jeg tror deg, jeg har sett litt av hvert"
Nehera gliste kort. "Det tviler jeg ikke på min herre. Her tillater vi ikke noe slikt, vi har strenge grenser for hva de får gjøre med jentene og det er ikke alle som liker det. Vaktene er gode å ha til tider. "
Akisha så litt spørrende ut og Nehera bikket på hodet. "Noen liker som sagt å denge jentene, andre vil gjerne at jentene later vannet eller enda verre på dem, og noen har enda merkeligere ideer. Jeg har sluttet å bli sjokkert for mange år siden"
Akisha så virkelig sjokkert ut og Raigh smilte fort til henne før han vendte oppmerksomheten til Nehera igjen. "Er det noen av ryktene som går som det kunne gå an å få noe nyttig ut av?"
Nehera knep øynene sammen. "Vel, ene jenta her hørte noe interessant for et par uker siden. Jeg husker ikke nøyaktig hva hun sa men dere kan få snakke med henne, hun er her i dag. "
Raigh nikket. "Hent henne"
Nehera ropte inn jenta som hadde tatt i mot dem og ba henne hente Sarah og etter litt kom hun tilbake med en ganske mørkhudet og utrolig vakker jente som var kledd i et korsett og ingenting annet. Karene stirret nesten desperat i taket og Nehera gliste litt spotsk.
"Sarah, fortell dem hva den handelsmannen sa"
Sarah så litt nervøs ut men hun virket for å være en svært oppegående person og hun tenkte seg om litt før hun åpnet munnen. "Det var en fyr utenbys fra, han hadde snakket med en venn av seg som spiller på det andre laget om dere skjønner hva jeg mener? Han hadde fått tilbud om å jobbe litt for en adelsmann med samme legningen men sa nei med en gang. Det var noe ved det som gav ham frysninger sa han. Karen som kom med tilbudet hadde ikke virket helt god. "
Raigh så smal øyd ut. "Da må de virkelig ha satset på et bredt marked? Menn også?!"

24

Nehera nikket dystert. "Er ikke så uvanlig skal jeg si dere, er flere som har vært her og spurt etter pene gutter! Jeg sender dem på dør med en gang, ikke at det er galt å ha den legningen men vi tilbyr ikke slikt. Er mange religiøse som blir svært så aggressive når den slags nevnes, og disse stedene er nødvendige. Vi kan ikke la oss stenge for da blir hele bransjen skjøvet ut i mørket igjen og der kan alt skje"

Akisha forsto hva Nehera mente, hun måtte si seg enig i det også. "Så de prøver å rekruttere menn også, men ingen har sett noe eller hørt noe om hvor de jobber fra?"

Nehera ristet på hodet. "Nei, men jeg har kontakter, jeg skal sette dem i arbeide. Jeg vil ikke ha noe av den slags konkurranse. Det bør være mulig å finne ut av dette på et eller annet vis. "

Raigh hadde fått et dystert uttrykk i ansiktet og Akisha så forvirret på ham. "Jeg tror jeg har en ide, men den er ikke mye pen, og den er bare basert på en antagelse men jeg tror det er vårt beste kort enn så lenge. "

Våk hadde vært taus og så spørrende på ham. "Ja? Hva da?"

Raigh hadde noe kaldt i blikket. "Om det er svært tvilsomme aktiviteter som tilbys så vil jeg tro at det skjer dødsfall ikke sant? Hvor blir det i så fall av likene?"

Våk trakk pusten dypt og Akisha kjente at knærne ble litt visne, selvsagt, der kunne de ha en mulighet. Raigh nikket til Nehera. "Takk for ditt samarbeide, kontakt oss om du hører noe. Jeg skal følge en liten ide jeg fikk"

Nehera reiste seg igjen med møye og neide for dem og Akisha så spørrende på Raigh som så ut som en tordensky i det han raste ned trappa. "Hva tenker du på kjære?"

Han stanset i bunnen av trappa. "Har noen funnet noen lik her i byen i det siste?"

Akisha så litt forbauset ut. "Nei?"

Raigh skar en stygg grimase. "Nettopp, de gjemmer dem, og hvor kan en gjemme noe slikt her i nærheten uten at noen vil reagere på det?"

Våk så mer konsentrert ut. "Flere steder, i vannet, i elva, gravplassen utenfor bymurene og søppelfyllinga!"
Raigh gliste fort. "Nettopp, godt tenkt. Hadde de gjemt lik i vannet ville de bli funnet selv med vekter på, mange dregger og slikt i bukta og sjansen for at kroppene blir halt opp er stor, så vi slår fra oss det. Elva har samme problemet, strømmen er sterk, en kan ikke kaste noe i den uten at det før eller siden flyter opp. Så gravplassen og søppelfyllinga står tilbake. Vi skal oppsøke graveren og se om han har sett noe uvanlig i det siste. "
Akisha så litt forskrekket ut. "På denne tida av døgnet?"
Raigh nikket og raste ut på gata, han virket ivrig nå.
"Graveren jobber på natta husker du? Skal vi treffe på ham er det ypperlig nå faktisk. "
Akisha kunne bare henge på og Våk og Rheynek småløp bak dem. Begge to virket temmelig dystre og Akisha forsto hvorfor. De to forsto godt hva som kunne være resultatet av dette. De satte kursen mot byporten og det tok sin tid å komme dit. Byen var stor og gatene stille og Akisha kjente at hun egentlig skulle ha plassert seg mellom de varme teppene i senga med full mage. Hun var både sliten og sulten.
Gravplassen lå på østsiden av byen og det var en real spasertur dit, det var lagd en enkel vei dit og den var prydet med vakre busker og trær som nå på denne tiden av døgnet virket heller skumle. Akisha gyste og holdt seg nær Raigh der de småløp bortover. Det sto en liten hytte ved inngangen til gravplassen, graveren holdt til der og Akisha visste at det var en eldre kar som hadde ord på seg for å være litt sær. Det måtte en nesten være i denne jobben.
Gravplassen var ganske stor og det trengtes siden byen var stor også, det døde folk der titt og ofte og stedet var godt planlagt og de hadde regnet ut at det ville kunne brukes i minst femti år til før det ble fullt. Et vakkert gjerde var reist rundt hele området og det var plantet trær busker og blomster i smakfulle små holt her og der. Det var anlagt stier dekket med steinheller og om dagen var plassen svært vakker og idyllisk med en egen opphøyd og verdig ro som passet utmerket. Nå om natten var det derimot et av de mest

spøkelsesaktige stedene Akisha hadde sett. Det virket som om det kunne stå gjenferd gjemt overalt og hun frøs på ryggen mens hun prøvde å holde maska. Det var ikke enkelt.

De hørte lyden av spatak og satte kursen dit, et svakt lys kunne sees og snart sto de ved et område som nettopp var tatt i bruk. Det var plassert tau og stokker der som viste hvor nye graver skulle plasseres og graveren drev på i sitt ansikts sved med å åpne en grav. Akisha så at mannen hadde beregnet en ganske liten åpning i bakken, var det en barnegrav? Graveren hørte dem og rettet seg opp, han var kanskje i femti årene et sted og lang og ulenkelig med et slitt utseende, allikevel var bevegelsene smidige og røpet stor styrke. Øynene var merkelig milde og han gav inntrykk av å være en som viste stor pietet i arbeidet. Det sto et par trillebårer der med jord og en kasse med blomster og karen spratt opp av graven og bukket kort. Det var tydelig at han kjente dem igjen og det var merkelig så mørkt som det var.

"Så, hva kan jeg hjelpe herskapet med? Ja, jeg ser hvem dere er. Når natten er ens domene blir en vant med mørket ser dere. Den er min venn og broder og trøst. "

Raigh så litt forbauset ut og fyren knegget kort. "Sjelden noen besøker dette stedet om natten, de fleste frykter det. Men de som hviler her har aldri gjort noen noe, det vet jeg bedre enn de fleste. De sover sin evige søvn og jeg vokter over dem. "

Akisha kremtet kort, hun begynte å skjønne at graveren var en nesten filosofisk person, merkelig ved tanke på yrket hans. Mannen ristet jord av ermene sine og bukket høflig for henne. "Jeg er uhøflig som ikke har presentert meg for damen, navnet mitt er Jalar, jeg var opprinnelig prest men skjebnen sparket bein for meg, akk ja!"

Akisha kunne skjønne det, prest var akkurat det hun tenkte på når hun så hvordan fyren tedde seg. "Vi har noen spørsmål til deg om det ikke gjør noe? Det vedgår jobben din"

Jalar løftet på øyebrynene. "Vel, ingen har klaget på meg for å si det slik, de sover alle søtt som de rett og rimelig skal. Her får de fred, om de ikke hadde det i dette jordeliv. "

Han lente seg på spaden. "Jeg graver den siste hvileplass for en liten jente nå, bare fem år gammel og bedårende som alle er i den alderen. Hun ble overkjørt av en vogn for to dager siden, skrekkelig synd. Medikus har gjort en god jobb allikevel vil jeg si, en kan knapt se skadene på henne. "

Akisha gyste lett, hun hadde hørt at det hadde vært en ulykke med en løpsk vogn og et barn. Dette snakket var litt vel makabert for hennes smak. "Det vi vil vite er om du har merket noe unormalt her ute?"

Jalar bikket på hodet og smilte litt vemodig. "Ingen har vært oppe og luftet seg, de jeg plasserer i jorda blir der!"

Raigh gliste og Rheynek og Våk så litt forskrekket ut. Akisha sukket lavt, for en humor denne karen hadde! "Det jeg mener er, har noen vært og gravd her, andre enn deg? Vi har en mistanke om at en eller annen her i byen kanskje skjuler lik et sted og vi har kommet til at gravplassen her og søppelfyllinga er mulige steder. "

Jalar så brått skarp ut, som en jakthund på sporet av et bytte. Han rettet seg helt opp og pekte mot ene hjørnet av gravplassen. De kunne så vidt skimte det i mørket. "For snart en måned var det noen her om natten, vedkommende spratt over gjerdet der borte. Men det har vært folk her etterpå, jeg vet det med sikkerhet men jeg vet ikke hva de har gjort. Eneste jeg er sikker på er at de har gravd!"

Akisha så storøyd på ham. "Hvordan vet du det?"

Jalar smilte litt stolt. "Jeg vasker av utstyret mitt hver dag, og holder det i orden. En rusten spade er vond å grave med vet du. Men jeg har kommet på arbeid om kvelden og da har noen brukt reservespadene mine og de har ikke vært skyllet av. De må ha vært her etter at jeg har gitt meg for natten men jeg har ikke sett noen. "

Raigh bannet lavt. "Da tror jeg så bestemt at du har noen gjester her et sted som ikke hører til her. Har du noen ide om hvor de kan ha gravd?"

Jalar klødde seg i hodet. "Om noen virkelig vil gjemme noe her må de grave i de ferskeste gravene, ellers ser jeg det med en gang. Tror dere virkelig at noen har gjemt lik her?"

Raigh sukket lavt. "Det er kun en mistanke enn så lenge men en vi må undersøke. Hvor er de ferskeste gravene her?"

Jalar fikk en stram mine på ansiktet. "Jeg liker ikke at de blir forstyrret, de har rett til å hvile i fred nå. "

Akisha smilte litt stivt. "Vi vil ikke forstyrre dem, bare se om det har vært gravd der etter at du var ferdig med jobben. "

Jalar sukket og pekte. "Den raden der, fra gjerdet og mot den store bjerka. Det er de døde for de siste tre månedene. For det meste ordentlige folk med unntak av en skatteoppkrever og en låne hai. Var ingen som fulgte dem til den siste hvile nei. "

Våk hadde fått et litt fjernt glimt i de svarte øynene. "Alle blir begravd i kiste ikke sant?"

Jalar nikket. "Ja, dette er en ordentlig gravplass, ikke som de stedene der de bare kaster de døde i jorda som om de var dyr og slenger på noe grus over. Her skal de sove i verdighet om de så ingen verdighet hadde i livet som var. "

Våk så seg om, fikk øye på et spett som sto lent opp mot en gravstøtte og grep det. "Om noen har begravd lik i graven etter at du var ferdig med den må de nødvendigvis ligge over kisten. Det bør vi kunne kjenne!"

Jalar nikket litt motvillig men han gikk foran dem til rekken med graver. Akisha så at de fleste var dekket med blomster og slikt, det ville skjule ferske spatak og om graven brått hadde flere enn en beboer var det umulig å finne det ut før graven var så gammel at den kunne brukes på ny. Våk grep spettet med et sukk og siktet på midten av den første graven. "Hvor dypt ligger kistene?"

Jalar skar en grimase. "Jeg legger dem på seks fot, toppen bør være en fire fot nede. "

Raigh smilte litt trist. "Du har tydelig omtanke og du gjør arbeidet ditt godt, det er det sjelden noen gidder i våre dager. "

Jalar rødmet faktisk av rosen og grov beskjedent i bakken med støvel tåa.

Våk kjørte spettet ned gjennom den løse jorda og de hørte et dunk da spettet var nesten helt borte. "Ingen ekstra beboere her. "

Akisha visste ikke om hun var lettet eller ei. Våk gikk til neste grav og heller ikke der var det noe annet enn kisten. Akisha begynte å håpe at de ikke hadde rett allikevel, at ingen hadde gjort noe slikt på dette fredelige stedet. De neste tre gravene var også i orden, ingen hadde gjort noe med dem men så støtte brått spettet mot noe som ikke skulle være der. Noe mykt som gav litt etter og Våk fikk en stygg mine i ansiktet. Han snuste på enden av det og rygget vekk, Akisha kjente lukta også. Det var likstank om hun noen gang hadde kjent det.

Raigh bannet svakt. "Da vet vi det! Sjekk resten av rekken og Rheynek, du kan løpe til sirkus og hente Naragh og om du får tak i medikus også så er det flott. Vi trenger smarte og erfarne hoder her er jeg redd!"

Rheynek adlød og løp som en vind ut av porten mens Jalar sto og så ut som om han skummet av sinne. Det var noe virkelig svart i blikket hans som fortalte Akisha at dette var noe den vennlige mannen absolutt ikke tålte. "Du liker ikke dette?"

Jalar ristet på hodet. "Nei, hvor er verdigheten og freden i dette? Å skjule noen i en annens grav? Det er en skjensel, ingen siste bønn, ingen som sørger og sier farvel. Intet navn å minnes ved! Det er vanhelligelse!"

Akisha klappet ham på armen. "Det synes jeg også, men vi skal finne ut hvem dette er, så de kan få en ordentlig grav med et navn og kanskje noen kan få finne sannheten om hva som har skjedd med deres kjære. "

Jalar smilte vemodig. "Klarer dere det skal jeg så inderlig forgylle dere!"

Det gikk en stund før Rheynek kom tilbake, han hadde bud om at både Naragh og byens medikus kom men ikke før det ble lyst. Det var ingen vits i å gjøre noe før mente de og så trengte de utstyr og slikt også. Akisha var litt skuffet men også lettet, hun trengte hvile og det gjorde de andre også så de avtalte med Jalar å komme tilbake ved soloppgang. Han lovte å ha spader og slikt klare og hun så tydelig at han fremdeles var opprørt. Noen hadde skjendet hans gravplass, det var nok til å gjøre denne fredelige sjelen aldeles rasende.

Akisha og Raigh og de to andre vendte tilbake til sirkus og fikk i seg noe mat enda det var tomt i kjøkkenet. Akisha visste hvor maten ble oppbevart og de fikk i seg litt brød og ost og noe tynt øl før de fant senga. Akisha hadde en merkelig følelse av at dette kunne vise seg å være verre enn de trodde og hun kunne bare håpe at gudinnen viste dem den rette veien å gå. Dette virket for å være en jobb der det var deres evner som våpenmestre som var viktigst men en kunne aldri vite sikkert. Brått kunne det hende at også dette hadde bakgrunn i langt verre ondskap enn de hadde forutsett. Det hadde skjedd før og kom garantert til å skje igjen.

Mens Sirkus slumret og byen lå fredelig og stille var det alt annet enn fredelig og stille i en kjeller under et av byens bedre hus. Det tilhørte en rik herre som hadde flyttet dit for bare et år siden og han var kjent for å være litt tilbakeholden og sky men trivelig nok. Ingen av naboene trodde annet enn det aller beste om ham og de omtalte ham i rosende ordelag i sosial sammenheng. Hadde de sett det som nå skjedde der nede ville de antagelig ha fått sitt livs sjokk. Rommet der nede var ganske flott med vakre tapeter på veggene, levende lys og fine møbler. Det ble dominert av en stor seng dekket med et vakkert rødt sengeteppe av fløyel og en tenkte vel først og fremst på luksus når en betraktet det. Men for øyeblikket var det ikke luksusen som var mest iøynefallende, herren der var ikke alene men sammen med tre andre karer og alle fire var nakne og blodige. De hadde tatt på seg svarte halvmasker av fløyel og en svak lukt røpet at de var grundig beruset. En naken jente lå på golvet foran senga, hun var tydelig død og kroppen var så mishandlet at den nesten ikke var gjenkjennelig som et menneske. Blodet lå i et skinnende lag over golvet der og hadde sprutet ut over møbler og vegger flere steder. De fire karene holdt på med sitt neste offer nå, en svært vakker ung mann med langt lyst hår og smekker kroppsbygning. Han var fremdeles bevisst men så grundig blåslått at trekkene hans var nesten utvisket. For øyeblikket holdt to av karene ham mens den tredje voldtok ham, herren selv sto og så på mens han tilfredsstilte seg selv. Den lyshårede skrek av smerte og tryglet utydelig om nåde men det virket ikke for at de fire i det hele tatt brydde seg om det. De hadde det morsomt, de hadde latt gutten se på mens de pinte livet av jenta, han hadde vært fullstendig paralysert av skrekk da de omsider bestemte seg for å benytte seg av ham.

Dharan hadde visst det allerede den formiddagen, at noe var galt. Han hadde ventet med de andre i rommet der alle måtte være når de ikke jobbet og han fryktet som vanlig hva natten kunne bringe. Det var nesten to måneder siden han ble tatt med til denne byen, ikke visste han hvor han var og ikke var det noen mulighet til å få sendt bud etter hjelp heller. De var overlatt til skjebnen alle sammen og han visste at mange ikke kom tilbake. Han visste at det kunne skje ham også, enda han var en av de dyreste der. Han var uvanlig flott å se på, og det hadde holdt ham trygg til da. Herrene ville ikke gå glipp av inntektene han kunne gi dem, de solgte ham ikke til noen som ville skade ham. Han hadde havnet hos finere adelsfruer og noen ugifte men formuende damer også. Det hadde ikke vært så helt ille selv om et par av dem var godt voksne for å si det mildt og neppe kunne ha vasket seg det siste året. De forlangte at han tilfredsstilte dem og han gjorde sitt aller beste. Heldigvis var han ung og viril og visste å bruke fantasien såpass at han greide å gjennomføre det.

Og siden han hadde utseendet med seg hjalp det også. Ingen av dem hadde klaget på ham og selv om han følte seg merkelig tilsølt av det var det tålbart. Det var verre når de solgte ham til menn, Dharan hadde aldri vært av dem som foretrakk sitt eget kjønn, han likte kvinner og de første gangene hadde han nesten begynt å kjempe i mot. Men han hadde ikke gjort det, han visste hva straffen var da. Selv når han ble tvunget til å gjøre motbydelige ting adlød han, han hadde sett hva som skjedde med de som våget å opponere.

Men han hatet det, hatet hver eneste gang en mann berørte ham, tvang ham. Han hadde grått elver virket det for men ingen nåde var å finne. Han var en handelsvare og til salgs for de som ønsket det. Smertene var en ting, men følelsen av og bare å være en ting var enda verre. De så ikke på ham som en person men som en gjenstand til bruk for den som måtte ønske det. Noen ganger hadde han ønsket at han var død, det måtte være mye bedre enn dette.

Og denne formiddagen hadde altså to karer dukket opp der og betalt for ham og en av jentene der, han hadde sett hvor mye penger som skiftet hender og det var alt for mye. Det var betaling for mye mer enn en natt, det var kort og godt hele verdien av dem begge to og han ønsket inderlig at han hadde styrke og mot til å rømme. Men vaktene hadde grepet ham og jenta og presset tette hetter over hodet på dem så de ikke så noe. Med en kniv presset mot ryggen måtte han bare gå og han kjente det i selve margen at dette kunne ende ille. Han hadde lært å sjarmere folk, få selv de som likte å pine leketøyet sitt til å godta andre løsninger men han visste med en gang at det ikke ville gå denne gangen. Disse fire var ute etter å drepe og han hadde ingen sjanse.

De hadde bundet ham til en stolpe med en gang og han måtte se på mens de sakte pinte livet av jenta. Han hadde ikke kjent henne, hun hadde kommet bare et par dager før og var garantert jomfruelig og svært søt. Han hadde likt henne men også hun hadde vært livredd, de visste alle hva slags skjebne som ventet på dem. Skrikene hennes virket bare for å pirre dem enda mer og Dharan hadde ikke engang visst at de tingene de gjorde gikk an. Det hadde gjort ham syk i sjelen selv og han hadde bedt dem om å spare henne flere ganger men de hørte ikke. Til slutt var hun halvdød av blodtap og smerte og da strupte de henne sakte mens en av dem tok henne brutalt bakfra, som et dyr.

Dharan skalv over hele kroppen, de bare hev kroppen fra seg på golvet og så vendte de seg mot ham. Han prøvde å kjempe, men han var for uerfaren og svak til å greie å holde fire karer fra livet i lengden. De hadde tvunget ham ned og den ene presset seg inn i ham mens en annen tvang ham til å åpne munnen og suge ham. Han hadde vært på gråten allerede da, og de hadde frydet seg over skrekken og smertene. Den tredje av dem hadde strakt handa ned mellom beina på ham og klemte til rundt steinene på ham så han nesten spydde, smerten var uutholdelig men han kunne ikke stanse med det han gjorde et sekund en gang siden den som var lederen blant dem holdt en kniv mot strupen på ham.

Han ante ikke hvor lenge det hadde pågått, de hadde tatt ham etter tur, sparket til ham, slått og pisket. Øynene var nesten helt gjenklistret etter brutale slag og nesen knekt. Han hadde knekte ribbein og ene armen ute av ledd. De hadde skåret i huden på ham flere steder og blodtapet var stort. Han visste at han neppe kom til å overleve og kunne bare trygle gudene om å hente ham fort, før lidelsene ble for store. Han kjente nesten ingenting lenger, sjelen var på vei bort fra kroppen og han prøvde ikke å kjempe i mot det. Den som tok ham for øyeblikket gjorde seg ferdig med et brøl og skjøv Dharan bort nesten foraktfylt. Gutten hadde besvimt nå og det var ikke så morsomt lenger når ikke offeret deres skrek. Han som eide huset sto og gliste, han hadde funnet en peiskrok og den var varmet opp i peisen til den var rødglødende. Nå presset han den mot den følsomme huden i skrittet på det utslåtte offeret og selv i svime kom det en gurglende jamring fra stakkaren. Den lyden var visst det mannen trengte for han rykket til og stønnet grovt mens han tømte seg over den rykkende kroppen på golvet. Etterpå spyttet han foraktfylt på offeret og en av de andre tre tok over ildrakeren og begynte å gjøre det samme i et forsøk på å lokke frem flere liflige smerteskrik.

Ingenting skjedde, Dharan var for langt borte nå og herren bare ristet på hodet. "Denne varte faen meg ikke lenge. "

En av de andre trakk frem kniven igjen. "Skal jeg ta strupen på denne også?"

Herren skulle til å svare da de hørte lyden av en bjelle som ringte svakt. Han bannet grovt og gjorde noen tegn til de andre to. "Han overlever ikke uansett, er for skadd. De venter ute på å frakte bort restene så skynd dere. Vi kan ikke la gjestene mine vente vet dere. "

De tre rullet fort inn de to kroppene i tepper og åpnet en dør i enden av rommet. To undersetsige karer kom inn og de skar en grimase av alt blodet men løftet kroppene uanstrengt og slentret ut døra. "Dere legger dem der dere pleier?"

Herren var streng i røsten og den ene av de to bare nikket. "Selvsagt, ingen vil finne dem!"

Herren smilte fornøyd. "Godt, og si til deres leder at jeg vil ha to gutter neste gang, men ikke eldre enn fjorten, husk det!"

Karene bare gryntet til svar før de gikk ut og herren stengte døra fort før han skyndte seg etter de andre tre. De måtte vaske seg fort og gjøre seg klare, han ventet en konsul med frue på besøk og de måtte ikke mistenke noe. Han gliste svakt for seg selv, selvsagt kom de ikke til å mistenke det aller minste. Han var plettfri på alle måter. Morgengryet kom og Akisha og de andre fra sirkus hadde ankommet gravplassen med det første dagslyset. Jalar og et par andre karer var i full gang med å åpne gravene igjen og det var svært tydelig at antagelsene var riktige. Det var lagt lik i alle de gravene de hadde antatt at det var noe galt med. I et par av dem var det faktisk flere. Naragh og medikus var der sammen med et par andre kyndige og de hadde rigget seg til inne i et slags telt med instrumenter og den slags. Det var ikke verdt at all verden så hva de drev med.

Jalar og de to karene han hadde fått tak i var vant med å håndtere døde kropper, de gjorde ingenting av stanken og det faktum at flere av dem hadde ligget der temmelig lenge. Akisha og de andre trakk litt unna til alle gravene var åpnet og tømt for de uønskede gjestene og til slutt hadde de funnet ti lik til sammen. Naragh hadde fastslått at det var sju kvinner og tre menn og han og medikus var i full gang med og om mulig å fastslå dødsårsak og identitet.

Akisha følte seg syk, selv med hennes mangelfulle erfaring med slike saker forsto hun at disse menneskene hadde lidd fryktelig før de døde. Det var som om selve stedet nå formelig skrek av en slags fortvilet desperasjon, et håp om frelse. Raigh sto der og var svart i blikket og Våk vandret rundt og kunne ha skremt livet av et troll, den mørke utstrålingen hans var sterkere enn noen gang før. Akisha ønsket at hun hadde hatt en av de skyldige der akkurat da, hun kløddе i fingrene etter å kunne renne sverdet gjennom noen. Hun følte at hevnulvene var der nå, de ruslet rundt bak i sinnet hennes og forlangte å slippe fri og hun visste at de nå antagelig var på størrelse med en hest minst.

Naragh og medikus jobbet lenge, stanken fra teltet var følbar på flere hundre meters hold og Jalar hadde klokelig stengt porten og satt et skilt på den med beskjed om at folk fikk holde seg unna et par dager på grunn av et mulig utbrudd av pest. Det burde gjøre susen og forklarte også aktiviteten. Han hadde en løgn klar om noen spurte, en omstreifer hadde dødd og blitt gravlagt der men nå mente de at det var pest som hadde drept stakkaren så de måtte obdusere for å bekrefte eller avkrefte det. Løgnen var troverdig nok og Jalar virket lettet over at de snart kunne lukke gravene igjen og gi de døde fred som han kalte det.

Det var først utpå ettermiddagen at Naragh og medikus var ferdige, da luktet begge to aldeles forferdelig og de hvite kitlene deres var dekket med ting som snaut lot seg beskrive. Naragh hadde skrevet ned alt de hadde funnet og rakte Akisha et par ark som hun tok med seg godt bortenfor stinke sonen som hun kalte den. Raigh lente seg over skulderen hennes for å se da hun begynte å lese på det. Naragh hadde vært grundig, han hadde gitt hver kropp et nummer og under sto alle de data han hadde greid å finne. Alle kvinnene hadde vært mellom tretten og tjue år med en viss usikkerhet og mennene hadde vært rundt tjue med unntak av den ene som kun hadde vært en gutt på kanskje tolv etter tennene å dømme. Akisha kjente at kvalmen tvang seg opp i henne mens hun leste med skjelvende hender. To av jentene hadde fått strupen skåret over, en hadde fått knust samtlige ribbein og hadde blødd i hjel innvendig. En hadde fått underlivet så i stykker skåret at hun hadde blødd i hjel av det mens en annen var strupt, hun hadde også fått en knust flaske presset opp i kroppen. To andre igjen hadde brudd på hodeskallen og dessuten bruddskader i ryggen og beina og den siste virket for å ha blitt nærmest levende flådd. Sjokket hadde sannsynligvis gjort det av med henne. Alle likene fortalte om en brutalitet som snaut lot seg beskrive. De tre mennene var ikke mye bedre heller. Naragh mente at alle tre var voldtatt og på en av dem var genitaliene skåret av mens han ennå var i live. Blodtap var dødsårsaken. De andre to hadde vært slått halvt i hjel og så hadde de blitt henholdsvis knivstukket og strupt. Raigh var blek da han var ferdig med å lese over listen, han ristet rent og Våk la en hånd på skulderen hans som for å trøste. De to mennene var som brødre og det gjorde alven opprørt å se hvor hardt Raigh tok dette. "Vi skal ta de som har gjort dette, og så skal de få lide!"

Raigh bare nikket og Akisha rullet sammen papirene, hun hadde gallesmak i munnen ennå. "I det minste får disse arme stakkarene en ordentlig grav, Naragh har vært grundig så det bør gå an å identifisere dem også. "

Våk så på henne. "Ja, men er dette alle?"

Akisha rynket pannen.. "Hva mener du?"

Alven så svært alvorlig ut. "Er dette den eneste dumping plassen deres? Eller benytter de seg av flere steder? Det er sikkert ikke alltid at gravplassen har vært tilgjengelig. Jalar er jo her mye av natta de nettene han graver nye graver. "

Akisha svelget krampaktig, hun så skremt på Raigh. "Åh guder, tror du han har rett?"

Raigh nikket trist. "Han har rett, de har garantert et sted til hvor de gjemmer kropper. En vis mann skjuler aldri alle sine skatter på et sted!"

Våk gyste. "Du kan få sagt det! Men alvorlig talt, vi bør sjekke søppeldynga også!"

Akisha svelget hardt og tvang seg til å puste. "Greit, vi stinker allerede død og fordervelse så det gjør ikke noe til eller fra! Vi tar en titt med en gang mens Naragh og Medikus ennå er samlet. "

Raigh smilte oppmuntrende. "Det er bra vesla, godt tenkt!"

De hadde hester stående nå og red i god fart mot det stedet utenfor byen som ble brukt til søppelfylling. Det var en liten kløft som ellers ikke hadde hatt noen nytte og nå var den halvveis fylt opp med alskens stinkende avfall som byen produserte. Det var alt fra mat rester til knuste møbler og dyrekadavre. Stedet stinket til himmels og hestene fnøs og nektet å gå helt bort til stedet. De satte dem igjen og gikk siste biten til fots. Akisha så målløs på den store flaten med ubestemmelige rester av alt mulig og hun rev seg i håret. "Å finne noe som helst her er som å finne nåla i høystakken!"

Våk skar en grimase. "Det stinker så ille at det å skulle finne et lik blir bortimot umulig. Men jeg tror jeg har en ide!"

Raigh så spørrende på ham og alven lukket øynene et øyeblikk og virket for å konsentrere seg. "Frerk, han har en luktesans som er

bedre enn noen hunds. Han bør finne eventuelle lik her! Jeg gav
Elywen beskjed om å slippe ham ut og be han finne meg"
Akisha bannet lavt. "Og gjett om folk blir glade når han kommer
galopperende. Har de ikke vært vettskremt før i sitt liv blir de det
da.!"
Våk bare slo ut med hendene. "Han er ikke farlig og de fleste vet
det. "
Akisha bare sukket og satte seg på en stubbe med en flik av jakka
foran nesa, Raigh og Våk gikk et stykke unna og sto og skravlet litt
og brått hørte de lyden av bein som løp vanvittig fort. Før de riktig
rakk å reagere var dragekatten der og Frerk pep og knurret
begeistret over å finne Våk. Alven dultet til dyret i det massive
brystet og Frerk senket den lange smidige halsen og slikket Våk
grundig før den satte seg på baken og avventet ordre. Intelligensen i
det brennende blikket fortalte dem alle at den forsto mye mer enn et
vanlig dyr. Nå var den på størrelse med en stor hest og det lange
hodet var blitt prydet med noen hornaktige utvekster over
neseryggen samt at fargene var blitt skarpere. Antagelig var den
snart ferdig utvokst. Våk klappet den på snuten og pekte mot
søppelhavet. "Søk Frerk, se om du finner menneskekropper der,
skjønner du?"
Dyret reiste seg og blikket ble skarpt, den slikket seg om munnen en
gang, så nikket den og lusket ned til søpla, begynte å snuse mens
den svinset frem og tilbake over alle de stinkende gjenstandene der.
Våk krysset armene foran brystet. "Da får vi se om dette virker!"
Frerk raste frem og tilbake i noen minutter og så stanset den og
skrapte i søpla, den snuste litt til og så grov den så alskens
motbydelige gjenstander fløy om ørene på den. Den satte seg og så
spørrende på Våk som nikket til de andre. "Han har noe"
De gikk ned til stedet og Akisha kjente at hun ble grønn. Det var
virkelig et lik som lå der nede, delvis oppløst og bare svakt
gjenkjennelig som et menneske. Våk bannet. "Vi hadde rett, de
dumper kropper her også"
Frerk fortsatte å lete og i løpet av en time fant han ytterligere fem
kropper. Akisha merket dem av og sendte Raigh etter Naragh og

medikus. Frerk fortsatte å søke med iver og Naragh og medikus fikk karene som var med til å grave ut kroppene og frakte dem til teltet de slo opp igjen på andre siden av fyllinga. Dette så også ut til å være et større funn.

Frerk hadde lett i et par timer da den brått stanset like ved stedet der den ferskeste søpla var dumpet. De hadde ikke søkt der ennå og dragekatten bikket på hodet og lagde en merkelig klynkelyd før den med forbausende varsomhet skubbet til side noen sekker med råtne kålrøtter og et halvt dusin gamle saueskinn. Akisha løp bort til den og hun skimtet en arm som stakk frem i møkka. Den var forbausende ren og hun vinket på de andre. "Herover, det er en kropp her også!"

Våk knelte ned og skuffet bort litt sekkestrie fra armen, han fikk et merkelig uttrykk i ansiktet og grep rundt den. "Folkens, denne armen er varm!"

Akisha gispet og brått var hun i gang med å skyfle unna søppel med desperasjonens krefter. Det de avdekket var en yngre mann med lyst hår, antagelig var han svært vakker men det var vanskelig å se for kroppen var aldeles blåslått. Øynene var gjenklistret og blod var smurt over hele fjeset, han så forferdelig ut. Våk la en finger på halspulsåren, konsentrerte seg. "Det er liv her, svakt men til stede. " Raigh vinket på Naragh. "Kom deg hit litt faderlig fort, vi har en i live her!"

Den gamle legen så vantro ut men kom løpende så kittelen flagret bak ham. Han så på mannen i søpla et kort sekund, så ropte han på medhjelperne. "Skynd dere, vi har ikke noe tid å miste"

Det ble et kaos av aktivitet nå, Naragh fikk gutten brakt opp på en båre og dekket med tepper før han kjørte tilbake til sirkus alt remmer og tøy kunne holde. Medikus satt på og så halvveis livredd ut, Naragh var en svært skjødesløs kjører på sitt beste og hesten han hadde fått denne dagen var rask og modig så Akisha ante at medikus fikk en kjøretur han sent ville glemme. Likene ble pakket i sekker og fraktet bort også, Naragh og medikus fikk se på dem senere. Frerk fikk en god og grundig omgang med helhjertet ros og var så stolt som en hane og så forflyttet de seg tilbake til sirkus i en mer adstadig og normal fart. Akisha kjente at hjertet hamret i halsen, denne mannen var garantert offer for de samme som hadde drept de andre de hadde funnet. Overlevde han kunne det være at han kunne avsløre noe som gav dem en mulighet til å finne de skyldige. Akisha hadde sjelden bedt så inderlig til gudinnen som hun gjorde denne dagen, hvem han enn var, han måtte leve! Han var selve bindeleddet mellom dem og de som hadde gjort dette, han måtte være i stand til å snakke!

Kapittel 2: Glemt av tiden

Væpne dere menn, hils deres kjære farvel
Bring meg ei til fall
Vi skal brenne deres gårder, spille deres blod
La ulvene hyle ved vår port

Langt inne i fjellene folk kaller dragens knokler lå noen dype smale daler få om noen kjente til. Innerst i den mørkeste av disse dalene hadde det blitt plassert et tempel. Folket som en gang bygde det var for lengst borte, deres bein var tæret bort av tiden og ikke engang legender fortalte om hvem de hadde vært. Men tempelet besto, skåret rett inn i den massiv bergvegg som reiste seg vertikalt nesten tusen fot rett i været. Tempelet var fremdeles imponerende, fresker og åpninger sammen med elegante søyler fortalte at de som en gang bygde det var et folk som elsket skjønnhet og også hadde svært god kunnskap om bygging. Det folket som nå hadde overtatt tempelet var antagelig så nær ved å være det stikk motsatte som det var mulig å komme. De en gang hvite veggene var overdekket med groteske tegninger i fett og sot og diverse skremmende religiøse gjenstander var hengt overalt. Det var skaller og knokler og treplater med underlige tegn.

Tempelet hadde blitt helligholdt av de orkene som holdt til i fjellene i århundrer, det var deres fremste helligdom og et sted bare de kjente til. Stedet var grundig bevoktet av en hel hær av elitetropper og prester, orkene hadde få ting de holdt hellige men dette var et av de stedene der deres guder holdt til og levde. Stammene som holdt til i fjellene her var sterke, de var mange og kun gammel overtro holdt dem fra å forlate fjellene og plyndre og herje i landene rundt. Det var sagt fra gammelt av at den dagen de forlot fjellene ville

helligdommen deres falle, de ville for alt i verden unngå det.
Prestene var i gang med sine daglige seremonier, de hadde ofret
noen geiter og brant kadavrene på svære ildsteder, messing og sang
blandet seg med den dype lyden av messinglurer til en kakofoni som
antagelig ville gitt enhver ikke troende akutt hodepine. En del orker
hadde kommet for å tilbe. De satt ydmykt samlet på kne på en liten
slette foran inngangen til tempelet, samtlige hadde barbert seg på
hodet som skikken tilsa og de var nakne. Nå satt de der og svaiet
med i rytmen og mumlet bønner mens de holdt ansiktene vendt mot
bakken, å se på prestene var ansett som tabu.

De øverste prestene var ruset på en spesiell plante som fantes der i
fjellene, den var hellig også og bare presteskapet fikk bruke den.
Den gjorde brukeren i stand til å se hva som skjedde i åndeverdenen
og de gikk der med pupiller som tallerkener og messet. Bak
inngangen var det et stort rom med flere rekker med søyler. Store
relieff av glemte konger og helter var nøye hugget ut i dem men
bildene var overmalt nå med orkenes heller tvilsomme kunst.
Allikevel bar rommet ennå en slags atmosfære av glemt storhet og
makt. Det hadde vært meget vakkert og den skjønnheten hvilte bare,
gjemt under århundrer av skitt og vanhelligelse.

Få hadde adgang til det innerste rommet, det var lite og mørkt og
her oppbevarte orkene sine hellige gjenstander. Det var i hovedsak
et skjold deres krigsgud ble sagt å ha lagd med sine egne hender, en
krystallskål han skulle ha drukket av og en flat skive av messing
med merkelige tegn på. Av alt dette var skjoldet mest hellig og ikke
engang prestene fikk røre det. Det sto der og skinte som om det var
nypusset og orkene kunne ikke engang snakke om det og bruke det
egentlige navnet på det. For dem var skjoldet kun kjent som verget
og når de sverget en hellig ed sverget de ved verget.

Utenfor det aller helligste bedrev prestene sine aktiviteter og
rommet var forlatt som vanlig. Det var uhyre sjelden at noen kom
inn der annet enn for å helle ny olje i lampene som alltid skinte.
Hadde noen vært der nå ville de antagelig blitt svært forbauset over
å se at en liten del av veggen brått beveget seg. En skjult dør åpnet
seg langsomt og en sky av støv slo inn i rommet sammen med en

trekk av kald luft. Det var et større hulesystem bak tempelet men de som bygde det i sin tid hadde skjult det bak veggene. En mørk skikkelse smatt ut, så seg om og hadde fått med seg alt som var i rommet på noen sekunder. Det var ingen der inne og mannen stakk sverdet tilbake i sliren han bar over ryggen. Mannen bar en heldekkende grå og svart drakt som fikk ham til å gå aldeles i ett med bergveggen bak. Ansiktet var dekket med et bisart mønster i grått og svart maling og han bar flere våpen festet på kroppen. Mannen var målbevisst, han la krystallbegeret og den flate messingskiven i en liten sekk på ryggen, så gliste han litt bredt før han tok ned skjoldet fra pidestallen det sto på og lente det mot foten av den. Han tok rennefart og sparket til skjoldet så det ble grundig bulkete før han la det på bakken, åpnet buksene og pisset på det. Mer enn det var det neppe nødvendig å gjøre for å skape stor oppstandelse.

Da det var unnagjort kneppet han igjen og tok opp en ny gjenstand fra en lomme, kastet den liksom skjødesløst fra seg på golvet like ved pidestallen. Skjoldet hadde ingen betydning for dem, men begeret og platen kunne antagelig vise veien om de bare fikk tak i kartet også, og gudebildet. Kartet var det allerede noen av hans brødre som var på vei for å ta, gudebildet var angivelig i hendene på noen heller tvilsomme individer i Shabuch. Det ville også bli tatt hånd om. Han tok sekken på ryggen igjen og gikk gjennom åpningen, døra slo igjen bak ham og i føyka som oppsto forsvant alle spor av ham, det så nesten ikke ut som om noen hadde vært der hadde det ikke vært for hærverket og de manglende gjenstandene. Det kunne ta et par dager før det ble oppdaget men reaksjonen ville være sikker. De kom til å gå til krig og det var akkurat det mannens oppdragsgivere ønsket.

Lengre nord på vestsiden av dragens knokler lå en by, dette var hovedstaden i et av de mindre rikene som lå spredt utover slettelandet ut mot kysten og denne byen var gammel og ærverdig. Som et minnesmerke over tider med makt og ære lå den bygget opp mot og over en stor klippe og både byggestil og tilstand fortalte at dette var et eldgammelt sted. Før i tiden var det vanlig at velstående ungdom og adelige reiste dit for å studere kunst og litteratur siden Catendhar var kjent som de høyere kunsters vugge men nå var den kun hovedstaden i riket Osholdar og kjent som en særdeles mektig og uinntagelig festning og også et maktsenter med stor rikdom og prakt.

Det var et sted i denne byen som var vel kjent men også på et vis skydd. Talløse vise menn hadde besøkt biblioteket under kongens palass og det ble sagt at det ikke fantes visdom kjent for menneskeheten som ikke var nedskrevet der men for en arm person uten kunnskap var biblioteket nesten like avskrekkende som kongens fangehull. Stedet besto av minst hundre enorme rom, alle fulle av bokhyller i tette rader, så høye at de nådde taket og mørkt og støvete var det der nede. Det var så støvete at det var forbudt med levende lys, en måtte bruke noen spesielle magiske lyskuler kongens egne trollmenn hadde lagd og siden det bare var fem slike var det sterkt begrenset hvor mange som kunne besøke stedet samtidig. Det å gå seg vill der nede var jevngodt med en dødsdom, det var flere som hadde blitt funnet flere år senere, uttørket og mumifisert med en eller annen verdifull bok rull klemt mellom knokkelfingre og en siste forbannelse ennå hvilende på leppene. For tiden var det stort sett bare kongens egne rådgivere som oppsøkte biblioteket, de hadde nøklene og det kunne gå uker mellom hver gang det var folk der nede. Denne kvelden var det stille der og helt mørkt. Stedet virket totalt forlatt men i et av rommene ble roen brutt. En luke i taket åpnet seg sakte, den var glemt av alle med unntak av noen ganske få og gjennom den firte en kort skikkelse seg ned. Da beina nådde golvet hvisket vedkommende et lite ord og et svakt lys spredte seg rundt ham eller henne. Tauet ble løsnet og personen gikk fort og meget målbevisst mot et lite skap som sto klemt mellom to massive bokhyller i mørk eik. Skapet var ganske vakkert men dekket med støv og det var forsynt med en imponerende mengde låser. Ingen kunne ha åpnet det på flere mannsaldre men det var så forseggjort at det neppe var totalt glemt. Utseendet røpet at det skjulte verdier og personen stanset et kort øyeblikk og stirret på skapet med smale øyne. Det var neppe beskyttet med magi siden det sto i et ganske avsides rom og få om noen lenger husket hva det rommet. Men en kunne aldri være sikker og personen la varsomt en liten gjenstand på toppen av det. Det var en flat nesten skålformet sak i metall og hadde det vært brukt magi på skapet ville den ha lyst opp som et godt bål. Ingenting skjedde og personen nikket til seg selv og skred til verket. Etter forbløffende kort tid var skapet åpnet og det svake lyset avslørte at det var stappet fullt av ruller av pergament og papir. Samtlige var gamle og så slitte og skrøpelige at de antagelig ville forvandles til støv bare en rørte dem.

Personen trakk frem en lapp fra den mørke drakten og leste høyt de få ordene som sto på den. Det hørtes merkelig ut, ordene var skurrende og stakkato og språket var antagelig ukjent for omtrent alle. Men effekten var klar, et blålig lys la seg om alle gjenstandene der inne og personen gliste fornøyd. Det meste der inne var av liten eller ingen interesse, det var en ting i sær som de var ute etter og fort ble skapet gjennomsøkt. Rullen ble funnet på laveste hyllen, den var pakket inn i gammelt skinn og så anonym og ubetydelig ut men personen smilte bredt og la den varsomt og med en viss andektighet ned i et rundt hylster lagd for formålet. Deretter ble skapet lukket igjen og sporene skjult. Oppdragsgiverne ville bli meget fornøyd med dette. Da tauet var trukket opp og luka lukket var det nesten ingenting igjen som røpet at noen hadde vært der. Noen få spor i støvet var synlige men en måtte nesten vite om dem for å kunne se dem i mørket der nede. Sjansen for at tyveriet skulle bli oppdaget var minimal. Rullen var beskyttet av magien og ville holde sammen til det som var på den ble kopiert og så ville betalingen bli meget generøs. Denne gruppen av elite tyver tok da virkelig aldri andre oppdrag enn de aller vanskeligste og best betalte.

Markedet i Mhirata var viden kjent som et av de aller største i området, folk samlet seg der fra fjern og nær for å handle eller bare se og det var alltid et yrende folkeliv. En mann kledd i dyre og vakre klær beveget seg gjennom mengden beskyttet av fire vakter som ganske bryskt dyttet unna alle som kom for nær, det yrte med lommetyver der og det lønte seg aldri å ta noen sjanser. Mannen hadde stø kurs mot hestemarkedet og folkemengden slapp ham gjennom. De aller fleste visste hvem han var og holdt blikket ned av respekt.

Han stanset foran innhegningene og kastet lange kyndige blikk på dyrene som var samlet der, selgerne sto der og holdt nesten pusten. Han var kjent for å kjøpe de vakreste dyrene og han bød alltid høye summer. I det store og det hele var skjønnhet det denne mannen levde for. Han var styrtrik og av en svært gammel og edel ætt som ble høyt respektert i regionen for sin vennlige holdning mot andre og vilje til å hjelpe.

Palasset var fylt med kunstskatter, vakre malerier og møbler. Stallene fylt med de vakreste hester som var å oppdrive og ryktene sa også at han hadde et sant harem av elskerinner, også de store skjønnheter alle sammen. Og han gjorde alt han kunne for å bevare skjønnhet, ta vare på den og hindre at den falmet. Selv var han utrolig forfengelig og redd for og på noe vis å bli påvirket av tidens tann. Han gikk med et lommetørkle over nesen for å beskytte seg mot stanken fra gatene og hver minste detalj på ham var perfekt. Ingen visste akkurat hvor dypt denne fobien hans stakk, i hemmelighet drakk han stadig miksturer som skulle sikre et langt liv og han ansatte stadig mirakelmakere som mente at de kunne stanse tiden for ham. Han ble stående foran innhegningen til en av selgerne, mannen var østfra og hadde fem dyr til salgs. Fem utrolig vakre grå hingster av den rasen som var så ettertraktet men sjelden så langt vest. Dyrene var store med lange bein og brede bryst og de beveget seg som om de fløt i luften. Mannen sukket betatt og glemte nesten å dekke nesen, disse dyrene var utsøkte. Han måtte ha dem og ta vare på dem, se til at ingen noen gang fikk ødelegge silkehuden deres med pisk eller sporer, eller sulte dem til underkastelse. De var svært dyre men han var rikere enn mange konger, han hadde råd til dem. Han kunne uansett ikke leve med seg selv om han trodde noe så vakkert kom til å bli mishandlet og ødelagt.

Han sto og snakket med selgeren da en kortvokst kar i en litt for stor kjortel banet seg vei mot ham, karen vinket ivrig med nevene og vaktene slapp ham forbi. De kjente godt til herrens rådgiver som han kalte seg. Herrens snushane var det ordet andre brukte på karen men det visste han vel knapt av. "Herre Uthar, Herre Uthar, jeg har nyheter!"

Uthar sukket litt oppgitt, Dhorlech var alltid ivrig og det var ikke alltid at graden av iver sto i forhold til viktigheten på det han hadde å si. "Snakk min tjener, men raskt!"

Han var utålmodig etter å avslutte handelen og berge disse skjønnhetene fra å havne i hendene på noen som bare ville arbeide dem til døde.

Dhorlech vætet leppene fort, han virket litt for ivrig til at dette var noe banalt noe. "De har funnet det herre, og de har det allerede!"

Uthar rykket til som om noen hadde stukket ham bak med en nål, han så storøyd på tjeneren som sto og nesten hoppet fra et ben til det neste i ren opphisselse. "De har kanskje sendt det til Lord Ychmal allerede, for tydning. "

Uthar slapp faktisk lommetørkleet i forfjamselsen, han så halvgal ut et øyeblikk før han fikk skjerpet seg. "Det er fantastisk, helt utrolig! Vi må få tak i det, har du noen som kan greie det?"

Dhorlech nikket. "Jeg har hyrt Janrem av Dhalakir, han burde klare å lure det fra dem. Han er så avgjort den beste. "

Uthar klappet kort i hendene. "Utmerket, sørg for at han har alt han trenger, ingenting må mangle. Vi må ha det kartet før de rekker å tyde det. Det skal bli vårt, bare vårt!"

Dhorlech bare nikket så det disset i hakene hans før han snudde på hælen og raste bort igjen, bemerkelsesverdig fort ved tanke på kroppsfasongen.

Uthar sto tilbake og greide ikke skjule opphisselsen, han lo for seg selv. Endelig, endelig skulle hans store drøm gå i oppfyllelse. Han skulle besitte en makt ulik all annen, ingen skulle noen gang kunne true den, aldri. Han var i et mer enn godt humør da han vendte tilbake til palasset, fem vakre hester rikere og med drømmer som nå kunne gå i oppfyllelse når som helst.

I fjellene hadde ting begynt å skje, og det til de grader. Ingen som nå nærmet seg det skjulte tempelet ville kjent seg igjen. Den fredelige dalen var totalt forvandlet siden det nå var liv overalt. Bakken var dekket med enkle telt og bål og det krydde med orker og gnomer. Det var så tett med dem at hele området så ut som ei gedigen maurtue og stemningen var mildt sagt amper. Det hadde blitt ramaskrik da øverstepresten oppdaget det som hadde skjedd med verget og de andre hellige gjenstandene, en slik vanhelligelse kunne de ikke overse. Faktisk var sjokket for dem så stort at flere av prestene omgående kastet seg selv rett i offerilden i den tro at gudene var rasende på dem. De som beholdt litt sans og samling prøvde å finne ut hva som hadde skjedd og fant fort den gjenstanden tyven hadde etterlatt.

Og dermed var det i gang, orkene var delt i flere klaner og som regel sloss de mer enn gladelig mot hverandre men dette forenet dem som lite annet kunne. Gammelt nag og hat ble skjøvet til side og krigshøvdinger valgt mens planer ble lagt. Deres hellige relikvier var stjålet, de skulle bringes tilbake, selv om det så betydde slutten på alt. Om deres verden så falt i grus, de skulle hevne det som hadde hendt, hevne det så det gikk inn i historien.

Objektet de hadde funnet var så lite at det fort kunne blitt oversett men en av prestene hadde oppdaget det nesten ved en tilfeldighet, det var helt åpenbart for dem at det hadde blitt mistet av den som vanhelliget deres hellige tempel. Det var en amulett, liten og forgylt med et bilde av et enkelt våpenskjold på. Våpenskjoldet tilhørte deres erkefiende, ætten som en gang hadde tvunget dem inn i fjellene og fått dem til å sverge en hellig ed på og aldri bryte ut derfra igjen. Det var seglet til kongefamilien i riket nord for fjellene, og eden de en gang svor var ikke lenger gyldig. Om menneskene virkelig tok så lett på det å bryte gamle løfter ja da gjorde de det samme. De skulle finne relikviene og landene skulle blø!

Orkenes øverste krigsleder var en fryktet kriger av en stamme kjent for å være uvanlig harde og blodtørstige. Nå satt han i det ganske storslåtte teltet sitt og mottok rapporter fra de mindre lederne. De hadde allerede plyndret flere dvergbyer i fjellene og skaffet seg våpen, når de hadde brutt en fredstraktat kunne de like gjerne bryte flere. Dvergene hadde sverget og aldri å selge våpen til orkene, nå slapp de da å bryte den eden. Det som blir tatt blir ikke solgt.

Hæren ble delt opp i avdelinger og Obrauch betraktet et kart med smale rødsprengte øyne. Det lange svarte håret var skittent og fett og prydet med enkle beinperler og amuletter og han bar en slags rustning av beinplater som var sydd på en lær vams. Hele greia var malt med rødt og symbolet hans, en stridsøks var malt i svart foran. Han syntes det var et meget flott symbol siden øksa alltid hadde vært hans favorittvåpen. Hans underoffiserer sto der og prøvde å se respektfulle ut, de var redd ham og med rette. Obrauch var svært hengiven i sin tilbedelse av verget, og dette hadde gjort ham mer enn rasende. Han var bortimot rødglødende og han hadde selv slitt ut strupen på et par mindre prester han syntes var litt for lite beveget over den skjenselen de hadde blitt utsatt for.

En av de mindre generalene trådte frem, han slikket seg nervøst over den utstående underleppen som var fylt med skarpe pigger som stakk ut i alle retninger. Obrauch så skarpt på den noe lavere og spinklere orken og skapningen stirret i golvet med svetten perlende over pannen. "Tal broder Grizkacha"

Grizkacha var livredd for å vekke den store lederens vrede, han prøvde å fremstå som tapper men det var ikke lett. Siden orkene ble forvist til fjellene hadde de bare slåss seg i mellom, noen større krig hadde det ikke vært og både soldater og offiserer var utrent og uforberedt på noe slikt. Mange hadde aldri vært utenfor fjellene og var fylt med religiøs overtro og skrekk. "Herre, jeg har mottatt bud om at kvinnene og barna og de ikke stridende er vel anbrakt i den dvergbyen vi tok, de har forsyninger for flere måneder"

Obrauch gliste stygt. "Godt, sett femti krigere til å vokte dem, ikke flere. Og ta av de eldste. Vi trenger de unge sterke skal vi knekke menneskene og ta tilbake det som er vårt!"

Grizkacha bare bukket og trakk seg baklengs tilbake, lettet over å være i live. Obrauch var med rette fryktet for sitt raseri men han var også utrolig slu og dyktig. Han burde kunne avlevere et knusende slag mot de som hadde brutt freden og vanhelliget deres tempel. Soldatene der ute var alle glødende av raseri og sorg, de var villige til å dø for saken og så mange tusen som var samlet der nå var de en formidabel styrke. En skulle aldri undervurdere styrken i orkenes vrede, den hadde vært holdt stangen av religiøse forordninger lenge, men nå var den dammen som holdt den fanget brutt og en flod av blod ville snart bryte fri. Obrauch pekte på kartet, det viste området utenfor fjellene i detalj.

"Gheer tar med sine bataljoner ned langs elva, Dherghen tar sine i motsatt retning og tar landsbyene og byene langs fjellene i øst. Ghoiper og Xchan går for slettene og åsene i vest og jeg tar mine bataljoner rett mot hovedstaden deres. Vi møtes der, og så skal krypene knuses en gang for alle! For verget!"

De andre løftet våpnene sine og slo dem mot skjoldene sine, det glødet faretruende i røde øyne og tennene var blottet i sinne. "For verget!"

Inne i fjellene var det flere hemmeligheter enn en skulle tro. Dvergbyene var en av dem. Dvergene var ikke et folk som pleide å pleie kontakt med andre, de holdt seg for seg selv og bare noen få utvalgte handlet med verden utenfor. Deres liv dreide seg om å grave seg gjennom berget på jakt etter edle metaller og steiner og selvsagt å forvandle dem til utsøkte kunstverk.

Byene der i fjellene var ikke store, de rommet kanskje tusen dverger hver og nå var flere angrepet av orkene og så å si utradert. Orkene hadde angrepet brått via gamle og glemte tuneller ingen lenger brydde seg med å overvåke og det hadde vært slakt selv om dverger normalt sett er svært stridsdyktige. De hadde ikke spart noen, selv kvinner og barn ble brutalt slaktet ned som dyr og blodet hadde flytt over de eldgamle golvene som røde elver. Våpnene de hadde brukt slik tid og omtanke på å skape ville nå bli brukt mot deres forbundsfeller og venner og den sporadiske motstanden de hadde greid å yte var blitt slått ned nesten med en gang.

Den av byene som lå lengst inn i fjellene var den minste og mest ubetydelige. Det hadde ikke vært så mange orker som angrep der og de hadde vært nærmest skjødesløse i angrepet. Det virket for at de angrep der mest bare for å drepe, antagelig for å trene seg opp. Byen hadde hatt rundt åtte hundre innbyggere og likene hadde blitt kastet ned i sjakter og luftehull som om de var søppel. Stanken som nå spredte seg var begynt å bli intens, det hadde gått et par dager og åtseldyrene var blitt tiltrukket av lukta. Ulver og gribb begynte å samle seg utenfor de skjulte portene og med dem også andre skapninger. Det levde mange vesen der i fjellene og nå prøvde en liten gjeng med svart gnomer å finne en vei inn for å se om de kunne plyndre noe. Svartgnomene var en slags underart av gnomer som ikke hadde alliert seg med orkene slik de andre gnomrasene hadde. Deres egne regnet dem som lite annet enn søppel og de var da også særdeles primitive. En vanlig gnom kunne kanskje vokse til den imponerende høyden av fire og en halv fot, en svart gnom ble sjelden mer enn tre, og de var svært spinkle med korte bein og utrolig lange armer med uforholdsmessig store hender. Svart gnomer het de fordi de var svarte, hud hår og øyne og alt og de var nærmest allergiske mot ordet renslighet. Av den grunn stinket de også ille, så ille at andre gnomer skydde dem og det sa ganske mye siden gnomer er viden kjent for å sette alle andre raser i skyggen hva stank angår.

De levde i små isolerte flokker som kunne utvikle egne språk og tradisjoner og de angrep og åt gjerne sine rasefeller. De fleste regnet dem som lite annet enn rotter på to bein men de var ikke uten intelligens. Faktisk kunne svart gnomer være riktig så kløktige om det var noe de ønsket og de ønsket intenst å komme seg inn i denne dvergbyen. Orkene hadde forlatt den siden den ikke hadde mer av interesse for dem og det burde være fritt frem nå. Gnomer av alle slag er omtrent som skjærer, de elsker blanke skinnende objekter og et gnombol kunne til tider minne om en juvelerbutikk det har gått en tornado gjennom. Var det blankt og fint var det interessant samme hva det egentlig var.

Denne gruppen besto av rundt femten gnomer, alle var i slekt og det var tydelig også. De hadde neppe fått særlig mye nytt blod i flokken på en god stund for mange av trekkene fortalte om innavl og nært slektskap. Noen sto og kranglet om hvorvidt det ville la seg gjøre å bryte opp porten mens andre igjen utvekslet slibrige skjellsord av den typen en aldri bruker i dannet selskap. Hvem som burde lede var årsaken til krangelen, de kunne ikke finne ut hvem som var smart nok til å finne veien inn.

En av gnomene sto litt unna de andre, han sto og funderte på om lufteluka han skimtet bak en utstående stein var stor nok til at han kunne snike seg inn. Det var sikkert masse fint der inne som bare han burde slå kloa i. Han trakk seg enda litt lengre unna resten av den kjeklende gjengen og så seg om. De sto på en hylle som gikk langsmed et ganske bratt stup og bergveggen gjorde en brå sving på seg rett etter luka. Det virket for at hylla fortsatte bortover og han skyndte seg inn i skyggene. Om de andre glemte at han var der ville han kunne snike seg inn når de ble helt opptatt med å krangle. Krangel var en høytstående kunst for gnomer, og det var også noe de nøt å gjøre. Det å kunne dukke motstanderen med grove fornærmelser var sett på som ytterst ærefullt og noe å strebe etter. Han presset seg mot berget og gledet seg til å se ansiktene på de andre når han dukket opp i leiren med masse skatter som bare ville være hans. Han rykket til i det han hørte en svak knaselyd bak seg, det var da ingen der? Han skulle til å snu seg men rakk det ikke. Noe traff ham i hodet med forferdelig kraft og det ble mørkt. De andre gnomene kom til å dele tingene hans mellom seg uten å bry seg noe videre med hvor han var blitt av, at noen ble borte betydde bare mer til de andre.

Skikkelsen som diskret bikket gnomkadaveret over kanten på stupet sto musestille. De hadde ikke hørt økseslaget som felte deres artsfelle og bra var det. De var for mange å slåss mot, han var svekket og bare det å løfte øksa var en anstrengelse. Dvergen var stygt såret, han hadde et dypt sår over de brukne ribbeina på ene siden og venstre armen var brukket like over håndleddet etter et slag fra en orke klubbe. Det verste var et hugg i mot hodet som hadde blødd kraftig og slått ham ut. Orkene hadde trodd han var død og det var kun et mirakel som hadde berget ham.

Daoin av Steinbrekkerklanen var en yrkessoldat, en stolt representant for den eldgamle rasens elitekrigere. Han hadde tappert prøvd å kjempe mot flommen av orker som brått stormet inn uten forvarsel men uten tid til å organisere et forsvar ble det hver mann for seg selv og de hadde slått ham ned bakfra. Han hadde våknet i en haug med stinkende lik og kunne knapt tro det som hadde skjedd. Sorgen og smerten hadde vært sønderrivende men dverger er utrolig hardføre skapninger og Daoin var av en ytterst stridig ætt som alltid hadde utmerket seg som gode krigere. For ham var det å dø i kamp en ære, men å gi opp var utenkelig. Så lenge det var liv i ham ville han kjempe for sitt folk og han hadde greid å forbinde sårene og spjelke armen som best han kunne. Såret i hodet hadde han på et vis greid å sy ved hjelp av sysakene til en av de døde kvinnene og et speil. Blodtapet var stort men han greide å stå og gå og han visste hva orkene var i ferd med å gjøre. Det var hans plikt å komme seg vekk og advare folk og han kunne ikke svikte sin plikt igjen.

Han hadde sørget over alle livene som var gått tapt men det var intet han kunne gjøre for de døde nå. Å sørge seg i hjel var lite ærerikt så han fokuserte på de levende i stedet. Han hadde funnet en skjult utgang og noen våpen orkene hadde lagt igjen. Han hadde en liten bylt med litt mat og vann og hadde trukket på seg en god rustning. Den hadde tilhørt hans øverste offiser og han var klar over at den var for liten men han trengte det vernet den kunne gi om han møtte på orker igjen. Dypt i det brede brystet brant viljen og raseriet hetere enn i noen esse hans folk hadde lagd. Han knuget øksa i nevene og tvang seg til å puste rolig, de skulle få betale for dette, betale for det med alt deres blod. Orker var svikefulle feige vesen og han aktet ikke å spare dem for det som måtte komme. Dette måtte hevnes, uretten vaskes bort og dvergenes stolthet bygges på nytt.

Han hadde skåret skjegget og håret helt ned som tegn på sorg og i ansiktet hadde han tegnet eldgamle symboler som for en dverg kun betydde en ting. Dette var en kriger som ville seire eller dø, andre alternativer fantes ikke lenger. De dyptliggende øynene glødet formelig av besluttsomhet. Det gikk skjulte stier ned fra fjellene, stier ikke engang orkene kjente til. De var langt fra farefrie men han kjente dem etter utallige turer ned til slettene for å handle med menneskene der nede. Dverger har ikke mye til overs for mennesker men det eksisterte en slags stilltiende aksept mellom dem. De var ganske like på noen måter og begge var avhengige av hverandre på ulike måter. Menneskene solgte varer dvergene ikke kunne skaffe selv i berget og fikk betaling i form av vakre og unike våpen og slik hadde det vært i århundrer. Han ventet til gnomene gav opp og gikk ned igjen for å krangle om hvem sin skyld det var at de ikke fant veien inn, da de godt og vel var borte skyndte han seg ned den uthugde stien og fant en hemmelig tunell et stykke ned på veien. Den ledet til en smal og kronglete sti som til slutt ville lede ham ned til slettene om gudene var med ham.

Dharan svevde i en slags døs av noe slag, det føltes egentlig ganske behagelig og om dette var å være død så var det ikke så ille. Han hadde fryktet noe langt verre. Men ting endret seg, han begynte å føle smerter igjen og noe berørte ham og det gjorde mer vondt enn noe han kunne huske å ha opplevd noen gang. Minnene om det som hadde skjedd begynte å dukke opp igjen og han ønsket i skrike ut sin sorg og smerte over det han hadde vært vitne til og utsatt for. Noen presset noe mot leppene hans og tvang ham til å drikke og han kjente at det smakte forferdelig men det døyvet smertene og gjorde tankene og minnene merkelig utflytende og fjerne. Det var ganske behagelig. Av og til ble det mørkt igjen og han gjorde ingen motstand mot mørket. Det var uansett bedre enn å huske. Han kunne huske den arme jenta, skrikene hennes og latteren, den forferdelige latteren. Om han ikke var død var glemsel det beste alternativet. Han ville ikke huske men måtte. Var dette et slags helvete? Var han død allikevel og ble straffet for og ikke å ha reddet henne? Han ante ikke, men han bare ba om at det ikke var slik.
Naragh hadde voktet mannen de fant i søpla i mange dager. I sirkus var stemningen temmelig trykket nå for murerarbeidet tok enda fem dager siden et lass med stein hadde forlist i havna og det ble en verre jobb å få lastet om skipene. Og nå dette, en sak som denne tok

all deres oppmerksomhet og de utvalgte måtte droppe treningene helt. Whaly hadde ennå mange spioner i byen og betalte villig store summer for opplysninger men de som sto bak dette virket for å skjule seg utrolig godt. Det vesle som folk greide å finne var stort sett bare hint og falske spor og ikke noe som ledet til noe håndfast noe. Det var funnet til sammen tjue lik nå og Akisha var nærmest fra seg av sinne og sorg over det som hadde skjedd i hennes by. En av de døde viste seg å være Liliets søster og de hadde brukt en hel ettermiddag på å trøste den sørgende kvinnen. Whaly hadde sendt henne hjem igjen med en temmelig hårreisende sum penger og Akisha visste at det kom godt med selv om det aldri ville kunne erstatte tapet av en kjær slektning.

Det de la sin lit til nå var at den sårede ville våkne igjen men Naragh var usikker. De la for stor lit til hans ekspertise mente han, om gutten var skadet i hodet var det ikke sikkert at han husket noe. Og han hadde mistet så mye blod og var så skadet at det skulle noe av et mirakel til for at han skulle bli normal igjen. Det var flere brudd og indre skader og Naragh kunne ikke huske å ha sett en så mishandlet kropp siden de fant Sorcha den gangen hvitekappene prøvde å ta over byen.

Likene hadde vært grusomt mishandlet og det fortalte dem at de som sto bak dette var ytterst rå og meget sadistiske, og syke ikke minst. Akisha kunne knapt forestille seg at folk kunne bli så perverterte og hun hadde flere lange samtaler med Elywen og Frostfugl der de prøvde å forstå hva som kunne gjøre noen så syk på sinnet.

Raigh måtte prøve å styre forberedelsene til starten på sesongen nå og hadde hendene fulle med det, Arnulf og Elda hjalp til med det heldigvis og Moira også når hun hadde tid. Vesle Jenar var høyt og lavt nå og holdt henne mer enn opptatt. Akisha visste at Moira planla å flytte fra sirkus snart, som hun sa det så begynte guttungen å lære litt for mange ufine ord og vendinger fra gladiatorene og hun ville at han skulle velge seg en litt annen fremtid enn den sirkus kunne tilby. Akisha var av og til nesten sjalu, men bare nesten. Moira hadde mistet sin kjære og led ennå av tapet, det var noe mørkt og fortapt i blikket hennes til tider og bare sønnen virket for å muntre henne opp igjen. Bueskytteren var fremdeles en del av gruppen, hun underviste de nye i skyting og visste å sette seg i respekt men av og til virket hun fjern og tankespredt. Akisha skulle gjerne ha hjulpet henne men nå var det andre ting som opptok henne mer.

Naragh satt ved den syke hele døgnet og lærlingene hans tok seg av de andre pasientene hans. Den aldrende legen og kroppspleieren visste hvor viktig dette var og hele saken var motbydelig. Han visste utmerket godt hvor forvridd og mørkt menneskesinnet kan bli og han kunne forstå hva denne gutten hadde vært utsatt for. Han satt og vasket noen av de ytre sårene da Akisha kom inn, hun var mørk under øynene og så sliten ut. De avhørte folk fra gata nesten hele dagen men ingen hadde noe fornuftig å komme med og det slet på nervene og ikke kunne gjøre noe direkte.

Naragh trakk frem en stol for henne og hun nikket takknemlig og satte seg ned. Naragh så med bekymring at blikket hennes var matt og håret ustelt. Når hun ikke brydde seg om utseendet lenger var det et faresignal. "Nå, hvordan går det?"

Naragh sukket og la fra seg kluten, den stinket av urteavkok og Akisha gren på nesen, hun kjente igjen den lukten fra da hun selv lå der i hans sykestue. "Han vil overleve. Jeg fatter ikke at de ikke drepte ham men antagelig ble de forstyrret vil jeg tro, og måtte bare blir kvitt kroppen. De trodde nok at han ville dø."

Akisha ristet på hodet og så skrått på legen. "Han må være sterk?"

Naragh skar en liten grimase. "Han er halvblods, det er grunnen til at han lever. Et menneske ville ikke ha overlevd, kort og godt. "

Akisha så sjokkert ut. "Halvt alv?! Guder!"

Naragh smilte trist. "Vakker nok for hvem som helst vil jeg tro, jeg undres på hvordan de fikk kloa i ham. Men det får vi vel vite om han våkner og husker. "

Akisha så skarp ut. "Er det en sjanse for at han ikke vil huske noe?"

Naragh nikket. "Ja, sinnet er merkelig slik. Det trenger ikke være noe fysisk galt med personen men om minnene er for vonde å forholde seg til kan en tvinge seg selv til å glemme. Og da er det lite som kan tvinge de minnene tilbake igjen, om noe. "

Akisha trakk på skuldrene. "La oss håpe at han husker, og vil fortelle. Det er i hans egen interesse. "

Naragh så strengt på henne. "Husk nå for all del at han har vært skremt, han vil trenge tid til å samle seg og bli sterk nok til å ta inn over seg hva som har skjedd. Vi vet ikke hvordan han er som person. Noen tåler mindre enn andre. "

Akisha så bare oppgitt på Naragh som la armene over kors over brystet. "Og nå unge dame, nå går du og tar deg et godt måltid mat før du tar et varmt bad og finner senga. Du trenger en god natts søvn, du ser snart ut som et spøkelse!"

Akisha fnøs og reiste seg. "Jeg kan ikke hvile når jeg vet at uskyldige kanskje dør nå, fordi vi ikke har stanset de som står bak dette!"

Naragh reiste seg også og ristet henne i skuldrene. "Nå mer enn noen gang er du avhengig av din styrke, og du ser ut som om du skal stupe der du står. Gå, ellers gir jeg Raigh beskjed om å slepe deg til sengs, og så tvinger vi i deg sovemelk og valmuedråper så du sover til denne karen våkner igjen!"

Akisha smilte matt. Naragh var streng når han trengte det og mente det så inderlig vel. Hun nikket tamt. "Greit, jeg skal adlyde. Mat og bad og seng, greit?"

Naragh smilte bredt og kysset henne kjærlig på kinnet. "Riktig jenta mi, i den rekkefølgen. God natt min skjønne, jeg vil sende bud på deg om noe skjer!"

Hun klemte ham fort som svar og forlot sykestua, gikk til kjøkkenet. Der strevde Jalisa i sitt ansikts sved med å lage nok stuing til over hundre personer og hun var vill i blikket og drivende våt av svette i det hun slengte en kongelig porsjon på Akishas tallerken. Hun fullførte dåden ved å plassere et av de største mjødkrusene ved siden av den, skvulpende fullt! Akisha sukket oppgitt, hun var ikke sulten men innså at Naragh hadde rett. Hun trengte styrken sin fremover. Hun visste at Jalisa sin mat var så god at en aldri skulle måtte tvinge den i seg uansett men allikevel var det akkurat det hun gjorde nå. Det hun hadde sett hadde gnagd seg så langt inn i margen på henne at det ikke slapp taket uansett hva hun gjorde.

Mjøden var sterk og hun følte at verden svingte for henne da hun gikk til badet. Hun stanset foran bassenget og så smalt på det. Hun visste ikke om det var så lurt å bade nå men fant ut at hun måtte. Hun stinket og var støl og trengte å føle varme i kroppen igjen. Hun sto der og trakk av seg buksene da hun brått kjente armer rundt seg og varm pust mot nakken og hun skvatt og hylte i det hun ble løftet opp og nesten kastet uti.

Raigh sto der og bikket på hodet med det vante gutteaktige glimtet i blikket og hun spyttet vann og fikk av seg de siste våte plaggene. "Det var slemt gjort!"

Raigh trakk av seg sine egne klær, han ristet på hodet. "Nei, det var det ikke. Du trenger noe annet å tenke på nå, du trenger å slappe av!"

Akisha så på blikket hans hva han pønsket på. "Åhå, åh nei din skurk!"

Hun svømte bort til den motsatte enden av bassenget, Raigh stupte uti med en elegant bevegelse og lagde knapt nok et plask. "Naragh blir rasende, jeg advarer deg! Han vil ikke ha noe av den slags aktiviteter i sitt bad!"

Raigh nådde henne igjen og grep henne, trykket henne mot kanten på bassenget og siden de begge var nakne var det ingen tvil om at han var klar for det aller meste. "Naragh vil godkjenne dette min kjære, han vet hva du trenger! Akkurat som jeg gjør det!"

Han grep henne om midjen og løftet henne opp på kanten av bassenget så hun satt ytterst på den. Akisha så litt forvirret på ham for hun forsto ikke helt hva han mente med det men det forsto hun fort. I den høyden satt hun perfekt til og før hun rakk å tenke en tanke til hadde hun ansiktet hans nede mellom lårene og hun måtte trekke pusten hardt inn av følelsene han øyeblikkelig tryllet frem i henne. Hun grep ham i håret men greide ikke be ham stanse, hun kunne bare hikste navnet hans og følge med stormfloen av følelser som raste gjennom henne. Etter bare litt skrek hun navnet hans og skalv over hele kroppen i orgasmen og Raigh gliste djevelsk og trakk henne bort til trappen. Der kom han seg høyere og tok henne fort og kyndig til hun slo beina sammen rundt ham og skrek igjen. Hun glemte virkelig tid og sted der og da, alt som eksisterte var de to og da Raigh omsider slapp kontrollen og tillot seg selv og nå frem hadde hun en følelse av at hun bare fløt. Raigh pakket dem begge inn i tepper og så løftet han henne opp og bar henne med seg til rommet deres. Da han fikk henne ned på senga sov hun allerede og han smilte kjærlig og ømt av det ennå bekymrede uttrykket hun hadde i ansiktet før han la seg ved siden av henne og trakk teppene opp om dem. Han ville være der og verge henne og være hennes støtte om hun fikk vonde drømmer. Hun var trygg hos ham og ingenting vondt skulle få plage henne så lenge hun var hans.

Kapittel 3: En bølge av blod.

Vi skal vandre i natt, mot ære og seier
Bring meg ei til fall
Slå til mine brødre og vit at hevnen smaker søtt
La ulvene hyle ved vår port

Den vesle landsbyen som lå langs grønnelva hadde ikke noe
egentlig navn. Den var bare hjem for de som bodde der og siden
stedet var så isolert og lå så avsides til hadde ingen noen gang brydd
seg med noe navn heller. Stedet var lite, det rommet kanskje hundre
sjeler i alt og de fleste livberget seg ved å fiske i elva eller ved jakt.
Noen få hadde husdyr men stedet var lite og husene snaut mer enn
koier. Et par hus var litt bedre enn de andre, de var laftet sammen av
grove stokker og stedets leder bodde i det ene og presten i det andre.
De som bodde der var ganske religiøse, en trengte gudenes velvilje
skulle en klare seg der i fjellene og overtro og slikt var utbredt.
Denne kvelden var det som vanlig stille og fredelig, noen få jegere
var ute ennå men de fleste var inne og jobbet med småting som de
ikke hadde fått gjort i løpet av dagen.
Stedets leder var en kar oppe i førti årene som var kjent som en
hardhaus, han hadde vært en dyktig soldat i kongens egen hær som
ung men etter en skade slo han seg ned som jeger i stedet og på
grunn av sin viten og myndighet endte han opp med å styre der. Han
trivdes med det, hadde vokst på det sjelelig og det var ro i livet hans
nå. Han hadde en kone nå og to staute sønner på femten og seksten
samt to døtre på sju og fem. De var hans stolthet og glede og han
visste at dette stedet var et godt utgangspunkt for et langt og rikt liv.
En lærte å jobbe ved å vokse opp der, og en lærte å ta ansvar.
Kona satt og spant ved peisen og den yngste av døtrene satt og
prøvde å sy en slags dokkekjole til den enkle tre dokka hun hadde

fått. Den så egentlig ikke særlig ut som noe som helst men for jenta var den nok, hun elsket tingesten hemningsløst og han smilte litt overbærende av de intense monologene hun førte med dokka. Kona sukket og grep en ny bunt med ull. Hun var god til å spinne og mange ville gjerne kjøpe garn av henne, han hadde giftet seg vel: De to guttene satt i gluggen i andre etasje og stirret ut på stjernene, han hadde prøvd å trykke i dem litt lærdom om mer enn bare å overleve i fjellene og det virket for å synke inn. En burde i det minste kunne lese og de to var faktisk ivrige på det: Han skulle til å stappe i pipa si igjen da den yngste av de to ropte ned til ham. "Far? Jeg så noe rart!"

Han rynket pannen og så opp, han kunne skimte de to gjennom luka opp og de sto og glante utover mot fjellene.

"Jaså Ildar, hva da?"

Den eldste pekte i retning fjelldalene. "Det var et stjerneskudd tror jeg!"

Den yngste ristet på hodet, ivrig og fast bestemt på å ha rett. "Nehei så, det var ikke et stjerneskudd far, Olam lyver. Det var for nær bakken så!"

Han reiste seg, stjerneskudd nær bakken? Noe beveget seg i underbevisstheten, en følelse av at noe var på ferde. Kona hans løftet hodet og så litt forbauset på ham. "Hva er det Arran?"

Han så litt beroligende på henne. "Ingenting Mirla, guttene så antagelig et stjerneskudd. "

Ildar hoppet nesten opp og ned der han sto. "Det var ikke et stjerneskudd, det var oppe mot åsen der vakttårnet står, jeg er sikker!"

Arran stivnet til, ordene sank inn. Det sto vakter der, alltid. Selv om orkene hadde holdt seg inne i fjellene i århundrer visste en aldri hva annet som kunne komme derfra. Det var ikke mer enn ti år siden et bergtroll kom denne veien og drepte to menn og fem kyr før det snudde og vendte tilbake til skyggene igjen. Han klatret fort opp stigen og de to guttene pekte ivrig i retningen de hadde sett lysglimtet.

Han myste, det var stjerneklart men ingen måne og et lag tåke hadde lagt seg over bakken. Det var lav krattskog hele veien bort til åsen med vakttårnet og han fikk brått en frysende følelse. Det brant ingen fakkel i vakttårnet, det var svart der borte. De to guttene så spørrende på faren som brått var blitt merkelig stiv i maska, de kjente ham ikke igjen. For Arran var det som om tida brått tok flere steg tilbake, han var igjen soldat og de gamle instinktene våknet til live. Han lente seg ut av gluggen, lukket øynene og lot ørene fortelle ham om verden der ute.

Det var stille, helt stille. Ingen nattfugler sang, sauene i kveet bak landsbyen holdt kjeft, ikke engang bikkjene gav lyd fra seg. Bare sangen fra elva kunne høres og den var som en alltid hadde vært, rolig og fredelig. Arran la hodet på skakke, været nesten i vinden. Det var en lyd der, en svak skvulping som virket for regelmessig til å være naturlig og han reagerte med en gang. Han rygget inn i rommet, slukket lampen som lyste der og grep de to guttene i nakkeskinnet. "Ildar, Olam, ta Shikei og Nolaa og løp ned til båthuset, men lag ikke en eneste lyd. Dere vet veien?"

De to nikket usikkert, skremt av uttrykket i farens ansikt. Mirla så skremt på sin husbond som trakk barna ned i første etasje og slengte bommen for døra. De to jentene så forvirret ut, den eldste hadde sovet og så ennå ut til å være i halvsøvne og Arran åpnet kjellerlemmen og pekte ned i mørket. "Ta kryp gangen, gjem dere i ura bak båthuset og la ingen se dere!"

Ildar så skremt på faren. "Hva er galt far?"

Arran prøvde å smile men greide det ikke. "Jeg vet ikke, men noe er det. Det er alt for stille og noe krysset nettopp elva. Skynd dere barn!"

De to guttene hoppet nedi og den eldste jenta fulgte dem men Nolaa nektet, hun klamret seg til morens skjørter og nektet å slippe dem. Arran skulle til å gripe henne og rive henne løs da de brått hørte lyd. Skjærende skrik fra et av nabohusene, skrik som ble brått klippet av etterfulgt av triumferende brøl som for Arran kun betydde en ting. Orker!

De tre barna nede i kjelleren så komplett vettskremt ut og han hev en kniv ned til eldste gutten. "Kom dere vekk, nå! Løp!"

De grep søsteren og la på sprang mot bakveggen, åpnet luka og forsvant inn i den mørke gangen. Arran grep veslejenta som hylte vilt og hev henne ned i kjelleren etter dem, Mirla var likblek i det hun hoppet etter og grep jenta for å trekke henne etter seg ut. Nolaa nektet, hun var redd mørket, redd skrikene som nå lød over hele landsbyen og redd foreldrenes merkelige oppførsel. Hun hylte så hun nesten overdøvet alle ropene og brølene og Arran rakk ikke å tenke, rakk ikke å gjøre noe. Han hev seg bort til kista der han hadde våpnene sine, halte frem et sverd og en øks. De var velkjente venner men det var lenge siden han hadde brukt dem. Mirla la handa over munnen på den hylende jentungen, prøvde av alle krefter å stagge skrikene som bare økte i villskap og styrke. Ungen var rød i ansiktet og Arran visste at de neppe hadde noen sjanse. Landsbyen var fortapt men det var en mulighet for at barna kunne klare seg. Han måtte holde fienden stangen. Mirla ristet på hodet, hun snudde seg, trakk ned lemmen som skjulte krypgangen og Arran så hjelpeløst på henne. Hun ofret seg for å berge ungene, og han skulle så gjerne ha fortalt henne hvor tapper hun var og hvor høyt han elsket henne en siste gang men nå braket det i døra og han kjente den sure lukten av orker. Fort vippet han ned kjellerlemmen og halte et teppe over den. Mirla hadde holdt Nolaa så hardt at ungen hadde besvimt, hun holdt munn nå. Kanskje det var en ørliten sjanse tross alt.

Arran sto klar, den første orken som prøvde å bryte gjennom døra ravet bakover med et brøl og en arm mindre. Øksa var velbalansert og skarp som barberblader, den hadde ingen vansker med verken kjøtt eller bein. Arran kjempet godt men han var kun en mann, og orkene stimlet sammen om huset som maur rundt en krukke med honning. En ork hadde en primitiv armbrøst og fyrte inn gjennom et sidevindu, traff Arran i siden. Arran vaklet og prøvde fortvilet å finne balansen igjen, døra brast helt nå og nå var de inne. En ork kjørte et kort spyd gjennom magen på mannen mens en annen hugg til mot sverdarmen hans. Arran falt, merkelig nok følte han lite smerte, bare en stor sorg over at dette ble enden på alt. Det siste han hørte før mørket tok ham var at Mirla skrek i det to grovbygde

groteske skapninger grep tak i henne og halte henne opp. "Tilgi meg kjære, jeg skulle ha spart deg for dette "
Den tanken ble det siste for ham i denne verden.

Dharan våknet sakte, verden var kun en grå dis for ham og alt svingte noe skrekkelig. Han ante ikke hvor han var eller hva som hadde skjedd. Var han ikke død? Hva var dette? Han kunne da ikke være i live? Han var tørr i halsen og det gjorde vondt å puste, av rent instinkt prøvde han å ta seg til strupen men greide det ikke. Det gjorde for vondt, det virket for at hele kroppen på ham bare var smerte og han jamret seg. Med en gang var det en hånd der, en varm og ganske myk hånd som strøk ham over håret og plasserte noe kjølig mot leppene hans. Det virket for å være en kopp og han åpnet munnen og fikk en slurk med noe som smakte så guddommelig godt at han kunne ha grått av lettelse. "Rolig gutt, du er trygg!"
Stemmen var trygg og rolig, tilhørte en eldre mann kunne han høre og han forsto ingenting, det siste han husket var rommet, og mennene som… Han hev etter pusten og ville skrike men handa var der igjen, strøk ham over håret.
"De kan ikke finne deg her, aldri skade deg mer. Du er i sirkus, under våpenmestrenes beskyttelse. "
Dharan hev etter pusten, alt var tåke og han kjente at han lå på en myk seng med gode tepper over seg. Det var bandasjer flere steder, og han forsto at den som tok hånd om ham var dyktig. Han burde ha vært død. "Hvordan.. "
Stemmen hans var kun et hvisk, et tørt knirk men mannen hørte visst allikevel. "Mestrene er på sporet av de som gjorde dette mot deg, de fant deg ved en tilfeldighet, i søppeldynga utenfor byen. "
Dharan nikket, han hadde hørt dem snakke om den, fyllingen. Hvor nedverdigende hadde det ikke vært å vite at den ble ens siste hvilested på denne jord. "Det var en jente.. "
Han greide nesten ikke forme ordene, handa var der igjen, medfølende og varsom. "Vi vet, vi fant henne ikke langt fra deg. Pint i hjel som så mange andre. Klarer du å snakke?"
Dharan stønnet, kroppen verket og han kjente at strupen knøt seg.

"Jeg vet ikke, jeg…"

Mer av den herlige væsken ble varsomt helt over leppene på ham og han svelget ivrig, det lindret smertene i strupen og gjorde ham merkelig lett i hodet. "Du må hvile lenge unge mann, men jeg vil få orden på deg igjen. De skal ikke få ditt liv også, jeg sverger!" Dharan lukket øynene. "Hvor ille er det?"

Den eldre mannen rørte visst i en bolle av noe slag, en våt klut ble varsomt ført over pannen hans. "Ille, jeg skal ikke lyve for deg. Men med riktig stell vil du bli frisk igjen, kanskje nesten uten arr også. " Dharan svelget krampaktig. Hvorfor hadde han blitt berget når ikke de andre var det? Den gamle mannen strøk handa varsomt over ansiktet hans. "Øynene dine er svært hovne, derfor ser du ikke. Men jeg tror ikke synet ditt er skadet. Det mest alvorlige er flere ribbeinsbrudd og du hadde en kollapset lunge og flere andre brudd. Og du blødde stygt, men jeg har lappet deg sammen igjen. Et meget godt stykke arbeide om jeg må få skryte av meg selv. "

Dharan forsto det, han husket behandlingen han hadde fått av de mennene, de hadde planlagt å pine ham i hjel fra første stund og han husket hvordan de torturerte den jenta og kjente at et skrik kjempet seg frem. Han greide ikke puste, vitenen ble for mye for ham, han kjempet mot teppene, ville bort, glemme. Den gamle sukket og la handa på pannen hans, Dharan greide ikke røre seg, greide ikke kjempe. Det var som om den varme handa hadde en slags kraft som gjorde det umulig å slåss. "Jeg er Naragh gutt, hva heter du?" Dharan skalv over det hele, tårer presset seg på og han syntes han hørte skrikene til den jenta fremdeles. "D..Dharan"

Naragh klappet ham på skulderen. "Vel møtt Dharan, nå skal du få sove litt igjen, så skal vi se om vi kanskje kan finne og straffe de som gjorde dette mot deg!"

Dharan trakk pusten dypt, han ville si at det neppe var mulig men mørket tok ham igjen og det ble trygt og varmt og stille. Naragh så medlidende ned på den liggende unge mannen, ansiktet var så blåslått at det var ugjenkjennelig men for en lege var det alltid mulig å lese tegnene. Det var en vakker gutt, nesten feminin på et vis. Antagelig helt midt i blinken for slike svin. Han sukket og vinket på en av lærlingene sine. "Joth, gå og si ifra til Akisha at gutten har vært våken. Og få noen til å hente Frostfugl. Jeg er redd det å snakke vil bli for traumatisk for ham. Det vil rive sinnet hans i biter. "

Lærlingen forsvant som et lyn og Naragh så tankefull i veggen. Han hadde selv blitt mishandlet som ungdom, den gangen hadde det hatt en mening, en misjon. Å kastrere en slave økte verdien på de som overlevde det brutale inngrepet og han husket det ennå, femti år senere. Han gyste og så ned på gutten igjen. Når kom egentlig de sterke til å slutte å begå forbrytelser mot de som var svakere? Kom det noen gang til å skje? Han tvilte, så lenge menneskene hersket i denne verden kom elendigheten til å vare. Det var slik det bare var. Etter en stund kom både Akisha og Frostfugl settende etterfulgt av de andre utvalgte. Bare Enez manglet siden hun hadde en time i språk som hun ikke kunne skulke unna. Naragh fortalte fort hva som hadde skjedd og Akisha så på Dharan som nå sov dypt, dopet av Naraghs spesial blanding. Frostfugl sukket og satte seg ved siden av ham. Hun ante hva Naragh ønsket av henne og vanligvis ville hun ha nektet men hun forsto grunnen. Om de tvang gutten til å snakke ville han antagelig klikke helt, sinnet hans greide ikke takle minnene. Frostfugl hatet å gå inn i sinnet til mennesker for de var så merkelige, så ustrukturert og tilfeldige, Det ar et kaos der inne som alltid skremte henne og det slet henne ut hver gang. Men denne gangen var det ikke noe valg. Og denne gutten var halvt alv. Det i seg selv gav henne grunn til å ville hjelpe ham.
Hun fikk et varsomt nikk fra Akisha som sto der og så dyster ut. De måtte finne noe de kunne bruke, noe de kunne bruke til å nøste opp flere spor. Frostfugl ristet litt på seg, skar en grimase og Naragh smilte oppmuntrende til henne og rakte henne et beger med vin. Alven drakk det takknemlig og så satte hun seg ned ved hodet til den bevisstløse gutten og la hendene varsomt på tinningene hans. Det gjorde vondt å se på ham, så skadet og blåslått men sinnet det vekket i henne gav henne styrke til dette.
Frostfugl gav seg over til sin medfødte evne og forbausende fort var hun i kontakt med sjelen hans. Hun så bilder fra livet hans flagre

forbi sitt indre øye som sommerfuglvinger i en mild bris. Hun så en god barndom i en liten landsby, en jobb som gjeter. Så forandret ting seg, hun så Shabuch, en kamp for å overleve fra dag til dag. Frostfugl rykket til, ting endret seg til de grader. Nå så hun ansikter, mange av dem. Og scener hun ikke ønsket å se men måtte. Noen var kunder, andre gikk igjen flere ganger og måtte være de som sto bak dette. Hun la seg ansiktene på minnet. Hun så fjes som forsvant for aldri å komme tilbake, følte angsten hans, fortvilelsen og skammen. Så ham bli holdt nede og misbrukt, så ham tvinges til å gå til sengs med kvinner som så ham som en gjenstand.

Frostfugl jamret seg, for en alv var dette grusomt. For hennes rase var begrepet voldtekt ukjent, det skjedde ganske enkelt ikke. Ingen alv ville noen gang tvinge en annen til å gjøre seksuelle handlinger mot sin vilje, av noe slag. For hennes folk var det like mye en sjelelig forening som en fysisk og en kan ikke skjule følelser eller lyve i en slik situasjon.

Hun så den siste dagen, så hva som skjedde med jenta og ham og hun ble kvalm, kjente at magen strammet seg og prøvde å tvinge alt hun hadde spist den dagen opp igjen. Hun kjente tårene renne og bare staheten tvang henne til å holde kontakten og bli i sinnet hans. Hun søkte desperat etter noe som helst som kunne fortelle dem hvor han hadde blitt holdt, og hvem som sto bak.

Hun silte gjennom minnene hans mens hun jamret seg og skalv, Khir sto bakerst i rommet og de gylne øynene hans var ville. Han sanset smerten hennes og som hennes sjelemake var det følelser de begge to delte. Han ville rase bort og omfavne henne, trekke henne vekk men visste at han ikke kunne. Alt han kunne var å dele hennes lidelse og håpe at han kunne hjelpe henne gjennom den. Frostfugl slapp brått taket med et skrik, øynene hennes var et øyeblikk like helsvarte som Våks og hun så mer eller mindre gal ut.

Akisha grep tak i henne. "Si at du fant noe, vær så snill!"

Frostfugl hev etter pusten, svetten rant av henne og hun stinket formelig av avsky og frykt. "Jeg så ting jeg ikke trodde var mulige, jeg så dem… en stor hund og en liten jente…Guder så motbydelig!"

Akisha ristet henne. "Ja, men kan vi finne dem, så du noe brukbart!"

Frostfugl reiste seg, tennene var blottet og det flammet kald ild i blikket. "Ja, jeg så noe vi kan bruke. De holdt fangene sine i et rom uten vinduer og de blir tatt ut med bind for øynene men han greide å kikke ut en gang. Og de hørte lyden av en tåkelur temmelig ofte. Det er i kvartalet ytterst ved den gamle moloen."

Akisha knep øynene sammen, det var et ærverdig kvartal med hus, de fleste hadde tilhørt adel en gang i tiden og siden det området var nede ved sjøen var det blitt spart da byen brant. Det var mange gamle og flotte hus der og eiendomsrett og råderett var et sant kaos. Noen var leid ut så mange ganger at den egentlige eieren var aldeles glemt. Men det var fornuftig, svært fornuftig. Om det dukket opp fremmede der brydde ingen seg, stedet trakk på lykkejegere og løse eksistenser siden mange av de som leide de dyre husene holdt svært store og luksuriøse fester.

Hun strøk alven over pannen. "Du er tapper Frostfugl. Så du noen ansikter?"

Alven vinket på Naragh. "Papir og en penn, fort!"

Hun fikk tingene og begynte å tegne, fort og elegant. Hun hadde så avgjort talent og selv om tegningene var forenklet burde det være mulig å kjenne igjen ansiktene. Særlig et par som var såpass spesielle med arr og slikt at de skilte seg grundig ut. Hun avsluttet med en tre fire fjes hun satte strek under. "Dette er de som nesten drepte ham. "

Våk lente seg over Akisha s skulder og stirret på bildene. "Som mente å drepe ham men ikke rakk det mener du vel!"

Han sanset sinnet i den frosthårete alven godt og han var sjokkert over dette. Raigh tok papirene og studerte dem. Han la hodet på skakke. "De fjesene der burde det la seg gjøre å identifisere. Whaly får vise dem til spionene sine, de er dyktige til å finne folk. "

Akisha nikket og gav Frostfugl en god klem. "Ja, og vi kan planlegge et angrep. De folkene der skal stanses en gang for alle. Det blir ingen nåde denne gangen. Ingen i det hele tatt."

Våk så ut som om han så frem til det og Rheynek knurret nesten. Det lyste stygt i de gulgrønne øynene på ham.

Frostfugl sjanglet da hun reiste seg og Akisha så spørrende på henne. "Hva tror du om sjansene til stakkaren her?"

Frostfugl smilte litt skjevt. "Jeg tror han har gode sjanser, jeg visket ut de verste minnene hans. Det vil selvsagt være tomme hull i hukommelsen men det er bedre enn å bli plaget av det han har sett. Ingen burde være nødt til å bære en slik byrde med seg videre. "

Khir kom bort og omfavnet henne varmt. "Godt tenkt min kjære, du er alltid så omtenksom. "

Akisha snudde seg mot den vesle forsamlingen. "Jeg går til lageret og finner et by kart. Vi må være sikre på at ingen kan unnslippe. Og dere karer kan ordne våpen og utstyr. Vi kan ikke vente lenger enn til i kveld. Det handler om liv!"

Raigh klappet henne ømt på kinnet med et litt vemodig blikk, igjen hadde hun forvandlet seg fra ettertenksom og vis til stridsklar og skremmende, det hadde gått fort. Akisha løp til lageret mens Naragh tok tegningene til Whaly. Hun fant et kart over den delen av byen og studerte det nøye. Det måtte være et av husene på vestsiden siden de hørte tåkeluren fra moloen. Og jo mer hun så på kartet jo sikrere ble hun i sin sak. Det var bare et av de husene som kunne romme en slik aktivitet. Det var et gammelt palass som var temmelig stort og solid bygget av stein, en gang i tiden hadde det vært meget vakkert og fremdeles hadde det en viss forloren skjønnhet som fikk reisende til å stanse og se på det mer enn en gang.

Hun snerret nesten i det hun rullet kartet sammen igjen, gudinnen var med henne i dette, hun følte det med hver nerve i kroppen. Og hun hørte en tassing som bare kunne bety at hevnulvene var til stede, lyden var så sterk at hun antok at de var på størrelse med stridshestene deres. Hun kjente at vreden som kokte i hjertet snart ble for sterk for henne, den brant henne og truet med å bryte løs og hun kunne ikke tillate seg selv å miste kontrollen. Nå minst av alle tider. Hun sukket og lukket øynene, samlet seg sakte og med en kraftanstrengelse. Hun sverget for seg selv at dette kom til å bli en total opprydning like brutal som den som satte en stopper for hvitekappenes planer.

Da ettermiddagen var i ferd med å bli til kveld hadde forberedelsene blitt fullført. Akisha hadde bedt Rhylja bli med og Elda hadde også meldt seg frivillig samt at Wilbwyn og Rashag og et par andre gode krigere fra sirkus forlangte å bli med. Hun tok også med seg noen av kongens elitesoldater for hun hadde sendt et bud til forlegningen med en forklaring og budet hadde kommet tilbake rimelig fort med et brev fra øverstkommanderende. Brevet var så svovelosende at Akisha snaut turte lese det men meningen var klar. De kunne bruke så mange menn de bare trengte og om de hadde behov for en bøddel etterpå meldte kommandanten seg frivillig, makan til djevelskap hadde han aldri hørt om noen gang.

Whaly hadde vist tegningene til flere av sine folk på gata og et par av ansiktene var gjenkjent. Det var ganske riktig det gamle palasset som måtte være hovedkvarteret og en av mennene var adelig. En tigger kjente igjen ene fjeset som en adelsmann som nylig var kommet til byen, det var en av de som hadde pint Dharan. Raigh hadde hatt en liten prat med Akisha før de gjorde seg klare. De kom ikke til å vise noen nåde men noen burde de la leve så lenge at det ble en rettsak. Folket burde få vite hva som hadde skjedd i deres midte og de burde også få se hva som skjedde men den som gjorde slikt. Akisha kunne ikke love at hun ville spare noen, hun var redd berserkraseriet hennes ble for sterk og Raigh forsto henne. Hun var kanskje den øverste av våpenmestre men også menneskelig, i det minste delvis.

Byens soldater hadde fått sine ordre, portene ble stengt og i havna ble det satt ut ekstra vakter. Ingen skulle få slippe unna, det var skaffet lenker og slikt nok til et kompani og Naragh var klar til å ta seg av flere skadede. Medikus var også tilkalt og legen sto hos Naragh og så svært alvorlig ut. Han likte dette like lite som de andre. I sirkus var portene låst og alle visste hva som skulle skje. I verste fall ble dette en blodig affære og ingen tvilte på at de utvalgte ville ta de ansvarlige og straffe dem meget hardt. Elywen var så sint at hun nesten freste og mente at hun burde forvandle seg og bare svi av hele rottereiret men Våk fikk henne til å stagge seg litt. Det kunne være uskyldige der inne, folk som var holdt fanget, folk som Dharan.

Daoin holdt et høyt tempo ned gjennom de skjulte tunellene og stiene. Han var svak og smertene rev i ham men viljen var sterkere enn stål. Dverger er utrolig sterke skapninger og tåler ting få andre raser kan overleve. Om en dverg nekter å legge seg ned å dø kan ingen forandre det, ikke dødsenglene selv.

Daoin kjente at raseriet og sorgen brant ut den siste rest av fornuftig tenkning, av grenser og vett. Tilbake var kun kjernen i ham, berserken som nektet å gi opp før blod var betalt med blod. Hans ætt var kjent for å være de som gikk først i striden og gav seg sist og hans navn skulle ikke gå i glemmeboken heller. Han aktet å bli husket som sine forfedre.

Stiene var smale og forræderske, noen steder var deler av dem borte og han måtte klatre. Det ville ha skremt ham før, fått ham til å se etter en annen rute men ikke nå. Han var alvorlig skadet, antagelig kom han uansett til å stryke med til slutt men han måtte prøve å advare andre mot orkenes brå fiendtlighet. Om han falt til sin død var det i det minste under et ærlig forsøk på å redde så mange som mulig. Han fryktet ikke døden, bare å dø fånyttes.

Han var kommet et stykke ned mot dalene da han brått kjente en svak lukt av røyk og en sur stank han med en gang kjente igjen som orker. Han saknet farten, begynte å bruke sansene for alt de var verdt. Var det virkelig orker der foran ham måtte han forbi dem. Han kom til et smalt parti, stien gikk nede i en meget smal kløft og det var halvmørkt der og litt dystert. Han klemte seg mot bergveggen, snek seg frem. Han hørte de grove skurrende stemmene til minst fire orker og skar en stygg grimase. Han var skadet, kunne han klare dette?

Han kikket frem bak en stein. Det var fem av dem, de satt ved et lite osende bål mens de gnog på restene av en fjellgeit de måtte ha greid å felle. Daoin svelget kort. Orker er ikke særlig smarte men de har god luktesans, og han stinket av blod. De ville få været av ham før de i det hele tatt så ham. De ville bare se det som litt ekstra grei underholdning å gjøre det av med ham. Han stirret rundt seg og så noe som gav ham en brå ide. De hadde slaktet geita utenfor leiren, tarmene lå igjen der og stinket ille. Fort snek han seg frem og grep den motbydelige haugen, hengte tarmer og innvoller på seg mens han klinte tarminnhold på seg. Det burde skjule lukta hans lenge nok til at han kom nær nok til å slå til. Han måtte ikke nøle nå, han måtte forbi dem og det var kun en måte å klare det på. Han måtte drepe dem, alle fem. De måtte ikke få advare de andre om at han var der. At det var overlevende fra massakren.

Daoin snek seg frem i skyggene, det vesle bålet gav litt lys og det var en fordel for ham. Det ødela nattsynet til orkene og gjorde skyggene dypere. Det var mulig å gli sakte frem langs bergveggen uten å bli sett.

De fem satt der samlet og gnog i seg seigt kjøtt med velbehag, de ante fred og ingen fare og mellom munnfullene sørget de for å sende noen velvalgte fornærmelser til hverandre. Selv om de samarbeidet var det ikke det samme som at de var perlevenner. De hadde blitt beordret til å holde vakt der siden lederne mente at den kløfta var strategisk viktig, ordren var ikke blitt mottatt med begeistring. Å bevokte en kjedelig kløft mens de andre fikk meske seg med blodbad og drap var en nedtur av episke proporsjoner og bare respekten og frykten for lederne avholdt dem fra å stikke av.

Det blafret litt i bålet og de løftet hodene for å bruke kjeft på hverandre for å ha funnet dårlig bålvirke da en ram stank av innvoller og blod traff dem som et kølleslag. Bakdelen ved å ha god luktesans er at sterke lukter kan slå en halvveis i svime og de fem orkene gispet etter luft og rakk å undre seg over hva det var som luktet så infernalsk før ei øks kom sveipende bakfra og kappet hodet av to av dem i et og samme slaget.

Daoin hev seg frem, de tre som var igjen grep etter våpnene og han slo baksida av øksa ned i skallen på den nærmeste så hodet nesten eksploderte. Daoin var sint og redd og full av adrenalin og det gav ham krefter i massevis. De to gjenværende orkene angrep synkront og elegant, de var livsfarlige krigere uansett hva en ellers syntes om rasen og det å drepe var for dem en veletablert kunst. Daoin peste, han kjente hvor sliten og svak han var, desperasjonen gav ham krefter til å hoppe unna det første angrepet og parere et dødelig utfall med øksa. Han hadde en lang kniv også og greide å kaste den med et brått utfall. Den ene orken fikk bladet rett i strupen og grep etter våpenet med en motbydelig gurglelyd. Øynene rullet i skallen på den mens den gikk sakte i bakken, druknet i sitt eget blod.

Den andre orken var mer forsiktig, en dyktig og erfaren kriger som så at dvergen var alvorlig såret og svekket. Dette kunne gå hans vei om han bare var tålmodig. Orken hveste og sirklet Daoin som kjente at beina var som gele under ham. Men han aktet ikke å gi opp, dalene og slettene måtte advares om det ikke allerede var for sent. Han lot som om han vaklet, som om kreftene allerede var i ferd med å svinne helt bort. Orken bet på, arrogant og selvsikker som den var, og sprang frem med sverdet klart til hugg. Daoin hadde sine etiske regler for angrep men de hadde han kastet på båten nå. Han svingte øksa oppover og traff orken i skrittet, bladet skar inn i kroppen flere tommer og orken slapp sverdet med et håst vræl. Daoin brølte, rev bladet løs og slo oppover, kløvet underkjeven på orken nedenfra og opp. Skapningen ravet bakover men var i ferd med å synke om. Han avsluttet med et skjelvende sprang, plasserte øksebladet mellom øynene på orken og gjorde slutt på den en gang for alle. Daoin ble stående å pese, kroppen verket som aldri før og han var skrekkelig svimmel men det kunne han ikke tenke på nå. Han måtte klare det, han måtte holde seg i live til han hadde gjort det han skulle. Hans ære krevde det av ham. Han spente øksa på ryggen igjen, grep et skittent skinn med noe som kanskje var vin fra orkenes oppakning og et innpakket svart brød. Han trengte mat skulle han holde på den vesle styrken han hadde, men det fristet ikke. Han kastet ikke engang et blikk på likene før han trasket videre. Han hadde et mål og det målet skulle han nå, koste hva det koste ville.

Akisha og de andre var gjemt i en bakgate et steinkast fra det gamle palasset. De hadde sneket seg dit en etter en for ikke å vekke oppmerksomhet og hun visste at samtlige var klare til kamp. Det var mange der inne, antagelig minst tjue vakter og menn og selvsagt fangene deres. De hadde sett at et par vogner hadde ankommet og sluppet ut flere personer, Akisha ante at det var folk som ville benytte seg av stedets tilbud. Hun kjente smaken av galle i munnen, musklene var så spent at det gjorde vondt og hun prøvde av alle krefter å huske at hun var en våpenmester, ikke et villdyr.

Hevnulvene var like ved henne nå, hun kjente lukta av dem og hørte pusten deres. Den var iskald som mørket selv og de var nesten synlige for alle andre også nå. Nærværet var så sterkt at hun var fristet til å strekke ut handa og røre ved dem.

Raigh satt like bak henne, han virket rolig men hun kjente den intense flammen i de slangegrønne øynene. Han var rasende og forbitret og like ved å eksplodere. Våk satt bak dem, han kjærtegnet skjeftet på det ene alvesverdet sitt med noe som lignet forventning og Rhylja kunne skimtes bak ham. Hun var kledd i lendeklede og støvler og ellers bare de tigeraktige tatoveringene sine og de lange knivene hun foretrakk.

Resten av gjengen var på motsatt side av bygget og Akisha samlet seg, de så at det blafret av lys der borte og hun kunne føle lukten av vin og mat og røkelse. Hun nikket stille til de andre og snek seg frem i skyggene. De måtte angripe fra flere retninger på en og samme tid og hun hadde sett at det var en dør inn fra en balkong i tredje etasje som antagelig sto oppe for luftingen sin del. Akisha klatret elegant opp det vakre smijerns gjerde og en gammel eføy gav henne fot og håndfeste videre oppover. Hun hadde trukket i den svarte drakten Therag gav henne og kun øynene syntes i det svarte. Hun hadde Elthear på ryggen og dolken ved hofta og begge våpnene virket ivrige, nesten påfallende sådan.

Hun visste at Våk og Raigh tok bakdøra og Rhylja kom til å se om det var en vei inn fra kjelleren. Den jenta var fenomenal til å ta seg frem men mindre ble det da heller ikke krevet av en Kher-el prestinne. Hun svingte seg lydløst inn på balkongen, det var ingen vakter ute for det ville i seg selv ha virket mistenkelig. Hun var sikker på at innsiden var hardt bevoktet, det måtte den nesten være. Døra sto på gløtt, det luktet ganske innestengt og hun trakk pusten og gled inn, uten så mye som en lyd. Det var en ganske mørk gang bak døra, et tykt teppe dekket golvet og det hang en del fine gamle malerier på veggene. Det så ut som et litt forfallent herskapshjem men Akishas lynskarpe sanser fant sannheten fort. Det luktet gammelt blod der, skrekk og død i en forferdelig miks med parfyme og vin. Et sted i huset var det noen som skrek, langtrukne forpinte skrik fra noe som måtte være et barn og hun hev etter pusten og tvang seg til å handle rasjonelt. Hun hjalp ingen ved å rase frem planløst.

Hun lyttet ved dørene, det var helt stille, antagelig var det ingen i denne øverste etasjen i det hele tatt. Alt skjedde lenger nede i bygget og hun trakk pusten og fikk et slags overblikk. Det var kun soverom og slikt der oppe, de var tomme og flotte og så avgjort i bruk men antagelig var det for tidlig på kvelden ennå til at noen benyttet seg av dem. Det gikk to trapper ned, den ene endte opp i en stor hall der hun hørte at det befant seg noen, den andre virket for å være en tjenertrapp og hun valgte den. Snek seg ned med Elthear trukket og hun hørte at noen pustet for enden av den. Et svakt lysskjær avslørte en skygge og hun forsto at det var en vakt. Hun satset alt på sin fenomenale hurtighet, tok de siste trappetrinnene i et sprang og rundet hjørnet med et byks. Vakten rakk bare å sperre øynene opp i sjokk før hun slo til ham i hodet med sverdskjeftet. Fyren gikk i golvet som en tomsekk og hun plasserte ham like godt i en stol så han så ut som om han sov på vakt.

Det var folk like ved, hun luktet det og nå visste hun at de andre også var på vei inn i huset. Det kom snart til å bli kaos. Dette var tjenerkvarterene men det var tydelig at de var i bruk. Akishas hørsel fanget opp lyden av noe som måtte være folk som kjempet, det var grynt og smell og noe som måtte være møbler som blir skjøvet rundt og hun gled bort til ei dør og kjente på den. Den var åpen og hun svelget hardt. Hun hørte at noen gurglet, som om vedkommende ble kvalt og hun forsto at hun måtte gripe inn her. Hun holdt Elthear klart og brått var begge hevnulvene klart synlige like ved henne. De var så store at de nesten nådde taket og blikkene var sultne og intense.

Akisha sparket inn døra, den formelig eksploderte siden treverket var gammelt og tørt og hun gjorde som Therag hadde lært henne og utstøtte et skrekkelig krigsrop som nærmest slo folk ut. Det var to menn der, to godt voksne karer som nok hadde nytt godt av bordets gleder litt for mange ganger for i form kunne ingen si at de var. De var halvnakne og hadde en yngre mann mellom seg. Stakkaren var bakbundet og kneblet og blodig, mannen foran ham sto og holdt et tau som var bundet stramt om halsen på ham mens karen bak ham tok ham. Akisha forsto situasjonen, de kvalte stakkaren sakte mens de voldtok ham, for sin egen syke tilfredsstillelse. De to stirret målløse og vantro på Akisha som raste frem. Hun trengte ikke tenke nå, alt var instinkt. Hun brydde seg ikke om hvem de var, det var irrelevant.

Elthear var skarpere enn et barberblad, mannen som tok den yngre karen rykket til med et vantro blikk, brått var det noe som manglet og han åpnet munnen for å skrike men kom ikke så langt. Akisha slo til ham så han ramlet om, om han blødde i hjel brydde hun seg ikke om, det var fortjent. Karen foran prøvde å rygge vekk men kom heller ikke så langt. Akisha kjørte Elthear gjennom brystet på ham så bladet stakk ut bak i ryggen. Blodet sprutet i det hun trakk det til seg igjen. Nå hørtes skrik og rop fra hele bygget og hun gliste stygt. Det var så avgjort i gang, over alt!

Hun kappet tauet som holdt den unge mannen og fikk revet av ham knebelen og de andre tauene. Han så vettskremt ut men var ikke alvorlig skadet ennå. Hun pekte på døra. "Hold deg her inne, vi skal skaffe deg hjelp men først skal dette rottereiret ryddes opp i. Forstår du?"

Stakkaren bare nikket og grep et sengeteppe, snurret det rundt seg og satte seg på senga, han så ut til å være i sjokk. Akisha skyndte seg ut, det var tydelig åpen kamp i hallen og hun løp dit. Raigh og Våk gjorde kort prosess med vaktene, det var åpenbart at de som sto bak dette hadde penger, mennene var tydelig profesjonelle men ingen match for våpenmestre. I det Akisha kom inn dukket Rheynek også opp, han jagde en flokk menn foran seg og de løp som om de hadde fanden i hælene og det var det nesten så de hadde også. Rheynek var egentlig en vampyr jeger men han syntes åpenbart at det var like festlig å jakte mennesker. Akisha hadde aldri sett Rheynek så rasende noen gang, øynene skjøt lyn og tennene var blottet i det han tok igjen den bakerste og kjørte Nadharn gjennom låret på karen så han ramlet om på golvet med et skrik. Brått var de gjenlevende fanget mellom krigerne og et blikk var nok til og forsto at kamp nå var jevngodt med selvmord. De gjenværende vaktene slapp våpnene som om de hadde brent seg på dem og Akisha så fort på den vesle forsamlingen. "Er dette alle?"

Svaret kom fra en dør bak i rommet, Rhylja og Elda og Wilbwyn kom inn sammen med Rashag og et par soldater, de hadde en ti femten mann bak seg, bundet sammen med tau og samtlige var grundig blåslått. Et par blødde kraftig og de virket for å være velstående og normale karer men noe i blikkene fortalte Akisha at dette nok var bakmennene. Rhylja hadde noe dyrisk over seg nå, noe som fortalte dem at hun var på nippet til å miste grepet helt og la jegergudens ånd ta helt overhånd.

"Dette er selve hovedbanden, de har et kontor nede i kjelleren. Vi drepte en sju åtte vakter, og det er et stort rom der nede med fanger. Vi telte trettisju personer, til og med barn. "

Akisha så skarpt på de andre. "Jeg hørte et barn skrike da jeg kom inn i bygningen?"

Raigh hadde mørke skygger i blikket. "En liten jente. Jeg er redd hun ikke vil klare seg. Du vil ikke vite hva de gjorde med henne, men de skyldige er døde. Jeg har aldri nytt mer å kjøre sverdet gjennom noen!"

Akisha følte at vreden fylte henne til randen, at den nesten tok kontrollen fra henne. Frostfugl og Elywen kom inn fra en annen dør, de hadde med seg flere bøker og Elywen bar en liten kiste i armene. "Dette er magiske ting, jeg føler det. De kan ikke være her, det er for farlig. "

Akisha snudde seg mot fangene, det var tjueto stykker til sammen og bare vaktene så rolige ut. De antok vel at de kunne snakke seg ut av dette. Akisha hadde fått en hard mine i ansiktet. Det de kunne se frem til var noen år i kongens fangehull, de som sto bak dette kunne vente seg så mye mer. Hun lot blikket gli over forsamlingen. "Så, hvem av dere er kunder og hvem er bakmenn?"

Det var tydelig at de hadde skjønt hvem det var som hadde angrepet dem og alle så i golvet med bistre miner. De ville neppe snakke frivillig og Akisha nikket til Rhylja. "Velg en!"

Den tatoverte jenta hadde en dyster mine i det vakre fjeset i det hun grep en eldre kar med arret fjes og ganske dyre klær og halte ham ut på golvet. "Snakk, ellers vil det gå med dere som med ham!"

Akisha nikket til Rhylja som trakk en av knivene sine og presset den mot strupen på karen som desperat kjempet mot tauene mens han bedyret sin uskyld. Rhylja freste av sinne og blikket hennes var helsvart i det hun med en lynrask bevegelse skar over strupen på mannen og det så dypt at hun kuttet helt inn til nakkevirvlene. Det kom en skrekkelig gurgling, fyren rykket desperat og blodet sprutet utover i det Rhylja gav kroppen et spark så den ble liggende fremover det blankpussede golvet. "Neste!"

Akishas stemme var følelsesløs, hun hadde vinket på soldatene som nå løp rundt og begynte å frakte ut ofrene for denne motbydelige geskjeften.. "Si ifra til kommandanten at han skal skjerpe øksa, han får nok å gjøre!"

Rhylja grep en mann til, halte ham frem på golvet ved siden av liket av den første og hun rakte kniven til Våk med et tekkelig lite smil. "Denne er din mørke bror"

Mannen sparket desperat mot flisene, tårene fløt. "Jeg snakker, jeg snakker, jeg snakker…"

Akisha la hodet på skakke. "Jeg hører det, si noe fornuftig ellers blir du like blodfattig som den forrige!"

Mannen svelget desperat, blikket flakket og han hadde pisset på seg i skrekken. Det stinket ikke særlig godt av ham. Akisha så at soldatene jobbet fort og effektivt, de hadde fått alle ofrene ut rimelig fort og hun så at mange var så vidt i stand til å gå selv. Noen måtte bæres og hun visste at gudinnens vrede var grenseløs. Den kokte i luften. "Så, hvor mange av dere er det, og hvor lenge har dere drevet på med dette?"

Mannen peste formelig. "Vi er ti som driver stedet, og fem som skaffer…det vi trenger. "

Akisha så stramt på mennene. "Pek dem ut!"

Mannen pekte dem ut med skjelvende hender. Det var elleve av dem der og hun så spørrende på ham. "Det er tre som ikke er her i dag. " Akisha sukket. "Elda, skriv opp alle navnene. Wilbwyn lenk alle sammen, og bruk sterke lenker. Disse svinene skal møte kongens rettferd!"

Det var noen menn som hadde vært der som kunder og de ble buntet sammen for seg selv. De kom også til å bli straffet. Elywen gliste stygt og klappet på bøkene. "De har oversikt her over alle kundene sine, og hvor mye de har betalt og hva de har gjort. Vi kan se om det har skjedd mord for da har de notert det i margen, at en av slavene deres er ute av regnskapet. "

Akisha skulte på de nervøst utseende fangene. "Så omtenksomt! Det gjør jobben lett for kongens jurister og fangevoktere!"

Hun kjente igjen flere av fjesene fra Frostfugls tegninger og følte en intens trang til å spytte dem rett i fjeset. Dette var mer enn nedrig, det var umenneskelig og sykt og hun lot hevnulvene bli synlige igjen. Karene skrek forvirret og skremt og dyrene knurret forventningsfylt og så på Akisha som for å be om å få lov til å ta for seg av godsakene allerede nå. Hun smilte til dem. "Nei gutter, ikke ennå. Men dere skal få sjelene deres, det lover jeg. "

Raigh tørket svetten var pannen, han var blodig opp til albuene og det samme gjaldt Våk. De to kunne skremt fanden på flatmark og Rheynek var ennå så sint at han skalv. Da en av fangene prøvde å gjøre motstand mot å bli halt ut slo den hvithårete til ham så hardt at mannen gikk rett i bakken, slått helt ut. Akisha forsto ham, hun hadde lyst til å gjøre det samme selv.

Raigh viste henne rundt da fangene var brakt ut og lenket sammen. De ville bli dratt gjennom byen etter flere hester og prøvde de å stikke av hadde vaktene lov til å henrette dem der og da. Akisha tvilte på at de vågde å gjøre motstand lenger. Raigh var blek under den mørke huden og Akisha forsto hvorfor. Noen av rommene der nede var så motbydelige at hun snaut fattet det. Et rom var formet som en undervisningssal i anatomi, rund med flere nivåer og et bord i midten. Stanken der nede fortalte henne hva som hadde skjedd der og hun trakk pusten dypt. "Elywen skal få gjøre som hun foreslo. Hun skal ødelegge dette ondskapens sted for alltid. "

Raigh bare svelget og nikket og de så fangehullene til slutt. De var like motbydelige som resten av huset og Akisha følte seg kvalm da hun gikk ut. De andre ventet der og hun ante ikke hva hun burde si til dem som takk for hjelpen, om hun kunne si noe i det hele tatt. Rhylja klappet henne på armen. "Gudinnen er tilfreds nå, vi har stanset dette!"

Akisha knurret nesten. "Hun blir ikke tilfreds før det hele er nøstet opp. De må ha startet et sted, men kongens folk er flinke til å finne sannheten. "

Raigh så advarende på henne. "Tortur er ikke vår måte kjære deg!" Hun bare stirret tilbake, det luet i blikket. "Det er en tid for unntak! Og den er nå!"

Våk så bare advarende på Raigh, det var ikke verdt å gå nærmere inn på det nå. Akisha var skjelven av sinne fremdeles og kunne fort eksplodere.

Elywen brøt inn. "Jeg og Frostfugl går tilbake til sirkus, disse tingene er ganske mektige men jeg aner ikke hvor de kan ha fått dem fra. Og jeg vet ikke hva de gjør heller. Men de gir meg frysninger nedover ryggen. Vi bør vokte dem til vi finner ut av det. "

Akisha bare nikket, hun tenkte ikke stort over disse tingene men noe ved det traff en nerve i henne. "Hva er det egentlig? "Frostfugl skar en grimase. "Et gammelt gudebilde, en dolk og en skål av noe slag. De oser gammel og heller tvilsom magi."

Akisha bet seg i underleppa. "Greit, legg dem i rommet med verdisaker og lås det godt. Er de farlige vil jeg ikke ha noen uhell her!"

Elda og Wilbwyn og de andre fra sirkus ble med de to alvene tilbake mens Akisha og Raigh ble med transporten med frigjorte slaver til det enkle hospitalet medikus og Naragh hadde gjort klart. Våk og Rheynek og Rhylja ble med fangene for å sørge for at ingen fant på noe morsomt som Rhylja kalte det. Akisha visste at Rhylja kunne være utrolig blodtørstig når hun var i det riktige humøret. I henne levde jegergudens gode og dårlige sider like sterkt og Akisha måtte medgi for seg selv at hun hadde en stor porsjon respekt for den vakre blonde jenta.

Naragh og medikus samt en hær lærlinger var i full sving med de befridde da Akisha og Raigh kom inn. De fleste der var aldeles i sjokk over å ha blitt reddet og en del gråt og jamret seg mens andre igjen var aldeles apatiske. Akisha så fort over forsamlingen. Det var for det meste pene jenter men også noen gutter og yngre menn og blikkene til de fleste fortalte hva de hadde vært utsatt for. Hun kunne bare stenge sinnet for smerten og skammen hun følte der inne, det ble for mye for henne å takle ellers.

Naragh spurtet forbi, vill i blikket og med et fat med blodige instrumenter i ene neven og en bolle med urteekstrakt i den andre. Mannen hadde ikke tid til å snakke men Medikus hadde et par minutter. Han så ut som en slagen mann og det var noe i blikket som fortalte Akisha at han aldri hadde kunnet forestille seg noe slikt.

"Jeg fattet ikke at mennesker kunne krype så lavt. De perversitetene de har fortalt meg om…jeg klarer ikke gjenfortelle det en gang!"

Akisha klappet mannen beroligende på skulderen, for et så menneskekjært menneske måtte dette være utrolig hardt. "Det trenger du ikke, få bare noen til å skrive ned alt de forteller. Vi trenger det til rettsaken. Greit?"

Medikus trakk pusten dypt. "Greit, jeg kjenner en prest, han tåler det utroligste. "

Akisha tvilte ikke på det, men hun ante at presten denne gangen ville få problemer. Dette overgikk vel det verste en prest kunne få kjennskap til også. "Er noen av dem alvorlig skadd?"

Medikus nikket. "Vi har en med skadet strupe, du berget visst ham sa han. De ville kvele ham. Ei jente er halvdød av blodtap, de har skåret henne opp i underlivet og jeg vet ikke om hun kan bli normal igjen om hun overlever. Vi har flere ungjenter her med diverse skader og en av dem er gravid. Hvordan det går vet bare gudene. De mentale skadene er nok verst, jeg tipper på at kun halvparten av dem blir folk igjen. "

Akisha sukket. Og så var det alle de døde. Dette var en større sak og det kom til å ta tid å gå gjennom alt. Men ved alle uhellige guder, det ville aldri bli glemt. Det ville bli en rettssak ingen kunne overgå, alt skulle frem i lyset nå og forhåpentligvis ville aldri noen våge å gjøre noe slikt igjen i hennes by.

På turen tilbake til sirkus møtte de på Våk og de andre to. Fangene var vel anbrakt i fangehullene og de første ble allerede avhørt. Kongen hadde samlet sine beste folk og Akisha ante at bare det å nevne at de var der ville få tunga på gli for en del av dem. Hun håpet nesten at de ble torturert, de fortjente det. De hadde utsatt mange andre for tortur og det bare for å tjene penger på andre menneskers syke lyster. Det gjorde henne kvalm igjen og hun kjente at ikke engang den svale natteluften greide å kjøle henne ned. Raigh strøk henne over håret. "Ro deg ned vesle tiger, det er over. Vi veltet hele forretningen for dem. "

Akisha lagde en merkelig lyd i strupen, klemte seg mot ham. "Det er ikke over Raigh, så langt ifra. Vi må finne kundene deres og straffe dem også, og mange vil bli sjokkert og enda til rasende på oss for det. Det er familier der som neppe vet hva deres egne har drevet med. "

Raigh flettet fingrene inn i håret hennes, kysset henne på pannen. "Jeg vet det, men vi tar det som det kommer. Sannheten må frem, uansett. Den kan være vond å bære men en løgn er enda verre for den er som en svulst som vokser i det skjulte og til slutt dreper en. "

Hun kunne bare nikke til det og Raigh tok henne i handa og leide henne med seg til rommet deres. Der helte han i henne en gedigen porsjon sovemiddel og hun sluknet nesten momentant. Raigh sukket og tok en støyt av den bitre væsken selv, det han hadde sett var ganske enkelt så grotesk at selv ikke hans sterke sjel kunne unnslippe uten arr. De andre slet også med sine tanker denne kvelden, de hadde kappet av et hode på et uhyre men var dette kanskje som en hydra, som bare satte nye hoder og vokste videre uansett?

Kapittel 4: Fjellenes sjel

Stå sammen krigere, hold rekkene tett
Led meg ei til fall
Husk for evig at vi kjemper for vår rett
La ulvene hyle ved vår port

Mannen som sto gjemt bak et hjørne virket for og nærmest å være ett med veggen bak ham. Han var kledd i en slitt grå kappe som hadde samme farge som det gamle tømmeret og han var kledd som en alminnelig arbeider med enkle slitte klær og ingenting ved ham var prangende eller uvanlig. Han rørte ikke en muskel, hadde det ikke vært for at brystet hevet og senket seg rolig kunne han ha vært en statue. Over gaten for der han sto var det et vertshus og de folkene han hadde skygget hadde gått inn dit. Det var ikke et veldig eksklusivt sted men i den høyere prisklasse og han hadde funnet navnet på flere av de som var med på dette. Det moret ham virkelig at disse karene var så besatt av noe som garantert bare var humbug men penger var penger, og han likte en utfordring også.
Kartet han var betalt for å få tak i befant seg i det vertshuset og han tenkte over hvordan han skulle få tak i det. Det var seks sju menn der inne nå, antagelig hele den konspiratoriske gjengen og han visste at de var rike og satt med mye makt. Det måtte de gjøre for å hyre det forbaskede lauget. Janrem anså lauget som lite annet enn uønsket konkurranse, de var forbasket dyktige, det skulle de ha, men de gjorde livet vanskelig for alle andre tyver. Han kunne nok blitt medlem men han aktet ikke å følge deres strikte regler. Han var da en fri mann, ikke en munk av noe slag og han foretrakk å kunne ta for seg av livets goder når han kunne. Det ville svi godt for dem å miste noe de hadde jobbet for å finne, han gliste for seg selv. Det

gikk rykter på byen om at lauget var hyret for en enda større jobb også men ingen visste hva det kunne være. Janrem kunne bare gjette men det var lite han kunne tenke seg at lauget ville la seg involvere med. De hadde en standard og ikke minst en pris vanlige folk aldri ville nå opp til.

Gata var rolig, det var forholdsvis kjølig så sent på kvelden og de fleste holdt seg innendørs. Janrem skar en liten grimase. Han måtte inn dit, det var ingen vei utenom. Men han aktet ikke å bli sett av disse adelsmennene som tydeligvis eide like lite vett som hodeløse høner. Han hadde en stygg mistanke om at hans oppdragsgiver var grepet av den samme feberen men det betydde ikke noe så lenge han ble betalt. Det måtte være en måte han kunne komme seg inn dit på, uten å vekke mistanke. Han stirret med smale øyne på bygget. Det var et godt vertshus men han visste alt om alle slike etablissement der i byen og det var mulig at han hadde en viss sjanse om han var frekk nok. Han nikket og bet seg i underleppa. Alt avhang av flaksen men han var kjent for å ha masse av den.

Fort gikk han ut i gata og fulgte den et par kvartaler oppover mot den første muren. Der var det boder som var åpne også på kvelden og før det var gått for lenge hadde han skaffet seg det han trengte. Dette ville koste ham penger men belønningen var da også god. Han hadde råd til dette og det var litt opplivende å se om han greide å ordne det som han ønsket. Han forsto seg på folk, og visste å snu enhver situasjon til sin fordel.

Han strenet inn på vertshuset som om han hadde all mulig rett til å være der, og nå var han da også kledd som en litt mer velstående borger, kanskje en tilreisende handelsmann som trengte et rom for natten. Han godblunket til jenta som sto bak disken og greide diskret å få et glimt av hus boken deres. Det var tre rom opptatt nå og han forsto fort hvor de seks holdt hus. Det var det indre rommet i første etasje, et større et som antagelig var det mest luksuriøse de hadde. Han strakte seg og gjespet tilgjort, smilte til jenta. "Kjære deg, jeg håper du har et ledig rom lengst bort fra gata? Jeg sover så lett skjønner du og støyen kan jo være uutholdelig til tider. Og helst i andre etasje, det stinker her nede på gatenivå. "

Jenta så litt oppgitt ut men kravstore kunder var hun vant med. Hun smilte servilt. "Rom nummer fem er ledig, det er helt bakerst. " Janrem smilte så sjarmerende han bare kunne. "Det er praktfullt kjære deg, helt midt i blinken. "

Han lente seg litt fremover og hvisket til henne. "Og jeg sier ikke nei til litt selskap heller om du forstår? Helst mørkhåret!"

Jenta nikket bare og han stakk til henne et par ekstra mynter. Det var som han trodde og han grep den vesle bylten han hadde skaffet seg og gikk opp til rommet. Det var lite og mørkt men det hadde et vindu og det lå rett over rommet der de seks holdt hus. Han bare håpet at de ikke allerede var ferdige med hva de nå gjorde men det var de neppe. De hadde møttes der flere kvelder og de ble som regel til det ble lyst ute. Det måtte være noe voldsomt til planer de hadde. Rommet besto av ei seng og en enkel kommode samt et vaskevannsfat og et slags maleri på veggen som forestilte noe han ikke greide å identifisere i farten. Janrem la seg på golvet, la øret mot treverket og hørte tydelig stemmer som åpenbart diskuterte noe i fred og ro. Han nikket til seg selv, det burde la seg gjøre. Han satte seg på senga og ventet, han trengte et alibi om ting gikk galt og dette var så godt som noe annet.

Det gikk en stund, så banket det diskret på døra og han åpnet den. Kvinnen som sto der gjorde i hvert fall ikke noe for å skjule hva slags profesjon hun hadde, klærne formelig skrek at hun var til salgs og hun så litt trett på ham. "Du ønsket selskap?"

Janrem smilte så vennlig han kunne og slapp henne inn, hun så smalt på ham. Denne karen virket ikke for å være av det slaget som vanligvis kjøpte henne, han var for flott å se på. Ikke var han gammel eller synlig syk og klærne avslørte at han hadde penger. Hun var mistenksom, det var en dyd av nødvendighet i hennes bransje. Om han var en pervers galning hadde hun kun instinktet som forsvar. Janrem satte seg ned på senga, han slapp av seg kappen og gjespet, rufset til det halvlange mørkeblonde håret og strakte seg. Han måtte se troverdig ut. Hun så tvilende på ham og satte en hånd i hoften. Hun var faktisk en svært flott jente, antagelig hadde hun

ikke vært i geskjeften så veldig lenge og hun var faktisk fristende.
"Penga først kompis"
Janrem nikket som om han var litt forvirret, halte frem noen mynter
og slapp dem i handa hennes. "Er dette nok?"
Han gjorde stemmen litt spak og hun la hodet på skakke. Så det var
slik det var, han var ikke vant med dette i det hele tatt. Det var alt
for mye men det sa hun ikke noe om. Antagelig var han en
tilreisende fra et eller annet lite høl som var kåt og trengte å få seg
litt for å bli kvitt trykket. Hun smilte bare og gjemte pengene i en
lomme i beltet sitt. "Det holder kjekken, hva vil du gjøre?"
Janrem så litt storøyd på henne. "Æh, det er ingen som deg der jeg
er fra, hva …hva pleier dere å gjøre?"
Hun sukket. Dette kom nok til å bli en relativt rask seanse, fyren var
jo helt fjern. Janrem sørget for å rødme, han hadde lært seg å gjøre
det på kommando og han så ikke på henne, spilte litt skamfull. Han
hadde en flaske vin i oppakningen sin og hadde preparert den også.
Dette kom til å bli perfekt om han trengte noen som kunne borge for
hvor han befant seg. Hun vrikket litt på hoften. "Vel, vi har standard
fremgangsmåte."
Janrem så enda mer forvirret ut. "Æh, ok, da er det sikkert greit.
Hva heter du forresten?"
Hun ristet nesten på hodet. Hvor naiv var det lov å være egentlig?
"Du kan kalle meg Chantal. "
Fyren rødmet faktisk, han var jo godt voksen, minst i slutten av
tjueåra så jomfru var han neppe men kjente hun utkantene rett
trodde han vel at det bare var en måte å gjøre det på. Og han var jo
flott, faktisk svært tiltrekkende på et vis. Hun bestemte seg for at
denne karen var ufarlig, faktisk kunne hun ha litt moro med ham.
Og han hadde betalt mer enn godt så hun fikk gi ham valuta for
pengene.
"Chantal, det er svært pent!"
Hun smilte bare så pent hun kunne og kjente seg nesten litt rørt,
denne karen var jo nesten for god til å være sann. "Ja det er det, bare
slapp av nå og la meg gjøre jobben. "
Janrem passet på å flire litt fårete, han lyttet til stemmene fra

rommet under, de var svært svake og han hørte at de var rolige. Det var ingen fare for at de ville stikke av ennå. Chantal eller hva hun nå egentlig het begynte å løsne beltet hans og åpne buksene og Janrem var glad hun var såpass tiltrekkende at han faktisk hadde reagert på henne. Det gjorde historien litt mer troverdig. Kanskje dette ikke ble så verst tross alt. Han spilte litt forvirret og vantro selv om han selvsagt hadde opplevd dette før. Men han måtte fort innrømme at hun var en mester, han trengte ikke å late som om han nøt det, tvert i mot. Han hadde aldri fått maken til avsuging og prøvde ikke å dempe seg i det hele tatt da han kom. Hørte de der nede det var det bare bra, personen i rommet over dem var tydelig opptatt og kunne ikke være til fare for dem på noe vis.

Chantal svelget unna meget profesjonelt og Janrem lot som om han nesten hadde svimt av. Det var faktisk ikke langt unna heller. Hun kom seg opp og rettet på klærne, smilte litt ertende til den utslåtte mannen som halvveis lå på senga. "Var det hva du ønsket?" Janrem bare nikket og ok seg bort til sengekanten, grep vinflaska og bet ut korken før han tilsynelatende tok en dyp slurk. Han tørket seg om munnen og rakte henne flasken uten et ord. Chantal trakk på skuldrene, hvorfor ikke. God vin var en luksus hun sjelden fikk nyte av og hun drakk dypt. Det var best å benytte seg ordentlig av tilbudet når hun fikk det. Janrem tok flaska og satte den på golvet, strakte seg på senga. Han så litt blygt på henne. "Sett deg ned da vel, fortell meg litt om byen. Jeg har aldri vært her før. "

Chantal sukket, egentlig burde hun stikke og se etter nye kunder men denne karen var trivelig og det var godt og varmt på rommet der. Hun satte seg ved siden av ham og la ut om diverse en fremmed kanskje kunne synes var interessant og etter litt ble hun søvnig. Det var sent og hun hadde vært ute hele kvelden og Janrem forsterket det hele tiden ved å gjespe og blinke med øynene som om han var ved å sovne. Chantal la seg ned ved siden av ham mens hun med stadig mer slørete stemme fortalte om byens murer som gjorde den umulig å innta. Etter litt sov hun tungt og Janrem smilte for seg selv og sto opp. Han trakk et teppe over henne så hun ikke skulle fryse, så skred han til verket.

Han la øret mot golvet igjen, de satt fremdeles der og snakket og han rotet gjennom klærne sine og fant et merkelig lite instrument som han presset inn mellom to planker i golvet. Det forsterket lyd og han holdt øret mot den andre enden av det og lyttet nøye. Det var adelige som han hadde trodd, og kongen ville nok ha blitt forskrekket over å høre hvem det var. Han gliste litt for seg selv, så noterte han det han hørte mentalt. Det var Arendt av Khorbane som var lederen for denne gjengen, han visste hvem det var. Og det virket for at det var han som hadde kartet.

Janrem hadde forberedt seg, han hadde en eldgammel pergament rull klar. Den var ærlig og redelig stjålet fra en handelsmann og viste en handleliste fra et eller annet kongelig kjøkken for et par hundre år siden men det var ikke så nøye. Det som var vanskelig var å få byttet de to rullene ut. Han trakk til seg instrumentet igjen og trakk pusten dypt, det var nå det gjaldt. Janrem hadde rykte på seg for å være en utrolig dyktig tyv, i stand til å stjele nærmest hva det skulle være. Og han hadde sine knep han håpet ingen noen gang fant ut av. En av grunnene til hans suksess var hans kunnskap til magi. Janrem skulle nemlig egentlig bli magiker. Hans foreldre hadde sendt ham avgårde til et sted der blivende magikere studerte men Janrem viste seg fort å være for lite glad i disiplin og slikt til å orke det. Han lærte mye men stort sett slikt det slettes ikke var meningen at noviser skulle bry seg om. Og han stakk til slutt av og fant seg sin egen nisje. Og der hadde han levd godt siden og aktet ikke å endre på det i det hele tatt.

Han trakk frem enda en liten gjenstand. Det var en rund kule av metall prydet med underlige mønstre og han betraktet den med smale øyne før han samlet seg og hvisket noen merkelige ord. Det ble stille i rommet under ham, helt stille.

Fort som en katt brøt han opp luka der tjenestefolkene droppet skittentøyet og lot seg skli ned sjakten. Han fikk opp luka i etasjen under med et gisp og kastet seg inn i rommet. Han hadde nøyaktig nitti sekunder før magien sluttet å virke og måtte handle raskt. Arendt sto ved enden av bordet med munnen åpen, i ferd med å si noe. De andre så også ut som et stillbilde og Janrem raste bort til

Lorden og så seg rundt. Det hang en veske rundt lordens skuldre og han sjekket den fort. Pergamentet var der, pent rullet i et hylster. Fort byttet han ut de to pergamentene før han raste tilbake til sjakta, stengte luka bak seg og klatret opp i et par tre voldsomme byks. Han kom seg tilbake til sitt eget rom i det stemmene igjen kunne høres fra rommet under og han passet på og ikke å bråke i det han stiltret seg tilbake til senga. Pergamentet gjemte han i bylten sin og han la seg tett inntil den sovende jenta med et lite flir. Det var virkelig praktisk med magi når en var tyv.

Han lå lenge før han greide å sovne, han lyttet til stemmene der nede og de stilnet av før det ble lyst. Ute hørte han hester og vogner og forsto at møtet var over. Lorden hadde ikke oppdaget forbyttingen ennå og Janrem trakk pusten dypt av lettelse. Om vertshuset ble sperret av og gjennomsøkt kunne det blir vanskelig å skjule det helt, selv for ham. Han sov litt og merket at jenta begynte å røre på seg så han passet på å late som om han sov tungt.

Chantal satte seg opp med et gjesp, hva hadde skjedd? Hun følte seg uthvilt og ganske bra faktisk og hun så fort på den sovende unge mannen som lå henslengt på senga ved siden av henne, akkurat som kvelden før. Hadde hun vært så sliten? Vel, det var ikke så rart. Men en god natts søvn i en god seng hadde gjort underverker med henne og hun ristet varsomt i mannen som gryntet og slo øynene opp. Han så forvirret ut men så smilte han og gned søvnen ut av øynene. "God morgen, jeg tror jammen vi sovnet begge to!"

Hun nikket og kastet sjalet sitt om skuldrene. "Ja, takk for i natt. Men nå må jeg gå dessverre"

Janrem sukket liksom skuffet. "Det var jo trist, men takk tilbake. Du var enestående!"

Han gav handa hennes et lett og galant kyss og hun fniste i det hun svinset ut av døra. Janrem skjulte et fornøyd glis og ordnet klærne sine. Han sjekket at det ikke var noe der i rommet som kunne røpe ham, så gikk han ned til disken og betalte for rommet. Jenta var byttet ut med en heller sur gubbe som Janrem smilte høflig til uansett og så spankulerte han ut, helt rolig og avslappet. Det var gråvær ute så han slengte kappen over seg og skjulte ansiktet i hetten. Det småregnet så det var ikke noe merkelig i det. Han skyndte seg til stedet der han skulle møte sin oppdragsgiver. Gjett om karen skulle få betale for dette. Han gledet seg nesten til å se fjeset hans når han halte frem kartet. Det kom til å bli virkelig morsomt.

Solsteiken var plagsom men hun prøvde å ignorere heten å arbeide videre. Raden med urter virket nesten endeløs foran henne men hun bet tennene sammen og jobbet videre. Å luke var både kjedelig og hardt og det ble vanligvis bare brukt som straff men for henne var det dagligdags arbeid. Hun så seg rundt, svært diskret. Søster Enelle var på vakt og den tispa slo ned på ethvert forsøk på å hvile som en hauk på en kanin. Ved siden av henne var en av de andre jentene der, den eneste av dem som faktisk snakket til henne. De to kunne ikke prate åpent sammen når de var i jobb men de hadde signaler og de visste at Enelle var tunghørt så bare de holdt hodene ned og ikke så bort på hverandre kunne de føre en hviskende samtale. De hvite murene til tempelet skinte i sola og hun måtte vedgå at det var et vakkert sted, men ikke noe godt sted. Ikke for henne i hvert fall. De andre jentene der som skulle bli prestinner eller var sendt dit for å få opplæring ble godt behandlet og respektert. De ble selvsagt underlagt streng disiplin men holdningen var vennlig og omtenksom.

Bhetir nikket diskret i retning søster Enelle. "Hun går snart fra konseptene tror jeg! I dag skrek hun til Nell, var aldeles rasende!" Ygraine smilte for seg selv, lot fingrene gå nesten automatisk over de små plantene og hun passet seg for å snu hodet. "Hva klager hun over nå da?"

Bhetir sukket tilgjort. "At ikke Michael har dukket opp med varer denne uka.. Hun har ikke fått teen sin stakkars!"

Ygraine ristet på hodet. Handelsmannen kom dit en gang i uka siden det var langt ned til dalene, at han ikke kom var nesten uhørt. De var avhengige av ham og betalte bra. Hun undret seg over hvorfor prestinnene hadde bygget tempelet på dette avsides stedet, det var minst n'te gangen hun gjorde det. Bhetir rettet fort på sløret og jobbet videre, tilsynelatende uten å tenke over at Ygraine var der i raden ved siden av. Bhetir hadde den vakre sorte og hvite drakten noviser og lærlinger fikk utdelt. Den var svært elegant og vakker og viste formene deres uten å være noe annet enn prydelig. Den var lett og varm og Ygraine bannet innvendig og prøvde å unngå å tenke på hvordan hun selv så ut. Det hun var tvunget til å bære så mer ut som hestedekken noen hadde sydd sammen. Det var en tykk tung kjole av hamp med en underkjole av stivt lin og begge deler var holdt i en stygg gråbrun farge som ingen ville kledd. Og hodelinet hennes var av det samme stive stygge linet og klødde infernalsk i nakken. Men hun fikk aldri ta det av og å klø seg var heller ikke lov. Det var så mye som ikke var lov for henne. Bhetir røsket løs noen tistler og kastet dem bak seg, hun bøyde seg forover og hvisket igjen. "Har Emalda prøvd seg igjen?"

Ygraine nikket varsomt. "Senest i går, jeg har lyst til å strupe den merra!"

Den andre jenta fniste lavt og holdt et øye på den aldrende prestinnen som satt der i skyggen og virket for å halvsove. "Hun er virkelig ei merr, men det er de jo alle sammen til tider. Jeg fatter ikke hvordan de kan være så gemene mot deg!"

Ygraine snerret nesten. "De syns de har lov, derfor! Jeg er her for straff, det er ikke de. "

Hun følte hvor stram strupen var i det hun sa det. Hun så ned i bakken, raseriet brant i henne som det nesten alltid gjorde det når plageåndene hennes ble nevnt. De var alle jenter fra fine adelige familier, godt oppdratt med en strålende fremtid foran seg. Mange av dem var svært vakre og selvsikre og de gikk på henne alle sammen så fort de hadde muligheten. At hun faktisk var av en enda finere ætt enn dem spilte ingen rolle, hun var dømt i det øyeblikket hun ankom stedet. Dømt til å være en hakkekylling resten av livet, dømt til å lide for en urett som var gjort mot henne, ikke av henne. Bhetir sukket tungt. "Verden er urettferdig min venn, du er bedre enn alle sammen, tro ikke noe annet!"

Ygraine bet tennene sammen. "Jeg vet det, men de lar meg aldri være i fred. Emalda prøvde å helle farge i vasken i går og skylde på meg. Heldigvis så Søster Nuriah henne så hun fikk kjeft men hadde jeg gjort noe slikt ville de gitt meg juling. "

Bethir kastet bare et fort men sympatisk blikk mot henne. "Bare vent, din tid kommer. Det vet jeg at den gjør!"

Ygraine trakk på skuldrene og stirret ned på plantene. Hun rev opp ugraset med begge hender og hver gang hun trakk opp en plante gav hun den navnet til en av de motbydelige jentene. Men prestinnene var like ille, i hvert fall noen av dem. De så på henne som lite annet enn møkk under skoen, eller noe som kun var verdig avsky og forakt og hun visste ikke hvor mange ganger de hadde kommandert henne til å gjøre de mest nedverdigende jobbene, mens de oste av selvtilfredshet. De var skyldfrie og rene men Ygraine kunne aldri vaske flekkene av ryktet sitt.

Hun hadde ikke knekt under presset, det gjorde det enda verre. Det var stål i henne og hun bøyde seg ikke, det gjorde visse personer enda mer ivrige etter å bryte henne ned og vise alle hvor syndig og fordervet hun var. Hun hadde aldri latt dem se tårer eller sorg og hun visste at det tirret mange men hun hadde da såpass med stolthet igjen. Hennes egen familie hadde forkastet henne, sendt henne dit for å bli glemt. For å bli kvitt noe som kunne kaste en skamplett på familiens rene navn og rykte. Hun hatet dem nå, når det startet visste hun ikke men det hadde kommet gradvis. Om dette var alt hun hadde å se frem til hadde det vært bedre om de hadde tatt livet av henne. Hun hadde ønsket å dø den gangen, men ikke nå lenger. Hun var voksen nok til å skjønne at det ikke hadde vært hennes feil, at det aldri var hun som skulle fått skylden. Men ingen hørte på ei jente når det var ryktet som sto på spill. Det var så usigelig bittert. Hun var tolv da hun ble sendt til tempelet, nå var hun snart nitten og ennå viste jentunger på ti tolv år henne renspikket forakt og spyttet etter henne. Hun tvang seg til å jobbe, tvang seg til å holde takten mens hjertet hamret i brystet som en tromme. Ikke fikk hun dele sovesal med de andre siden hun kunne forderve dem. I stedet hadde hun blitt forvist til en liten alkove bak en trapp rett ved grisefjøset. Det stinket der og var mørkt og om vinteren var det iskaldt mens sommeren gav lite annet en uutholdelig hete. Senga var kun en smal brisk, steinhard og ubehagelig og for kort nå som hun var utvokst. Men hun klaget ikke, gjorde hun det var det som å stikke hodet ut på blokken, klar til å motta hugg.

Det klødde under de tunge klærne men hun hadde lært seg til å ignorere ubehaget, lot tankene sirkle rundt andre ting i stedet. Hun måtte hjelpe til med tungarbeidet der, til og med i stallen hendte det at hun måtte jobbe. Det merkelige var at de få mennene som jobbet der viste henne mer respekt enn noen av kvinnene. Det virket som at de forsto hva og hvem hun egentlig var og når hun ble sendt av gårde uten en gang å få mat hendte det at gamle Nildar delte sine magre måltider med henne og underholdt henne med historier om slag han hadde vært med i og hester han hadde stelt.

Ygraine var kunnskapsrik, hun sugde til seg alt som en svamp og hun hjalp ofte til på det vesle hospitalet tempelet drev for fattigfolk fra dalene. Det var for det meste lungesyke som kom dit og en og annen skade og hun var svært dyktig men fikk aldri ros for det hun gjorde. Allikevel var det sin egen belønning, å se at syke ble friske igjen og at sår og brudd grodde uten mere men. Søster Enelle gryntet kort og slo etter en flue og Ygraine måtte igjen sammenligne henne med en fet og ondskapsfull purke. Hun hadde i all hemmelighet døpt ene purka i grisehuset etter søsteren som ville fått apoplektisk anfall hadde hun visst om det.

Det ringte i klokkene, det var tid for bønn og Bhetir svor for seg selv og hev seg ned på bakken slik reglene var. Om en jobbet på åkrene skulle en ikke forlate jobben men be der en var og det innebar alltid å legge seg ned. Uansett hvor skitten en ble. Ygraine tenkte grum i hu at hennes skittengrå kjortel var en fordel slik. Det var umulig å se at den ble mer skitten enn den var. Hun la seg flatt ned med armene forover og lot som om hun resiterte de gamle bønnene. Det var egentlig ingen vits, hun var ikke troende og brydde seg fela om det religiøse livet der men måtte. Nektet en ble en pisket, så enkelt var det.

Gudene hadde aldri hjulpet henne et spor og hun trodde ikke på dem. Hun trodde bare på sin egen styrke og stahet og på håpet om at hun en dag skulle greie å stikke av fra dette stedet og bli fri. Hva hun da skulle gjøre ante hun ikke men alt var bedre enn å bli der. Bhetir var heldig, hun hadde alt en god fremtid foran seg. Hun var ikke adelig og av lav byrd men faren hennes var rik og det gav henne såpass respekt at de andre jentene ikke plaget henne noe særlig. Og hun var allerede bort lovet til en svært så sveisen kar. Faktisk hadde hennes forlovede besøkt henne et par ganger og Ygraine måtte bare vedgå at Bhetir var heldig.

Det var andre jenter der også som ble mobbet, men sjelden over tid. En av jentene hadde latt seg overtale til å fortelle dem om hvordan hun mistet uskylden til en stallkar hjemme der hun kom fra. Så fort de andre hadde fått vite alt og kjente til detaljene snudde de seg mot henne fordi hun hadde syndet. Den jenta reiste like etterpå og den neste de hev seg over var en som hadde et stort fødselsmerke på brystet. Det var alltid noen som skilte seg ut og var svak.

Ygraine regnet seg selv som heldig på flere måter, hun slapp den religiøse undervisningen og alle timene i fin søm og dannet konversasjon. Hun slapp også de dødsens kjedelige forelesningene i hva det betydde å te seg kvinnelig og elegant og å bli dratt med på diverse diskusjoner om mote og kunst. Om hun var stedets grovarbeider så var det da i det minste ekte arbeid det hun gjorde. Hendene hennes var grove og ru og huden langt fra silkemyk og snøhvit men det brydde hun seg ikke om. Hun kunne slå fra seg, det greide ikke de fisefine frøknene som bare åt hvitt brød og drakk vin. Ygraine fikk som regel slikt grisene snaut rørte og hun ble en mester til å lure til seg mat. Hun var tynn men hadde vokst til å bli svært høy og elegant og ansiktet hun så speilet i vannpytter og vinduer var penere enn noen av de andre der. Det var kanskje en av grunnene til at hun ble så hatet av de andre. Det var sjalusi, Hadde hun vært stygg ville de neppe vært så gemene mot henne men misunnelse er en sterk kraft, særlig når den følelsen rettet seg mot var en de følte de hadde en rett til å forakte.

Øverste prestinnen der, Søster Frid kunne til nød være vennlig mot henne, hun ante vel sannheten men vågde ikke opponere mot den mektige familien. Ygraine visste at de aldri ville se henne igjen, at hun for dem var død og hun hadde forbannet navnene deres flere ganger enn hun kunne telle. Fortiden var kun bitter.

Klokkene ble stille og de kunne reise seg igjen. Bhetir ynket seg og gned seg over knærne og Ygraine begynte å luke igjen, helt automatisk. Det lønte seg aldri å nøle om en ikke ville kjenne kjeppen til Søster Enelle over baken. Hun hadde blitt slått ofte men hadde skjønt hvordan hun skulle unngå det også. Hun kjente alle der godt, det var en fordel. Hun visste hvor langt hun kunne gå. Bhetir rynket pannen og løftet hodet. "Hørte du det?"

Ygraine så ned i fåra, rev opp en motstridig løvetann med et stønn. "Nei, hva da?"

Bhetir rettet seg opp, skjermet øynene mot sola og kikket mot åsen bak tempelet. "Vrinsk, jeg hørte det tydelig. "

Ygraine skar en grimase. "Kanskje Michael endelig kommer, da blir Enelle glad tenker jeg!"

Bhetir pekte mot stien som ledet mot tempelet, vinket til søster Enelle som hadde oppdaget at hun ikke luket. Her gjaldt det å komme straffen i forkjøpet. "Ærede søster, jeg hørte en hest. Kanskje Michael er på vei?"

Søster Enelle hadde kommet vraltende ut i åkeren med handa i et fast grep om kjeppen hun brukte til å støtte seg på men også til å straffe ulydige jenter, nå snudde hun seg med et lettet og forventningsfylt uttrykk i ansiktet. "Endelig i så fall, den mannen skal få høre det! Å være nesten fem dager for sen!!"

Bhetir trakk pusten lettet og Enelle jogget nesten mot porten inn til tempelet. Ygraine og Bhetir fulgte etter på god avstand. Det var vanlig at de ble beordret til å hjelpe til med å bære inn varer. Ygraine lyttet nøye. Det var vrinsk igjen men det kunne bare være en hest? Det var merkelig, Michael brukte alltid minst fem pakkhester og av og til også en liten vogn, alt ettersom hva søstrene hadde bestilt. Enelle gikk så fort at kjortelen danset rundt de stokke lignende beina, antagelig feilet det den kvinnen et eller annet for så fet ble en ikke av maten der. Stallkaren og et par menn til var dukket opp, de hadde også hørt vrinskene og så forvirret ut. Enelle overså dem. "Om dette er Michael så si ifra til øverste prestinnen med en gang. Og sørg for at han får mindre betalt enn vanlig, å være så sen er ikke godtagbart. "

Portvakten åpnet porten og Ygraine lente seg litt frem, stirret gjennom åpningen. Det kom bare en hest, og den var alene. Ingen rytter eller noe. Enelle stønnet skuffet og snudde på hælen. En rytter løs hest interesserte henne ikke. Søsteren forsvant i retning kjøkkenet og Bhetir kastet et megetsigende blikk til Ygraine. Stallkaren rynket pannen. "Den halter!"

Ygraine hørte det også, rytmen i hovslagene var feil. Bhetir trakk på skuldrene. "Jeg går til åkeren igjen, ellers blir det nok bank. Kommer du?"

Stallkaren så uttrykket i Ygraines øyne. "Jeg trenger henne her, må flytte noe for over til et annet rom. "

Ygraine smilte fort og takknemlig til mannen, i ham hadde hun i det minste en venn. Bhetir gikk og de to stirret ut mot hesten som nå senket farten og luntet mot porten mens den humret og slo med hodet. Stallkaren bannet lavt, Ygraine forsto brått hvorfor. Det var blod på hesten og den bar en ødelagt sal med flere hakk i. Det var en fin hest, en stor ridehest av den typen kongens kavaleri brukte og den hadde da også et salteppe i rytter troppen sine farger. Det sto en pil i ene låret på den og den hadde et stygt sår over bringen. Det var ikke rart den haltet. Ygraine stanset den med en myndig gest. Det var en fin grå vallak og det gjorde rent vondt å se skadene.

Stallkaren ble effektiv med en gang, spente av salen og slengte på den en grime. "Denne skjønnheten trenger pleie. Det såret er stygt og må sys og den pila må ut med en gang. ""

Han ropte inn i stallen og en av hjelpeguttene kom løpende. "Hent helbredersken, med en gang. "

Gutten la på sprang og Ygraine så at Moran som stallkaren het helte i hesten litt vann og melasse. Den virket utsultet og hun skyndte seg å hente sysakene fra medisinskapet i stallen. Moran ristet på hodet. "Jeg visste ikke at kongens folk var her i fjellene men jeg husker at Michael nevnte noe om tropper sist han var her. Det må ha vært et slag, rart vi ikke har hørt noe!"

Ygraine rynket pannen. "Et slag her oppe? Hvem slåss da?"

96

Moran bant hesten nøye, så begynte han å kikke på pila. Den sto ikke dypt heldigvis så han gjorde kort prosess og rykket den rett ut. Hesten skrek til og sparket men Moran visste alt om hester og unngikk sparket med eleganse. Han ble blek da han så på pila. "Hva er det?"

Moran svelget hardt, klemte pila mellom fingrene så knokene var hvite. "Det er en ork pil jente, det betyr at orkene igjen er på krigsstien. Gudene bevare oss alle"

Ygraine fant ikke noe mer å si før helbredersken kom løpende, da fant hun styrken til å mumle en fort bønn. Var det riktig var de alle sammen i livsfare. Spørsmålet var om de andre var i stand til å innse det.

Daoin vaklet mer enn gikk nå, blodtapet begynte å svekke ham alvorlig og han kjente at det dunket og hamret i sårene. Han var i ferd med å få sårfeber og visste at han neppe overlevde en infeksjon. Våpnene orker bruker er som regel perfekte til å spre elendighet og ofte dyppet de motbydelige skapningene bladene i latrinene før de gikk til kamp. Selv ikke en dverg kan tåle blodforgiftning og han tvang i seg litt vann og vaklet videre. Det svingte for øynene på ham og han brant formelig men viljen var uvanlig sterk hos ham. Han nektet å legge seg ned, nektet å gi opp. Ansikter danset for hans indre øye, ansikter som ikke var mer. Han husket alle sine feller som var blitt brutalt slaktet av orkene og hatet kokte like hett som feberen. Selv ikke kvinnene ble spart og Daoin jamret seg ved tanken på den ene som hadde vært hans. Hun hadde vært så vakker, med akkurat de riktige formene og deilig silkemykt hår. Han visste at det samme hadde skjedd flere steder. Antagelig hadde orkene angrepet alle de mindre dvergbyene. Det var helt grusomt å tenke på, men han visste at hans folk ville reise seg igjen. Ble bare orkene knust en gang for alle kunne de kreve tilbake det som var tapt. Han var kommet et godt stykke ned i fjellene nå. Det hadde gått forbausende fort men han merket godt at noe var galt der. Det var for stille, ingen dyr eller reisende og han så spor etter store avdelinger på marsj. Det gikk kaldt nedover ryggen på ham. Han hadde nådd skogen som strakte seg opp mot fjelldalene og den var lavvokst og forkrøplet. Han hadde aldri likt seg i skog, det var bare naturlig for en dverg men nå måtte han trosse ubehaget og komme seg frem. Her måtte han følge stiene, og han beveget seg så stille han bare kunne. Det var ikke enkelt, han var så svimmel at han snaut greide å holde seg oppe. Han brukte øksa og hugg seg en solid kjepp han brukte som støtte men det hjalp ikke mye. Hodet verket intenst og av og til svartnet det for øynene på ham. Han måtte finne noen fort, noen som kunne videreføre informasjonen. Daoin undret seg på om han ville møte dem igjen på den andre siden, de som var blitt så brått revet vekk. Han håpet det, da kunne han hvile i fred men ikke før folk fikk vite om dette.

Skogen ble frodigere og mer åpen, han var snart nede ved foten av fjellene men det var kveld nå og mørkt og han så nesten ikke stien lenger. Han gikk på rent instinkt, som et såret dyr som søker et trygt sted der det kan dø ute av syne for jegeren. Smertene var grusomme nå, det var som om noen hadde byttet ut blodet hans med flytende ild og han hadde snaut krefter til å flytte føttene. Men han greide det allikevel, tok et og et steg av gangen og ba alle guder han kjente til om at han måtte møte på folk. Kom orker over ham nå var han ferdig og visste det men han kunne ikke tenke tanken. Gudene kunne ikke være så grusomme mot ham. Han snublet seg frem, halvblind og i mørke og brått var det ikke noe som tok i mot foten hans. Han falt fremover og rakk å utstøte et forskrekket skrik før noe hardt traff ham og alt ble mørkt og stille.

Akisha stirret i speilet med alvorlig mine, hun lignet ikke seg selv i de klærne. Elywen hadde flettet håret hennes og gitt ansiktet et lite strøk med sminke for hun hadde vært rent for blek, og øynene hadde mørke ringer. Hun trakk i den vakre broderte jakken, den var mørk blå med mønstre i diskret sølv og hun så virkelig ut som en person med myndighet og makt der hun sto. Med sverdbelte og bukser i det samme mørke materialet var hun dyster men vakker, hun skar en grimase til sitt eget speilbilde. Hun følte seg revet i to, hadde slettes ikke lyst til å få vite mer detaljer om den grusomme saken men visste at hun måtte stille. Hun var den øverste leder for våpenmestrene, ingen i byen hadde mer makt enn henne. Selv kongen måtte knele for henne om hun krevde det.

Raigh stakk hodet inn av døra, han var også pent kledd og det var mørk sorg i blikket. Han visste godt hva de ville få høre. Rettsaken skulle bli holdt på byens stortorg, det var satt opp tribuner så folk kunne høre og hele byens øvrighet ville være der. Hun svelget, rettet seg opp nesten krampaktig. De hadde fått oversikten nå, og den var skremmende. Disse mennene hadde egentlig vært en del av et kriminelt nettverk som holdt til en av de mindre kystbyene lenger sør, de hadde brutt ut og tatt med seg den forferdelige geskjeften sin til Shabuch og Akisha hatet dem for det.

Elywen og Frostfugl hadde vært svært nysgjerrige på de merkelige magiske gjenstandene og en av karene hadde røpet med litt overtalelse at de hadde tatt dem med seg fra det gamle hovedkvarteret. De visste ikke hvordan tingene ble brukt men det hadde visstnok gitt enormt med makt til de som maktet å kontrollere dem. Bare det var nok til at Akisha beordret tingene låst inn i hvelvet under sirkus. Etter at fangene ble befridd hadde to tatt livet av seg og en hadde dødd av skader. Flere av dem var som Naragh spådde så ødelagt psykisk at de nå levde i sin egen verden og ikke maktet å fortelle noe. Andre var fylt med hat og bitterhet og fortalte villig vekk og det de fortalte hadde fått presten og skriveren til og nærmest bryte sammen ved flere anledninger.

I byen var sjokket stort og etter som detaljene ble kjent ble raseriet enda større. Særlig da det ble kjent at til og med barn var blitt misbrukt og drept av disse misdederne. Det var et krav om at samtlige måtte henrettes og Akisha visste at folket burde få viljen sin i dette, denne skampletten på byens rykte måtte fjernes totalt. De hadde funnet alle kundene også, det hadde vært enkelt med den gode dokumentasjonen gjengen hadde hatt av alt som skjedde der. Noen nektet og spilte indignert og uskyldig anklaget men sannheten sto der svart på hvitt. De som kun hadde benyttet seg av de tjenestene vanlige prostituerte også tilbød slapp med store bøter og forvisning. De som hadde gått lenger var det verre med. Noen av kundene ville bli straffet med samme kraft som de som drev geskjeften, blant annet adelsmannen som hadde torturert Dharan. De var fengslet i byborgens dypeste fangehull og holdt atskilt fra de andre fangene der for selv mordere og tyver ville gjøre alt for å få kloa i dem og slå dem i hjel. Folkesnakket var uvanlig lavmælt om dette emnet, folk greide liksom ikke helt å tro at det virkelig var sant, at slike uhyrligheter hadde skjedd i deres by. Det hvitekappene hadde drevet med var faktisk hakket verre men de hadde vært monstre, religiøse galninger som bare tjente mørket. Dette var vanlige mennesker, folk som utad fremsto som normale og respektable. Det gjorde avskyen og gruen enda større.

Dharan hadde greid seg men var svak og han sa lite, Naragh hadde latt ham være i sirkus og mente at gutten trengte tid på å bli normal igjen. Han var for skadet mentalt til å kunne klare seg alene og Akisha hadde en mistanke om at Naragh ville prøve å lokke ham til å bli lærling. Det var godt mulig at det å hjelpe andre var hva Dharan trengte for å glemme sin egen tragedie. Akisha hadde den største medfølelse med gutten, med sine egne erfaringer kunne hun sette seg inn i hva han tenkte på. Våk hadde faktisk også hatt noen ord med ham, den mørke alven hadde nesten skremt vettet av Dharan først men han forsto fort at det var mening i det mannen fortalte. Det å hate kunne fort føre til at en ble like ille som det en hatet, Våk var det beste eksempel noen kunne finne på akkurat det. Akisha trakk på seg en kappe og hansker, hun måtte se perfekt ut nå og hestene sto klare utenfor, blankstriglet og pyntet. Det var kommet representanter fra andre byer også og de forventet vel å bli grundig satt inn i det som hadde skjedd. Raigh nikket til henne og hun trakk på skuldrene med en grimase og steg til hest. Stålhauk slo med hodet og blåste i nesa, hingsten likte ikke å være så utspjåket men Dheg hadde overgått seg selv med stellet denne morgenen. Akisha var fulgt av Raigh Våk og Rheynek. De andre orket ikke ta del i det og trengte det heller ikke. Det var bare våpenmestrene som var påkrevd å være der og Akisha var glad til.

Byen var uvanlig stille, de aller fleste var på torget for å se og bare gate vaktene sto på post. Akisha ble sjokkert da de red frem på torget. Det var tettpakket med folk overalt. Noen satt på taket av tribunene og andre hang i vinduene eller hadde funnet veien til takene på husene rundt torget. Noen hadde klatret opp på fontenen midt på torget og tribunen der øvrigheten satt var grundig bevoktet av soldater. Det var reist en slags prekestol foran der de anklagede skulle stilles til doms en for en og et enkelt skafott for de som skulle henrettes der og da. Byens ledere hadde gjort en god jobb, brosteinen var dekket med sand og sagflis for å fange opp blod og skafottet var plassert slik at alle så. Akisha orket ikke se på det, hun visste at stedet ville flyte når denne dagen var over.

Byens kommandant hadde fått jobben som bøddel, han hadde meldt seg frivillig og hun ante at byens offisielle bøddel var glad til selv om han gikk glipp av en stor betaling. Det disse folkene hadde gjort var så avskyelig at selv han ville ha blitt fristet til å opptre uprofesjonelt og det var ille for det var en ære for en bøddel å kunne gjøre det av med de dømte med kun et eneste hugg.

Stemningen på stedet var elektrisk, lufta dirret rent av sinne, sorg og hat og Akisha så at mange hadde grått. Dette var ikke som andre forbrytelser, hun hadde vært til stede ved henrettelser før og da hadde skjellsord og slikt formelig fløyet gjennom luften sammen med foraktfylte rop. Nå var det stille, ingen sa noe. Det folk følte lot seg ikke uttrykke på den vanlige måten, mobb mentaliteten var borte og selv om det var flere tusen til stede sto hvert et menneske alene i sin fordømmelse av disse forbrytelsene.

Kongen selv var til stede, han satt på en enkel trone midt på tribunen og Akisha visste at mannen var dypt rystet over dette. Han hadde gjort en nesten overmenneskelig innsats for å gjøre byen trygg å leve i men det hadde krevd mye av ham og nå dette. Det lød spredt applaus da våpenmestrene red inn på plassen men de fleste så bare på dem med noe som lignet respektfylt takknemlighet. Alle visste at folkene fra sirkus hadde nøstet opp dette og beundringen steg vel enda noen hakk i forhold til før. Noen soldater kom og leide bort hestene og Akisha og de andre fant sine plasser på tribunen.

Våk skilte seg grundig ut siden han som vanlig så rimelig dyster og skremmende ut og Rheynek var heller ikke akkurat noen solstråle. Enez hadde mast om å få vite detaljer men den hvithårede jegeren hadde nektet. Hun trengte ikke den byrden den vitenen var.

En av byens eldste embedsmenn var valgt til å tale til folket og lede det hele og han var kledd i svart og så utrolig verdig og respektinngytende ut. Dette var antagelig høydepunktet i karrieren hans og Akisha visste at han hadde myndighet nok til å roe gemyttene ned skulle det bli nødvendig. Presteskapet og prestinnene var også representert samt at flere av byens fremste dommere var der. Det var også offiserer fra hæren og fra ordensstyrken og Naragh og Medikus var der som vitner. Graveren var også der og så umåtelig stolt ut over de nye klærne han var blitt donert av en eller annen vennlig sjel. Akisha visste at dette skulle skje i verdighet men slik ble det neppe kjente hun menneskets natur. Hun gruet seg forferdelig!

Raigh klemte handa hennes fort i det de satte seg ned, han visste hva hun tenkte og hun var glad han var der. Det gav henne styrke.

Mannen som skulle styre begivenhetene reiste seg og dunket den respektinngytende staven sin i golvet, manet til ro. Folk holdt kjeft og en nesten naturstridig stillhet senket seg over torget. Det eneste som lagde lyd var hestene til vaktene og noen duer som hadde vaglet seg på et ledig tak. Akisha stirret på mannen, hun så at leppene hans beveget seg, så at folk reagerte på det han sa men for henne ble det bare et sus. Hun stengte alt ute, nektet og egentlig høre.

Vitnene kom frem, forklaringer fra de som hadde vært holdt fanget ble lest opp og ingenting ble utelatt. Reaksjonene var uventete, aldeles ikke hva Akisha hadde forutsett. Hun hadde regnet med at folk ville rope, gi uttrykk for avsky og forakt men det var stille. I stedet så hun at flere svimte av, at noen kvinner løp bort og det var bare ren vantro å skue.

Noen av historiene var så horrible at kongen beordret barn og ungdom vekk før de ble fortalt, de fleste adlød, de forsto alvoret i det. Akisha var glad mannen var så forutseende.

Gjennomgangen tok halve formiddagen og det var lagt inn pauser. Folk hadde med seg mat og drikke og Akisha og de andre fikk servert litt vin og noen små paier. Egentlig hadde hun ikke lyst på mat men måtte bare spise litt, hun trengte noe annet å tenke på.

Mens rettsaken foregikk skjedde ting andre steder i byen. Bak sirkus var det en bakgate som sjelden ble brukt annet enn til å kjøre varer til kjøkkenet og for til stallen og enn mann sto skjult i en krok og betraktet bygget med smale øyne. Det hadde tatt sin tid å spore tingene til Shabuch i utgangspunktet og nå dette. At de skulle havne i hendene på våpenmestrene var et gedigent sjokk men ikke et som fikk lamme dem. Det burde være mulig å finne dem også der. Sirkus var stort men mannen hadde greid å snoke frem den omtrentlige beliggenheten til hvelvet der de oppbevarte verdigjenstander og for en som ham var det å bryte seg inn barnemat. Hans oppdragsgivere var svært spesifikke, han måtte ha med gudebildet tilbake. Det funket ikke uten den eldgamle gjenstanden.

Lauget hadde valgt en av sine beste menn til dette og ikke uten grunn. Det var prestisje i å levere presist og sikkert og de ville ikke skuffe de mektige oppdragsgiverne, det kunne slå tilbake senere. Sirkus var godt bevoktet men nettopp der var også svakheten. Ingen ventet seg at noen skulle prøve å skaffe seg adgang uten lov. Han var en mann av gjennomsnittlig utseende, verken særlig høy eller lav og han så ut som en ganske alminnelig arbeider. Han kunne forsvinne i enhver mengde og var kledd som en arbeider også. De drev med oppussing nå, det var mye folk som løp frem og tilbake med alt fra sekker med mørtel til redskap og han la fra seg kappen og la seg ned i støvet, rullet seg et par ganger og børstet det verste av. Nå så han ut som en av bærerne.

Han gikk rolig rett bort til en av haugene med sekker og hev en på skulderen, ruslet etter de andre som skjøv trillebårer og annet og ingen reagerte. De var så mange der at et nytt fjes ikke fikk noen til å reagere. Han la fra seg sekken der de andre ble plassert, rettet ryggen med et stønn og satte kursen mot en tønne med vann som var satt frem til arbeiderne. Han lot som om han drakk dypt mens han betraktet omgivelsene. Det var forvirrende der, ganger og dører og slikt overalt. Det var en fordel om noen så ham, da kunne han skylde på å ha gått seg vill. Og det var lett å stikke seg unna også. Han grep en sekk med noe redskaper i og heiste den på skulderen, gikk med stø skritt rett mot en dør som førte inn under tribunen og ingen reagerte på det.

Han var kommet inn i en vid korridor som angivelig gikk hele veien rundt bygget, han orienterte seg fort. Han måtte ned i kjelleren og fant fort en dør som ledet til en trapp. Det var ganske stille der, noen tjenere hadde gått forbi ham med da hadde han bare latt som om han sto og prøvde å få et bedre grep på sekken. De hadde ikke sett på ham en gang. Trappa var mye brukt og han gikk ned som om han hadde all mulig grunn til å være der. Rommet han kom ned i var stort med flere ganger og korridorer i flere retninger. Det var nå det kunne bli vanskelig, hvor kunne hvelvet være? Hans oppdragsgivere hadde gitt ham et hjelpemiddel, det var en liten krystall som skulle lyse når det han var ute etter var nært og han smilte smalt og holdt den foran seg. Han gikk sakte en runde gjennom rommet og i ene enden gav den fra seg en svak glød. Det var i den retningen han skulle lete. Han gikk innover korridoren, den var ikke mye brukt og temmelig mørk og han skyndte seg nå. Det var ikke verdt å ta sjansen på å trekke det for mye i langdrag heller.

Han stanset etter en sving, hvelvet var foran ham. Det var ingen tvil. Døra var lagd av stein og boltet og det var flere låser der. Han bikket på hodet, betraktet den en stund. Dette hvelvet var lagd for å vare og for å være umulig å bryte seg inn i. Og det var det også. Å bryte seg inn var bortkastet tid, det ville ikke føre til annet enn at han ble oppdaget. Men han var smartere enn som så, en så god tyv som ham var alltid utstyrt med utstyr for de fleste tilfeller og han hadde en imponerende samling med falske nøkler og dirker gjemt i klærne.

Det var flere hengelåser og et par større som var bygget inn i selve døra. Hengelåsene var en smal sak, han brukte ikke mer enn et par minutter på dem, men de innbygde var verre. De krevde en ganske spesiell nøkkel og han slet litt før han greide å finne en metode som virket. Han hadde mye spesialverktøy og benyttet seg av det mest avanserte han hadde og låsene gikk tapt, en etter en.

Han holdt pusten og skjøv døra opp, den var utrolig godt balansert og smurt og lagde ikke noen lyd. Det var en lettelse. Han så seg rundt, rommet var ganske stort og det var verdigjenstander overalt. Antagelig rommet det enorme verdier men han brydde seg minimalt med det. Det var kun det han var hyret for å ta han var interessert i. Så profesjonell var han tross alt, mindre ble ikke forventet av et medlem av lauget. Han så ting som passet beskrivelsene på et bord bak i rommet og gikk fort bort til dem. Det var kun gudebildet som var etterspurt og fort la han det ned i en sekk han gjemte sammen med redskapene han bar på. Han var nøye med og ikke å etterlate spor og han låste døra nøye bak seg. Ingen ville se at det hadde vært noen der før tingen ble savnet. Han gikk opp igjen, listet seg ut i korridoren og fant veien tilbake til inngangen. Gikk ut sammen med de andre arbeiderne og forsvant i mengden uten at noen la merke til ham. Det var akkurat hva han hadde forventet og han passet seg vel for å se for fornøyd ut der han ruslet gjennom byen med sekken med gudebildet godt skjult under klærne. Lauget leverte, alltid!

Rettsaken trakk i langdrag, det var så mange anklagede at det tok tid selv om de bare nevnte de groveste forbrytelsene og kongen hadde befalt at kun de som hadde myrdet skulle vises frem for folket og straffes offentlig. De andre fikk råtne i fengsel i noen år og sendes på straffarbeid etterpå. Det var egentlig en passelig straff. Folkemengden holdt seg forbausende passiv mens fakta ble utlevert. Det endret seg da de kom til selve dommen da de anklagede ble halt frem for hele domstolen. Folkemengden hadde ikke hatt noen ansikter å henge sinnet på før nå, ingen de kunne ramme. Den første som ble ført frem av flere røslige vakter var den mannen som var selve sjefen for hele elendigheten. Han hadde blitt torturert og Akisha senket blikket med et stønn. Det var tydelig at kongens egen bøddel var dyktig og visste hvordan han kunne løsne selv den strieste tunge uten å gå for langt. Allikevel var mannen et ynkelig syn med åpenbare skader og han hang i armene på vaktene. Normalt sett ville synet av en torturert fange gjort folk rasende, det skjedde ikke denne gangen. Det var bare en merkelig trykkende stemning der av gedigen forakt og sinne og ingen lagde en eneste lyd. Det var ingen buing, ingen rop om hevn eller forbannelser. Bare denne tause stirringen som egentlig var temmelig nifs.

Mannen var ikke helt knekket, han hylte og skrek forbannelser mot alt og alle og overdøvet nesten dommeren som så rimelig forbitret ut over mangelen på respekt. Det ble selvsagt en dødsdom, det var klart på forhånd men nå fikk folket i det minste se at det hadde vært en rettsak, og formildende omstendigheter fantes ikke.

Vaktene slepte mannen med seg mot skafottet og brøt ham ned på blokka. Det var rimelig klart at denne karen slettes ikke aktet å dø med verdighet for han spyttet etter presten og sluttet ikke å sprelle før kommandanten kappet hodet av ham med et særdeles godt hugg. Folkemengden brølte som en organisme, et rop i sinne og forakt blandet med lettelse. Dette udyret kom ikke til å kunne skade noens barn mer.

Akisha nippet til vinen sin, hun følte seg svimmel og alt fløt liksom forbi. Hun var der fordi hun måtte, ikke fordi hun ville. Det kunne like gjerne ha skjedd uten henne. Fangene ble halt frem en etter en. Noen reagerte med raseri, andre var apatiske og noen fylt med anger men det gikk samme veien med dem alle sammen. Det var stilt opp en kjerre ved siden av skafottet som kroppene ble kastet ned i og hodene ville bli satt på stake ved byens hovedport. Det var barbarisk men kongen ville at alle skulle få se hva som skjedde med slike misdedere.

Noen av kundene ble også henrettet siden de hadde drept de arme stakkarene de kjøpte og folkemengden var enda mer rasende på dem enn på bakmennene. Soldatene hadde en svare stri med å holde de fremste tilbake bak tauene som var hengt opp som gjerder og stengsler. Det makabre skuet var ikke over før det ble mørkt, da ble den siste halshugget og kongen reiste seg og proklamerte med stø røst at dette ble skjebnen til alle som gjorde noe lignende. Folket jublet og noen tjenere kom rasende med små poser med mynter i som de hev ut i folkemengden. Det var minnemynter som var en del verdt og denne gesten fra kongens side gjorde ham ikke mindre populær.

Akisha og de andre kunne dra hjem, Raigh hjalp henne på beina for hun var så anspent at hun hadde blitt støl av å sitte der og selv om stolene var luksuriøse og fine hadde hun fått tresmak i baken av dem. Våk strakte seg med en grimase og Rheynek gned seg i øynene. De lengtet alle hjem nå. Hestene var ikke mindre ivrige og følget red fort tilbake til sirkus. Akisha lengtet etter et bad, et måltid og sin egen gode seng. Den fremsto nå som et rent glimt av paradiset.

Daoin kjente ingen smerte lenger, det føltes underlig godt. Det var som om han fløt og alt svingte, ikke var det så uutholdelig varmt heller. Men han var ikke død, han hørte ting og kjente at noe eller noen rusket i ham, det var lys der også. Han slet med å åpne øynene, de var hovne og verket og han så først ingenting, så klarnet det og han så at han lå på bakken i et tørt bekkeleie. Ved siden av ham knelte en yngre mann kledd i jakt antrekk, han holdt en fakkel og så forskrekket ut. Daoin prøvde å si noe men stemmen bar ikke, han var for tørr i halsen. Mannen skjønte visst for han grep febrilsk etter en lommelerke fra beltet og åpnet den, holdt tuten varsomt mot Daoins lepper og dvergen tok et par dype slurker. Det var ikke vann men en eller annen form for brennevin. Uansett slo det hardt men smakte vidunderlig og han kjente at strupen ble bedre og at han fikk litt krefter tilbake.

Mannen korket flasken og så storøyd på dvergen. "Hva gjør du her i skogen? Du er jo alvorlig skadet!"

Daoin smilte matt, han var nesten død, det var nærmere sannheten. Han hadde kun minutter igjen, instinktet fortalte ham det og han måtte overbringe budskapet med en gang. "Hør på meg unge mann, orkene har gått til krig igjen. De har slaktet dvergbyen under Månetind og har antagelig angrepet de andre også. De er på vei utover slettene og kommer nok til å angripe alle byen og landsbyer de kommer nær. Du må advare folk, det blir en massakre ellers. "

Mannen rykket til og ble synlig blek. "Er det virkelig sant? Jeg har sett merkelige spor men trodde ikke..Åh guder!"

Daoin så at mannen var skremt og det var forståelig. "Løp og fortell alle om det, be landsbyene væpne seg. Få alle i sikkerhet. Freden er brutt og kun gudene vet hvorfor. "

Mannen bet seg i underleppa, så seg rundt. "Men hva med deg? Jeg kan da vel ikke la deg ligge igjen her?!"

Daoin smilte vemodig. "Det må du gutt, jeg dør. Det er ikke noe som kan hindre det nå, orkenes våpen har forgiftet blodet mitt. Jeg vil møte forfedrene med hevet hode, jeg har gjort det jeg kan. Gå nå, før de ubeistene dreper flere!"

Mannen svelget og reiste seg usikker. "Hva navn skal jeg nevne når jeg forteller om din dåd edle dverg?"

Daoin hostet, brystet hans verket nå og han kjente at hjertet slet med hvert slag. "Fortell alle at Daoin Dainssønn brakte advarselen fra fjellene. Da blir mitt navn husket og æret. Og hvem er du unge mann?"

Mannen tok en real støyt av lommelerka, han så fremdeles rystet ut. "Jeg er Arjhed, fra en liten landsby ved elva. Jeg har vært og jaktet ekorn og fant deg liggende her. Er du sikker på at det ikke er noe jeg kan gjøre for deg?"

Stemmen hans var tynn, det var åpenbart at dette var en person som brydde seg om andre og Daoin smilte merkelig lettet. Ansvaret var ikke lenger hans. "Gi meg øksa mi, ingen god dverg dør uten øksa si. "

Arjhed tok opp øksa og rakte Daoin våpenet, han tok det med skjelvende hånd og la det over brystet, kjente at det kalde stålet gav ham fred. Arjhed svelget krampaktig. "Hvor lenge er det siden de angrep dere?"

Daoin lukket øynene, verden begynte å svinne for ham nå og han gjorde ingen motstand lenger. "Tre netter har jeg løpt, skynd deg gutt, stans ikke for noe!"

Arjhed klemte dvergens hånd fort før han reiste seg igjen, Daoin trakk pusten dypt en gang, så stanset pusten i ham og kroppen ble slapp. Arjhed så vantro på den nå døde dvergen, han var en simpel jeger og hadde aldri sett slike skader før. Og i hvert fall ingen som hadde overlevd så lenge med noe slikt. Det stinket av sårene og han forsto hva dvergen hadde ment, det var gått koldbrann i flere av skadene allerede. Dvergen hadde vært uhyggelig sterk som hadde greid seg så lenge. Men nå var det brått Arjhed som måtte bringe budskapet videre og han kjente at skrekken fylte ham helt. Han hadde familie og venner der nede mot slettene, det kunne allerede være for sent. Han la fra seg bunten med pelser og oppakningen sin. Nå gjaldt det å løpe og det så fort som mulig. Han var en høy langbeint kar og han var svært dyktig i terrenget. Snart løp han som en hare nedover dalen på tross av mørket. Han kjente denne stien og han følte formelig hvordan han hadde døden i hælene nå. Han kunne ikke være for sen, det var utenkelig! At orkene var på krigsstien igjen var en nyhet så skremmende at han bare håpet at folk trodde på ham. Ellers ble det en katastrofe.

Ygraine satt stille i den vesle alkoven sin, hun frøs men det var hun så vant med at hun snaut lot seg merke med det. Moran hadde sagt ifra til de øverste der men de trodde ham ikke. De mente at den skadede hesten hadde en helt annen forklaring og sendte ham nærmest på dør. Ygraine hadde sett det desperate uttrykket i ansiktet hans. Moran hadde vært soldat og visste hva et angrep der kunne utarte seg til. Tempelet var beskyttet av en høy og tilsynelatende solid mur men den kunne ikke stå i mot en beleiring mer enn noen timer maksimalt. Den var for skjør, lagd av brent leire og det uten forsterkninger. Den så imponerende ut men gav ingen egentlig beskyttelse. Og husene var tekket med strå og treverk, de ville brenne som fakler.
Ygraine hadde vondt i magen, hun kunne bare be om at Moran tok feil tross alt. Tempelet var slikt et opplagt mål om orkene virkelig var blitt fiendtlige igjen. Ingen der kunne kjempe, det var stort sett bare kvinner der.
Noen av jentene hadde diskutert det, men de glemte snart hele greia og gikk tilbake til de vanlige samtaleemnene. Ygraine visste at de neppe kunne vente noen nåde om det verste skjedde, og hun visste

hva orker pleide å gjøre med kvinner. Hun følte seg svimmel og presset seg mot veggen i alkoven, prøvde å tenke ut en utvei men hjernen ville ikke samarbeide med henne. Det var bare en brukbar vei ned fra tempelet siden dalen det lå i toppen av var mer som en kløft enn en dal, og om de evakuerte var de forsvarsløse. Dette kunne bli slutten på alt. Hun lukket øynene og prøvde å slappe av men uhyggen slapp ikke taket. Hva skulle hun gjøre? Helbrederksen hadde sydd hesten og vært forbannet over å ha blitt tilkalt for å lege et dyr men hun gjorde det da i det minste. Ygraine hadde hjulpet henne og hun visste at den aldrende kvinnen var noenlunde fornuftig men selv ikke hun hørte på hva Moran sa.

Det banket på veggen ved alkoven og hun rykket til. Det var gamle Jasul, en av de få mennene der. Han jobbet for kjøkkenet med å kappe ved og slikt og var krokbøyd og langsom men en meget smart mann egentlig. Han tjente der som straff for en forbrytelse han hadde gjort og hadde levd nesten et helt liv der i fjellene. Nå så han på Ygraine med smale øyne og satte seg ned på kanten av brisken hennes. "Jeg så tre ravner som sloss over kadaveret av en gribb i morges. Det er et ondt tegn jente. Moran har rett vet du, noe har skjedd og det vil snart vise seg hvor alvorlig det er. "

Ygraine så litt forvirret på ham og Jasul smilte tannløst. "Du er ei fin jente Ygraine, bedre enn mange av dem her. De kaller deg kanskje ei hore men jeg har møtt mange slike i mitt liv og av dem var de fleste bedre enn noen grevinne eller dronning. "

Han satte seg nærmere inntil henne. "Hør jente, om vi blir angrepet vil jeg at du skal ha en sjanse. Du har vært vennlig mot meg og de andre her mens de fine frøknene overser oss, det er mye verdt det vesla, mer enn du tror. Så vi karene har blitt enige om at du skal ut herfra i live, uansett. "

Ygraine forsto ikke, hun så bare på det vennlige gamle ansiktet med alle rynkene og arrene og åpnet munnen for å si noe men visste ikke hva hun skulle si. Jasul fortsatte. "Det er en vei ut herfra, en ingen vet noe om! Da de bygde dette tempelet for to hundre år siden trengte de mye vann. Så de grov brønnen ned til en underjordisk elv. De stengte selve inngangen til elva og lot det være åpent i bunnen så elvevannet kunne sige inn men det er en åpning der ennå. Den er vanskelig å finne men er en modig klarer en det. "

Ygraine så vantro på den gamle som klappet henne på kinnet med en forbausende myk hånd. "Åpningen er under vann, tre fot fra bunnen og den er ikke stor. En kan smyge seg gjennom men bare så vidt. Når en er igjennom kommer en ut i selve elva. den går i en stor tunnel i retning dalen og det er luft hele veien, men det er svært vanskelig å ta seg frem og vi kjenner bare til en som har klart det. Det er en åpning ut rett etter en svært brå sving og en liten foss, det er en lav gang helt nede ved golvet og en må krype. Da kommer en ut i bunnen av kløfta, rundt tre fjerdinger fra tempelet. "

Ygraine så vill øyd på mannen. "Selv om jeg finner den gangen, jeg kan ikke se i mørket? Jeg vil bare gå meg vill og dø!"

Jasul ristet på hodet og tok noe frem fra klærne. Det var en slags liten amulett i en lær snor og den så ganske anonym ut. "Ta denne vesla, den gir en evnen til å se der intet lys er. Jeg har hatt den i mange lange år og det var den forrige vokteren her som hadde den. Ta den og bruk den om det verste skjer"

Ygraine fikk den merkelige tingesten presset inn i hendene på seg og hun så forvirret og takknemlig på den gamle mannen. Brydde de seg virkelig så mye om henne der? Det var utrolig! Hun kjente at tårene presset seg på og hun gav den gamle en real klem. Han gliste tilbake og reiste seg. "Jeg får gå, før de ser at jeg er her. Vi kan jo ikke ha noe av at vi skaper rykter kan vi vel?"

Ygraine nikket bare. Ryktet hennes var allerede mer enn beksvart så det spilte ingen rolle men Jasul burde ikke måtte lide for denne vennligheten. Hun tvilte på at amuletten virkelig kunne gjøre noe slikt men bare at han gav den til henne var fantastisk. Hun tørket øynene og samlet seg. Snart skulle kveldsmaten serveres og hun kunne ikke være for sen. Antagelig ville de ha henne til å gjøre klar spisesalen og det var en større jobb. Hun sukket og gjemte amuletten i en liten lomme på underkjolen, den burde være trygg der.

Hun ble satt til å skifte ut halmen på golvet og det var en forferdelig jobb nå. Det var en måned siden sist og den var fylt med skitt, matrester og etterlatenskap etter hønene og hundene som ofte løp rundt etter måltidene. Det stinket virkelig ille og hun så snart ikke ut. Hun forbannet søster Sera for tusende gang siden den kjøkkenansvarlige hadde tatt det på seg og virkelig knekke henne. Da hun var ferdig og hadde lagt på ren halm raste de andre inn og et par av jentene kastet like godt et par halvtørre ruker på henne så hun så enda verre ut. Det nyttet ikke å si noe heller. Jentene satte seg til bords og ba som de skulle, Ygraine fikk slengt til seg et halvt brød med mugg på og drikke måtte hun finne selv. Hun tok brødet og gikk ut, hun fikk ikke spise med de andre heller og var nesten lettet. Hun visste hva slags snakk hennes tilstedeværelse der ville startet. Hun gikk ut på plassen, ruslet til brønnen og kikket diskret ned i mørket. Den var svært dyp, minst femti meter og et godt arbeid egentlig. Brønnen lignet et svart øye nå i nattemørket og hun gyste og trakk seg tilbake. Synet skremte vettet av henne plutselig.

Hun skulle til å gå tilbake til alkoven da hun ble var noe, lys som beveget seg i dalsiden over tempelet. Først stanset nesten hjertet hennes av skrekk før hun skjønte at orker neppe ville gått frem slik, så åpent og så organisert. Det hun så var soldater og brått ble hun lettet, nesten forventningsfull. Dette kunne være redningen, i det minste burde de vite hva som hadde skjedd. Hun prøvde å telle men avstanden var for stor og det var dis i lufta så hun så bare lysene fra mange fakler i bevegelse. Moran kom løpende og flere andre kom også stimlende. Troppen hadde kurs rett mot tempelet og Ygraine fikk en litt synkende følelse i magen. Hun så flere hester uten rytter og da de kom nærmere var det tydelig at denne troppen hadde vært i kamp. Det var mange sårede og Moran beveget leppene i bønn. Det var klart at han forsto hva de hadde vært gjennom. Ygraine fikk en merkelig følelse der og da. Dette ble et skjebnedøgn, før neste dag var omme ville dette være avgjort, til det gode eller det onde. Foran red en stor mann på en svart stridshest. Han løftet armen og Moran åpnet porten, bukket dypt. "Vi er hans kongelige majestets fjerde tropp. Vi ble angrepet av orker for et døgn siden og har mange sårede. Vi krever innkvartering og hjelp. "

Moran så blek ut og Ygraine forsto hvorfor. Disse mennene kunne neppe forsvare dette stedet. De var for få til det. Hvordan skulle dette gå? Øverste prestinnen kom løpende og ble satt inn i situasjonen og brått var det forrykende aktivitet alle steder. Folk løp som piskede harer for å skaffe mat, stall til hestene, få de sårede til sykestua og skaffe leie til de friske. Helbredersken kom springende og grep tak i Ygraine. "Du er dyktig nok, du blir med meg!" Ingen protesterte på det og dermed ble hun halt med til sykestua der flere senger allerede var fylt med sårede menn. Stønn og skrik fylte allerede rommet og Ygraine kjente at alt spant for henne. Det hadde skjedd for fort, hun greide ikke samle seg. Helbredersken klasket noen kluter i nevene på henne. "Gjør deg nyttig jente. Finn varmt vann og rens sår, sett i gang!" Ygraine kunne bare gjøre som hun fikk beskjed om enda hun ble kvalm av det. Bare gudene alene visste hva de neste timene ville bringe henne.

Tjeneren som kom spurtende ut av døra hadde aldri sett sin herre så rasende noen gang, et øyeblikk hadde han vært redd for at det var ham selv som hadde gjort noe galt for herren var utrolig pirkete men heldigvis var det ikke det. Han hadde fått en heller brølende ordre om å slippe det han hadde og hente en flakong med brennevin og så kare seg vekk. Han hadde gjort som han fikk beskjed om, hadde plassert flakongen på bordet og kommet seg ut av rommet i en fykende fart. Lord Arendt kunne virkelig være farlig om noe gikk ham i mot, han la ikke fingrene i mellom om noen gjorde noe han ikke likte og tjeneren visste om flere som hadde blitt pisket. Han ønsket ikke den skjebnen så han så ikke engang på herren i det han stengte døra nøye og sprintet ned til tjeneravdelingene for å advare de andre om herrens dårlige humør. Arendt sto der og nesten skummet av sinne og en god porsjon fortvilelse. Han hadde akkurat oppdaget at kartet var blitt forbyttet. Han tvang seg til å tenke rasjonelt, det kunne egentlig bare ha skjedd når han hadde det med seg på møter og han kunne ikke riktig tro at det var mulig å stjele det men det hadde da altså skjedd. Hvem kunne stå bak noe slikt? Hvem visste om kartet? Han satte seg ved skrivebordet. Det var neppe noen av hans medsammensvorne, de var dedikert alle sammen, forbundet av den samme frykten og det samme håpet. Det krevde virkelig sin mann å stjele noe slikt fra ham, kunne lauget ha tatt på seg et dobbelt oppdrag?

Han strøk den ideen, de var lojale mot de som betalte bra og han betalte mer enn godt. Han ventet bare på gudebildet og de hadde allerede krystallskålen og det andre relikviet fra orkenes tempel. De var så nær men så skulle altså noe slikt skje. Men den som tok kartet hadde ikke disse tingene, i seg selv var det umulig å bruke, alt måtte være samlet skulle en tyde gåten. Han slo neven i bordet så alt på det formelig hoppet. Det var kun en person han kjente til som var så dum og så besatt at han ville prøve å stjele fra dem, og så uvitende at han trodde kartet var nok. Arendt hadde faktisk tenkt på og kanskje å involvere Lord Uthar men mannen var kun en forfengelig tåpe og ikke på langt nær hard nok for det de hadde i tankene. Men på et eller annet vis hadde altså Uthar allikevel greid å få snusen i dette. Han skulle gitt mye for å vite hvordan det kunne ha seg, antagelig hadde karen greid å betale en eller annen tjener til og snik lytte men det var neppe noen i hans husholdning. De var for redde til å gjøre noe slikt.

Han begynte å gå frem og tilbake på golvet, tenkte hardt. Uthar hadde penger til å skaffe seg gode folk, det var tyver utenfor lauget som var vel så gode som dem og antagelig hadde Uthar benyttet seg av en av dem. Vel, det betydde ikke noe. Uthar kom ingen vei med kartet alene, han måtte få tak i resten av de hellige gjenstandene også skulle han kunne bruke det. Men visste han det? Arendt ville ikke vedde på det, Uthar var utålmodig og naiv til tider, levde i sin egen verden. Og om Uthar skulle ha noen glede av kartet måtte han tolke det og Arendt visste godt at Uthar selv var uten den nødvendige kunnskapen. Hvem kunne greie noe slikt? Hvem kunne Uthar benytte seg av?

Arendt gliste kort. Det var kun en person i kongedømmet som hadde den kunnskapen offisielt, og det var Lord Ychmal. En gammel skriftlærd som hadde tjent kongen som hoff alkymiker og magiker, en temmelig forvirret stakkar som etter sigende var bortimot helt senil nå. Kanskje ikke så rart, mannen var godt over hundre og skrekkelig skjør. Merkelig egentlig at mannen ikke allerede var død. Men Uthar måtte bruke ham om han ville ha kartet tydet for det var ingen andre der som kunne lese dette eldgamle alfabetet og skjønne hva som sto skrevet på kartet. Og det betydde at Uthar måtte inn til hovedstaden der Ychmal holdt til, Arendt ville se til at de var klare for ham der. Det passet egentlig godt, alle ville samles der til slutt. Han gliste litt ondskapsfullt og grep et pergament, satte seg til å skrive et brev i kode til sine medsammensvorne. De måtte få vite om dette og gjøre seg klare. Hadde de flaks bidro bare dette til kaoset, det de skulle gjøre ville bli glemt i krigen som sto for døra. Og når det var over ville de ha den ultimate skatten i sine hender. Uthar kom aldri til å få noen glede av det kartet, det skulle Arendt se til og de kunne garantert ha nytte av den gamle vismannen selv. Han kunne kanskje hjelpe dem med å tyde resten av gåten og ville han ikke skulle han. De hadde metoder for å tvinge selv den mest vrangvillige til å samarbeide. Og en slik gammel og skjør person kunne jo fort stryke med, ingen ville fatte mistanke om han gikk bort. Arendt knep øynene sammen. Uthar hadde bare tatt på seg å frakte kartet for dem, og for det skulle han virkelig belønnes, og det på et vis han neppe hadde ventet. Men de skulle ikke slå til ennå, ikke før de hadde fått tak i alle tingene og alt var klart. Da skulle Uthar få vite hva han hadde gått glipp av. Det skulle bli en sann svir å fortelle ham sannheten før de knertet ham. Arendt fikk en tjener til å hente brevene og sende dem med bud til hans venner og så satte han seg ned og gledet seg til dagen som snart skulle komme. Dagen da alle deres drømmer ville gå i oppfyllelse.

Kapittel 5: Roser og død

Se flammene slikke mot himmelen høyt
Led meg ei til fall
Hør deres rop om nåde men ingen blir spart
La ulvene hyle ved vår port

Arjhed hadde løpt alt han greide nedover dalene. Dagen hadde
grydd og gått mot natt igjen før han nådde bebygde områder og han
forsto med en gang at noe var fryktelig galt. Det røk ikke av noen
piper noe sted, i stedet var det en tykk svart røyk som hang i luften
over elva og han kjente at magen sank i ham og beina skalv. Kråker
og Ravn holdt et svare leven, noe var dødt og han måtte stanse og
samle seg før han turte gå nærmere. Han visste hva han ville finne
men allikevel ikke. Han hadde ikke evnet å forestille seg skalaen på
ødeleggelsene. Som jeger var han vant med å se død og fordervelse
men aldri slik, og aldri folk. Han kjempet mot kvalmen mens han
gikk gjennom det som hadde vært en fredelig landsby. Det lå lik
strødd der, alle grotesk lemlestet og kappet opp. Husene var brent
ned og husdyrene slaktet. Det var ingenting tilbake noe sted. Selv de
solide husene til stedets leder og presten var brent ned og asken var
fremdeles varm. Det hadde vært dager siden det skjedde men
brannen hadde rast lenge.
Noen ravner lettet i et kratt langs elva og han gikk bort dit, det var
to unge gutter og en jente, de virket for å ha blitt slått i hjel med
klubber og han snudde seg og kastet opp. Det var ingen tilbake i live
der nå, ingen å redde. Men han kunne kanskje redde andre. Om
orkene var på vandring måtte byene lenger ut advares men hvordan?
Han var kun en person og han var allerede utslitt etter stormløpet
ned fjelldalene. Han samlet seg, prøvde å tenke logisk. Orkene

måtte følge hoveddalene, det var det enkleste om de var mange, og det raskeste også. Men om en tok de mindre brukte stiene? De kun jegere og fjellfolk kjente til? Selv slettelandet var gjennomskåret av elvedaler og mindre åser og det var mulig å stikke seg bort der, om en bare visste hvordan. Han rotet fort gjennom ruinene, det var ingenting der han kunne bruke. Alt var brent. Det eneste han fant var en ost som lå under ei halv brent trapp og noen lærreimer som hang på et gjerde som flammene hadde spart. Av våpen hadde han bare den enkle buen sin og en kniv. Skulle han hvile der eller burde han komme seg videre med en gang? Arjhed hadde aldri vært noen kriger, aldri vært annet enn jeger. Det var hva hans far hadde vært før ham og det hele slekten hadde levd av egentlig. Arjhed hadde lite viten om verden utenfor fjelldalene, han visste at det var meget langt til byene der ute i hjertet av riket men han måtte nå dem. Ellers ble det slutten på alt regnet han med. Orkene hadde vist en råskap der han ikke hadde kunnet forestille seg og bare tanken på at de skulle gjøre det samme med større byer var til å bli kvalm av. Han sto og prøvde å bestemme seg da han hørte det knaket i krattet og han rykket til og hev seg ned bak en nedbrent vegg, sikker på at det var orker og at hans siste time var kommet.

Det var ikke orker, det var en hest. Antagelig ridehesten til stedets leder, den var ganske fin og hadde sikkert stukket av så orkene ikke fikk tak i den.. Nå hadde den trukket tilbake til landsbyen for å finne mat og folk men det var ikke lenger noen der. Arjhed var ikke vant med hester, de var for fine folk med penger men han hadde så vidt fått ri et par ganger og likte dyrene godt. De var bare så forbasket store og dette var en høy langbeint halvblods, brun av farge og en smule sky. Han prøvde å nærme seg hesten forsiktig, mumlet mykt til den og hesten prustet og trippet litt, skremt av lukta og skapningene som hadde jaget den. Arjhed viftet med osten han hadde funnet, den luktet godt og hesten kjente lukta. Det hendte at den fikk ostebiter av sin herre etter en tur og Arjhed klappet den varsomt på flanken. "Se her gutt, du får denne om du er snill" Han grep skinnreimene han hadde funnet og fikk spleiset dem sammen til et slags hodelag, sal fantes ikke der, den var nok brent opp med resten av huset så han fikk ri bar bakk. Arjhed fikk greiene på hesten som nå hadde roet seg betraktelig. Den stolte på folk og selv om denne karen var fremmed var stemmen vennlig og osten fristende. Arjhed leide dyret bort til en stein og kom seg klønete opp, ved alle guder så høyt han ble sittende nå og fikk han i det hele tatt hesten til å skjønne hva han ville? Han prøvde seg og hesten gikk faktisk fremover, den var godt dressert og svært villig og snart var jegeren på vei nedover dalen langs en smal sti som få andre visste om. Med en god hest burde han kunne klare dette, om ikke orkene kom i veien for ham. Arjhed hadde aldri vært religiøs men nå ba han mens han klorte seg klønete fast på hesteryggen, han måtte rekke å advare folk!

I sirkus hadde ting roet seg ned ganske mye nå, arbeidet med arenaen var nesten unnagjort og bare litt finpuss gjensto. Resultatet ble fantastisk, Akisha visste at Whaly hadde gjort det rette men det hadde vært et stress for alle. Alle gledet seg til ting gikk tilbake til det normale igjen. Naragh og Medikus hadde slitt med å hjelpe de frigitte slavene og få dem tilbake til det normale men en del av dem var så ødelagt at de ikke greide seg alene. Medikus hadde gjort en kjempejobb med å finne familiene deres og sende dem hjem og Naragh hadde vært uvanlig stille av seg. Han gjorde jobben sin like godt som før men det hadde gått inn på ham, helt klart. Dharan ble der, han skulle bli lærling for Naragh og Akisha forsto hvorfor også. Det gav gutten noe annet å tenke på, og han hadde faktisk et visst talent. I det minste var han smart nok til å lære og pliktoppfyllende. Han hadde ikke lenger familie i live heller og hadde ingen andre steder å gjøre av seg. Han var sky og tilbakeholden og snakket sjelden med noen men det virket for at Enez nådde godt inn til ham. Akisha var glad til, hun håpet at han ville føle seg tryggere etter hvert og bli mer normal men det kunne ta tid, Nå tålte han ikke at noen rørte ham og Naragh kunne fortelle at han trengte sterke sovemedisiner for og ikke våkne av mareritt hver natt. Det var synd i gutten og Akisha skulle ønske at hun kunne ha hjulpet ham men det var kun tidens egen helbredende kraft som nå kunne hjelpe stakkaren. De trente til de nye forestillingene og stedet kokte formelig av aktivitet, Akisha hadde sjelden tid til å tenke noe særlig. Det var kommet bud fra en våpenmester sørfra om at han hadde to lærlinger som kunne innvies til høsten og Akisha måtte forberede det også enda det bød henne i mot. Men hun var leder for den svært eksklusive gruppen så hun måtte bare skride til verket.

Hun hadde sendt Raigh til hvelvet etter seglet hun brukte på offisielle brev og ventet på ham. Hun måtte skrive navnene inn i listene og sende et brev til kongen også og satt og lurte på hvordan hun skulle ordlegge seg. Raigh kom inn igjen med seglet men han hadde et merkelig uttrykk i ansiktet. "Akisha? Har du beordret noen til å fjerne det gudebildet?"

Hun forsto først ikke hva han mente, hadde ikke tenkt på de tingene de tok fra palasset i det hele tatt. Så lysnet det og hun så spørrende på ham. "Nei? Det skal stå sammen med de andre tingene?"

Raigh ristet på hodet. "Står ikke der nå!"

Akisha reiste seg, brått fikk hun en litt ekkel følelse og skuttet seg fort. "Virkelig? Det kan ikke ha falt ned og ligger bak noe annet eller noe slikt?"

Raigh bikket på hodet. "Jeg sjekket det, selvsagt!"

Hun sukket, selvsagt tenkte han så langt. Hun grep ham i armen. "Dette må jeg sjekke ut selv!"

De gikk ned til hvelvet og ganske riktig, gudebildet var søkk borte. Hun klødde seg i håret og så seg rundt. Det var ingenting annet som var borte der, hva var dette? Å bryte seg inn der var umulig, og ingen andre enn henne og Whaly hadde nøklene ned dit. "Men i alle guders navn, det kan da ikke bare ha blitt borte?"

Raigh så nøye på låsene, han var svært fokusert som vanlig. "Se her Akisha, se på denne innebygde låsen, ser du kanten av stålet her?"

Akisha satte seg ned på huk, Raigh holdt lykten like ved åpningen i låsen og hun så med en gang hva han mente. Det var blanke punkter i metallet, som om noe hadde gnagd på det. "Om noen bruker en slags dirk blir det slike merker, jeg har sett det før. Noen har vært her inne"

Akisha så forskrekket på ham. "Og tatt det gudebildet? Men ved gudene, ikke noe annet er borte? Og her er det alt fra juveler til kunst?"

Raigh hadde fått et intenst uttrykk i de grønne øynene, han så nesten litt skummel ut. "Jeg tror det gudebildet er mer verdifullt enn vi trodde, om noen virkelig går så langt som å lure seg inn her gjelder det mye mer enn vi forsto. "

Akisha reiste seg brått. "Greit, vi må finne ut hva det egentlig er for noe, ved gudinnen at vi ikke tenkte på det før!"

Raigh strøk seg over haka og tenkte visst hardt. "Jirhg kan kanskje hjelpe oss, han kjenner jo flere magikere, i det minste skryter han av det. "

Akisha sukket og børstet støvet av klærne. "Ok, vi får se om han kan rote frem noe informasjon. Det gir meg bange anelser, Elywen mente at det var ondsinnet magi i de tingene, jeg håper bare at vi ikke har gjort en gedigen tabbe!"

Raigh bare trakk på skuldrene. "Det gjør jeg også!"

De gikk til Jirhg som holdt til i laboratoriet sitt som vanlig. For en gangs skyld drev han med noe fredelig, han mente at han hadde funnet ut hvordan en skulle lage maling som aldri falmer og som et resultat av dette så vegger og tak ut som om det hadde skjedd en eksplosjon i et fargeri. Akisha måtte ha blikket på golvet, det gjorde nesten vondt å se på alle fargene. Den vesle alkymikeren sto og rørte i en gryte som det oste temmelig stramt av og gliste bredt da Akisha kom gående. Raigh holdt seg langt bak, han var langt fra så modig som henne når det gjaldt dette.

Jirhg nikket ivrig mot dem, på tross av alt var han svært sjarmerende og alltid villig til å hjelpe. "Så, hva kan jeg gjøre for den skjønne i dag?"

Akisha trakk pusten dypt. "Noen har stjålet det gudebildet vi tok fra de forbannede idiotene, det må være verdifullt på noe vis men vi vet bare at det er magisk. "

Jirhg rykket til og så med store vantro øyne på henne. Han begynte å stirre rundt seg med vilt blikk og Akisha forsto hva han var redd for. "Ingen vil nok stjele dine ideer Jirhg, ingen vet jo om dem, men vet du om noen som kan hjelpe oss med det gudebildet? Vi må vite hvorfor det var så viktig!"

Jirhg tok seg sammen, han bet seg i underleppa. "Hvordan så det ut?"

Akisha sukket og trakk frem en liten pergamentbit fra lomma. Frostfugl hadde vært smart nok til å lage en enkel tegning av det da de fant det for å se etter i sirkus sitt bibliotek om det sto noe der om slike ting. Tegningen var enkel men viste da det viktigste og Jirhg så granskende på den. Han snudde litt på tegningen og bikket på hodet. "Det er et gudebilde ja, og jeg vil nok tro at det er magi med i bildet, men jeg har en følelse av at dette er noe mer enn som så. "

Akisha rynket på pannen, hun lar armene i kors og så litt morsk ut der og da. "Hvordan da?"

Jirhg grep en bit papir og en bit kull, tegnet noe fort. "Se her langs kanten nede, ser dere tegnene? De ser halvferdige ut og det stemmer nok. "

Akisha lente seg forover og skallet nesten Raigh som gjorde det samme. "Du har rett?"

Jirhg gliste selvbevisst. "Gudebildet er nok en del av noe større, kanskje en slags figur eller en del av en kode. Den hører sammen med en gjenstand til, da blir tegnene komplette. "

Akisha så skarpt på ham. "De andre tingene vi tok var ikke slike? En skål og en dolk. "

Jirhg skulte på tegningen, strøk seg over det arrete ansiktet. "De er nok noe helt annet, helt uten tilknytning til gudebildet. Jeg kan forhøre meg om dem også, men jeg vil tro at dette peker mot noe temmelig stort noe. Å stjele noe fra dette stedet er både modig og frekt gjort. "

Akisha fnyste og Raigh nikket stumt. Jirhg spant rundt seg selv et par ganger, så raste han bort til en bokhylle som var så overfylt med alskens skrifter og bøker at den nesten gav etter for vekten. Han halte frem en liten skinninnbundet bok og bladde febrilsk. "Jeg vet om en gammel kar som kanskje kan vite noe om slike ting. Han er utgammel nå og jeg vet ærlig talt ikke om han lever men han er viden kjent som en ekspert på gamle magiske gjenstander. Han lever i Osholdar, i byen Catendhar. "

Raigh plystret lavt. "Steinneven. Jeg kjenner til stedet. "
Akisha så forbauset på ham. "Steinneven?"
Raigh nikket. "Ja, byen kalles det. Det er en festning, ingen ting kan
noen gang erobre den byen, det kan jeg garantere. Den er bygd for å
være uinntagelig. "
Akisha tenkte seg om, riket Osholdar var på vestkysten, ganske
langt nord og det var forholdsvis stort og delt mellom fjelland og
store sletter. Det lå nord for det landet folk kalte Steinengene og
kongen der var kjent for å være ualminnelig stri og strikt.
Jirhg plystret falskt. "Ychmal er en gammel stripinn men jeg har
hørt mye godt om ham også. Jeg skal sende et brev dit med en gang,
dette haster tror jeg. "
Akisha så oppgitt på Raigh, et brev til Osholdar? Det ville bruke
minst en måned på å komme frem, om det kom frem i det hele tatt!
Jirhg smilte bredt. "Jeg bruker en brevdue, jeg har duer fra Dhaile,
derfra går det duer nordover også. Det tar bare noen dager. "
Akisha visste at Jirhg hadde fått lagd et dueslag på toppen av sirkus
og hadde noen lærlinger til å passe fuglene men hun visste ikke at
brevdue systemet var så utarbeidet allerede. Kongen hadde lovet at
det skulle bli et ordentlig post system, han hadde virkelig jobbet
godt. Jirhg vinket dem av. "Jeg skal lage en liten kopi av tegningen
og sende sammen med en beskrivelse. Ta det med ro venner, om
noen kjenner til dette er det Ychmal, tro meg!"
Akisha bare smilte litt usikker, hun hadde ikke all verden med tro
heller, men Jirhg var såpass selvsikker at hun kanskje tok feil
allikevel. De trengte å vite hva det gudebildet egentlig var, hun var
nesten personlig fornærmet over at noen hadde greid å snike seg inn
der. Det minnet henne for mye om da hvitekappene herjet i byen.

Arjhed stirret ned på en scene han neppe ville glemme noen gang,
det hadde vært en liten fiskelandsby ved den store brede elva som
kom ned fra fjellene men nå var det kun en rykende ruin. Han hadde
vært for sen! Han ynket seg av synet og av sin egen verkende rygg
og sparket den trøtte hesten i gang igjen. Det var ingen overlevende

der heller, det lå lik i gatene og noen var hengt opp på pæler nærmest for syns skyld. Hvorfor hadde orkene gått til krig igjen? De hadde holdt fred i århundrer! Han tørket tårer og prøvde å kvele et hulk av fortvilelse men det var vrient. Det var som om hele stedet skrek av redsel og smerte fremdeles. Som en sønn av fjellene og skogen var han svært følsom og dette var for mye for ham.

Han var utslitt og mør i kroppen, hadde ikke spist på mange dager og kjente at han neppe orket å holde det gående stort lenger. Å ri på en hest slik uten sal tok på for en urutinert rytter og hesten var sårbeint og sliten også. Han skjønte at han ikke kom så veldig mye lenger med den. Men elva var jo der, og den rant i riktig retning. Og han visste at orker ikke liker vann særlig mye så om han fant en båt kunne det være løsningen. Om han lot seg drive med elva gikk det fort også, og han kunne hvile litt. Han begynte å søke langs elvebredden, mange av båtene var brent eller knust men noen lå fortøyd ute på elva og de hadde ikke orkene tatt. De hadde nok ikke skjønt at de var festet med reip i kroker helt nede i vannkanten. Arjhed jobbet fort, lette gjennom ruinene og fant faktisk litt mat som var spiselig ennå, et par brød og en kagge vin og en stubb med pølse. Det var ikke mye men nok. Han slapp hesten løs og trakk inn en ganske stor og solid fiskebåt som lå med både årer og seil og fikk skjøvet seg ut fra land ved hjelp av noen stokker. Nå fikk skjebnen rå og vise ham hvor veien ville gå videre.

Ygraine hadde ikke trodd at hun skulle oppleve noe slikt, noen gang. Det var rundt tretti sårede menn, noen av dem var så hardt skadd at de neppe greide seg uansett og helbrederen hadde liksom våknet til live og viste at hun var både myndig og sterk. Hun gav de verst skadde valmuemelk og la dem på et eget rom, de ville i det minste dø en smertefri død når medisinen begynte å virke. De som var mindre skadet fikk litt av den verdifulle saften og lærlingene hennes gikk til aksjon med de som var lett skadd. Ygraine fikk i oppdrag å løpe frem og tilbake med vann, bandasjer og slikt og gjøre små jobber som å få av de skadde klærne og gjøre dem klare.

Ygraine var kvalm, svimmel og sliten men jobbet som en gal, hun måtte det for å holde angsten vekk. Hun bandasjerte en arm med et stygt kutt da det lød hovslag og enda flere ryttere dukket opp. Hun forsto at dette måtte være en stor gruppe soldater og hun overhørte flere samtaler mellom soldatene og skjønte at de hadde ridd inn i et bakhold. Troppen var sendt til fjellene for å rydde opp i en konflikt mellom to klaner av det folkeslaget som bodde på høysletten nær toppen av fjellkjeden. Kongen hadde ikke råd til at de brukte tiden på å slåss i stedet for å produsere den verdifulle ulla som var en grunnstein i produksjonen av fine stoffer. Når ingen gjetet sauene og geitene ble det til at ulv og slikt tok mye av dem og den slags gikk ikke i lengden.

Ygraine prøvde å finne ut mer mens hun stelte sår og overhørte banning og jamring. Soldatene var forholdsvis voksne karer, antagelig en elitetropp og de virket sjokkert over angrepet. Det hadde visst kommet helt ut av det blå, ellers skulle de ha greid å desimere det ork pakket grundig. Rytterne der ute hadde steget av og nå kom de inn, det var flere soldater i noen egne uniformer og noen offiserer samt et par høyreiste karer i svært flotte uniformer og rustninger. Ygraine så det kongelige segl på kappene og forsto at dette var personer høyt oppe i adelen der i landet.

Den ene trakk ned kappen og Ygraine måpte, det var en alv. En svært høy og elegant kar med mørkt hår og mørke øyne. Han så seg rundt med åpenbar engstelse og den andre mannen trakk også ned hetten og så seg om. Han var også utrolig flott men Ygraine forsto at denne mannen var halvblods, og noen av trekkene til de to var temmelig like. De måtte være slektninger. Han hadde tykt gyllent hår og blå øyne og virket hardbarket og sterk. I hvert fall ruvet de to over alle andre der.

Øverste prestinnen kom løpende og neide dypt for de to, hun virket litt overveldet og forklarte fort hvordan situasjonen var for de sårede. Halvblodsmannen sukket tungt og trakk av seg hanskene, gav dem til alven som smilte vennlig men reservert til prestinnen. "Jeg er takknemlig for deres gjestfrihet edle frue, men her kan dere ikke bli. Dette stedet tåler ikke en beleiring. "

Øverste prestinnen så skremt ut og mannen så alvorlig på henne.
"Jeg er Duchlain, sønn av kong Corat. Dette er min halvbror Ohlain.
Det er min ordre at dette stedet evakueres"
Søster Frid gispet og så seg rundt med fortvilelse. "Min herre, det er
mange sårede! Hvordan skal vi få dem bort herfra?"
Ygraine så skjevt bort på dem, kongens sønn? Hun visste at kong
Corat av Osholdar hadde fem sønner, tre ektefødte og to som var
barn av hans konkubiner. Dette måtte være en av dem. Da var han
en mektig person og en de måtte høre på. Hun kunne bare håpe at
han visste hva han gjorde.
Duchlain gispet og tok seg til siden, skar en grimase. Søster Frid så
skremt på ham. "Min herre, du er såret?!"
Duchlain viftet bare med handa. "Det er kun et lite kutt, ingenting å
bry seg med. "
Alven så litt streng ut. "Allikevel må det renses, ork våpen gir
infeksjoner, det vet da alle!"
Frid nikket storøyd og vinket fort på Ygraine som sto der med en
bolle varmt vann og flere bandasjer i nevene. "Kom hit jente, hjelp
meg med å rense såret hans!"
Ygraine holdt blikket nede, neide så dypt hun kunne og så ikke på
de to. Hun merket at de stirret på henne, hun skilte seg så avgjort ut
blant de andre kvinnene der. Aldri før hadde hun følt seg mer
utenfor enn nå. Duchlain trakk på skuldrene og satte seg, spente av
seg brystplaten og rygg beskyttelsen og ringbrynjen han hadde
under. Så trakk han av seg våpenvesten, tunikaen av tettvevd ull og
undertrøya. Ygraine kjente at hun rødmet, hun hadde sett avkledde
menn før men han var så annerledes enn dem. Han lignet litt på en
stor katt og at noen kunne være så maskulin og allikevel så pen?
Han hadde ganske riktig et kutt i siden, det var ganske langt men
grunt og måtte renses og sys og Ygraine sto der med hodet vendt
mot golvet og gjorde som hun fikk beskjed om. Søster Frid tok seg
av selve sårstellet, Ygraine var ikke verdig til å behandle en så
høyættet pasient.
Duchlain pekte på rekkene med pasienter. "Dere har to vogner her,
spenn for begge to og legg de verst skadde i dem. De andre kan

ligge på slepebårer etter hestene. Hvor mange er dere her?"
Søster Frid sydde såret med et par sting, Duchlain virket ikke for å
bry seg om det i det hele tatt. "Vi er femten prestinner og tjue
noviser og lærlinger. Og sirka ti tjenere med stort og smått. "
Ohlain kremtet kort. "Det er førti fem personer. Hvordan skal vi
redde alle?"
Duchlain så litt forbauset på den jenta som hjalp ypperste
prestinnen, hun var kledd i en merkelig og temmelig stygg kjortel
som ikke kunne skjule det fakta at hun var høy og fint formet og
ansiktet var vakkert på form selv om det var svært møkkete. Var
hun en slave eller noe slikt? De andre der så svært velstelt ut. "Vi
har tredve hester igjen, sett to jenter på hver hest og noen av de som
er gamle og slitne på resten. Mennene kan gå. "
Ohlain vinket på en av offiserene, en stor røslig kar med gedigent
rødt skjegg og et stritt blikk. "Hvor mange har vi igjen som kan
slåss?"
Mannen skar en grimase. "Femti mann tror jeg. Noen av de lett
sårede kan ennå bite fra seg. Men orkene vil forfølge oss, vi kan
ikke rekke i sikkerhet før vi har dem over oss. Det blir et blodbad!"
Søster Frid så livredd ut og Ygraine kjente at hjertet hamret i brystet
som en tromme. Dette ble virkelig slutten. Duchlain nikket kort til
Frid som var ferdig med å sy, han trakk på seg klærne igjen men lot
rustningen og ringbrynjen være. "Vår ed er å beskytte de svake og
hjelpeløse, uansett. Vi sender tjue mann med kvinnene, det burde
holde til en rask marsj. Resten av oss blir her og avleder orkene. "
Offiseren så smalt på Duchlain. "Du vet at det er selvmord?"
Duchlain smilte stivt. "Ja, men hva annet valg har vi? De vil ikke
forfølge kvinnene så lenge vi er her og slåss, jeg kjenner de
krypene. De bryter aldri opp en gruppe før de har nådd målet sitt og
det målet vil være oss. De vet hvem jeg er Nahron, de kjente igjen
seglet jeg bærer. Det er garantert at de vil gå etter tempelet. "
Nahron sukket bare. "Som de befaler min herre. Jeg skal begynne å
organisere evakueringen. "
Duchlain sukket og så på halvbroren. "Ohlain, du kan ferdes i
terrenget uten å bli sett, selv av orkene. Sonder omgivelsene her, se

om det kan finnes noe vi kan bruke mot dem. "

Ohlain la handa kjærlig på halvbrorens skulder. "Du er tapper min bror, dette tjener deg til ære. Men jeg skulle ønske det var en annen utvei. "

Duchlain ristet på hodet. "Ikke uten at disse edle kvinnene blir slaktet ned som fe av de beistene. Jeg dør heller hundre ganger selv enn at det skjer. Gå nå, la deg ikke bli sett!"

Ygraine hadde blitt stående der, hun følte seg lamslått av det hun nå hadde hørt. Disse soldatene ville bli der som lokkemat og la seg drepe for å berge prestinnene og novisene. Det var det tapreste og edleste og mest idiotiske hun noen gang hadde hørt. Ohlain så fort på henne. "Du, jente. Hent noe vin, min bror trenger noe å styrke seg på. "

Ygraine bare neide og styrtet av gårde og Duchlain så langt etter henne. Hvem kunne hun være? Så stygt kledd og så dukknakket? En novise eller lærling gikk forbi og han vinket på jenta. "Den jenta der, i den skittengrå kjortelen, hvem er hun?"

Lærlingen han hadde stanset var Emalda og hun skjønte med enn gang hvem den kjekke offiseren og adelsmannen mente. Hun freste nesten ved tanken på at han spurte etter Ygraine og ikke henne selv. Emalda smilte bare høflig og neide med blikket mot golvet. "Det er horen vår, hun er nok til disposisjon om mennene dine trenger litt"

Duchlain rynket på pannen, hore? Det passet liksom ikke helt inn i et tempel. Emalda skjulte et ondskapsfullt glis. "Ja, hun er her fordi hun forførte sin egen onkel, og gudene vet hvem ellers. Hun er uforbederlig!"

Duchlain bare vinket jenta videre og så litt forbauset ut. Da skjønte han at hun var der som straff, men hun hadde da slettes ikke virket for å være av det slaget. Kanskje dette tempellivet temte selv slike kvinner. Ohlain klemte handa hans fort og gikk og Duchlain sukket og så seg rundt. Soldatene var i full gang med å ordne vognene og det raste prestinner rundt overalt. Helbrederisken gav orde om hvem som skulle i vognene og hvem som kunne gå eller bli slept og kavaleristene drev og lagde til slepebårer de kunne spenne til sadlene. Dyrene var ypperlig trent og sterke og greide to kvinner og en båre uten problemer. Han kunne bare håpe at de rakk å komme seg vekk.

Søster Frid kom tilbake samtidig med Ygraine som ydmykt plasserte en vinkaraffel og et glass ved siden av Duchlain. Han så skrått på den møkkete jenta. Det var noe i ansiktstrekkene som fortalte om edlere aner enn en skulle tro og hun beveget seg svært elegant. Om hun var en hore var hun i så fall i den øvre klassen. Frid vred hendene sine. "Jentene blir forberedt nå, hvor mye tid har vi?" Duchlain smilte til henne men smilet var stivt. "Dere må dra nå straks, så fort alle de sårede er i vognene. Orkene angriper neppe før i morgen tidlig, de er et stykke etter oss og de er overtroiske også. De vil slå til når sola står opp, det bringer visst hell mener de. " Frid så fortvilet ut og prøvde å holde seg klar i hodet. "Nell, se til at alle de gamle skriftene blir pakket og brakt med, og relikviene, husk ved alle guder dem!"

Nell bare nikket og forsvant sammen med et par andre jenter og Frid så at Ygraine sto der og ventet på ordre. Emalda løp også forbi uten noe i hendene og hun vinket på de to jentene. "Ygraine, Emalda, gå ned i kjelleren og ta opp alle lin dukene våre. De kan brukes som bandasjer, og som tepper i vognene"

De to neide bare og løp mot nedgangen til kjelleren. Den var midt på plassen og Ygraine ble forskrekket over all aktiviteten. En del av prestinnene og novisene var allerede til hest og vognene ble fylt med sårede. De stablet dem formelig inn og hang bårene i tau fra taket så de lå med nesa i bunnen av båra over. De fikk mange inn på det viset men det så ubehagelig ut. Veien var humpete og ujevn og Ygraine visste at det ble en forferdelig tur for mange av mennene men de virket ikke for å klage. Hestene var spent for, tempelet hadde fem store arbeidshester som vanligvis trakk plog og harv eller fraktet ved og dyrene sto der og var rolige og avslappet. Moran og de andre tre stallkarene ordnet selene på dem mens Jasul og Nildar var kusker. De var erfarne og kjente veien.

Emalda hveste til henne. "Fort deg ditt ludder, søster Frid kan ikke vente!"

De løp ned til lageret. Det var flere store rom der nede og lin lageret lå innerst. Det var et lite rom med kun ei dør og en liten glugge og det var stappet fullt med lin av alskens slag. Både kjortler, duker og gobeliner. Ygraine begynte å stappe duker ned i noen sekker og Emalda grep noen ruller med ubehandlet lin som kunne være gode å ha som bandasjer. Hun snudde seg halvt, Ygraine jobbet som vanlig fort og effektivt og Emalda kjente at noe som lignet såret raseri steg i henne. Hun var datter av en greve ved gudene, og kongens egen sønn hadde forespurt om dette kvinnemennesket? Det var en fornærmelse! Emalda var ganske rask til å tenke, fort trakk hun trestokken som holdt rullen ut av den og dro til Ygraine over hodet med den, temmelig hardt. Hun så fornøyd at den høye jenta gikk i golvet uten en lyd og grep sekkene og rullene og skyndte seg ut, låste døra bak seg. Ygraine kunne vente der på orkene, sammen med soldatene. Det var til pass. Kanskje hun fikk kjørt seg skikkelig før de kverket henne. Emalda fniste over sin egen slagferdighet før hun skyndte seg opp.

Søster Frid så forbauset på at Emalda kom løpende. "Hvor er Ygraine?"

Emalda neide ydmykt. "Hjelper til med hestene ærede søster, hun passer jo til det!"

Frid ville ha protestert på at noen bare overtok en av hennes tjenere slik om situasjonen var en annen men nå hadde hun så alt for mye å tenke på. Hun bare nikket og fortsatte med å gi ordre.

Duchlain ble sittende å se på at tempelet tømtes, det føltes underlig. Men han angret ikke på beslutningen, ikke i det hele tatt. Han så til at alle tilgjengelige hester ble brukt til evakueringen, til og med hans egen gyllenbrune hingst og håpet at den ville klare seg. Han var glad i den hesten, den hadde vært en god våpenbror mange ganger. Duchlain var en kriger først og fremst, som sønn av en konkubine var han ikke i arverekken men han var allikevel ingen hvem som helst og hadde mye å si. Kong Corat var nok en stri hersker men en god far og han brydde seg om sine egne men Duchlain var allikevel bitter på faren. Kongen så på familien som en del av sin strategi og krevde total lydighet og Duchlain hadde nektet å adlyde ved mer enn en anledning. Han hadde for mye stahet og stolthet fra sin alviske mor og han håpet bare at hun fikk vite at han hadde ofret livet for en edel sak. En ridder kunne ikke gjøre mindre! Nahron og et par andre offiserer hadde bestemt seg for å bli, sammen med hele tretti av mennene som var igjen etter angrepet. De visste hva de gikk til, de ville møte døden med hevet hode og han kunne bare be om at det ikke ble til ingen nytte. Første del av konvoien var allerede reist og nå steg Søster Frid og de siste prestinnene til hest og red ut sammen med noen få soldater som ville følge dem. Mennene bommet og stengte porten bak dem og begynte å gjøre stedet klart for en beleiring som ikke kunne bli særlig lang, selv med orkenes primitive våpen. Dette stedet tålte kanskje et par timer om de holdt bemanningen på murene oppe, neppe mer. Han visste at bueskytterne hadde bra med piler, det var en fordel men orker er raske og slu og vanskelige å treffe og selv om en traff var det langt fra sikkert at skuddet drepte. De var sterke skapninger som tålte det utrolige.

Ohlain var der ute men ville ta seg inn igjen med letthet når han var ferdig med å rekognosere. Han håpet at broren klarte seg, alver er sterkere enn mennesker og langt raskere og han ville ikke at moren skulle få den forferdelige nyheten om at begge hennes sønner var gått bort. Den sorgen unnet han henne ikke.

Han så opp, det var stjerneklart og det var ennå tidlig på kvelden, de hadde hele natten før angrepet kom og ventetiden ville være verst. Mennene ville bli slitne, det ville tære på nervene deres. Han vinket på en av offiserene. "Darthag, se til at karene holder vakt på skift, gi dem mulighet til å sove og spise. Om det blir vår siste soloppgang skal vi møte den med fulle mager i det minste. Men la dem ikke få vin, vi trenger alle edru ved gudene!"

Darthag adlød og forsvant for å videreføre ordren og Duchlain tok en spasertur rundt bygget, for å evaluere styrken og svakhetene han kunne se. Han skar en grimase, stedet var en eneste dødsfelle. Det var ingen vei ut og murene var for lave og svake til å gi reell beskyttelse. Det var ikke noe ordentlig brystvern på dem, ingen vollgrav og veggene var så ru at det var en smal sak for en ork å klatre opp. Husene var som fakler, de ville antenne ved den minste

antydning til ild. Han svelget krampaktig, så nedover dalen..
Konvoien med flyktninger var allerede ute av syne, det var godt. De
drev hestene hardt og kunne kanskje ha en sjanse. Han håpet at
gudene de tilba her var med dem.
Et par av soldatene ble med ham og søkte gjennom byggene etter
noe som kunne brukes som våpen men de fant lite annet enn hakker
og spader og slikt. Et så fredelig sted hadde aldri vært nødt til å
forberede seg på krig, ingen hadde så mye som tenkt tanken. Han
måtte bare sørge for at de holdt ut lenge nok til at følget kom seg i
sikkerhet. Han fulgte Nahron til spisesalen, noen av karene hadde
tatt over kjøkkenet og hadde begynt å lage mat. Det var mye mat
der, den var ikke så luksuriøs som han skulle ønsket men spiselig og
han var sulten. Soldatene kom og spiste på skift, det var en merkelig
stemning der, av oppgitt ro. De visste at de kom til å dø dagen etter,
at de egentlig ikke hadde noen sjanse. Men de aktet å selge seg dyrt
og Duchlain kjente at hjertet svulmet av stolthet over å være en av
dem. Han skulle ikke svikte dem, aldri. Han ville stå på murene og
la sitt blod spilles som de andres. Han håpet bare at ikke orkene tok
ham levende, det unte han ingen levende vesen å oppleve. En av
soldatene kom inn, ansiktet var alvorlig. "Herre, kom og se!"
Han fulgte mannen ut, stirret mot åssidene rundt tempelet. Det så ut
som om stjernehimmelen var kommet ned på jorden der nå, men det
stemte ikke. Det var bål, hundrevis av bål.. Orkene hadde ankommet
og gjorde seg klar til angrep og han kjente at magen ble iskald og
tung og hjertet slo hardt. Ved alle guder, det var så mye han skulle
ha gjort om på, så mye han skulle ha gjort en siste gang. Han skulle
ha fortalt sin mor at han elsket henne, sett sin far igjen, sine venner.
Han fant den vesle medaljongen han alltid bar, klemte den mellom
fingrene. Det var det såreste å tenke på. Ilvar kom til å vokse opp
uten far, uten mor, og antagelig uten engang en tittel. Hva kunne vel
gutten da bli? En væpner kanskje men selv det var å håpe på mye.
Tårer presset seg frem i øynene hans og han gispet. Kunne han bare
ha fortalt det kjære barnet hvorfor det måtte være slik, hva som sto
på spill. Om gutten vokste opp til å bli en mann av ære ville han
forstå, eller ville han det? Duchlain skulle til å snu seg for å hente

rustningen sin da han og de andre karene brått stivnet til, de hørte et skrik og det kom innenfra murene, og det var uten tvil en kvinne som skrek. Han så forvirret på karene. "Alle kvinnene skulle da være med følget?"

Nahron nikket. "Den jenta du snakket med fortalte meg at alle var kommet med ja, det skal ikke være noen tilbake!"

Duchlain skar en grimase. "Da løy hun, for det var en jente som skrek, herover gutter"

Ygraine hadde kommet til seg selv i en haug med lin lakener, hun forsto først ingenting, hodet hennes verket intenst og hun skjønte ikke hvor hun var engang. Så husket hun og erkjennelsen om hva Emalda hadde gjort slo ned i henne som et steinskred. Hun var blitt etterlatt der for å dø, sammen med soldatene. Skriket var en ren refleks og hun kom seg på beina, presset seg mot gluggen og prøvde å se ut. Hun så bålene og forsto hva som hadde skjedd, hva som nå ville skje.

Hun hørte føtter som løp og noen bøyde seg ned foran gluggen, hun så ansiktet til Duchlain og slo blikket ned, prøvde å se rolig ut men hun skalv over hele kroppen. Hun var kvalm og reddere enn noen gang før i sitt liv.

Duchlain så forbauset på ansiktet han skimtet i gluggen, det var den jenta som het Ygraine, hora som den andre jenta kalte henne. Hun så komplett vettskremt ut og han skjønte at hun var innestengt. Det måtte være utrolig skremmende for noen og enhver og særlig nå så han kom seg på beina og løp mot kjellernedgangen. Ropte til de andre karene. "Jeg tar meg av dette, fortsett vaktholdet. "

Kjelleren var mørk nå men han gjettet seg til hvilken dør det var og brøt den opp med sverdet, hun sto like innenfor og var likblek bak all møkka. Hun skalv synlig og han syntes brått umåtelig synd på henne. "Hvorfor er du her jente?"

Ygraine så ned, hun kunne ikke fatte at Emalda hadde vært så skjendig. "Jeg. Hun slo meg ned, og låste meg inne!"

Duchlain bannet grovt og tok henne i handa, halte henne etter seg opp på gårdsplassen igjen. "Da er hun en virkelig tispe, hvorfor gjorde hun det?"

Ygraine kjente at skammen brant i henne. "Fordi de alle forakter meg, og Emalda er bare slik. Hun er ondskapsfull!"

Soldatene stirret vantro på henne og hun skjulte ansiktet i hendene og hulket. Det var lite håp for henne nå. Hun tenkte på brønnen men det var ingen løsning, hun kunne ikke klare det alene og ingen der ville vel rømme. Det var under deres verdighet. Duchlain så stramt på henne, han ønsket ikke dette ekstra ansvaret men det var ingen vei utenom. Og når alt kom til alt, han trengte noe annet å tenke på frem til morgengry og slutten. Å snakke med denne jenta var kanskje ikke så dumt, han hadde blitt nysgjerrig på henne.

Han trakk henne med seg inn i spisesalen, plasserte henne på en stol og skjøv en bolle med stuing frem foran henne. Ygraine svelget tungt. "Jeg er ikke sulten herre, hva vil skje med meg nå?"

Stemmen var ynkelig og han følte at medfølelsen fylte ham, hun lignet nesten et barn der hun satt og han husket sin sønn og kjente at fortvilelsen rev i ham. Han tok en klut og en bolle vann, begynte å vaske møkka av ansiktet hennes og ble forskrekket over det fjeset som åpenbarte seg. Hun var vakker, ikke bare alminnelig vakker men helt enestående. Hun hadde høye kinnbein og store nesten fiolette øyne og munnen var som roseknopper, skapt for å kysses. Han misunte de menn som hadde fått gleden av å favne henne, uansett hvor mange det hadde vært.

Han tok handa hennes, kjente at den skalv kraftig. "Ygraine, du har mitt æresord som adelsmann, jeg vil ikke la dem ta deg levende!"

Hun hulket og gjemte det nydelige ansiktet i hendene. "Jeg kan ikke rømme etter de andre?"

Han ristet fortvilet på hodet. "Det er ingen hester igjen, og de vil ta deg igjen med en gang. Tro meg jente, det… det er ingen skjebne du ønsker!"

Hun hang med hodet, han så angsten i de utrolig vakre øynene og kjente at halsen knøt seg ved tanken på det han ville måtte gjøre når angrepet begynte. Han var sterk, han kunne knuse nakken hennes med et grep, hun rakk neppe føle noe men det bød ham i mot, ved alle guder som det bød ham i mot.

Han prøvde å vende tankene hennes bort fra det, prøvde å finne noe annet å tenke på selv også. "Så, hvor er du fra, har du ingen familie som burde vite hva som.., din skjebne mener jeg!"
Ygraine svelget hardt, hun var så fortvilet at hun snaut greide å puste. "Jeg er fra Othfarhia, av slekten Mirdasher. "
Duchlain så vantro på henne. Det var en svært mektig familie i naboriket, de var høyere på strå enn de aller fleste, selv familien han var av. "Ved alle guder jente, og så er du her?!"
Hun så ned, skammen fikk rødmen til å brenne i kinnene hennes. "Ja, som straff. De har slått hånden av meg!"
Duchlain forsto det, om hun hadde vært løs av seg var det en skjebne han kunne skjønne men ved gudene, så vakker. Hun fortjente ikke dette, uansett hva hun hadde gjort.
"De vil ikke savne deg?"
Stemmen hans var mykere enn han hadde ment og hun svelget hardt, så ned igjen. "Nei, min død vil bare glede dem. "
Hun la armene rundt seg selv, prøvde å virke verdig men greide det ikke. Hun skulle dø om bare noen timer, først nå sto det for henne som virkelig og hun greide ikke stanse skjelvingene. Hun prøvde desperat å snakke bort angsten. "Og du, hvem vil sørge over deg?"
Duchlain så smalt på henne, følte seg brått uforskammet heldig og rik ikke minst. Så mange ville synge lovsanger for hans minne og be for hans sjel. "Min mor, min far, brødre, søstre, venner, min sønn"
Hun la hodet på skakke. "Du har en sønn?"
Han nikket kort, kjente at halsen ble merkelig tykk og øynene fylte seg med tårer igjen. Han tok frem medaljongen, åpnet den og viste henne det vesle portrettet. Ygraine så storøyd på det, det viste en gutt på kanskje fem og han var like vakker som faren. En hjerteknuser med runde kinn og smilehull og hun måtte smile av det. "Han er vakker!"
Duchlain kremtet for å renske stemmen. "Han er det, den fineste"
Ygraine så spørrende på Duchlain. "Hans mor?"
Han skar en grimase. "Døde i barsel da Ilvar var to, barnet døde med henne. "
Ygraine gispet og slo handa for munnen. "Åh guder, så trist, jeg er

så lei meg!"

Duchlain så ned, kjente at ansiktet ble merkelig stivt av minnene. "Hun het Alyssa, var adelig og svært vakker men kald og overlegen. Jeg elsket henne aldri men far tvang ekteskapet igjennom, for å styrke en allianse med hennes familie. Barnet hun døde med var ikke mitt"

Ordene var harde, og hardere enda å uttale men hvorfor ha hemmeligheter nå, når døden ventet på dem alle om bare noen korte timer.

Ygraine så vantro på ham, hørte smerten i stemmen hans og følte en dyp medfølelse. Henne ville ingen savne men han hadde en familie som ville sørge dypt. Kunne hun ha berget ham ville hun ha gjort det, selv om det betydde hennes egen død. Det arme barnet! Ygraine elsket barn og skulle mer enn gjerne sett at den skjønne lille gutten fikk se faren sin igjen. Duchlain tørket en tåre fra øyekroken, svelget hardt. "Min kjære Ilvar har neppe noen fremtid uten meg. Far ville at jeg skulle gifte meg igjen da Alyssa døde men jeg har nektet. Han truer med å gjøre Ilvar illegitim og arveløs om jeg ikke går med på et nytt giftermål. For sent for det nå, jeg kan bare be gudene være med ham"

Ygraine så vantro på Duchlain. "Kan din far være så hjerteløs? Hvordan kan han kreve noe slikt av deg?"

Han trakk på skuldrene. "Han er redd jeg skal bli alene resten av livet, og skaffe meg elskerinner og avle en haug bastarder, det vil være en skandale familien ikke tåler. Mor greide å overtale ham til å godta ethvert ekteskap jeg skulle inngå med en adelig kvinne med eller uten hans godkjenning, men det hjelper lite. Og jeg har ikke tenkt å gi etter for ham! Jeg har fått nok av fisefine adelskvinner som bare vil more seg og snakke skitt om andre!"

Ygraine måtte fnise og Duchlain kastet et trist blikk på portrettet igjen. "Kunne jeg bare ha berget Ilvar fra å bli regnet som en bastard"

Ygraine snufset lavt. "Han burde få vite hvor tapper du er, å ofre deg slik. Han burde vite at faren dør som en helt. "

Duchlain så smalt på henne, hun uttrykte seg godt og det var jo ikke så rart. Hun var av en høyadelig ætt og sikkert meget godt oppdratt. Brått slo det ham, en mulighet han aldri hadde forestilt seg, en redning for Ilvar og for hans navn og kanskje også for Ygraine. Han reiste seg så fort at krakken han satt på veltet, brått hastet det, skrekkelig.

Han vinket på en av soldatene som sto i døra. "Hent Nahron, fort!" Ygraine så forvirret på ham, han virket febrilsk med ett. Offiseren kom løpende og så undrende på sin herre, Duchlain virket brått merkelig opp giret. "Har du flere ravner igjen?"

Nahron nikket. "Jeg har tre, tenkte å spare dem så lenge som mulig. "

Duchlain snudde seg mot Ygraine. "Om jeg ber deg berge min sønn, vil du da gjøre det?"

Hun så forvirret på ham. "Selvsagt, men hva mener du?"

Duchlain snudde seg mot Nahron igjen. "Hent tre skrivekyndige soldater, og papir og penner. Det er noe som må sendes til min far, og det fort!"

Nahron skyndte seg å etterfølge ordren og Ygraine sto bare der og forsto ingenting. Tre menn kom løpende og Duchlain så smalt på Nahron. "Om jeg ikke husker feil er du ordinert som feltprest, ikke sant?"

Den svære karen nikket nølende. "Ja, for mange herrens år siden men jeg har da vervet ennå. Hva er det du tenker på?"

Duchlain skalv nesten, så utålmodig var han. Han vinket på noen soldater som sto utenfor og ventet på å komme inn å spise. "Dere, dere er vitner til det som skjer her nå. "

De så bare forvirret og storøyd på sin herre som virket for å ha tørnet helt. Det var kanskje ikke så rart når en tenkte på skjebnen som ventet dem alle. Duchlain snudde seg mot Ygraine, så sjokkerte han alle sammen der til margen ved å knele foran henne, ta handa hennes og se henne inn i øynene. "Ygraine, vil du gjøre meg den store ære å bli min hustru, om det så bare blir for denne ene natten før døden skiller oss ad?"

Ygraine stirret vantro ned på ham, hun kjente at blodet forsvant fra ansiktet og hun var sikker på at beina var blitt gele. Allikevel sto hun der og forsto hvorfor han gjorde det og hva han hadde planlagt. Ved alle guder, det kunne berge den lille gutten fra å bli arveløs og hva gjorde det vel om hun skrev under på noen papirer nå? Hun skulle dø om noen få timer, så kunne hun da vel dø som en anstendig kvinne, bli husket av hans familie som hans hustru? Hun var hes i stemmen da hun svarte. "Jeg svarer ja, av medlidenhet med din sønn"

Duchlain reiste seg triumferende, kysset handa hennes fort. "Karer, skriv en bekreftelse på at ekteskap i dag har blitt inngått mellom meg og Ygraine av Mirdasher. Få vitnene til å skrive under. Nahron, seremonien nå!"

Mennene begynte å skrive så blekket sprutet og Ygraine så vantro på Duchlain som smilte til henne og klappet henne på handa. "Nå kan jeg møte forfedrene med lett hjerte, min far må godta dette. "

Nahron stilte seg foran dem, han forsto det geniale i planen og håpet inderlig at kongen godtok det raske ekteskapet og regnet det for gyldig. Hun var da virkelig høyættet også og virkelig ingen hvem som helst. Han begynte å resitere bønnen som skulle leses ved ekteskapsinngåelse og Duchlain svarte på de riktige stedene.

Ygraine hvisket bare sine svar men etter et par minutter kunne Nahron erklære dem for rette ektefolk å være. Duchlain lente seg frem og kysset henne varsomt på kinnet og soldatene rakte frem papirene så alle kunne skrive under. Ygraine følte seg aldeles som i ørska i det hun skrev på linjen tre hele ganger. Hun var gift, det var ikke til å tro. De ville ikke tro det hjemme og tanken var egentlig litt merkelig.

Nahron grep papirene og rullet dem sammen. "I det minste en av ravnene må nå frem. Gratulerer min herre, med din nye brud. Selv om det ikke blir lenge du får gleden av henne"

Duchlain strålte formelig. "Hun har allerede gledet meg mer enn noen kan tro!"

Ygraine rødmet og han strøk en finger langs kjeven hennes, merkelig kjærlig. "Jeg bryr meg ikke om hva du har gjort eller hvorfor du har havnet her, så lenge vi lever er du min hustru, om enn bare i navnet. Du skal slippe å gå i de fillene den tiden vi har igjen. "

Ygraine rødmet og Nahron kremtet. "Mennene trenger deg ikke ennå, ikke før det begynner å lysne. Dit er det flere timer herre, du har en ny brud nå. Uansett hva slags rykte hun har, du fortjener en siste natt med en vakker kvinne. "

Duchlain rynket pannen. Nahron hadde faktisk rett. Det var flere timer til slaget begynte ennå og om dette nå virkelig ble han siste natt på jord var det neppe noen bedre måte å tilbringe den på enn i armene på noen så vakker som Ygraine. Og hun var hans hustru nå, det var ingenting syndig ved det om gudene stilte en til doms heller. Han så på henne, en av de tingene han gjerne skulle gjort før han døde var så avgjort å elske og nå hadde han muligheten. Han grep henne om livet og kysset henne fort på kinnet. "Jeg så et fint soverom med en god seng da jeg undersøkte bygget, det må ha vært øverste prestinnen sitt. Jeg tenker vi kan gjøre god nytte av det i natt!"

Ygraine gispet og ble stiv som en stokk. Da hun sa ja til å gifte seg med ham hadde hun trodd at han bare mente det på papiret, ikke at de skulle fullbyrde ekteskapet. Brått flommet alle minnene over henne igjen og hun hikstet lavt, tvang seg til å være rolig. Hun var hans hustru nå og kunne ikke nekte, selv om hun brått var mer redd enn for orkene der ute. Ved gudene, hvordan skulle hun fortelle ham hvordan det egentlig var fatt? Hun bare nikket spakt og Duchlain grep henne og løftet henne opp, bar henne med seg mot soveavdelingen. Hvordan skulle hun kunne fortelle ham at dette var den ene tingen hun fryktet mer enn selv døden? Hun presset ansiktet mot skulderen hans og kjente at hysteriet begynte å jobbe i henne. Alt, bare ikke dette, ikke igjen!

Arjhed hadde latt båten flyte nedover elva lenge, det var stille og fredelig og elva var bred så båten drev i jevn fart nedover. Han var redd for at orker skulle se ham så han la seg ned i bunnen av båten og slappet av. Han var så utrolig sliten og kjente at han ikke greide å holde seg våken lenger. Kroppen trengte desperat hvile så etter at han spiste la han seg til å sove. Han la seg på seilet i bunnen av båten og det var ikke så aller verst behagelig. Det gikk ikke mange minuttene før han sovnet og sov tungt og utmattet.

Dagen gled over ham mens båten sakte drev nedover elva. Det var ingen stryk eller fosser så langt nede og selv om flere mindre elver sluttet seg til den etter hvert mektige floden var strømmen jevn og det var lite sandbanker og slikt han kunne sette seg fast på. Arjhed hadde aldri vært der ute på slettene, han var overhodet ikke kjent og visste snaut hvor elva gikk men han visste at det var folk der ute som måtte advares. Det var blitt mørkt igjen da han så de første tegnene på at ting skjedde. Det lyste forut og han krabbet ned i bunnen av båten og kikket frem mellom årepinnene. Det var en landsby og det brant der, han var for sen igjen.

Arjhed kjente at svetten rant av ham ved synet, og da båten drev nærmere måtte han stappe skjorteflaket i munnen for ikke å skrike og røpe seg. Ute på elva var det mørkt og det var lite trolig at selv orkene gadd å se etter om det kom drivende en båt. Og uansett viste han seg ikke, det så bare ut som en tilfeldig båt som hadde slitt seg. Han så orker som løp rundt og brølte og skrek i triumf og blodtørst, han hadde ikke trodd at disse skapningene kunne være så fryktelige men nå visste han at det var de. De var groteske, som et vrengebilde av alt menneskelig.

Han så at en diger ork kløvet en gammel mann nesten i to med et brutalt utseende våpen som måtte være en mellomting mellom sverd og øks og flere andre halte rundt på noen illskrikende barn og hadde det tydeligvis moro med å skyte på blink etter dem med armbrøst. Arjhed svelget hardt, båten tok ham fort forbi scenen men han så en ting. Midt i gjengen med brølende ubeist så han en ork som skilte seg ut, stor og muskuløs og prydet med merkelige tegn som måtte være malt på huden. Han bar et gedigent sverd og hadde en slags krone på hodet, det var helt tydelig at dette var enn leder og Arjhed følte brått et brennende hat mot denne skapningen. Han svor der og da at han skulle gjøre sitt for at disse beistene ble stanset, og straffet hardt. Båten drev videre nedover og Arjhed visste at han nå var foran bølgen av herjende og plyndrende orker. Heretter hadde han en sjanse, og han satte seg opp i båten og holdt stiv utkikk etter landsbyer og gårder som måtte advares.

Det var ikke før morgengryet viste seg i øst at han så en ny bosetning. Dette landet var svært stort og befolkningen spredt og han så at det var en liten landsby på størrelsen med den han kom fra selv. Det var bygget en enkel palisade av tømmer rundt den men den var liten beskyttelse mot orker. Det kunne snaut nok holde ute en flokk geiter. Han så at det var folk ved stranda, kvinner som vasket klær og noen barn som lekte og noen karer bøtte garn. Han grep årene og begynte å dreie båten innover, de ble var ham og han så på kroppsspråket deres at de ble nervøse men de slappet av igjen da de så at det bare var en enslig mann i båten.

Arjhed svelget, han så ikke ut og visste det men det styrket vel bare alvoret i det han skulle si. En av karene tok i mot baugen på båten da den støtte mot elvebredden og Arjhed la inn årene. De to karene så spørrende på den unge mannen som var kledd som en av fjell jegerne men seilte i en båt alene. "Ved gudene gutt, hva har du vært ute for?"

Mannen som snakket var litt opp i årene, grå i håret og dratt i ansiktet men det var styrke i blikket og måten han tedde seg på. Elve fiskerne var stolte mennesker og de stolte ikke på andre i noen særlig grad. Arjhed trakk pusten dypt, han satte seg på rælingen og kjente at han var svimmel. Maten hadde ikke vært nok, og han var tørst som en svamp men advarsler først. "Dere må flykte, fjell orkene har gått til krig igjen. De har slaktet alle landsbyene fra fjellene og hitover og det er neppe mer enn et halvt døgn før de kommer hit også. Jeg passerte en landsby lenger opp i elva og der var de i full gang med å massakrere befolkningen. Bare gudene hjalp meg, de så ikke båten for det var mørkt!"

Den eldre mannen rykket til og den andre, en litt spe kar med tett kort skjegg og langt pistret hår så storøyd på Arjhed. "Ved elvegudens hale, er det sant?!"

Arjhed nikket trett. "Dessverre, en dverg gav meg første advarselen. De har plyndret flere dvergbyer og tatt dverg våpen. Det virker for at de vil drepe alt og alle!"

Den eldre karen så på ham med smale øyne. "Vi tror deg gutt, det kom drivende to båter i går, det lå døde menn i begge to. De hadde blitt skutt med piler og så ut som pinnsvin nesten. "

Arjhed lukket øynene et øyeblikk. "De må ha prøvd å flykte. "Den yngre karen så ut til å være i villrede men den andre tok seg synlig sammen. "Vi takker deg unge mann, nå vet vi hva faren er. "

Arjhed bare nikket og kjente hvordan det svimlet for ham. Den eldre karen klappet ham på skulderen. "Du har gjort en god gjerning med dette. Jeg er Oisin og jeg er leder for denne landsbyen. Dette er Aghad, han er min svigersønn. "

Arjhed presenterte seg og Oisin trakk ham over på fast grunn, det føltes utrolig godt.

"Vi må sende ut menn til de andre landsbyene og gårdene og advare dem. Og noen må reise nedover langs elva med båt og si ifra til alle nedover. "

Oisin virket for å være en mann som greide å tenke fornuftig selv i kriser og Arjhed forsto at det ikke var uten grunn at han var en leder der. Flere av kvinnene hadde kommet bort til dem i nysgjerrighet og Oisin så fast på et par av de yngste. "Nahle, Imma, hent Oshran og brødrene hans. Be dem sale alle de raskeste hestene vi har. "

De to jentene ble synlig bleke men adlød, de løp bort og de andre kvinnene så nervøst på Oisin som klappet i hendene og manet til stillhet. "Godtfolk, det er brutt ut krig, orkene har brutt fredsavtalen og er på vei ut mot slettene og byene. De dreper alle i sin vei. Gå og si ifra i hvert hus og hver en hytte og be alle gjøre båtene sine klare. Vi må være borte herfra før det blir mørkt igjen. Ta bare med det aller mest nødvendige og somle ikke. Det haster!"

Kvinnene reagerte med forskrekkelse og angst men de løp for å utføre ordren og Aghad så spørrende på Oisin. Den eldre mannen klemte ham om skulderen. "Få Ishria og ungene i storbåten, fort deg. Og sal opp Tordenfot og Hauk, jeg rir for å advare byene inn mot grååsene. "

Aghad så litt tvilende ut men gikk og Oisin så litt granskende på Arjhed. "Du burde få hvile deg og få litt mat, men budskapet må

bringes videre koste hva det koste vil. Orker du å ri?"
Arjhed skar en grimase men nikket. Han måtte bare klare det, for folkets skyld. Oisin smilte og den unge jegeren forsto at han var et genuint godt menneske. "Du skal få min beste hest og min beste sal, det blir som å ri en sky, tro meg"
Arjhed gliste litt brydd. "Det er bra, jeg er ikke vant med hester. Jeg red en stor hest et stykke og er ennå mør bak. "
En kvinne kom løpende mot dem, hun var godt opp i årene og bar vakre men enkle klær, håret var satt opp under en kone hette og hun så ut som om hun var vant med å styre og bestemme. Arjhed forsto at dette var Oisins kone og bukket så høflig han kunne. Damen virket for å sette pris på det men hun nølte ikke med å fortelle hva hun hadde på hjertet. "Husbond, enkefru Thalop nekter å evakuere, hun mener at landsbyen er trygg nok med palisadene og alt. "
Oisin rullet med øynene. "Tåpelige kvinnfolk, hun har da aldri vært til annet enn bry!"
Arjhed så forvirret på den gråhårete lederen som skar en stygg grimase. "Hun er fra byene ved kysten opprinnelig, kjenner ikke til hva orker kan gjøre eller hva de er. Og hun tror hun er så uendelig mye bedre enn alle andre siden faren hennes var halvt adelig. Hun giftet seg med en frakteskute skipper og endte opp her da han brått døde og siden da har hun vært en torn i vårt kjød. Men ikke mer!"
Oisin så på Arjhed og det brant en dyp flamme av besluttsomhet i blikket hans. "Bli med meg, jeg ser at flere alt har båtene sine klare.
"

Arjhed snudde hodet, joda, flere båter var allerede fylt med ting og folk og han forsto at denne landsbyen var effektiv og godt organisert. Han fulgte etter Oisin som nesten løp opp fra elvebredden. Husene var plassert i rekker med åpne plasser mellom og overalt løp det folk som bar med seg mat og utstyr og i noen tilfeller husdyr. Det ble ropt og skreket men det var faktisk en slags orden i kaoset. De visste tydeligvis hvilken båt de skulle til og Arjhed så at det var flere store båter fortøyd oppover langs bredden. Et par kunne nesten betegnes som små skip og kunne nok romme mange.

Oisin stanset foran et ganske stort hus som virket finere enn de andre. Det var lagd av murstein i stedet for leiredekket flettverk og hadde et ordentlig tak av tre spon i stedet for takrør. Det sto en yngre kvinne utenfor og hun så livredd ut, hun hadde grått og vred hendene fortvilet mot Oisin. "Hun nekter å dra, hun tror ikke på det!"

Oisin klappet jenta på kinnet. "Ta det med ro Yrtla, gå til Aghad sin båt du. Jeg skal få henne med!"

Jenta så tvilende ut men løftet skjørtene og løp som et pisket skinn og Oisin trakk pusten dypt. Han så fort på Arjhed. "Forbered deg unge mann, denne kvinnen er verre enn noen ork!"

De gikk rett inn uten en gang å banke på og Arjhed så seg forundret rundt. Huset besto av et par tre rom og det de kom inn i var kalket hvitt og dekorert med vakre malerier. De forestilte scener fra livet langs elva og det brant hett i et ildsted midt i rommet. Rundt veggene var det fine møbler og stedet bar preg av rikdom og klasse. Han forsto godt at dette var hjemmet til en person av litt høyere klasse. Det smalt i en dør og en kvinne kom løpende ut fra et av siderommene, hun var kanskje i begynnelsen av femti årene men ennå meget vakker på en litt falmet måte. Hun bar et enkeslør over håret og klærne var av dyre stoffer og svært elegante. Hun hadde overdådige ringer og smykker på fingrene og håret var satt opp i en frisyre det måtte ta timer å få til. Hun ville passet bedre inn i kongens hoff enn i en fiskerlandsby. "Hva skal dette bety? Oisin? Det er tøv og forbannet vrøvl, orker er da bare overtro!"

Oisin så skarpt på henne. "Overtro dreper ikke mennesker, prøv å forklare det til de fem døde mennene vi begravde i går!"

Kvinnen himlet med øynene. "De hadde sikkert slåss seg i mellom, slik barbarer gjerne gjør. Jeg flytter meg ikke herfra, dette er mitt hjem!"

Arjhed stirret, hun var da praktfull men litt av en drage, det var tydelig at hun var vant med å få det som hun ville men ikke denne gangen. Oisin kastet ikke bort et minutt mer. Han gikk bort til den rasende kvinnen og grep henne, hev henne over skulderen som en melsekk enda hun skrek som en stukket gris og hamret løs på ham

med nevene. Oisin pekte på noen skinnreimer som hang ved døra.
"Tjor beina hennes, denne kua sparker som en hest!"
Arjhed måtte nesten le, men gjorde som han fikk beskjed om.
Deretter bar Oisin den bannende og svertende enken ut av huset og
ned til elvebredden. Aghad så vantro på at svigerfaren kom bærende
på enken som brukte et språk så horribelt at flere av kvinnene
skyndte seg å dekke ørene på barna. Oisin dumpet henne opp i en av
båtene og gav tegn til at kapteinen kunne sette ifra. Mannen skyndte
seg å gjøre som han fikk beskjed om mens enkens ville skrik av
sinne rungte over landsbyen.
En gruppe yngre menn hadde kommet til, alle til hest og Oisin så
fast på dem. "Dere vet hva det gjelder, ri til alle landsbyene øst for
her, advar dem om hva som er i ferd med å skje. Stans ikke for noe
og sørg for at de bringer budet videre. "
Guttene nikket bare og snudde de langbeinte hestene. Oisin gikk
mot en innhegning der to hester sto klare til ham og Arjhed, det var
en stor kullsvart hingst med hvite sokker og en langbeint gråbrun
merr av ubestemmelig herkomst. Oisin rakte hingstens tømmer til
Arjhed som tok dem noe overveldet. Dette var en virkelig god hest,
antagelig var den verdt en formue. Oisin smilte til ham. "Tordenfot
er den raskeste hesten her i området. Vi rir sammen til vi når
landsbyen ved Grønnsjøen, der deler veien seg. Du rir rett mot
hovedstaden og byene i innlandet, det er den korteste veien.
Tordenfot kan løpe livet av alminnelige hester, stol på ham. Han lar
aldri rytteren falle av og forstår mer enn vanlige hester. "
Arjhed så forvirret på hingsten, det var noe i øynene som lignet
menneskelig intelligens og han forsto at dette var mer enn en vanlig
hest. Oisin gliste forklarende. "Faren var en kelpie, en havhest. De
kan løpe livet av vanlige dyr"
Arjhed hadde hørt om disse skapningene, de så ut som vakre hvite
hingster som lokket folk til å ri dem, og så styrtet de ut i vannet med
rytteren og druknet dem. Det gikk an å temme dem men da måtte en
bruke magisk metall og en hel haug med hjelpemidler prestene
neppe satte særlig stor pris på.

Arjhed så at salen var av den dype polstrede typen med brede flate stigbøyler og høy kant bak, det gikk nesten ikke å falle ut av en slik sal. Han kom seg opp med et grynt og var lettet over at salen faktisk var myk og god å sitte i. Oisin var alt i salen på den store hoppa og snudde henne. Bak dem var båtene i ferd med å sette ut og det var ingen igjen i landsbyen. Oisin så trist på husene. "Orkene vil brenne alt når de kommer hit, i skuffelse over og ikke få drepe noen. Men hus kan bygges opp igjen, liv kan ikke erstattes like lett"
Han sporet hoppa og hun la ut og Arjhed kunne bare klamre seg til sal hornet i det Tordenfot satte etter med mektige byks. Dette kom til å bli litt av et ritt.

Ychmal sto i vinduet i observatoriet sitt, han følte seg underlig nervøs og usikker. Det var ikke en følelse han likte i det hele tatt. Han hadde sett mye over hundre somre og kroppen var skrøpelig som rimelig var men sinnet var så skarpt som noen gang og han likte ikke det han nå ante. Han hadde lært å lese mye mellom linjene og det brevet han hadde fått fra en lord et sted i utkantene uroet ham. Det sa så mye men allikevel ikke nok. Denne lorden hadde altså kommet i besittelse av et eldgammelt kart som visstnok kunne vise veien til en skatt av noe slag, og lorden trengte noen til å tyde det. Normalt sett ville Ychmal blitt smigret over å bli spurt, han var tross alt en ekspert på gamle magiske gjenstander men det var så mye dulgt i forespørselen. Han nærmest visste av instinkt at denne lorden ikke hadde rent mel i posen. En skatt? Ychmal dreide brevet mellom fingrene mens han tenkte hardt. Det lange hvite skjegget og det hvite håret var så tynt at det var nesten gjennomsiktig og gav ham et skjørt utseende men han var sterkere enn en skulle tro. Visst moret det ham å leke senil til tider, når noen var til plage for ham. Han hadde ikke så mye tid igjen at han kunne kaste den bort på nonsens. Han så på brevet med en følelse av avsky, det var uærlig, han følte det helt ned i stortærne.
Det var tegnet av noen tegn fra kartet og han forsto at denne mannen ville ha ham til å tyde litt og litt av gangen så han ikke skjønte hva det dreide seg om. Hvor dum gikk det egentlig an å bli? Han tegnet

av tegnene og stirret på dem. Det var noe kjent ved dem og han knipset i hendene. Visst, han hadde sett dem før en gang. I et skriv fra noen magikere. Det hadde kommet hans forgjenger i hende for et par mannsaldre siden og han visste hvor skrivet var. Han visste hvor hver enkelt av de mange tusen skrivene og bøkene han hadde var. Orden var for ham alt, ble det uorden kunne skrekkelige ting skje. Han gikk verdig ned trappene til biblioteket og åpnet døren til riktig avdeling, telte seg frem gjennom de høye bunkene og fant riktig skriv, blåste støvet av det. Det var en forespørsel, en magiker hadde visst kommet over noen magiske gjenstander noen bønder hadde gravd ut av ei myr. Et gudebilde, en skål og en dolk. Det var tegnet av noen tegn fra gudebildet og han så på lappen han hadde i hånden. De var nesten makne, de hørte sammen på et vis. Ychmal visste i dette øyeblikket at han var i ferd med å stikke nesen inn i et vepsebol. Dette var større enn noen trodde. Han bannet lavt og la skrivet tilbake på plass, så raste han bort til en annen avdeling av biblioteket og trakk frem en tykk bok fra under en bokhylle. Den var støtte for det heller gebrekkelige byggverket som jamret og stønnet truende uten den men Ychmal brydde seg ikke om det. Han bladde febrilsk gjennom boka og stanset omsider på en tettskrevet side. Han lot fingeren gli nedover, stanset ved noen setninger merket av med et sidetall. Så slo han opp på de anmerkede sidene og leste fort gjennom det. Han slo boka sammen så støvet sto som en ørkenstorm rundt ørene på ham. Han nøs nesten men holdt det inne, han var vant med støvet der nede. Så det var slik det hang sammen, denne Uthar hadde et kart som egentlig skulle befinne seg i kongens eget bibliotek. Han hadde neppe fått det via ærlige omveier.

Ychmal snudde seg rundt seg selv et par ganger, kartet og gudebildet hørte altså sammen, visste denne Uthar det? Antagelig trodde han at kartet var nok, hva det enn skulle lede ham til. Men noe alvorlig var det, for ingen gikk til slike anstrengelser bare for å skjule noen mynter eller juveler. Det var mange legendariske skatter der i landet og flere var blitt lett etter i uminnelige tider. De var legender og en del av selve identiteten til folket og landet. Ychmal så på tegnene han hadde skrevet av. Så, hvor gamle kunne de være og fra hvilket alfabet? Fant han ut av det kunne han kanskje gjette seg til hva de skulle vise veien til. Han smilte til seg selv, en utfordring, sannelig var det på tide for det var lenge siden hans eminente hjerne fikk en real utfordring sist.

Han bestemte seg for å bruke noen dager på dette mysteriet, han kom til å sende denne Uthar et intetsigende brev som lovet mye men fortalte lite og satte seg ned for å forfatte det. Om denne Uthar ikke hadde rent mel i posen skulle det fryde ham å lure mannen. Brevet ble høytidelig underskrevet og han så på det med en egen glød i blikket. Ychmal ble av mange regnet som en gjenlevning fra gamle tider, han ble ikke regnet med blant de med makt og innflytelse lenger men det var bare fordi han brukte sin makt i det skjulte. I hans alder lønte det seg aldri å stikke seg for mye frem, yngre menn var gjerne ambisiøse og det mer enn det som var sunt for deres omgivelser. Som ung mann hadde han selv fått ryddet motstand av veien via litt uhumske metoder og han gliste litt skjevt. En bør aldri terge en gammel drage om en ikke er villig til å bli brent i forsøket. Han ville til bunns i dette, noe sa ham at et eller annet var i gjære, og at det ikke var bra.

Arendt sto i salen under palasset sitt og så med triumferende blikk på sine brødre i ånden. Foran ham på et lite alter sto krystallskålen og den flate messingskiven fra orkenes tempel. Arendt løftet armene sakte. "Brødre, gudebildet er på vei hit, om få dager har vi det. Kartet har Uthar og den arme tosken tror han kan løse gåten med kun det. Men vi vet bedre, når vi ankommer skal det bli vårt igjen og så skal vi endelig kunne nyte dagen da sannheten blir kjent"

De andre så salig på hverandre, det ville bli fantastisk. Arendt gliste kort. "Orkene er på marsj, de vil sveipe over landet som en ildebrann og ingen vil legge merke til vårt verk. Vi vil bli en ubetydelighet helt til vi står frem med vår sanne kraft. Til og med kongen vil måtte bøye seg for oss!"

Mennene bare stirret stumt på ham og han holdt krystallskålen opp så alle kunne beundre synet. Det var da også et utrolig vakkert stykke håndverk, skåret ut av en eneste stor krystall og helt feilfri. Det var ikke så mye som en linje i krystallen og skålen var prydet med merkelige flytende linjer på utsiden mens innsiden var helt jevn og glatt. Arendt visste ikke hvordan disse tingene skulle kombineres men han kunne banne på at Ychmal ville greie å finne ut av det. Selv den gamle geita måtte ha en svakhet de kunne utnytte. Dagen de ventet på kom nærmere for hver solnedgang, at orkene drepte og herjet for fote var ikke noe som brydde ham noe nevneverdig. Tvert i mot, en liten krig for å rydde opp i ting var aldri å forakte. Folket var blitt forbasket bløte uansett etter så mange år med fred. Selv ville han neppe være i noen fare og da spilte det ingen rolle hvor mange det ble som måtte dø.

Obrauch sto og så ut over gjengen med soldater, han var meget fornøyd så langt. De hadde ikke møtt noen motstand og var kommet langt. Bak dem brant alt og foran dem lå mange landsbyer og byer før de nådde det endelige målet. Dette landet skulle brenne. Og kongen skulle få svi for dette, de skulle vite og ødelegge alt som var noe verdt. Om de gamle sagnene stemte og dette førte til at deres helligdom ble ødelagt så fikk det bare være slik, de kunne ikke la en slik fornærmelse gli forbi uten hevn. Et par av under offiserene hans kom gående og rakte ham noen skinn med god vin og en stor skinke de hadde funnet. Han hadde rett til alt det beste og gliste selvbevisst. Han skulle lede dem til storhet, de skulle ha hevn eller dø, det var intet enten eller lenger. Orkenes styrke og makt kom igjen til å bli respektert og fryktet. Han tømte ene vinskinnet og så seg rundt. Det var ingenting igjen av denne landsbyen, alt var brent til grunnen og hele befolkningen var drept. Folkene hans var i ekstase over å kunne gjøre det de likte best igjen. De ville følge ham, uansett. Lojaliteten var bunnsolid og ingen tvilte på at de ville få de hellige relikviene i hende igjen. Det var bra slik, de trengte en stålvilje for å klare det de gikk mot. Før eller siden ble det slag, de ville møte kongens krigere og han var ikke så dum at han undervurderte menneskene. De var gode til å krige, ikke så rå som orkene selvsagt men gode strateger.

Obrauch visste at han i dette måtte bruke hodet like mye som sverdet, raste de frem uten å tenke kunne de tape alt. De måtte forutse hva motstanderen gjorde og handle der etter. Det kunne til og med være at han måtte late som om de ble slått, eller trakk seg tilbake.

Han var villig til og tilsynelatende ydmyke seg selv for å oppnå det han ville. Ledere før ham ville aldri gjort det, de var for stolte men for Obrauch telte kun målet. De hadde minst tjuefem tusen soldater alt i alt, alle ork klanene hadde kommet og han hadde meget klokt ikke blandet klaner som var i strid med hverandre. I stedet egget han dem opp, lokket dem frem ved å gjøre det til en konkurranse mellom klanene. De ville alle overgå naboen og slik fikk han soldater som ikke nølte for noe. Obrauch var klok, han visste hvordan hans folk tenkte og han visste å utnytte det. Han kunne bruke gulroten like mye som pisken og gliste i det noen av offiseren leide frem noen digre okser som sikkert ble brukt som trekkdyr. Han løftet armene. "Se brødre, se hva deres leder gir dere. Ferskt kjøtt til middag!"

Orkene brølte triumferende mens dyrene ble hugget ned og revet i småbiter. De hadde levd på magre fjellgeiter og kaniner for lenge, oksekjøtt var en sjelden luksus og han steg enda noen hakk i deres aktelse. Senere på kvelden ville han se til at de beste krigerne fikk vin, det burde lokke alle til å yte enda mer. Obrauch tvilte ikke på seieren, han håpet bare at de ved å seire oppnådde det de var ute etter. Å få vasket vanæren ved å miste relikviene bort fra navnene deres.

I sirkus hadde sesongen startet og aktiviteten der hadde nådd nye høyder. Med den nye arenaen ble det både noen nye utfordringer og lettelser og den eneste som egentlig klagde var Dheg som mente at han nå måtte sko hestene annerledes med dette nye underlaget. Han var redd de skulle skli og skade seg og alle bare ristet godmodig på hodet av klagene og visste at Dheg ikke brydde seg om at de som var med i forestillingen ble skadet. Det eneste som betydde noe var at hestene var ok. Whaly satt og studerte regnskapet hver dag og ble blidere og blidere. Oppussingen hadde lønt seg, hun hadde brukt gedigne summer på det men sirkus håvet inn penger nå og de som sto for opplegget koste seg også. De fikk nye muligheter nå og kunne gjøre forestillingene enda mer forseggjort enn før. Det trakk folk i hopetall og Whaly hevet prisene på de beste plassene med nesten det dobbelte uten at noen klagde. Salget gikk tvert i mot gjennom taket og alle gladiatorene og skuespillerne og riggerne var nødt til å jobbe som galninger for å få alt til å henge sammen. Akisha og de andre var også med fra tid til annen og de var showets stjerner. Akisha kunne huske da hun var lærling og måtte være klovn eller la seg drepe på liksom i hver en forestilling. Nå var hun en av dem folk betalte for å se og det føltes på et vis godt. Hun hadde virkelig oppnådd noe. De hadde flere nye klovner som underholdt mellom innslagene og Ali hadde kjøpt inn et merkelig dyr fra langt nord som spilte rollen som farlig okse. Det var ikke så stort som en stut men langpelset og tilsynelatende klumpete og vanvittig raskt. Det gjorde i hvert fall furore.

Noen etterlyste ekte kamper men Whaly ville aldri la noen bli skadet i sitt sirkus, folk eller dyr. Om noen var så primitive at de ønsket slik blodsport kunne de gå andre steder. Kongen hadde nedlagt ettertrykkelig forbud mot alt slik, det var ikke mange ukene siden en kar som arrangerte hanekamper ble pisket og deretter jagd gjennom byen iført et tåpelig kylling kostyme. Han kom neppe tilbake noen gang.

Akisha hadde nesten helt glemt gudebildet som var blitt stjålet, hun var opptatt med å forberede innvielsen av de nye mestrene og Raigh og Våk hadde fått det for seg at de skulle få tak i en flokk ville hester til en forestilling og se om noen greide å ri dem. Det viste seg å være vanskeligere enn de trodde og mennene var sjelden hjemme siden de trålet hestemarkedene etter voksne utemte dyr. Rheynek og Enez studerte som regel, særlig Rheynek var svært opptatt av å lære mest mulig og Enez var som vanlig høyt og lavt og lidenskapelig nysgjerrig på alt. Hun var virkelig et friskt pust i hverdagen. Frostfugl og Khir holdt seg i skogen stort sett hele tiden skogalv som hun jo var, Akisha sto og pakket ned en hel haug med papirer da den sølvhårete alven brått dukket opp i døra, helt uten forvarsel. Akisha skvatt nesten, det var noe i Frostfugls blågrønne øyne som skremte henne. Alven satte seg plums ned i en stol og så vill øyd på Akisha. "Noe skjer, noe forferdelig! Jeg drømte om en hær på vandring i natt, og en elv av blod. "

Akisha gyste nedover ryggen men prøvde å virke rolig selv om Frostfugls forutsigelser vanligvis var skremmende nøyaktige. "Det kan ha vært et vanlig mareritt?"

Alven ristet på hodet. "Det var en visjon, det var orker Akisha, de er våre arvefiender. Ren ondskap og råskap. "

Akisha la fra seg papirene og satte seg nølende. "Er du sikker på at det var virkelig?"

Frostfugl freste nesten, hun lignet litt på en sint katt der hun satt. "Selvsagt, ellers var jeg ikke her nå. Visste jeg bare hvor det er! Jeg kjente ikke igjen noe av landskapet, men de var mange og de var sinte. Gudene vet hvorfor"

Akisha bikket på hodet. "Orker trenger vel ikke store unnskyldningen for å tenne vil jeg tro. "

Frostfugl så skjevt på henne, det var noe ironisk i blikket hennes. "Nei, men de er svært bundet av uskrevne regler og overtro. Det er visse tider av året da det å gå til krig er ensbetydende med ulykke og andre ganger må en utføre store seremonier for ikke å vanære gudene. Og det var flere klaner, det så jeg. "

Akisha så litt forvirret ut. "Flere klaner?"

Alven krysset armene over brystet. "Ja, og klanene er som regel uvenner, er bare slik de er. Men de gikk sammen. Noe har forenet dem og det må være noe forbasket viktig og mektig noe. Jeg liker det ikke"

Akisha begynte å få en litt synkende følelse i magen og hun forsto at hun neppe fikk gjort mer forberedelser den dagen. "Hva kan være sterkt nok til det da, å forene klanene? Vet du om noe?"

Frostfugl ristet på hodet. "Nei, jeg vil snakke med Våk for han kjenner til hvordan fjell orkene tenker, han har jo tilbrakt flere mannsaldre med å jakte på dem og en sann jeger kjenner sitt bytte.

Men han er jo ikke her for pokker!"

Frostfugl så frustrert ut og Akisha måtte smile litt av det furtne uttrykket i det vakre ansiktet. Frostfugl kunne virke nesten dukkeaktig skjør og eterisk men det var stål i henne og hun var utrolig sta og innbitt når det var noe hun ønsket. Det var en god egenskap å ha som gudinnens prestinne. Akisha så ut vinduet, det var lenge til kvelden ennå. "Våk kommer hjem igjen i kveld tror jeg, i det minste mente Elywen det. Vi kan diskutere det da. "

Frostfugl skuttet seg. "Om det virkelig er orker på krigsstien betyr det at folk blir drept Akisha, disse skapningene sparer aldri noen, aldri!"

Akisha bet tennene sammen. "Og hva kan vi gjøre? Vi er ikke mange og jeg tviler på at vi kan stanse en hel hær på vandring."

Frostfugl sukket lavt og la hodet i hendene. "Nei, men vi kan hjelpe folk med forsvar, og kanskje finne årsaken til det. Jeg har en merkelig følelse Akisha, som om noen skjuler noe bak et teppe av silke. En kan ane hva det er men ikke se det klart. Jeg tror ikke det er så likefrem som det virker for å være. "

Akisha sukket oppgitt. "Nei, når er det egentlig det?"

Hun klappet Frostfugl på skulderen. "Nå går vi til matsalen og får oss noe godt å spise og så besøker vi badet og legger oss i bløt til mannfolkene kommer hjem igjen, avtale?"

Frostfugl kom seg elegant på beina igjen. "Avtale! Og når vi har snakket med Våk skal jeg ha litt vin, masse vin faktisk!"

Akisha la hodet på skakke. "Frostfugl da, du har da vel ikke tenkt å gå på fylla?"

Alven bare gliste litt skjevt. "Nei, for jeg kan ikke bli full så det så!"

De to kvinnene gikk mot badet og stemningen var blitt litt lettere men Akisha kjente at hun bar på et agg ennå. Frostfugl hadde rett, noe var i ferd med å skje og som prestinne visste hun at gudinnen hadde en finger med i spillet også denne gangen. De utvalgte ville bli nødt til å gripe inn, spørsmålet var bare hva de ville bli nødt til å gripe inn i.

Ygraine kjente igjen rommet Duchlain hadde valgt, det var ganske riktig søster Frids og det fineste i hele bygget. Som øverste prestinne hadde ikke Frid vært nødt til å ta til takke med en liten trang celle som de andre. Hennes rom var ganske stort og luksuriøst med en stor bred seng og vakre gjenstander. Ygraine kjente at hun skalv fra topp til tå, hun ante ikke hvordan hun skulle unngå dette. Duchlain satte henne varsomt ned og begynte å tenne lys, det ble fort et lunt skinn av de mange lampene der og Ygraine stirret på senga. Den var dekket med et nydelig blått teppe som sikkert var varmt og mykt og hun kjente at bitterheten gnog på hjertet hennes. Hun visste hva som hadde blitt stjålet fra henne av hennes familie. Hun husket de nettene da hun nesten frøs i hjel i sin lille alkove og somrene da søvn var umulig for varmen.

Hun hadde vokst opp i luksus, det var det verste. Hun fattet ikke hvordan hun hadde overlevd overgangen men hun hadde nok vært så i sjokk den gangen at sinnet hennes på et vis var i dvale. Hun hadde bare funksjonert på rent instinkt. Hun hadde vært den yngste av fem søsken og en attpåklatt som ble bortskjemt og forkjælt på alle måter. Og alle hadde skrytt av hvor snill og veloppdragen hun hadde vært, hvor søt og yndig hun var og hvor flink hun var til å adlyde de voksne. Det hadde vært alfa og omega for barna, de måtte adlyde de voksne i alt og denne lydigheten ble banket inn i dem om de ikke føyde seg med en gang. Barna ble kanskje forkjælt på et vis men også holdt nede og de fleste endte opp med sår i sjelen av det. Ygraine hadde vært en vennlig sjel, naiv og myk og alle mente at hun var slikt et ideal av en pike. Hun hadde hatt en god fremtid foran seg men alt hadde endret seg, absolutt alt. Hun orket snaut å tenke på det men måtte, det tvang seg frem igjen nå.

Duchlain var ferdig med å tenne lys, han hadde fyrt opp i peisen også og nå kom han bort til henne igjen. Ygraine følte det som om hele kroppen var forvandlet til is, hun greide ikke røre seg. Brått så hun nesten frem til morgengryet, hun tvilte ikke på at Duchlain ville holde sitt ord. Orkene ville ikke få henne levende og en kriger som ham visste sikkert hvordan han skulle drepe smertefritt og raskt også. Hun måtte bare greie å holde ut disse timene frem til slutten. Hun kjente at tårer rant nedover kinnene men greide ikke engang tørke dem bort, hun var som en statue der hun sto.

Duchlain så at hun gråt og regnet med at det var med tanke på morgendagen, han følte at medfølelsen fylte ham og han strøk en finger over kinnene hennes og tørket dem bort. Han trakk av seg tunikaen og undertrøya igjen og hun så ikke på ham. Duchlain løsnet båndet under haken hennes med ivrige hender og trakk av henne hodelinet. Sjokket han fikk gjorde at han rygget bakover et par steg. Han hadde trodd at de kvinnene som var ved tempelet måtte klippe seg kort men håret hennes var langt, det var rullet opp og satt opp i en enkel topp og hadde en aldeles praktfull dypt gylden tone med et hint av rødt. Han løsnet båndene og nålene og det løste seg ut, falt ned og han kunne knapt tro det han så. Det nådde henne til ned på leggene og var så tykt og skinnende at han ikke kunne sammenligne det med noe.

Han svelget hardt og kjente at begjæret i ham begynte å nå faretruende nivåer, strøk fingrene gjennom den silkeaktige massen og det var så bløtt og mykt at han bare måtte stryke ansiktet mot de tykke lokkene. "Du er ikke kortklippet?"

Ygraine sto bare der, kjente at hjertet hamret vilt i henne. Hun prøvde å fortelle seg selv at han sikkert ikke var like ille som hennes onkel men angsten ble ikke borte. "Jeg… jeg slapp. Siden jeg ikke er novise, eller lærling"

Duchlain presset ansiktet mot halsen hennes, kysset den begjærlig og fjernet beltet hennes, løsnet snøringen i linningen på kjortelen og kjolen. "Jeg er glad for det, du har vidunderlig hår!"

Han skjøv plaggene ned, hun hadde en slags underkjole under av tynnere materiale men den var så slitt at den var mer som enn fille å regne. Og den skjulte absolutt ikke at hun hadde en kropp av de helt sjeldne. Bryster som andre kvinner kunne ha drept for og en midje så smal at han nesten fikk fingrene sammen rundt den, og runde hofter med en perfekt bakdel. Hun var som en gudinne, som en engel og hun var hans. Det var nesten så han ikke kunne tro det. Han løsnet sitt eget belte, trakk fort av seg støvlene og hosene og fikk av seg buksene. Han sto igjen i underbuksene av myk ull og de gjorde ikke noe for å skjule hvor hard og klar han var.

154

Han sirklet henne, betraktet henne med beundring og begjær. Beina var lange og elegante med sterke muskler og bakenden hennes var også perfekt. Han la hendene gli over den og grep underkjolen, rev den av henne i et rykk. Det råtne stoffet revnet lett og hun gispet og rykket til, la armene rundt seg et øyeblikk. Duchlain sto der bak henne og strøk de store harde nevene over henne, han pustet tungt og hun kjente hardheten hans mot kroppen, gjennom undertøyet hans. Ygraine svelget og svelget, prøvde å tvinge seg til å holde ut kontakten. Minnene rev i henne og hun kjente at beina skalv under henne. De gav snart etter. Han kysset henne i nakken, lot hendene gli over brystene hennes og gned brystvortene mellom fingrene. Hun lukket øynene, det ble ikke så ille, det kunne ikke bli så ille. Hennes indre stemme skalv også, hun visste akkurat hvor ille det kom til å bli. Og han visste det ikke heller, for han trodde det alle trodde, at hun hadde hatt mange menn i seg før ham. Og hva nytte gjorde det vel om hun greide å fortelle ham sannheten? Han ville ta henne uansett, best å få det overstått. Hun skulle bare ønske at hun greide å slappe såpass av at han fikk en god stund i det minste. Han hadde reddet hennes ettermæle på dette viset, hun døde som en ærbar hustru og ikke som en hore og hun var takknemlig. Han hadde gjort det trass i ryktet hennes og selv om det var for å berge sønnens fremtid var det edelt gjort.

Duchlain trakk av seg underbuksene, snudde henne mot seg og kysset henne på munnen. Hun gispet da hun følte den varme manndommen hans mot magen, panikken fikk nesten overhånd der og da. Duchlain stønnet lavt og grep henne om baken, presset seg mot henne. "Du er ved gudene det deiligste jeg har sett noen gang jente, du burde blitt lagt i en seng av roseblader for du er vakrere enn noen blomst. "

Ygraine hikstet og la hendene på skuldrene hans, delvis for å ha litt kontroll på ham og delvis bare for å holde fast i noe bastant. Han var glovarm og hun så at blikket hans var beksvart av begjær. Hun kunne bare gi seg over for det var ingen alternativer. "Takk, for de ordene"

Hun greide snaut å hviske det frem og han bøyde seg fremover, kysset henne på halsen igjen, hun stjal seg til et fort blikk nedover ham og hev etter været. Hun hadde kjent at han var stor men ikke at han var så velutstyrt. Hun bet tennene sammen, prøvde å holde tårene tilbake. Det kom til å skje igjen, men bare denne ene gangen. Hun måtte finne styrke i det, greide hun bare å holde ut det han gjorde ville det snart være over, alt ville være over.

Kanskje det ble en velsignelse, å slippe minnene og angsten, og følelsen av å ha blitt forrådt. Hun var ikke en god person, hun hadde så mye bitterhet og hat i hjertet at gudene neppe ville ønske henne velkommen. Men dette var da vel en god gjerning? Det kunne da vel gjøre opp for noen av hennes onde tanker? Hun kunne bare håpe på det. Duchlain strøk handa nedover den flate harde magen hennes, fant den vesle trekanten med silkemykt hår og strøk fort over den. Det ble for mye for ham, han kunne ikke vente lenger. Hun var like perfekt der som ellers og han løftet henne opp igjen og bar henne bort på senga.

Ygraine kjempet mot seg selv, hun ville sprelle og skyve ham bort, skrike sannheten til ham og få ham til å forstå men hun greide det ikke. Hun kjente den varme pusten hans mot kinnet før han kysset henne igjen, hardt og krevende. Senga var myk og varm mot ryggen men hun kjente at hun skalv så hun ristet. Duchlain lot seg ikke merke med det, han fikk henne ned på senga og spredte beina hennes med ene kneet, kom seg i posisjon. Han var så desperat nå at han visste at han kom til å komme nesten med en gang. Han kysset henne på halsen igjen mens han lette seg frem og Ygraine kvalte et vettskremt kvink da hun følte den harde varmen som presset mot henne. Hun gjemte ansiktet mot skulderen hans, skjulte frykten for ham. Duchlain kjente at han fant åpningen hennes og greide ikke holde tilbake et håst stønn i det han støttet seg på armene og begynte å støte ivrig inn i henne. Ygraine klemte øynene sammen, presset fingrene ned i teppet, bet seg i leppene så hun kjente blodsmak. Smerten var sønderrivende og skarp og mye verre enn hun hadde forestilt seg men allikevel ikke så ille som den hun husket. Det hadde vært annerledes, unaturlig og galt og hun hadde bare vært et barn.

Duchlain undret seg i et kort sekund, hun var vanvittig trang og stram og hvordan var det mulig om hun virkelig var så fordervet? Uansett var det så deilig at han måtte skrike og skrek til for hvert støt inn i den vidunderlige varmen som omfavnet ham og brakte ham mot en voldsom avslutning. Ygraine hørte ham skrike og hun ble nesten skremt av det, var det så voldsomt for ham? Hun ville skrike også men så avgjort ikke av nytelse. Det var så vondt at hun trodde hun kom til å revne helt der nede. Hun kunne bare klamre seg til teppet og prøve å holde ut.

Duchlain stivnet helt til i det han kom, det raste gjennom ham og fikk stjerner og planeter til å danse for blikket på ham mens krampetrekningene var på grensen mellom nytelse og pine. Han brølte det ut og kroppen tok helt styringen over ham, hoftene pumpet automatisk mens han tømte seg i henne og jamret navnet hennes. Han holdt nesten på å besvime så voldsomt var det og han lot seg falle sammen oppå henne og ble liggende å pese. Ygraine kjente at tårene presset seg frem igjen, greide ikke holde dem tilbake. Underlivet hennes verket intenst og de siste bevegelsene hans hadde vært så voldsomme at hun trodde han kom til å rive henne aldeles i stykker. Og hun kjente hvordan det pulserte i ham og hun kjente strømmen av varm væske han sprutet inn i henne. Hun lot tårene flomme igjen, holdt dem ikke tilbake. Hun ville aldri føle nytt liv spire i seg, også det var blitt stjålet fra henne og noe som lignet sinne våknet. Hun var sikker på at hun kunne ha gitt ham sterke barn.

Duchlain fikk samlet seg, han så ned på henne og så tårene og uttrykket av smerte i ansiktet og brått innså han hvorfor hun hadde vært så vanskelig å trenge inn i til å begynne med. Han gispet og ble kald over hele kroppen, han hadde skadet henne! Ved alle guder, hun hadde vært jomfru?! Men hvordan var det mulig? Han rullet seg ned på siden av henne, skjøv seg opp og så blodet på lårene hennes og teppet. Han kunne ha skåret over sin egen strupe der og da, skyldfølelsen rev i ham. Å gjøre en kvinne vondt på det viset var det usleste han visste om og han hadde i bunn og grunn egentlig voldtatt henne. Hun hadde ikke vært klar for ham og selv om han hadde trodd at hun var erfaren burde han ha gitt henne mer tid på seg. Han visste meget godt at han kunne være i meste laget for mange jenter og samvittigheten hans var brått svartere enn bek. Han hadde fått det som måtte være hans livs kraftigste orgasme men hun hadde lidd gjennom det hele.

Han svelget hardt og fortvilelsen rev i ham. "Ygraine, hvordan… hvorfor sa du ikke at..?"

Hun hulket og gjemte ansiktet i hendene. "Ville det gjort noe til eller fra?"

Duchlain så storøyd ned på det nydelige ansiktet hennes. "Selvsagt! Jeg ville da ved gudene aldri ha tatt deg slik om jeg hadde visst at jeg var den første?! Ved alle ting hellig, jeg har gjort deg vondt! Kan du noen gang tilgi meg?"

Ygraine bare svelget sorgen hun følte, halsen var vemmelig tykk og hun var tett i nesa. "Jeg tilgir, og du er den første, men... "

Hun greide ikke riktig forme ordene. "Men bare der"

Duchlain så forvirret på henne før han brått forsto, han måpte nesten. "Mener du at noen har..der?!"

Hun nikket med hendene over ansiktet. "Min onkel, han…ville ikke at noen skulle finne ut av det, og om han…gjorde det du nå gjorde ville de skjønne det når jeg ble gift.., så han gjorde andre ting med meg!"

Duchlain var sjokkert, han forsto at ting slettes ikke hadde vært som han hadde trodd og han var en idiot som hadde trodd på det den sjalu og ondskapsfulle jenta sa. Han så den gamle sorgen og smerten som gjemte seg i blikket hennes og han innså brått sannheten. Hun hadde vært et barn som ble misbrukt og sviktet av de som burde ha tatt vare på henne og han hadde ikke akkurat oppført seg så veldig mye bedre. "Åh hellige gudinne, jeg er så lei meg Ygraine, du må tro jeg er et svin, men jeg trodde at du hadde hatt mange menn. Jeg ville aldri gjort det ellers. Har du veldig vondt?"

Det siste kom temmelig tynt og hun kunne bare nikke. Det verket intenst der nede fremdeles og hun krøllet seg sakte sammen, trakk knærne mot brystet og jamret seg. Duchlain greide ikke styre seg, tårene begynte å renne av ren sinnsbevegelse. Gudene ville sikkert fordømme ham til helvete for dette. Han strøk henne over håret, prøvde desperat å trøste henne. Han hadde nytt noe som for henne måtte ha vært ufattelig smertefullt både fysisk og psykisk. Han var virkelig et svin, like lite verdt som den som hadde forbrutt seg mot henne i utgangspunktet.

"Åh Ygraine, arme sjel! "Han la armene rundt henne, prøvde å holde henne på en trygg måte, gi henne av varmen sin for hun skalv og han hadde aldri følt seg så hjelpeløs. Og når morgengryet kom så måtte han… Nei, ved gudene, han kunne ikke. Han kunne ikke ta livet hennes også! Han hadde tatt møydommen hennes som om hun bare var en ting til bruk og ingen ting han noen gang gjorde kunne unnskylde den forbrytelsen. Han kunne ikke drepe henne, ikke med sine egne hender. Han lukket øynene, gjemte ansiktet i det tykke silkemyke håret hennes. Han ville få en av bueskytterne til å skyte henne, når hun minst av alt ventet det. En pil gjennom tinningen drepte momentant, han visste det godt. Og den neste skulle være for ham selv. Han ville ikke leve til å se henne dø, han fortjente ikke å leve et sekund lenger enn henne. Men kunne han vokte henne på reisen til den andre siden gjorde han det, uansett hvor hans egen sjel havnet.

Han strøk henne over håret og hun roet seg litt ned, skjelvingene ble roligere. "Og din egen familie sendte deg hit, for å bli glemt. For en gjeng med idioter!"

Ygraine nikket stille. "De var redd for at det ble en skandale, min onkel var svært høytstående, og han sa.. "

Hun greide ikke få ordene ut. Han tok ene handa hennes og kysset den varsomt. "Han sa at du var med på det ikke sant?"

Ygraine måtte lukke øynene, minnene strømmet på igjen. Ansiktene som stirret på henne med fordømmelse i blikkene, forakten og sinnet og de kalde minene. "Han sa at jeg hadde lokket ham, forført ham"

Hun hulket lavt og Duchlain hikstet av medfølelse. "Jeg var bare elleve, jeg forsto ikke!"

Duchlain visste hvor naive adelige ungjenter gjerne var, de ble skjermet for alt og var som regel totalt uvitende om menns lyster og behov. Han kunne forestille seg hva hun hadde blitt utsatt for. Ygraine kjente at noe presset seg frem i henne, en slags desperat trang til å dele dette med noen, få det ut. Det hadde samlet seg i henne i flere år, som en saktevoksende ondsinnet svulst på sinnet. Hun trengte å rense seg før hun døde og Duchlain var da like god å bekjenne seg til som noen prestinne. Han ville ikke dømme henne. Hun forsto brått hvor god han var, hvor stort hjertet hans egentlig var. Han burde ikke dø, ikke nå, ikke noen gang, Hun burde sørge for at han fikk leve. Gode mennesker var så sjeldne, eller menneske. Han var halvblods, hun kunne ikke glemme det. Men det var ikke vesentlig nå.

"Onkel… onkel var så snill mot meg da jeg var liten, gav meg leker og skrøt av meg. Jeg var så glad i ham"

Duchlain trakk henne sakte inn i armene sine, lot henne ligge tett inntil ham mens han trakk teppene over dem. Hun trengte å fortelle og han ønsket å forstå. Å kunne gudene gitt ham noen flere år ville han ved gudene ha funnet denne onkelen og kjørt sverdet ned gjennom halsen på ham!

Ygraine følte seg merkelig trygg der, han var så varm og fast og hun slappet av. Det var underlig, hun var redd menn og burde vært redd ham også ved tanke på hva han akkurat hadde gjort mot henne men han var liksom annerledes. Hun lot seg gli tilbake gjennom minnene, stemmen hennes var lav og sår men den var stø nå. Det måtte ut.

Hun hadde ikke skjønt noe da Nilas som onkelen het begynte å dukke opp hos dem oftere enn før. Offisielt var han der for å diskutere forretninger med hennes far men etterpå oppsøkte han alltid Ygraine og lekte med henne en stund. Alle syntes det var så søtt at han brukte tid på sin yndlingsniese slik. Hun fikk gaver og slikt og mistenkte aldri noe galt. Hun var vant med at de voksne gav henne gaver mot at hun gjorde dem tjenester som å hente ting eller synge eller danse.

Og lenge var det bare snakk og lek også, hun var svært barnslig og det var ikke før hun begynte å forandre seg at Nilas begynte å omgås henne på en annen måte enn før. Han begynte å erte henne litt med at hun vokste så fort, stilte spørsmål hun ikke forsto. Men hun stolte på ham og brukte ham til å finne svar på ting hun lurte på men ikke turte å spørre de andre voksne om. Hun husket godt den ettermiddagen da ting virkelig endret seg, Nilas hadde blitt med henne ned til den vesle bekken som rant gjennom parken bak godset. Det var varmt og en stille rolig ettermiddag. En av Ygraines venninner hadde vært på besøk før på dagen og de to jentene hadde sittet og utvekslet hemmeligheter som småjenter gjerne gjør. Venninnen hadde fortalt henne noe helt utrolig noe, at menn hadde noe annet enn damer mellom beina og Ygraine hadde ikke helt vågd å tro på det. Hun hadde spurt Nilas om det var sant og han hadde smilt så rart og sagt at det stemte. Og så hadde han spurt om hun ville se?

Ygraine hadde fått en litt ekkel følelse der og da, hun følte liksom at noe var feil. At det ikke var riktig av ham å si det, men hun stolte jo på ham og han var voksen. En skulle gjøre som de voksne sa. Nilas hadde hvisket at hun skulle få se, og så hadde han trukket ned buksene og hun hadde blitt forskrekket over det hun så. Hun ble flau og brydd og skremt også men Nilas hadde fortalt henne at en lagde babyer med den og hun hadde ikke trodd det. Hvordan kunne den ekle tingesten lage en baby? Nilas hadde sett så rar ut i ansiktet, og han hadde pustet så tungt og den ekle greia hadde blitt større og helt stiv og så ba han henne ta på den. Ygraine hadde nektet enda hun visste at en aldri skulle nekte noe en voksen ba en om.

Nilas hadde sagt at hun var slem jente om hun ikke gjorde det, og nølende og på gråten av avsky og forvirring hadde hun gjort som han ba henne om.

Nilas hadde lagt handa si rundt hennes så hun ikke kunne slippe taket og så hadde han beveget den hardt opp og ned og Ygraine var fra seg av skam og avsky. Han lagde rare lyder som skremte henne og det begynte å rykke i den harde varme greia og noe vått og ekkelt sprutet ut over armen hennes. Nilas hadde sett så rar ut da at hun nesten hylte av synet og han la handa over munnen hennes og tvang henne til å være stille. Etterpå vasket han av henne de seige greiene og fikk henne til å love og aldri si noe om det til noen. Ygraine var såret, hun følte instinktivt at han hadde sviktet tilliten hennes men trodde i sin barnslighet at dette aldri kom til å skje mer.

Selvsagt tok hun feil, etter bare noen dager skjedde det igjen, og han gikk gradvis lenger for hver gang. Snart var det ikke nok at hun tok på ham, hun ble tvunget til å legge seg på kne og suge på den motbydelige tingesten til de ekle greiene sprutet ut av ham og hun måtte svelge det enda hun ble forferdelig kvalm. Nilas roste henne, sa at hun var flink og at han ville lære henne å være snill mot den hun ble gift med. Men hun forsto at det var for sin egen del han gjorde det. Ygraine mistet sin sprudlende personlighet og ble stille og innesluttet, sluttet å oppsøke andre. Hun syntes at det luktet av henne hele tiden og hun var konstant redd for at noen skulle finne ut hva de gjorde. Hun visste at det var feil, det kunne ikke være riktig. Ingen kunne gjøre noe slikt?

Hun mistet matlysten og ble tynn, alle mente at det bare var alderen som gjorde det og den stille oppførselen ble bare rost og belønnet. Ingen så skrekken i øynene hennes, skammen og fortvilelsen. Om hun sa noe kom forferdelige ting til å skje, han hadde sagt det. Hun var brått blitt hans angst slave, bundet på hender og føtter av trusler og lokking. Etter noen måneder tok han det enda lengre, og nå ble det virkelig alvorlig det han gjorde. Ygraine skalv bare hun tenkte på den kvelden. Hun hadde lagt seg og alt var stille, hun måtte ha sovnet for brått satt han ved sengen hennes og han var naken. Ygraine forsto ingenting, voksne var aldri nakne og hun så vantro på den litt blekfete kroppen som ålte seg inn under teppene ved siden av henne. Hun ville vekk men Nilas grep henne, holdt henne hardt.

Han fortalte henne at om hun ikke adlød så kom han til å slå i hjel den valpen hun hadde fått dagen før og Ygraine ble liggende helt stille, lammet av skrekk og fortvilelse. Han hadde hvisket at han ikke kom til å gjøre det menn gjør med konene sine for det kom til å bli oppdaget. I stedet skulle hun glede ham på en annen måte. Hun hadde ingen anelse om hva han mente men det skjønte hun fort. Han hadde lagt seg over henne og så kjente hun at den ekle stive greia hans presset mot henne på et sted hun ikke engang fikk lov til å nevne. Han la handa over munnen hennes så hun ikke kunne skrike og alt svartnet for henne. Det hadde vært så grusomt at hun ikke skjønte at hun hadde tålt det, hun hadde ikke greid å gå til det vesle rommet på flere dager og skrek av smerte da hun omsider ikke greide å holde seg lenger. De voksne mente at hun led av forstoppelse og foret henne med noen ekle miksturer hun ble kvalm av men de hjalp da for det hun fikk ut av seg var da i det minste ikke hardt. Det gjorde ikke pinen verre enn den allerede var.

Ygraine var ikke dum, hun var en forstandig ung jente og hun visste utmerket vel at det han hadde gjort var skrekkelig stygt og ulovlig, men hun kunne ikke si noe. Og etter bare en uke gjorde han det igjen. Og det var like forferdelig og hun ble liggende våken om nettene av angst for at han skulle dukke opp. Nilas gav henne ennå gaver, fine ting som hun burde vært glad for men nå betydde bare gavene enda mer skrekk og skam. Hun takket høflig og oppførte seg dannet men viste ingen interesse for dem og barnepiken var bekymret for helsen hennes. Hun var blitt så veldig tynn og blek og virket redd for sin egen skygge. Det fortsatte i flere måneder, hun var fanget i et bur av skrekk og selv om det ikke gjorde like vondt lenger fikk det henne til å føle seg forferdelig skitten. Alt han gjorde klebet liksom til henne, hun vasket seg flere ganger om dagen men hun følte allikevel at hun luktet av de motbydelige væskene.

Og så ble det oppdaget, en tjener som tok en snarvei gjennom parken så at Nilas tvang henne til å bruke munnen på seg og fortalte det til en av guvernantene og helvete var løs. Nilas benektet ikke noe, han mente at han hadde blitt forledet og fristet av en erfaren liten fristerinne og at hun var aldeles fordervet og syndig. Hva Ygraine sa var det ingen som var interessert i å høre. Hun var lammet av sjokk og frykt og de gadd ikke engang forsikre seg om at han snakket sant. Om folk fant ut av dette gikk det ut over deres felles rykte, så ingen måtte få vite hva slags skarn de hadde hatt i sin midte. Ygraine husket vagt at moren hadde grått da hun ble halt ut i en vogn og kjørt bort. Det var det siste hun husket av dem. Da hun kom til tempelet var det allerede opplest og vedtatt at hun var en forferdelig syndig person og at hennes høye navn og ætt ikke lenger betydde noe. Hun var ingen, en ikke person, en paria. Selv en trell var mer verdt enn henne.

Duchlain hadde hørt på henne mens hun stille hvisket frem sin historie. Han var rystet til margen over dette. Han hadde aldri trodd at foreldre kunne gjøre noe slikt mot sine barn. Hans egen far var nesten så stri men han trodde ikke at faren kunne snu ryggen helt til en av sine slik Ygraines familie hadde. Han trakk henne dypere inn i favnen og hvisket ømme ord til henne, ante ikke hvor de kom fra. Hun hadde vært som en rosenknopp, en spirende skjønnhet i ferd med å bli den vakreste rose men verden hadde vært en frostnatt for henne og nesten drept henne. Og nå? Han lukket øynene og hvisket en stille bønn. Det måtte være en utvei, det bare måtte!

Ychmal hadde jobbet flere netter med kart referansene og det andre da det brått ankom en due med et brev fra Shabuch. Han kjente ingen der men ble interessert da han skjønte at brevet kom fra våpenmestrenes øverste leder og en alkymist han så vidt hadde hørt om, ikke bare gode ting riktig nok men å være gal kan ofte være det samme som å være genial.

Han ble temmelig forskrekket da han leste om gudebildet som hadde blitt stjålet og så tegnene på Frostfugls tegning. De stemte med de han hadde fått fra Uthar og Ychmal så en sammenheng der som var særdeles interessant. Han bestemte seg for å grave så dypt han kunne og la de neste dagenes studier til kongens bibliotek der kartet hadde blitt stjålet. Han røpet ikke at han visste om tyveriet men brukte tiden godt og etter noen dager med intensiv lesing og leting hadde han en liten ide om hva det dreide seg om. Det hele hadde utspring i en legende så gammel at ingen egentlig visste hvor den stammet fra.

Ychmal hadde som alle andre tatt det for å være eventyr men nå hadde han en følelse av at det faktisk var noe i det. Og det lovet ikke bra at gudebildet og kartet var stjålet for i følge sagnet var det to gjenstander til, en krystallskål og en skive av messing. Og i andre skrifter han hadde funnet sto det klart og tydelig at disse tingene var blitt røvet fra et tempel ved kysten for flere tusen år siden og at de siden da hadde vært en del av fjell orkenes helligdom.

Ychmal vætet leppene og skrev så blekket sprutet, han måtte lage en sammenfatning av det han hadde funnet, og det fort. Noe sa ham at det hastet. Hadde noen greid å stjele krystallskålen og skiven også var det fare på ferde. Orkene godtok ikke at deres hellige steder ble skjendet av ikke troende, de var forferdelig hårsåre slik.

De tre gjenstandene skulle sammen med kartet vise veien til et skjult sted hvor den legendariske Al'duchan hadde gjemt sin skatt. Hva den var visste ingen men det ble understreket at den som var i besittelse av den skatten kunne bli udødelig og for mange hadde det vært nok til at de hadde tilbrakt hele livet på jakt etter den. Ychmal forsto at alle gjenstandene måtte være samlet skulle en kunne tyde kartet. Og noen var tydeligvis i ferd med å gjøre akkurat det. Var det denne Uthar? Ychmal trodde ikke det, brevet hadde røpet en fanatiker men ikke en som har særlig stor makt, ikke en som har full innsikt. Nei, det var flere spillere på banen og han ble langsomt redd.

Det sto skrevet flere steder at denne skatten ikke var for mennesker å besitte, den ville bringe kun død og ødeleggelse. Ychmal trengte ikke å være så gammel og klok som han var for å skjønne at enhver som virkelig prøvde å finne denne skatten kunne skape et sant kaos. Og han var kun en eneste gammel mann, kongen ville høre på ham men neppe tro ham, Det var tross alt bare en legende, ikke noe å frykte.

Ychmal tok en brå beslutning. Våpenmestrene kunne hjelpe, de var mektige nok til at en konge måtte høre på dem. Og han hadde en følelse av at de forsto alvoret allerede nå. Han satte seg ned og skrev ned alt han hadde funnet ut, samlet det i et meget kompakt dokument. Ingen due kunne bære noe slikt, og bud ryttere kunne fort bli stanset eller drept og det var langt til Shabuch. Ychmal var ingen magiker men han kunne en del, han gikk sakte opp til taket av observatoriet sitt så fort det ble en stjerneklar natt og tok dokumentet med seg. Han hadde skrevet til Uthar, lovet en løsning og bedt mannen komme til byen for selv å få svaret. Han håpet at Uthar kom så han kunne bedømme om denne mannen kun var en rik tåpe eller noen som hadde virkelig kunnskap om skatten. Ingen burde få finne den, Ychmal var fast bestemt på det.

I mørket begynte han på en besvergelse som tok mye av natten og nesten all styrken hans men da det lysnet så vidt i øst satt det en merkelig skapning på kanten av taket. Det var en slags enorm flaggermus, vingespennet var minst tre meter og den var lettbygd og kortpelset med hode nesten som en hund og merkelige røde øyne. Ychmal spente dokumentet fast på skapningen og så til at det ikke ville plage den. Så lot han den fly og den satte øyeblikkelig kursen utover i retning Shabuch. Den ville ikke la seg stanse av noe og ville finne rette vedkommende uansett. Magien som hadde skapt den var mektig og han var stolt av seg selv men meget sliten. Nå kunne han bare håpe at han tok feil og at hans verste frykt ikke var i ferd med å bli reell.

I Uthar sitt palass var det en helt annen stemning. Han hadde kartet nå og hadde betalt tyven en riktig så klekkelig belønning. I sin takknemlighet tenkte han ikke over at en tyv er en tyv, Janrem fant den høye betalingen temmelig mistenkelig. Var det virkelig så verdifullt det han hadde tatt burde det være en måte å utnytte det på. Janrem bestemte seg for å holde et øye med Uthar og se om det var mer i vente. Uthar hadde fiender nå, de sju kartet hadde tilhørt i utgangspunktet, eller rettere sagt, de sju som stjal kartet. Han hadde en skarp mistanke om at det hadde vært i kongens bibliotek til å begynne med og han var litt imponert over at lauget hadde greid å finne det der. Det stedet var så stort og uoversiktlig at det å finne et kart der var verre enn å finne en enslig nål av sølv i et berg av stålnåler. Uthar hadde gått som på nåler i flere dager til det kom svar tilbake fra Ychmal. Det virket ikke for at mannen hadde skjønt riktig hva det var han skulle tyde og bra var det, men det var virkelig lovende. Det så ut som om kartet virkelig ledet veien til gjemmestedet og Uthar var fra seg av begeistring. Han var ikke så veldig glad over at Ychmal ville møte ham men måtte han så måtte han. Han fikk satse på å sjarmere den gamle grinebiteren og overøse ham med takknemlighet og ros. Slike gamle halvrørete menn var gjerne svake for den slags. Uthar feilbedømte Ychmals karakter totalt men det visste han overhodet ikke. Uthar levde i sin egen drømmeverden nå, helt overbevist om at ting gikk hans vei. Han benyttet tiden til å stirre på seg selv i speilet og beundre sin egen feilfrie hud og flotte profil. Visst ville de snart se hvilken storartet mann han var. De ville knele for ham alle som en.

Uthar dro inn til byen med et større følge, han hadde med seg sin rådgiver så klart og flere tjenere og et par av sine yndlingselskerinner og så fort han var fremme innkvarterte han seg i det mest fornemme vertshuset i byen. Det var ganske luksuriøst og meget velrenommert og kostet flesk pr natt men han hadde penger nok. Han aktet å skaffe seg det Ychmal kunne gi og så ville veien være klar for ham. Uthar var ikke klar over at han ble overvåket og det ikke bare av en men flere personer. Janrem var ivrig på å finne ut hva det kartet egentlig var, og om det kunne lønne seg å stjele det tilbake. Og Arendt og hans menn hadde allerede hyret lauget til å gjøre akkurat det samt straffe Uthar. De var på vei til byen og de visste at en formidabel styrke var på vei mot hovedstaden, at det kun var dager om å gjøre før nyheten om orkenes stridstokt nådde byene. Det ville bli panikk og Arendt og de andre ønsket den velkommen med åpne armer.

Arjhed hadde aldri vært noen rytter og det beklaget han nå, det gikk greit å holde seg i salen på Tordenfot men han greide ikke styre hesten. Ikke at han trengte det heller, dyret forsto visst hvor den skulle. Han hadde spist litt mens de red og Oisin avslørte seg som en meget god rytter. Hoppa han red var nesten like rask som Tordenfot men temmelig stri og han slet med den til tider. De holdt en forrykende fart og veiene var ikke så verst. Selv om det var langt mellom folk i denne delen av riket var det en del trafikk og Arjhed skjønte at mange av veiene var gamle stier som var brukt så mye at de ble veier til slutt. Oisin var svært intens, han holdt skarp utkikk og de advarte et par følger med reisende og noen jegere før de nådde den første landsbyen. Den var kun en samling med gårdshus plassert på en liten kolle og de hadde ikke noe forsvar. Heldigvis hørte de på

Oisin og pakket alt de hadde og flyktet.

De to red videre og som avtalt skilte de lag ved Grønnsjøen, det var en avlang vakker sjø med flere bosetninger og Arjhed fikk byttet til seg noen bedre klær der. Han så ut som en fillefrans og frøs og i litt bedre klær så han mer respektiv ut også når ha nærmet seg de virkelige byene. Oisin klemte handa hans høytidelig i det de sa adjø til hverandre. Arjhed visste at han hadde møtt et virkelig edelt menneske der og håpet at Oisin og familien hans greide seg gjennom dette.

De gav hestene litt havre og så red de av gårde. Den veien Arjhed nå måtte følge var ganske godt utbygget, det var en hovedvei med broer og gode vadesteder og det var satt ned veisteiner med uthogde distanser i kryssene. Det var langt inn til hovedstaden ennå men Arjhed bet tennene sammen og visste at han måtte bringe budskapet videre. Det var blitt hans oppgave nå, han var den som brakte nytt om død og fordervelse og han bare håpet at kongen hadde styrker nok til å slå orkene tilbake.

Tordenfot viste seg og virkelig å være mer enn en vanlig hest. Det virket ikke for at den trengte å hvile. De stanset av og til så den fikk drikke, ellers gikk det i strak galopp og for en galopp. Den store svarte hingsten formelig åt opp milene og lå nesten langflat bortover. Arjhed trengte bare å klore seg til salen. Og han sov i salen også da natten falt på, han bant seg fast og hang bare der og hesten fant veien selv. Arjhed var så sliten at han ikke greide holde seg våken lenger og han husket vagt at den store svarte raste over et par broer og slikt. Det begynte å bli folk langs veiene nå, Arjhed advarte alle han så, ba dem bringe budskapet videre. Noen var vantro men de fleste forsto alvoret. Den unge mannen så unektelig herjet ut og hadde ingen grunn til å lyve. Arjhed hadde ridd i tre dager før han nådde den første byen. Han kunne knapt tro at noe dyr tålte denne farten men Tordenfot bare løp videre, lettbeint som om den akkurat var tatt av stallen. Han hadde litt havre igjen og hesten fikk litt nå og da og det virket for å være alt den trengte. Det var virkelig magi i den, uten tvil.

Byen lå et stykke unna ei elv som var grunn og stri og den var befestet med en solid ringmur og en garnison soldater. I denne dalen dyrket de grønnsaker siden de hadde uvanlig dyp og god jord og åkrene var sørvendt så de var tidlig bare og gav gode avlinger. De dyrket også blomster og Arjhed red rett inn i en sky av vel duft. Svære rekker med rosebusker og andre vekster fikk mange åkre til å bli en symfoni av farger og han skulle ønske han hadde tid til å beundre synet.

Han red inn porten, den var ikke bevoktet på dagen og innenfor var det flere gater og et mylder av hus og folk og dyr. Han visste at han måtte snakke med den som var overhode der og en soldat så litt forvirret på den unge mannen men forklarte ham veien til byens borgermester. Det var øverste myndighet der. Arjhed var litt nervøs, han hadde snaut snakket med noen med slik makt noen gang og følte seg skrekkelig malplassert. Borgermesteren bodde i en bygning som både var privat residens og byens rådhus og rettsal og mannen drev for øyeblikket og stelte noen uvanlig vakre blomster som vokste i ranker oppover noen av de forseggjorte søylene som bar inngangen til bygget. Arjhed bukket unnskyldende og mannen så litt forbauset på den unge mannen som kom leiende på en uvanlig fin hest.

Arjhed ante liksom ikke hvordan han skulle begynne, mannen som sto der med en liten hakke i handa var ganske pent kledd men overhodet ikke prangende og det var noe mildt i ansiktet som fortalte at han neppe var av det slaget som tar jobben for makten den gir. "Ærede herre, mitt navn er Arjhed, sønn av Arjem. Jeg kommer fra fjellene ved elvas kilder og jeg bringer dårlige nyheter. Orkene har brutt ut av fjellene og gått til krig, De er på vei ut mot slettene nå i denne stund. "

Mannen måpte og et øyeblikk så det ut som om mannen skulle miste hakken. Så strammet han seg opp og så storøyd på den unge mannen. "Ved gudene, vi fryktet noe slikt! Våre seere har fortalt om truende syner lenge"

Han kastet hakken fra seg, spant rundt seg selv et par ganger. "Jeg må sammenkalle byrådet, få satt soldatene i beredskap, samle befolkningen, åh hellige gudinne!"

Han så fort på Arjhed igjen. "Hvor langt tror du det er etter dem?"
Arjhed trakk på skuldrene. "Neppe mer enn et par dager, de er raske
og de tar lite med seg. "
Borgermesteren stønnet og så seg rundt, å evakuere en hel by lot seg
ikke gjøre på en to tre. "Jeg er forresten Tarik, bare kall meg det. Vi
er ikke så strenge på det formelle her i byen. "
Arjhed bare nikket og Tarik vinket på ham, raste rundt et hjørne og
inn på en gårdsplass der et par tjenere sto og pusset en hest og en
jente satt og spant. Tarik tok seg sammen, prøvde å se rolig ut.
"Ben, Orjar, dette er Arjhed, han skal få hvile hos oss til i morgen.
Han har brakt oss bud, orkene har brutt freden og gått til krig. "
Arjhed ville protestere men Tarik løftet handa avvergende. "Du
trenger å hvile gutt, og kart. Veiene deler seg snart og en kan ende
opp på vidotta om en ikke kjenner raskeste veien til hovedstaden. "
De to tjenerne så forskrekket ut og jenta slo handa for munnen med
et gisp. Hun så virkelig skremt ut og Arjhed la merke til at hun
hadde det samme sandfargete håret som Tarik, det måtte være hans
datter. "Milla, vis Arjhed til et rom. Jeg må samle byrådet, vi må
handle fort. "
En av tjenerne kom litt nervøst bort og tok tømmene til Tordenfot
og leide hesten bort til et vanningstrau. Arjhed ante at den ville få
utmerket behandling og engstet seg ikke for den. Det han ikke likte
var tanken på å bli forsinket men på den andre siden, han var sliten
nå. Så sliten at han snaut greide å tenke klart. Litt søvn ville bare
gjøre ham godt.
Jenta reiste seg og neide høflig, hun gikk inn og Arjhed fulgte
nølende etter. Tarik hadde fått med seg ene karen og var allerede
lagt på sprang og Arjhed var glad for at det ble tatt på alvor. Inne
var det svalt og behagelig, huset var lagd av leire fra elvebredden og
hadde myke naturlige former overalt, det var rent og fargene var
varme og behagelige. Dette var tydeligvis en rik by. Milla snudde
seg halvt til Arjhed, så halvt nysgjerrig og halvt blygt på ham. "Er
du sulten, ønsker du litt mat?"
Han kjente etter, magen ulte formelig og tanken på litt god mat var
som et glimt av himmelen. Milla smilte og gikk foran ham inn i et

ganske stort kjøkken. En eldre kvinne med litt slitne trekk og en god del kilo for mye sto og hakket grønnsaker ved et bord, hun så opp og fikk et bestyrtet uttrykk i ansiktet. "Hellige turnips, hvem har foret deg unge mann, du ser ut som et beinrangel!"

Milla fniste og Arjhed måtte skjære en grimase. Visst var han tynn, han hadde mistet en god del vekt på denne turen. "Mahla, dette er Arjhed, han er budbringer og har ridd langt, han trenger et solid måltid. "

Mahla smekket med tungen og gikk til aksjon, det var tydelig at ingen skulle gå sultne i det huset for hun forsvant inn i et spiskammers og kom tilbake med flere brett med mat og porsjonene var så gedigne at de kunne mettet tre menn av Arjheds størrelse. Han så vantro på tallerkenen han fikk, den ble aldeles borte under et lag med stuing og stekt flesk, bønner og grønnsaker og ved siden av havnet en gedigen ost, flere rundstykker og et par halve meloner. Mahla ble borte på nytt, hun kom tilbake med en stor flaske og helte generøst opp i et digert krus fra den. Arjhed kjente på lukta at det måtte være en eller annen slags form for mjød og Milla fniste lavt. "Det er kjempegodt, men litt farlig for det er sterkt. Vi selger mye av det, og oppskriften er hemmelig bare så du vet det!"

Arjhed tvilte ikke på det, han hadde aldri smakt noe bedre og bare trangen til å vise gode manerer gjorde at han ikke tyllet i seg hele kruset i en eneste lang slurk. Maten var like god og Milla satt der og stilte små spørsmål om livet i fjellene, antagelig var han veldig eksotisk for en slik by frøken og han følte seg litt sjarmert av interessen også. Hun var søt men for ung for ham, han prøvde å være høflig men holde en viss avstand. Tross alt var hun datter av en mann med makt og han selv var ingenting.

Da maten var spist var Arjhed så mett at han snaut greide å bevege seg og Milla geleidet ham gjennom en kort korridor og bort til et rom som antagelig sto der klart for gjester hele tiden. Det var en enkel seng der og et lite bord og et vaskevannsfat med vann og håndklær og det var alt. Men det var fristende nå, han takket Milla høflig og trakk av seg de støvete reiseklærne. Han håpet at han fikk tatt et bad når han var fremme i hovedstaden for han luktet alt annet enn godt. Han la seg sakte ned på senga, den var passe myk og teppene var varme og gode og det gikk noen få sekunder, så sovnet han tvert av ren utmattelse.

I krattet på en liten kolle et stykke utenfor byen lå to korte skikkelser skjult i skyggene, begge var kledd i kapper lagd av sammenvevd gress og de var så godt som usynlige. De to var intenst fokusert på byen og øynene glødet formelig av ondsinnet forventning. Dugburz var leder for denne gruppen av orker, de hadde blitt sendt ut fra hoved bataljonen for å ta byene langs kanten av den smale fjellkjeden som strakte seg utover i landet og ville fange befolkningen i en knipetang mellom seg og hovedstyrken til Oblauch. Denne byen lå midt i et strategisk viktig punkt og måtte ryddes av veien. Dugburz var en meget erfaren leder, han hadde kanskje ikke så mye makt som Oblauch men han var mye kaldere i hodet og han visste å utnytte alle muligheter på en måte den store lederen ikke gjorde. Eneste minus ved ham var at han ikke var god til å lede, han snakket ikke så godt for seg og var heller liten og ynkelig til ork å være. Han var kjent for å være særdeles hendig med ethvert blad han fikk i hendene og det hadde gitt ham nok respekt til at de adlød ham men han visste at soldatene var der fordi Oblauch hadde gitt sine ordre. Men Dugburz brydde seg ikke om det, han hadde en plan for denne byen og den var meget god.

Den andre orken som lå der var en ubetydelighet ved navn Glob, han var det man kort og godt kaller kanonføde, sterk og rå men antagelig skyldig i intelligens og lett å lede. Dugburz bare håpet at Glob var smart nok til å fatte planen, det var viktig for ting kunne gå fryktelig galt og han visste at den som gjorde hovedoppgaven ikke kom tilbake i live. Men de måtte regne med å miste noen og Glob var ikke så glup at han skjønte at dette var selvmord.

De stirret mot murene og Dugburz strøk seg over haken, han var pyntet med en hel rekke flotte arr og tatoveringer og han hadde hengt på seg nok amuletter og lykkebringere til å velte et esel. Byen var sterk, murene solide og den var lagd for en beleiring, men Dugburz visste noe ingen andre ante noe om, i hvert fall blant hans folk. Denne byen hadde en skrekkelig akilleshæl og den var glemt av til og med dens egen befolkning. Dugburz takket skjebnen for den gamle gnomen som hadde bodd hos dem i et par vintre før vargene tok ham, han hadde vært slave i denne byen i sin ungdom og oppdaget noe som Dugburz hadde lagt seg på minnet alt da. Mest av alt fordi det hørtes helt vanvittig ut.

Orken mol nesten ved tanken på det som skulle skje og Glob så litt forvirret på sin herre. "Muren er høy herre, kan vi knekke den? Vi rekker dem ikke på innsida!"

Han snøt seg på armen og etterlot et slimete spor. "Ekke moro uten non å slakte!"

Dugburz smilte nesten faderlig til Glob, det var et faresignal den andre orken var for dum til å skjønne. "Vi skal få dem til å komme ut til oss skjønner du, da kan vi drepe alle sammen på en gang. "

Glob så på Dugburz med tomt blikk, en sau så atskillig mer intelligent ut enn denne skapningen og Dugburz sukket innvendig. De som mente at Grå kniv klanen var preget av innavl tok ikke mye feil, ved verget hvor dum kunne en faktisk bli? "Hvordan det?"

Dugburz smilte igjen og klappet den andre på ryggen. "Vi skal brenne den, brenne den helt ned, og folket vil rømme ut og rett i hendene på oss!"

Glob gliste entusiastisk og klappet litt i hendene. "Å ja, så smart! Det blir gøy!"

Dugburz nikket og passet seg vel for å nevne at den moroa kom til å gå Glob hus forbi. "Nettopp, så derfor er det viktig at du gjør akkurat som jeg sier!"

Dugburz hadde allerede forberedt styrkene sine, de lå i skjul i noen kløfter nærmere fjellene og var temmelig utålmodige. Han så frem til å slippe dem løs på befolkningen her, det ville bli en sann fryd, han så det allerede for seg. Glob pirket seg i nesa og så kritisk på det han hadde funnet. Nei, hæren tapte ikke stort på å miste ham, så avgjort ikke. "Hva var det jeg skulle gjøre igjen?"

Dugburz følte en trang til å rive seg i den lange svarte fletta men lot være, han gjentok regla igjen for n'te gang. "Jeg skal vise deg en hule, du skal følge den hulen så langt den går, og den går langt så du må gå en god stund. Når du kommer til enden finner du en trapp, gå opp den trappen til du kommer til et svært rom. Der er det mange tønner, veldig mange tønner. De tønnene skal du få lov til å knuse, alle sammen!"

Glob klasket hendene sammen i fryd. "Ja, knuse!"

"Når alle tønnene er knust ser du en dør i enden av rommet, du skal åpne den døren og bak den er en liten luke i golvet. Den skal du åpne helt opp. Så slipper du fakkelen din ned i hullet og så kan du gå tilbake. "

Glob nikket og Dugburz ristet på hodet. Helst ville han ha sendt en annen men de trengte hver en kriger de hadde med nok vett i hodet til å adlyde ordre. "Vi venter her til det blir mørkt, og så skal jeg vise deg hulen, forstått?"

Glog nikket og Dugburz halte frem noe mat fra en liten veske han hadde tatt med. De kunne ikke flytte seg fra stedet før det ble mørkt og han var forutseende. Det var en god egenskap å ha for en leder. Han var sikker på at selv ikke Oblauch hadde så storslåtte planer som ham, eller var i stand til slike spektakulære ting. Det kom til å bli litt av et syn og han smilte ondt til seg selv mens han skjøv i seg litt stinkende gammel ost. Det kom ikke til å være annet igjen av denne byen en aske når daggryet rant. Ingen annen orkleder hadde greid å utslette en så stor by så fort, det ville gå gjetord om ham lenge.

Den merkelige skapningen Ychmal hadde skapt fløy støtt, den trengte ikke hvile og instinktet fortalte den retningen den skulle ta. Den fløy svært høyt og fort og hadde noen sett den ville de høyst sannsynlig ha blitt meget forskrekket. Den lignet ikke noe annet som fløy og skremte nesten livet av noen traner og en falk. Skapningen hadde snaut nok noen bevissthet å snakke om, den eksisterte på rene reflekser alene og lot ikke noe forstyrre seg. Den hadde vunnet såpass med høyde at få andre skapninger kunne ha pustet der men den var skapt av magi og ikke avhengig av særlig med luft. Og så høyt oppe blåste det raske vinder som økte hastigheten dens enda mer. Tingen verken frøs eller tvilte, den seilet på stive vinger og krysset fjellene i løpet av noen få timer. Så hadde den et godt strekke med sletteland og noen elver å passere før den nådde målet. Tid var likegyldig for den, alt som eksisterte var behovet for å utføre det oppdraget den var gitt. Den ville være fremme før det ble mørkt igjen neste dag, det var alt som telte for den. Ychmal hadde gjort en god jobb i å mane den frem og også gjort et godt valg. Noen magikere benyttet seg av tjenende ånder eller enda til demoner men de har en egen bevissthet og en egen vilje og alt for ofte kolliderte den med ønskene til den som bedrev med å mane ting frem. Det var talløse historier om magikere som ble funnet ihjel revet av hva det nå var de hadde greid å hale frem fra diverse gjemte og glemte dimensjoner. Ychmal var ikke så dum, han visste hva overmot kunne føre til så han svelget ikke over mer enn han kunne tygge. En slik skapning var mer enn nok for hans formål, og hans evner.

Uthar gikk rundt i rommet sitt og kjente seg merkelig tvilrådig, han visste liksom ikke helt hva han skulle tro. Han hadde oppsøkt Ychmal den dagen som brevet anbefalte og han hadde smurt tykt på med ros og alt det der. Det virket da for at den gamle knarken av en mann bet på det han fortalte men noe sa ham at det var et spill for galleriet. Den gamle virket langt kvassere enn han hadde forestilt seg og noe sa ham at Ychmal allerede visste hva det var han skulle tyde og hvor det kom fra. Uthar hadde dog fått en god del nyttig informasjon allerede og han var så spent at han skalv der han strenet frem og tilbake på golvet i den grad at tjenerne hans begynte å undre seg på om han tenkte å slite hull i golvteppet av vevd silke.
Han var sikker på at Ychmal holdt tilbake informasjon med vilje, han hadde etterlatt flere tegn hos mannen og hadde blitt lovet en oversettelse snart men var det virkelig så enkelt å skjønne dem? Eller var informasjonen han allerede hadde fått feil, bare oppspinn? Å tenke på det gjorde ham nesten gal og han svingte mellom å være utrolig optimistisk og utrolig nedfor. Tross alt, dette var ikke noe som gud og hvermann burde vite om, han burde holde kunnskapen innenfor en meget lukket gruppe.

En av elskerinnene hans kom inn, hun bar en vase med utsøkte blomster og han stanset et øyeblikk for å nyte lukten. Den var så forgjengelig, ble så fort borte. Det gav ham slik sorg at ting ble ødelagt av tidens tann. Han smilte kjærlig til jenta som neide ydmykt, han kledde sine kvinner i de dyreste og vakreste klær og hun var virkelig en av hans beste, en sann juvel. Hun var en ytterst sjelden skatt, en albino fra landene sør for store Slangeøy og meget eksotisk. Han hadde betalt en enorm sum for henne på et slavemarked og ikke angret en dag. Den silkehvite huden og de skrå øynene kombinert med det hvite håret og den elegante kroppen fikk henne til å ligne en marmorstatue av en gudinne. Hun burde få nyte godt av det han aktet å skaffe seg også.

Uthar visste at han neppe fikk fred mer før gåten var løst, han trengte å avreagere og gikk til et lite rom som var gjort om til en plass for trening. Han hadde en tjener som sparret mot ham med jevne mellomrom og nå tilkalte han mannen for litt hard fekting med stokk. Han trengte å bruke litt energi og brenne ut frustrasjonene så han gikk i gang med stor aggresjon og vilje. Hans tjener ble litt sjokkert men tilpasset sin stil fort og snart rant svetten av begge mennene. Uthar var slettes ikke så bløt og forkjælt som en skulle tro, han holdt kroppen i perfekt form og var en ytterst dyktig fekter. Hans tjener var virkelig god også og da de hadde slåss en time var begge to nesten helt utmattet. Uthar avsluttet kampen, bukket seremonielt som takk og gikk for å ta et godt bad. Han følte seg mye roligere nå og så frem til en god natts søvn.

Han gikk til badet og la seg i det varme vannet, slappet helt av. Kanskje han ville benytte seg av en av elskerinnene sine denne kvelden, kanskje hans vakre hvite svane? Han lå der og sløvet og merket ikke at han ble betraktet. Janrem var en meget dyktig tyv, så god at han faktisk kunne ha gjort det godt i snikmordernes laug så vel som tyvenes. Nå lå han på golvet i et hjørne, under et lite bord som rommet alskens kremer og godlukt. Han var sammenkrøllet og så alt opp ned men det spilte ingen rolle. Han var i stand til å holde kroppen i merkelig posisjoner lenge.

Han håpet at Uthar ville røpe litt til tjenerne sine men nei, han snakket snaut med dem. Janrem hadde sneket seg inn tidlig og ryddet ut av bordet, det vesle møbelet var dekket av en lang duk og han så gjennom bordene på bunnen av håndverket. Uthar lå der og virket for å kose seg og Janrem forbannet gjemmestedet, det verket faktisk bra i ryggen etter en stund og han kunne ikke røre en muskel heller. Han var nesten sikker på at dette ble en bomtur da noe brått skjedde. Helt uten forvarsel var det brått fire menn i rommet, fire karer kledd i svarte heldekkende drakter og Janrem kjente at han fikk en smule panikk, lauget her nå? De fire grep Uthar og halte ham opp av badet, en av dem kneblet mannen effektivt og en annen bant armene hans bak på ryggen. De holdt ham oppe og en annen mann kom inn døra, det var Arendt og Janrem så at Uthar kjente ham igjen. Arendt viftet litt nonsjalant med kartet. "Du er ikke særlig flink til å skjule ting, den rådgiveren din snakket villig med en kniv mot strupen og jeg må si at det å skjule noe så dyrebart i en vase med tørkede blomster er dumt. "

Han stakk kartet nesten demonstrativt ned i en vakker holder av lær, den så svært dyr ut. "Du kunne blitt en av oss vet du, men nei, du er for egoistisk til det!"

Arendt slo Uthar over fjeset med ene hansken og mannen rykket til, et stygt rødt merke viste seg på den feilfrie huden. "Du er for korttenkt til å nyte godt av dette, alt for korttenkt. Men du skal i hvert fall få vite dette, Al'duchans skatt kan ikke finnes bare ved hjelp av kartet. En trenger flere ting ser du, et gudebilde vi har skaffet oss, en krystallskål og en messingskive vi tok fra orkene og noen som har vett nok til å tyde dem. Jeg tipper at Ychmal neppe sa noe om dette til deg ikke sant? Mannen er smart, han vet nok allerede hva vi er ute etter men det gjør ikke noe. Han skal få samarbeide med oss og så kan han få holde deg med selskap, hvor dere nå havner hen."

Arendt gav kartet til en av de svartkledde som gikk ut. "Ja orkene ja, vi har jo gjort noe veldig dumt ved å stjele deres hellige gjenstander, men det var med i beregningen, det blir krig min venn. En krig der våre handlinger blir skjult for hele verden. Det vil reise seg en ny orden når kaos er over og vi skal være dens herskere. Synd for deg at du trodde du kunne ta alt selv!"

Uthar virket lamslått og vettskremt og Janrem forsto ham, han skjønte at disse karene var mye farligere enn han hadde trodd og en krig med orkene? Ved alle guder, det kunne bli en total katastrofe! Han ble tørr i munnen og kjente at kaldsvetten silte. Ingen måtte få vite hva han visste nå, ikke før han fant noen som faktisk kunne bringe den kunnskapen til de riktige folkene. Men hvem kunne vel stanse en krig? Han kjente til orkene, de ville være uforsonlige når noe slikt hadde skjedd og ingen makt på jord kunne hindre dem i å kreve hevn, og ta den også.

Arendt klappet Uthar fort på hodet, nesten medlidende. "Farvel Uthar, frykt ikke for dine eiendommer og kvinner, jeg vil ta godt vare på dem. Du har hatt en sjelden sans for skjønnhet men jeg er ikke blind for den selv. De vil bli godt tatt vare på.!"

Han gav et tegn til den ene av de svartkledde og han trakk en lang smal kniv og skar over strupen på Uthar i et eneste raskt snitt. Mannen gurglet og blodet sprutet flere meter utover de blanke flisene. Janrem kjente hjertet hamre desperat i brystet, et mord, han hadde akkurat vært vitne til et mord og så de ham ble han neste offer. Han var så stille som aldri før, han kunne ikke ha rørt seg om han så hadde ønsket det. Mennene kastet Uthars kropp tilbake i badet, rommet så ut som om noen hadde prøvd å sprøytemale det rødt, det rant av vegger og tak. Arendt og de andre gikk og rommet ble stille og rolig. Janrem vågde ikke røre seg før det var gått temmelig lenge. Da ålte han seg forsiktig ut av rommet under bordet og så seg rundt. Det var blod overalt og han var forsiktig med og ikke å lage spor i det. Han åpnet luka han hadde kommet inn gjennom og hvisket en liten besvergelse som gjorde at han ikke ble hengende fast i noe. Så ålte han seg ned gjennom den. Tjenerne brukte den til å fjerne vannet fra badet når det skulle byttes ut og den trange rør lignende konstruksjonen endte opp i flere svære tønner på hjul som ble kjørt bort når de var fulle av brukt badevann. Janrem hadde plassert en tom tønne under utløpet og slapp seg ned i den med et lite gisp. Rommet var tomt og han hoppet ut av tønna og sto et øyeblikk i villrede. Han kunne ikke bli der men vågde ikke gå ut på gata. Det kunne være at noen av lauget holdt utkikk og kunne kjenne ham igjen og da kunne de fort legge to og to sammen. Han svelget hardt, det var en dør fra rommet til stallen, han lyttet nøye før han åpnet den sakte og snek seg inn. Stallen var full av hester og dyrene så avslappet på ham, han måtte finne et sted å gjemme seg over tid. Han burde ikke forlate stedet før det var gått et døgn minst. Han fikk en ide og stiltret seg sakte opp stigen til høylagret. Det var stappet fullt av høy helt oppunder taket mange steder og han hoppet opp og fikk tak i den bjelken som gikk langsmed hele taket øverst i himlingen. Han gikk armgang bortover for ikke å lage spor i høyet og helt innerst ved indre veggen slapp han seg ned og håpet at ingen hørte at det raslet i høyet i det han landet. Han grov seg ned og lagde seg en liten hule og gjennom en sprekk i veggen hadde han også utsikt over gårdsplassen. Det var en gledelig overraskelse og han la seg godt til rette. Han hadde ikke mat eller drikke men kunne holde ut lenge om han måtte, og han visste at han måtte. Hjertet hans hamret ennå vilt og han var tørr i munnen, en krig. Bare ordet gav ham frysninger nedover ryggen. Landet hadde hatt fred lenge, det var ingen der erfarne nok til å kunne slå tilbake et angrep fra orkenes samlede nasjoner, ikke til å begynne med i hvert fall og når den tid kom at de hadde nok viten ville mye være tapt. Janrem visste der og da at det for ham ikke var noe valg lenger, han måtte informere øvrigheten om dette, selv om han risikerte sitt eget liv og skinn. Men hvordan skulle han få dem til å tro seg?

Ychmal visste det fra første øyeblikk han la øyne på de tre karene som dukket opp, han hadde vært redd for noe slikt og han var godt forberedt. Ychmal var kanskje en etterlevning fra forgangne tider men når tiden går blir fortiden ofte pyntet på og forskjønnet og få husket nå hvor rått maktspillet i hovedstaden hadde vært for bare et par generasjoner siden. Den gamle vismannen hadde vært en del av dette spillet og han var mer herdet enn en skulle tro. Han forsto av rent instinkt hvem dette var, og han hadde en sterk følelse av at Uthar også hadde funnet det ut, om en ikke på en særlig sivilisert måte. De tre hadde bare bust rett inn til ham og Ychmal visste at han måtte spille dette spillet godt, ja bedre enn noen andre.

De visste antagelig en god del om ham men de ante neppe noe om hans egentlige personlighet. De fleste i byen regnet ham for å være halvsenil og litt lett å avlede og han sørget for å se litt overrasket men mest vennlig ut. Før noen av dem rakk å si noe nikket han liksom litt stresset. "Så, unge Jarl Thomlin, det var det brevet etter din oldefar ja? Jeg har dessverre ikke funnet det ennå men jeg er sikker på at min kollega i Syrthane ennå har det. "

Den mannen som tydeligvis var lederen så litt perpleks på ham, så fikk han en skarp rynke mellom øynene. "Jeg er ikke denne jarlen, mitt navn er likegyldig men jeg har en oppgave til deg. En svært viktig oppgave!"

Ychmal skjøv de enkle brillene helt frem på nesen, plirte med øynene og slo sammen boka han hadde på bordet med et smell. "Nei så sannelig, ja jeg ser det nå, Jarlen har en stor ekkel vorte på nesen, og han er jo både høyere og fetere enn dem min herre"

Han spant rundt seg selv et par ganger, fisket ut en notisbok fra mylderet av papirer som lå på bordet. De to andre karene så litt tvilende ut, de så rundt seg med undring og en smule nervøsitet og Ychmal smilte litt bestefaderlig og børstet støv av den lange kappen. "Ta det med ro mine herrer, det er ikke noe farlig her, ja bortsett fra de bøkene i hjørnet der da selvsagt, de er fulle av besvergelser jeg ikke ennå har greid å forstå. Virkelig ufyselige greier ser dere, den forrige som prøvde å åpne dem ende opp med hodet bak frem og geiteklover på føttene. "

Han ristet sørgmodig på hodet og de to mennene rygget liksom litt bakover. Lederen så stramt på ham, det var noe i minen og kroppsspråket som fortalte Ychmal at denne mannen var vant med å styre og lede. Antagelig var han offiser eller hadde vært det. Han hadde et lite arr på halsen som antagelig var etter en duell med kårder og han hadde også et betydelig hakk i tommelen på høyre hånd. Ychmal var en mester på å lese en persons karakter, han visste at denne mannen var vant med å få det som han ville og et hvert forsøk på å motsi seg hans forslag ville resultere i hard straff eller enda verre. Han var en slik person som nyter å ha kontrollen over andre og Ychmal visste at hans sjanse lå i hans høye alder og tilsynelatende skrøpelighet. Han passet på å hoste litt og støttet seg tungt på stokken sin. "Så min herre, hva er det du ønsker hjelp med?"

Han gjorde stemmen litt tynn med vilje og skjøv brillene langt innover nesa.

Arendt fnøs lavt, han visste at Ychmal var skarp som få men regnet som de fleste andre med at alderen hadde gjort sitt. Og han var jo uten tvil aldrende og svak. Han satte seg på kanten av bordet, så strengt på den gamle mannen. "Jeg vil at du skal tyde noen gjenstander for meg. De er i sammenheng med et kart som du allerede kjenner til via Uthar. "

Ychmal lot som om han lette gjennom hukommelsen. "Uthar? Uthar! Å ja, Uthar ja, merkelig mann. Han var her med noen tegn fra et kart ja, men han nektet å vise meg mer enn noen få av dem. Merkelige greier. Skrekkelig forfengelig type må jeg si, jeg håper det ikke er det som er moderne blant unge menn nå?"

Ychmal visste av rent instinkt at Arendt mislikte den slags oppførsel, denne mannen beundret det harde og det barske og gjennom uttalelsen fikk han det til å virke som om de hadde noe felles. Arendt knep øynene litt sammen, gubben virket slettes ikke usympatisk, bare litt tankespredt og det kunne en jo forstå. "Du vil bli rikelig belønnet for dette gamle mann, men nåde deg om du svikter oss. Dette huset ditt er fylt med verdifulle bøker og ruller, og alt sammen brenner godt. "

Ychmal voktet seg vel for å vise den foraktfylte grimasen som dannet seg i fjeset hans. Så de var så primitive at de truet med å brenne huset? Alt der var grundig besverget, snaut nok drageild kunne få dette bygget til å ta fyr men det trengte ikke Arendt å få vite noe om. Ychmal vred sine hender, rygget litt bort og så skremt ut, han så seg rundt og fuktet leppene. "Jeg. Jeg skal gjøre mitt ytterste min herre, ingen grunn til å true. Tør jeg spørre hva det er dere er ute etter?"

Arendt gliste litt, selvsagt var gammer'n redd for bøkene sine. Noe annet ville vært merkelig. "En skatt, du trenger ikke vite mer foreløpig. Danlos og Thurom her vil skaffe deg alt du trenger men du får ikke forlate stedet før du har løst gåten vi gir deg. Vi skal ikke ha noe av at andre finner ut av det. "

Ychmal gjorde stemmen tynn. "Men min herre, det kan være at jeg trenger bøker i kongens bibliotek, eller hos andre i min profesjon?" Arendt skar en grimase. Gubben hadde et poeng der, det var lite trolig at han hadde alt han trengte der i huset selv om det var så å si hardpakket med bøker og skrifter fra golv til tak. Han tenkte seg om et kort øyeblikk. Den gamle var skrøpelig, ingen ville synes det var rart om han hadde følge. "Greit, om du må dit kan du gå men en av disse to blir med deg overalt, og ikke tenk på noe dumt, da begynner vi med de mest verdifulle bøkene først. "

Ychmal gispet og så skremt ut, han var en god skuespiller og nøt egentlig å dupere disse idiotene. De var for kunnskapsløse til og virkelig skjønne hva han kunne gjøre. Og de mest verdifulle bøkene? Det var langt ifra dem en skulle tro var kostbare, Arendt gjorde den feilen mange gjorde. Å tro at store vakre ting med gull og edelsteiner var verdifulle. Ychmal visste at sann kunnskap er det mest verdifulle av alt. Han ville bruke disse mennene for alt de var verdt og kanskje løse gåten også, men de ville aldri få sannheten. Han skulle vite og sende dem på villspor.

Han toet sine hender og så spørrende ut. "Jeg vil trenge ro min herre, disse to utmerkede karene kan ikke forstyrre meg, da greier jeg ikke jobbe. Mitt hode er ikke så skarpt som det en gang var dessverre!"

Han klasket seg på hodet litt beklagende og Arendt nikket bare striks, ro skulle bli. De skulle se til at ingen fikk forstyrre ham. Arendt nikket til Danlos som tok opp en sekk med gjenstandene og Ychmal trengte ikke spille fascinert av dem. Men han visste at dette var en blodig skatt, den krevde allerede liv. Han lot fingrene løpe over gudebildet som hadde ankommet den kvelden, det var merkelig og gammelt og han følte magien som hvilte i det. Skiven og krystallskålen var også fascinerende og han mumlet en hel masse uforståelige ting mens han undersøkte dem raskt. Egentlig var gåten lett å skjønne, eller rettere sagt, løsningen burde være grei å finne.

Kartet var kun delvis riktig og tegnene på skiven gjorde det komplett, en måtte bare plassere dem på riktig sted på kartet. Og gudebildet anga hvilke tegn som skulle hvor. Han hadde sett teknikken før, den var temmelig enkel men godt uttenkt og svært gammel. Når en hadde lagd en kopi av kartet satte en krystallskålen oppå og gjennom den så en det egentlige kartet, slik det virkelig skulle se ut.

Han beundret den som hadde lagd dette, det måtte ha vært en fremtenkt og vis person. Han vætet en finger, lot fingrene løpe over linjene og plasserte gudebildet på kartet, tilsynelatende meget ivrig. Og han var ivrig, han ønsket å vise at han greide dette men kun for sin egen skyld. Svaret var ikke noe disse misdederne skulle få slå kloa i noen gang. Arendt så den ivrige minen og smilte for seg selv, han hadde lest den gamle riktig. Han ble nysgjerrig på hva dette var og så lenge den gamle hadde interessen burde han jobbe greit uten noen ytterligere trusler. Ychmal nikket tenksomt. "Disse tingene hører sammen, i sannhet gjør de det. Nå, jeg tror jeg kanskje har skrifter som kan hjelpe til med å avkode det, om herrene tillater det vil jeg gjerne lete. "

Arendt bare nikket og kjente at støvet og den tørre lufta pirret nesen. Han orket ikke være der lenger, ikke et sekund en gang. Det var som om dystre øyne stirret på ham fra alle kroker der og han skuttet seg og prøvde å overse alle skyggene i det halvmørke rommet. Han så bare overlegent på den gamle mannen. "Når kan du være ferdig?" Ychmal kremtet litt usikkert. "Min herre, jeg er ikke sikker. Dette er ingen eksakt vitenskap og jeg vet ikke hvor fort jeg klarer å avkode det. Men en uke bør kanskje holde"

Arendt kunne ha bannet høyt, han hadde håpet på før men han forsto jo at dette var komplisert. Han måtte bare være tålmodig selv om det var langt fra enkelt. Han nikket og smalt døra igjen bak seg og Ychmal smilte litt forvirret til de to som var blitt igjen som vakter. De så alt annet enn lykkelige ut over oppgaven. "Mine herrer, jeg må be dere hjelpe meg å lete, jeg har ikke så god hukommelse lenger og vet ikke alltid hvor ting er. Jeg leter etter en stor rød bok med skrift i gull på ryggen. Gamle skrifter og legender står det. "

De to så spørrende på hverandre før de trakk på skuldrene og begynte å lete. Ychmal kvalte et fnis, han visste utmerket godt hvor boka var men jo lengre han kunne utsette dette jo bedre. Han hadde en sterk følelse av at den bevingede budbringeren hadde gjort jobben sin og kom først våpen mestrene til byen kom ting til å endre seg, og det temmelig drastisk også. Han håpet nesten at denne mannen og hans sammensvorne fant på noe tull.

Akisha og Raigh sto i ene enden av arenaen og prøvde å reparere viklingen på et kastespyd Raigh hadde gitt litt vel mye kraft. Akisha bedrev litt godmodig mobbing og Raigh bare gliste og mente at tingene deres fikk tåle at noen virkelig brukte dem. Noen malere holdt på og dekorerer veggen langsmed arenaen med vakre mønstre og Whaly sto der og gestikulerte og prøvde å påvirke designet men det virket ikke for at malerne var så veldig glade for det. De hadde nok mye bedre forståelse for hva som passet seg enn Whaly selv. Wilbwyn drev og trente noen lærlingen sammen med Thoran, de prøvde å få guttene til å stå på hendene på hesteryggen men det gikk ikke uten knall og fall og særdeles grov banning fra Wilbwyn. Akisha snudde seg og så på scenarioet, Thoran hadde blitt en meget dyktig rytter og opptrådte ofte sammen med Rhylja, de to var litt av et par og Akisha undret seg over hvordan to som var så diametralt forskjellige kunne trives så godt sammen. Men kanskje var det noe i dette med at motsetninger tiltrekker hverandre.
Raigh strevde med å feste viklingen igjen, uten tauet som var surret rundt skaftet var det vanskelig å få godt tak i spydet og han ville ugjerne vise det til Khean som hadde ansvaret for utstyret der. Den vesle arrete karen hadde en tendens til å anse skader på ting som en personlig fornærmelse, eller det virket i det minste slik. Ali kom slentrende for å starte trening i fekting med en tre fire lærlinger, guttene var nye og så ennå temmelig storøyd og nervøse ut. Akisha kunne forstå dem, hun hadde vært akkurat like grønn da hun ankom sirkus. Hun skulle til å be Ali ta det pent med dem da en skygge brått fløy over arenaen. Akisha så opp og fikk se noe digert noe som så avgjort ikke var en fugl, og det hadde kurs mot dem.

Raigh så skremt ut, han trev sverdet og gjorde seg klar til kamp. Det kunne være at dette noe var farlig og Akisha så med smale øyne på det merkelige vesenet som flakset ujevnt mens det gikk ned for landing på arenaen. De andre der løp unna og noen av lærlingene så komplett vettskremt ut. Ikke så rart egentlig, det var ingen naturlig skapning, alle kunne se det. Det fantes ikke flaggermus eller tilsvarende som var så store.

Tingesten pep tynt og virket sliten, den samlet vingene og så rundt seg, humpet mot Akisha på korte bein og bukket liksom foran henne. Med vingene slått sammen var den ikke så stor og så i hvert fall ikke ut til å være en trussel. Raigh fikk sverdet tilbake i sliren og så vantro på tingen som satt der og peste. Akisha så at den hadde et slags seletøy på og på ryggen var det festet en slags pakke. Hun bøyde seg ned og tingen senket seg så det ble lett å løsne pakken. Så fort hun hadde den i hendene og løftet den opp gav skapningen fra seg et lite sukk og løste seg rett og slett opp til et slags askeaktig støv som fløt rundt før vinden tok tak og drev det bort.

Raigh rygget nesten forferdet men Akisha var mer herdet nå og vant med magi. Noen hadde villet sende dem dette og det såpass sterkt at de hadde brukt så sterk magi. Det krevde kraft og vilje og ikke minst at brukeren hadde stålkontroll. Hun så at pakken måtte være pergamenter, den var ikke tung men hun hadde en litt tung følelse i magen. Dette var alvorlig hva det nå var, ingen tok seg slikt bry bare for å sende noe likegyldig noe. Hun vinket på Raigh. "Vi går inn, jeg må se hva dette er, og jeg har en følelse av at det ikke er bare hyggelig. "

De gikk inn i biblioteket og Akisha ba en av tjenerne hente Rheynek og de andre utvalgte om han fant dem. Hun åpnet pakken på et bord der og det var en sammenrullet skriftrull, fullpakket av skrift. Akisha så at det måtte være et svar på det brevet Jirhg hadde sendt ut siden navnet hans sto øverst og hun forsto at dette var fra Ychmal. Hun satte seg ned og begynte å lese og de andre kom inn etter hvert som tjeneren fant dem. Raigh hysjet på dem og de forsto fort at dette var noe alvorlig. Akisha støttet hodet i hendene og hun visste der og da at Frostfugl hadde rett, hun hadde hatt visjoner, ikke bare mareritt. Orkene var gått til krig og her hadde de årsaken til det og grunnen bak. De hadde jo snakket med Våk om det men uten å vite hva som lå bak var det vanskelig å finne årsaken, samtalene deres hadde ikke bunnet ut i noe konkret før nå.

Rheynek så spørrende på henne og hun sukket og lukket øynene i noen sekunder. "Folkens, vi må til dette stedet, og det fort. Det er krise!"

Raigh rynket pannen. "Hvordan det?"

Akisha reiste seg, strøk handa over pergamentet. "Ychmal visste hva gudebildet var, det er en del av et slags kart som skal vise veien til en skjult skatt en eller annen tydeligvis er villig til å gjøre alt for å få tak i. De andre delene til kartet er det visst orkene som har hatt og de har holdt dem hellige men nå har de blitt stjålet og jeg vil tro at helvete er løs for de arme stakkarene der borte. "

Våk sto der og så veldig dyster ut. "Har orkene blitt fornærmet på det viset gir de seg ikke, de vil ikke la seg stanse før fornærmelsen er visket bort. Står det mer?"

Akisha skar en grimase. "Lite jeg forstår, jeg antar at Jirhg kan hjelpe oss med dette. Denne Ychmal fryktet en katastrofe, han har nok rett i det. "

Frostfugl og Khir kom løpende og ble satt inn i det og Jirhg ble hentet fra laboratoriet av en heller nervøst utseende lærling. Den vesle alkymikeren leste fort gjennom skrivet og han så dyster ut. "Jeg har aldri hørt om den skatten før, men det Ychmal sier om den gir meg bange anelser. Jeg er redd de som er ute etter den er fanatikere og slike kan gå hvor langt det skal være for å klare å støtte sin sak. Om skatten er virkelig eller ei spiller ingen rolle til det blir bevist. "

Akisha bet tennene sammen. "Jeg håper at Ychmal har vett til å si ifra til landets ledere, de vil trenge all kunnskap de kan få."

Jirhg trakk på skuldrene. "Vedd ikke på det. Ychmal er den eneste i det området som vet noe om slikt, om de som står bak vil ha tak i reell informasjon må de også kontakte ham og jeg tviler på at de da lar ham fortelle gud og hvermann hva de har planer om. "

Akisha himlet med øynene. "Så da har vi den karen å redde også. Men hva kan vi gjøre?"

Våk så kaldt på dem, de svarte øynene brant nesten. "Lære dem å slåss mot orker først og fremst, det er ikke som å bekjempe en vanlig hær. Og vi må hjelpe til med å forsvare befolkningen. "

Akisha nikket stille. "Du har rett, men hvordan skal vi komme oss dit? Det er for langt!"

Frostfugl skar en grimase. "Jeg har fraktet oss før, jeg kan gjøre det igjen. Men jeg er nødt til å ta det i etapper. Jeg klarer det ikke i et eneste sprang. "

Akisha så tvilende ut. "Er du sikker på dette?"

Frostfugl så bestemt ut. "Ja, så avgjort. Men det vil bli hardt og jeg må hvile et døgn mellom hver etappe. "

Khir så bekymret ut. "Tillat meg å tvile kjære, hva om du havner på villspor?"

Frostfugl trakk på skuldrene. "Det er selvsagt en mulighet, men jeg tror jeg skal klare det. Det er eneste sjansen vi har til og nå frem dit før det blir en total katastrofe!"

Akisha tok seg sammen. "Greit, jeg forstår det. Da er det bare en ting å gjøre og det er å begynne å forberede oss. Vi reiser i overmorgen, alle pakker det de trenger og er det noe dere lurer på spør Jalisa eller Whaly. Og ta med gode våpen alle sammen."

Rheynek og bikket på hodet og det var noe merkelig i de gulgrønne øynene. "Jeg får en følelse av at vi må møte flere fiender denne gangen?"

Våk klasket ham på skulderen, den mørke alven så ut til å se frem til å drepe orker igjen. "Det tror jeg også, så vi skal holde øynene åpne fra det øyeblikket vi ankommer der. "

Akisha nikket alvorlig. "Ja, er det en konspirasjon på gang vil de neppe like at vi kommer og legger oss opp i planene deres. Men vi må bare gjøre oss harde. Er det en hel hær orker på vei er det ikke sikkert at byene vet hvordan de skal forsvare seg, og enda verre, de som styrer har kanskje fått den oppgaven på grunn av navnene deres og ikke på grunn av kunnskap eller erfaring. "

Elywen skar en grimase. "Blir de for brysomme burde synet av en drage overbevise dem"

Akisha lysnet opp. "Ja, og kanskje å skremme orkene også. Du vet ikke hvor Ghuad er?"

Elywen trakk på det, hun hadde ærlig talt ikke tenkt på den svarte dragen på lenge. "Jeg vet ikke men jeg kan prøve å kalle på ham. Han kan gjøre mye nytte for seg, uten tvil. "

Akisha smilte litt trett. "Da får vi begynne å ordne ting folkens."

Jirhg skar en grimase. "Denne gangen tror jeg at jeg blir med, jeg vil gjerne møte Ychmal personlig og jeg tror jeg kan hjelpe også. "

Akisha så litt spørrende på den vesle mannen. "Er du sikker på det? Det blir farlig!"

Jirhg så stødig på henne. "Jeg vet det, men jeg vet også at min kunnskap kan bli nødvendig, jeg vet ikke hvordan men jeg er sikker. "

Akisha la armene over kors. "Greit, du er med, pakk det du trenger men ikke ta med mer enn hva to pakkhester kan bære, det er en ordre hører du? Vi kan ikke reise for tungt!"

Jirhg bare smilte kort og gikk for å begynne forberedelsene og Akisha satte seg ned igjen. Hodet spant og hun følte seg sliten på flere måter enn en. Hva var det gudinnen ville tvinge henne til å møte denne gangen? Hun orket ikke tenke på det, nå fikk hun konsentrere seg om å pakke ned det nødvendige og så fikk skjebnen gjøre som den ville.

Kapittel 6: Ild i mørket

Løft ditt våpen kriger, frykt ei noen mann
Led oss ei til fall
Føl blodet bruse, kjenn din urgamle rett
Hør ulvene hyle mot månen i natt

Glob gikk med tilsynelatende selvsikre skritt gjennom tunellen, han så like fryktinngytende ut som vanlig men det var kun en maske. Dette stedet skremte den overtroiske orken nesten fra vettet og kun respekten for hans overordnende hindret ham i å snu. Det var mørkt der nede og det stinket gammelt og innestengt og på toppen av det var det en underlig stikkende lukt han ikke greide å identifisere. Glob muntret seg opp med vitenen om all moroa han skulle få være med på etterpå. Det kom til å bli fantastisk og han hadde blitt lovet et ekstra godt sverd av Dugburz, og at han kom til å få være med i elitetroppene. Glob hadde aldri vært regnet som noe og han var svært takknemlig for at den mektige Dugburz hadde tatt ham under sine vinger på dette viset. Han skulle greie jobben selv om det skremte ham. Men han husket godt instruksjonene nå og da han omsider kom til trappa satte han farten opp. Rommet med tønnene var enormt, og det gikk smale renner i golvet overalt. Glob var ikke så intelligent at han tenkte på det, han tenkte bare på blodbadet som han skulle få være med på.
Dugburz og han hadde sneket seg til inngangen og Glob hadde nølt litt men nå var han ved målet og svært stolt av seg selv. Han hadde greid det og han visste at Dugburz ville bli svært stolt av ham. Glob hadde med seg en stor stridshammer og han begynte å knuse tønner med liv og lyst. De var fylt med en slags tyktflytende gylden væske

med en tung lukt som gjorde ham surrete i hodet men han lot det ikke stanse seg. Støvet lå tykt overalt, det var årtier siden det hadde vært noen der men heller ikke det brydde orken seg om. Golvet fløt snart av den tykke væsken og mye av det fulgte rennene og ble borte.

Glob var aldeles andpusten da han var ferdig og vaklet, det svingte for øynene på ham. Så lite smart som han var tenkte han ikke over det, det eneste som sto i hodet på ham var å fullføre jobben. Slik sett hadde Dugburz valgt riktig, en mer tenkende person ville antagelig begynt å lure på hva dette var. Glob fant døra og rommet bak den med luka i golvet. Stanken der inne var intens, det var nesten ikke mulig å puste der så tett var det men Glob regnet med at det ble lettere når han kom seg tilbake til tunellen.

Han skjøv opp luka, den var tung og nesten umulig å rikke men Glob var sterk om ikke annet. Det var mørkt der nede, han syntes han hørte lyden av noe som rant men brydde seg ikke om det. Han var snart ferdig med jobben og gliste i det han tok den ekstra fakkelen han bar og tente den. Den brant godt og han gjorde som han hadde fått beskjed om og slapp den ned gjennom det mørke hullet. Glob skulle til å snu seg å gå tilbake da han hørte en merkelig lyd, en slag susing? Han kikket på hullet og så en sterk glød av lys. Glob var nok enfoldig men instinkter hadde han som alt annet levende, han rygget vekk og det berget ham i noen sekunder i det minste. Flammen som slo ut av hullet var som en massiv gjenstand, som noe levende og ondsinnet på ivrig jakt etter noe å fortære. Glob rakk noen få tanker før hele rommet tok fyr på en gang, dette kunne da ikke stemme? Det skulle da ikke skje noe slikt? Eller? Dugburz ville da ikke ha sendt ham ned dit om dette var hva som var ment å skje? Glob forsto i sine siste sekunder at det var akkurat det Dugburz hadde regnet med og en merkelig følelse av sorg blandet med bitterhet fløy igjennom ham før smerten fra heten overmannet nervesystemet hans. Han åpnet munnen for å skrike men ilden trengte ned gjennom strupen på ham og han pustet inn flammer, det siste skriket ble det ikke noe av, Glob var forvandlet til aske i løpet av et øyeblikk og kun gudene visste hvor sjelen hans ville ende.

Arjhed hadde sovnet og med magen full av mat sov han tungt også. Han drømte ikke engang noe men sakte begynte han å våkne, noe kløede ham i nesa og han slo irritert etter det men det gav seg ikke. Det var ikke før han hørte en skrekkelig lyd av skrik at han greide å riste seg ut av søvnen. Han satte seg opp og nå visste han hva som hadde irritert ham. Røyk! Han kom seg på beina, hev på seg klærne igjen og trodde først at det brant der i huset men han så ingen flammer noe sted og røyken var så tett og svart og kom liksom sigende alle steder. Han løp ned mot utgangen da han møtte på Milla, jenta så vettskremt ut og hun gråt. "Jeg har ikke sett far noe sted, hva skal vi gjøre?"

Arjhed grep henne om skuldrene og prøvde å tenke konstruktivt. "Hvor brenner det?"

Milla pekte ut. "Overalt, det smalt og bakken ristet og så skjøt det flammer ut av bakken selv, nå brenner mange av husene!"

Arjhed skjøv henne til side, kikket ut av en av gluggene og synet fikk ham til å gispe. Geysirer av ild sto ut av bakken flere steder, det brant i utallige bygninger og folk fløy overalt i panikk. Var dette et vulkanutbrudd? Umulig, det fantes ikke slike ildsprutende fjell der i landet. Milla trippet nesten. "Ilden kommer hitover, vi må vekk!"

Arjhed så seg rundt. "Tjenerne?"

Milla hikstet. "De har rømt allerede, vi er alene her, far skulle til et møte men har ikke kommet tilbake ennå!"

Arjhed så seg rundt i villrede. Brått hørte de et gedigent brak og Tordenfot stormet ut av stallen, hesten hadde brutt seg løs og sparket ned døra. Tre andre hester fulgte den med ville øyne og ville byks. Tordenfot stanset foran ham, det var noe vitende i blikket som fikk Arjhed til å skjønne at dyret forsto mer av dette enn ham selv. Milla så forbauset på hesten og Arjhed skulle til å forklare hva Tordenfot egentlig var da porten gled opp på skrå og Tarik kom vaklende inn. Milla skrek og Arjhed hev etter pusten, mannen var stygt skadet og et forferdelig syn. Håret og mye av huden var brent av og rester av fastbrente klær hang på ham. Han vaklet og var antagelig nesten død allerede. Han sank i kne og Arjhed hev seg ned ved siden av mannen som gurglet og rakte ene handa mot Milla. Neven lignet mest på en skjeletthånd, det var nesten ikke vev igjen på den. Milla så ut som om hun var besvimelsen nære og Arjhed så vill øyd på den døende mannen. Tarik hostet. "Dere må flykte, byen brenner opp, alt brenner opp. "

Arjhed så vantro på ham og forsto lite. "Hvordan kan dette skje?" Tarik gurglet, det rant blod fra de svart svidde munnvikene. "Det var et gammelt lager med olje under byen, de lagde roseolje og parfymer og brukte jord olje som basis. Det brenner som intet annet. Noen har tent på det!"

Arjhed hostet av røyken og varmen som nå ble plagsomt sterk. "Hvem har gjort noe så forferdelig?"

Tarik sank sammen, ble liggende å hive etter pusten, øynene virket for å være svidd også så hvordan han hadde greid å finne veien hjem var et mysterium. "Orkene, jeg har sett dem, de venter utenfor portene, klare til å drepe alle som prøver å unnslippe!"

Arjhed bannet matt, hva gjorde de nå? "Så da vil vi enten brenne i hjel eller bli drept av de udyra?"

Tarik hostet opp blod. "Er en utvei, om du er modig!" Arjhed så forskende på det groteske synet den verdige mannen nå var forvandlet til. "Hva da?"

Tarik grep ham i armen med en svart svidd hånd, Arjhed overvant trangen til å riste den løs med et gys. "Det går en rampe langsmed muren på baksiden av byggene vi bruker til å tørke blomster, et sted går den over muren. Jeg vet at den hesten din ikke er en hest egentlig, dere kan hoppe ned i dammen på baksida. "

Milla så vantro ut og Arjhed så fort på Tordenfot. Det ville bli et fall på mange meter og kom de seg i det hele tatt så langt? Tarik gurglet igjen. "Dere må gjøre det nå, før heten blir for sterk! Ri for livet barn!"

Arjhed kremtet. "Orkene.. "

Tarik klemte armen hans hardt. "De venter ved portene, ikke ved dammen! Dere kan greie det, dere må prøve! Ri nå, glem meg, jeg dør nå uansett. Redd barnet mitt, det er alt jeg ber deg om!"

Arjhed hostet, røyken rev ham i øynene og han merket hvor varmt det hadde blitt. Han bet tennene sammen, ild var antagelig den verste måten å drepe noen på og han aktet og heller å dø i fallet enn å brenne. Han grep Milla og hev henne opp på ryggen av Tordenfot selv om hun skrek og protesterte. Så kastet han seg opp bak henne, dyret var mer enn sterkt nok til å bære dem begge to. Tarik rørte seg ikke mer, antagelig hadde han allerede sluknet og Arjhed svor og sparket Tordenfot i gang. Hesten skjøv opp porten med skuldrene og de var ute i gata. Der var det et kaos av en annen verden, skrik og rop og buldring fra flammene blandet seg med en skrekkelig høyfrekvent hvinelyd han ikke kunne lokalisere kilden til. Milla gråt og hylte og Arjhed forsto henne men ønsket at hun skulle roe seg ned, de trengte ro nå, og konsentrasjon. "Hvilken retning?!" Hun hulket. "Mot det bygget der borte, med spir på. Rampen starter der!"

Arjhed så det, det var langt vekke, dette kom til å bli et vanvittig ritt. Han gav hesten av hælene igjen og den store svarte skar ut, den lot seg ikke stanse av gnistregnet og flammene som slikket over dem fra brennende hus og sprekker i bakken. De løse hestene fulgte dem og snart oppdaget Arjhed at det ble stadig flere av dem. Folk måtte ha sluppet løs dyrene sine og instinktet tvang dem inn i en flokk. Tordenfot visste tydeligvis hvor de skulle, og den løp ned flere personer som prøvde stanse dem i panikken. Ilden hadde en egen stemme, en hvesende hes røst fylt med hunger og død og Arjhed nektet å lytte til den, han bare klamret seg til hesteryggen og kjente at glør og flammer bet ham i huden.

De rundet et hjørne og han så begynnelsen av rampen, antagelig kjørte de opp den med vogn og tippet avfall og slikt over muren og ned i vannet der strømmen førte det bort. Han kunne ikke nøle nå selv om han var livredd. Tordenfot var halvt kelpie, vannet var dens naturlige element men hva med dem? Uansett, han regnet med at det å drukne var å foretrekke fremfor alternativet. Milla hadde bare vært kledd i en tynn nattkjole og den var nesten svidd bort, hun skrek fremdeles og slo rundt seg etter gnistene og Arjhed syntes synd på henne. Hun var så ung og uerfaren og hvordan skulle hun kunne takle dette?

Tordenfot dundret opp rampen, den var ganske lang og gikk flere hundre meter langs toppen av muren. Arjhed snudde på hodet, ved murene så han lys og hørte hjerteskjærende skrik og han så skikkelser som beveget seg. Tarik hadde hatt rett, orkene slaktet de som prøvde å unnslippe infernoet. Hatet han følte for disse beistene nå kunne nesten måle seg med brannen i intensitet. Hesteflokken fulgte dem og Arjhed fikk en følelse av at Tordenfot på et eller annet vis kalte på alle hestene i byen, at den hadde makten til å fri dem. Det var nemlig mange der nå, minst femti hester og flere kom løpende fra sidegater og slikt mens de red opp rampa. Dyrene fulgte etter Tordenfot som en og Arjhed stålsatte seg. Han så dammen nå, den var stor og hadde en elv rennende gjennom seg, antagelig var den svært dyp og det trengtes for det var flere titalls meter ned til vannet fra muren. Tordenfot økte farten, la ut i flat galopp mot stedet der rampa gikk over muren og Arjhed forsto hvorfor. Den ville lengst mulig ut fra muren før den traff vannet.

Arjhed telte galoppslagene, Milla skrek hjerteskjærende av skrekk og Arjhed festet et hardt grep om henne, falt de av var de døde, så enkelt var det. De nådde enden av rampa, Arjhed kjente at den mektige hestekroppen spente seg, tok i og sparket fra med vanvittig kraft. Et øyeblikk føltes det som om de seilte stille i luften, som om alt rundt dem hadde frosset til et stillbilde av flammer og røyk. Så bar det nedover og Arjhed festet et dødsgrep i den lange svarte manen og et om Milla og han lukket øynene og ba en stille bønn om at de måtte overleve dette. Bak dem sprang hest etter hest utfor rampa og fulgte dem og han kunne bare håpe at de vakre dyrene ville greie seg men han hadde en følelse av at Tordenfot ville se til at de overlevde.

Vannet slo sammen over dem, som et brutalt iskaldt slag mot kroppen og Arjhed kjempet mot trangen til å gispe. Det var vann overalt, det presset mot ham og han begynte å få panikk. Lungene verket og han begynte å tro at det var meningen at de skulle drukne men så kjente han at noe beveget seg under ham. Tordenfot svømte, kraftige bein sparket og slo mot vannet og brått brøt de gjennom overflaten igjen. Arjhed hev etter pusten, Milla hang i armene hans, hun var bevisstløs men han kunne ikke stanse nå og sjekke det opp. Tordenfot prustet og kjempet mot vannet, rundt dem så han utallige andre hestehoder som alle vendte mot samme retningen. Tordenfot reiste ørene og tok i, den hadde nådd bunnen og styrtet opp bredden fulgt av en stor flokk dryppende våte hester. Bak dem brant byen, røyk og flammer slo mot himmelen og Arjhed hørte brått et drønn så mektig at han nesten måtte presse hendene mot ørene. En ildkule slo mot skyene fra byen, og trykkbølgen fikk deler av murene til å rase sammen.

Arjhed gispet, foran dem så han en gruppe orker, kanskje en ti tolv stykker og de stanset opp og stirret vantro på denne flokken med dyr som brått bare dukket opp av vannet. Tordenfot løftet hodet og lagde en underlig lyd ingen hest normalt skulle kunne få til, det var en slags skjærende fløyting og orkene krøket seg sammen med desperate skrik, det var åpenbart at det gjorde vondt i ørene deres og dermed var hesteflokken over dem. Arjhed klamret seg til Tordenfots man mens den enorme svarte hingsten knuste hodene på to orker med de stålskodde hovene. Hestene bak tråkket like godt ned resten av gruppen og nå svingte Tordenfot inn på en kurs mot hovedstaden. Arjhed kunne bare holde seg fast mens farten økte til et nivå han aldri ville vågd å holde gjennom mørket på en normal hest.

Milla var fremdeles bevisstløs men hun pustet så hun hadde ikke fått i seg mye vann. Det var slaget mot vannet som hadde slått henne ut. Arjhed kjente at det var kaldt nå, det rev i kroppen og de våte klærne gjorde ikke noe for å bedre situasjonen. Han holdt Milla tett og håpet bare at Tordenfot skjønte dilemmaet.

Han tenkte over det han hadde sett, hele byen hadde formelig eksplodert og han forsto at orkene hadde hatt kunnskap de ikke skulle ha hatt. Hva om de gjorde lignende ting igjen? Alle byer har svakheter, selv Steinneven måtte ha det. Hvor kunne folket være trygge? Snart så de bare en dim glød bak seg, de hadde tilbakelagt en lang strekning på en kort tid og Tordenfot senket farten til jevnt trav. Hesteflokken var ennå i hælene på dem, Arjhed telte over dem. Det var faktisk sekstifem hester og det av alle typer. Det var flere store svære trekkhester, noen elegante ridehester og ponnier og en god porsjon var stridshester. Arjhed undret seg over hvorfor Tordenfot hadde berget alle dyrene, men kanskje visste det merkelige dyret mer om fremtiden enn noen skulle tro. Tordenfot knegget og brøt av, løp opp en snaut synlig sti og brått ble det helt mørkt rundt dem. Arjhed forsto at de red gjennom en slags tunell eller trang kløft og etter en stund kjente de et mildt drag i luften og det ble litt lysere. Foran dem så de svakt lys og Arjhed undret seg på hvor de kunne være. En bygning dukket opp av mørket, omringet av enorme trær og det virket som om bygget var grodd opp av bakken for det så ut som om den hadde vært der alltid. Tordenfot stanset foran døra og knelte så Arjhed kunne la Milla gli ned forsiktig og han så seg rundt med undring. De var trygge der, han visste det bare med hver trevl i kroppen. Dette var et sted der intet vondt kunne nå dem.

Hestene begynte å gresse og Arjhed løftet Milla og åpnet døra nølende. Det var et stort rom, innredet nesten som et lite vertshus og det brant på peisen og tepper og slikt lå fremme på noen benker. Det sto mat på bordet og lukta fikk ham til å svelge lengtende. Han ristet i Milla men hun var ennå bevisstløs, han kjente at han rødmet for hun var naken nå, restene av kjolen var for lengst vekk og han var skjorte løs og buksa hadde store hull etter gnister og glør.

Han skvatt nesten gjennom taket da han hørte en stemme som snakket til ham. "Velkommen gjester, legg deres sorger igjen ved døren. Her kan ingen ond skapning komme inn"

Arjhed snudde seg sakte, han pep og rygget nesten. Det som sto og stirret på dem med forholdsvis milde øyne var en skapning han aldri hadde sett maken til noen gang. Det var et vesen som var kanskje fem fot høyt og dekket av hår og en svært vakker drakt av brokade. Fasongen var som på et menneske men den hadde en enormt lang hale med en fane i enden og hodet var avlangt som på en rev med menneskelig panne og tenner og kjeft som en katt. Det spisse ansiktet var vakkert men merkelig og han så på fasongen at dette var et vesen av hunnkjønn.

"Æh"Arjhed ante ikke hva han skulle si og tingen smilte servilt.

"Godt sagt min gode mann, kom her så skal vi få varmen i dere igjen. Jeg er Nauth, dette er vertshuset på stedet mellom. "
Nauth var mørkt rødbrun av farge med vakre mønstre i lysere kobbertone og skapningen var faktisk svært tiltalende å se på bare en ble vant med den. "Jeg… jeg visste ikke om dette stedet?" Arjhed prøvde å høres stø ut men det feilet totalt. Det dukket flere merkelige skapninger opp fra dørene der og de virket for å være ivrig opptatt med å ordne alt for ham og Milla. To vakre skapninger han skjønte var Dryader bar Milla bort til benken og begynte å tørke henne med varme tepper og Nauth geleidet Arjhed bort til en annen benk der en skapning med hud som en fisk og merkelig lange armer og bein sto klar med noe som måtte være salver og kremer. "Det er få som vet om det ja, og slik må det være. Men Tordenfot kjenner det, og vet hvem som fortjener vår hjelp. Slapp av unge mann, du er trygg her. Vi skal hele sårene dine og gi deg styrken tilbake og så skal du få muligheten til å hevne dine og stilne brannen i ditt hjerte. "

Arjhed kunne bare nikke, han satt der mens de gned salve på brannsårene han hadde fått og vasket av ham aske og skitt. Arjhed begynte å føle seg døsig og alt rundt ham var merkelig uvirkelig og han sov nesten da Nauth fikk i ham noe som måtte være et beger øl og en bolle med uvanlig god suppe. Og så var alt borte vekk og Arjhed sov tungt. Nauth smilte litt vemodig og gav tegn til at to kraftigere skapninger skulle bære ham bort på en seng og legge ham der. Mennesker var så skjøre og allikevel sterkere enn de fleste. Hun visste hva orkene nå hadde gjort og grøsset over hva resultatet kunne bli. Balansen var alvorlig forrykket. De skjulte rikene ville også engasjere seg i dette, mennesker skulle aldri besitte det som var skjult. Kun de som fulgte gudinnens vei burde finne veien til kilden, hun smilte smalt for hun visste hva slags skjebne som ventet de som ikke overholt reglene. Men det var for tidlig til å tenke på det ennå. Nå skulle disse to arme barna få hvile og finne styrke til å legge alt bak seg. Og sannheten ville tidsnok bli avslørt.

Nattemørket var nesten bastant, som noe en kunne ta og føle på. Lysene var bålene greide ikke å lyse opp skråningen og den hengslete orken som var leder for gruppen hadde gjort det med vilje, bålene var plassert med avstand så en ikke kunne se at noen beveget seg mellom dem. Shagburz hadde ledet mange raid mot andre stammer og han var erfaren. Han visste også hva de hadde å vinne på dette, de kunne ikke gjøre noen feil nå for deres store leder ville ha hodet hans som drikkebeger om han ødela denne sjansen. En av kongens eget blod, det var en fantastisk sjanse og han hadde greid å få de andre med seg og reise en iver og begeistring som overvant deres uro. Dette var et tempel, vanligvis ville de aldri angripe et hellig sted om natten siden gudene som styrte der kunne kreve sjelene deres om de falt. Men for hevnens skyld var det et lite offer å risikere og han hadde forklart soldatene sine hvordan de skulle gjøre dette uten å risikere noe.

Han satt på en stein og holdt stiv utkikk mot murene, det sto menn på dem og han snerret lavt av synet. De hadde vanhelliget verget, det helligste av det hellige og vreden han følte brant i ham. Hans menn bare ventet på klarsignalet og han gliste stygt. Dette kom til å bli et meget raskt angrep som var planlagt i detalj, det kom ikke til å bli noen utvei for de usle menneskene. Han nikket til sin underordnede, en kortvokst enøyd ork ved navn Hablak. Det var helt stille overalt, ingen brølte eller slo på våpnene, de kunne ikke røpe seg for tidlig.

Skytterne hans hadde siktet seg godt inn, og de hadde gode buer. Dvergenes våpen var da alltid utsøkte og buene var treffsikre om de var vanskelige å håndtere. Shagburz gliste, samtlige på muren ramlet om og folkene oppe i skråningen frigjorde deres hemmelige våpen. Det var en stor tømmerstokk de hadde plassert på understellet av en tømmervogn og trukket opp i ly av mørket. Det var ganske jevnt nedover mot porten og tømmervogna fikk en voldsom fart der den dundret nedover veien. Den traff porten med et drønn og splintret treverket helt, den stanset ikke før den traff veggen på andre siden av den åpne plassen. Shagburz gav tegn til soldatene og de stormet inn, en ustoppelig masse med skarpt stål og ukuelig vilje. De ville ikke la seg stanse nå. De hadde sine ordre, den forbaskede konge ætlingen skulle ikke skades, de trengte et gissel av blått blod.

Soldatene der inne ble tatt nesten på senga, de hadde ikke forventet et angrep ennå og var ubevæpnet. Noen sloss godt men orkene var svært mange og effektive og snart var alle døde. Shagburz slentret overlegent inn i tempelkomplekset, det lå lik overalt og blodet skinte som juveler på bakken. Han takket gudene for at de hadde vært med dem. To av hans nærmeste menn kom halende på en bevisstløs mann han kjente igjen som kongens sønn og en kvinne kledd kun i en kappe. Hun kjempet mot orkene som holdt henne og Shagburz så forundret på henne. "Hun var med ham herre, skal vi kverke henne?"

Hagblak var ivrig men Shagburz riste på hodet. "Nei, vi kan bruke henne som pressmiddel. De ridderne er bløte slik, de vil ikke la en kvinne bli skadet. Dere måtte slå ham ut?"

Hagblak nikket skuffet og Shagburz så granskende på jenta, hun var høy og tydelig av det slaget menneskehanner foretrekker. Selv foretrakk han de korte mørke fyldige ork jentene og kunne ikke se noe vakkert i noe så langt og spinkelt. "Finn et godt rom i kjelleren og lås dem inne. Se til at de ikke fryser i hjel og sett en vakt foran døra. "

Soldatene halte de to med seg og Shagburz gliste for seg selv. Kongen ville uten tvil gi dem tilbake det som var stjålet når de hadde hans sønn. Og Obrauch kom til å gjøre ham selv til general minst. Det var et meget klokt trekk han hadde gjort.

Shagburz kjente matlukt og trakk mot spisesalen der mange av orkene allerede var i ferd med å stappe i seg av alt som fantes av spiselig mat. Han knurret til en litt fet soldat og rev til seg en god porsjon kjøtt fra et stekespidd. Nå skulle de bare vente på dagslyset, så skulle han sende bud til hovedstyrken og så var spillet i gang, og han skulle sitte med bukta og begge endene her.

Mens orkene mesket seg lå en skikkelse urørlig på taket av en av husene der, den gikk totalt i ett med mørket og ingen la merke til den. Ohlain kunne virkelig gå i ett med mørket og han var forferdet over hva han hadde sett. Hvem var den jenta og hva hadde hun gjort der? Alle kvinnene hadde da vært sendt bort? Han bestemte seg for å bry seg om det senere, nå måtte han få de to bort derfra for det var alt for klart hva orkene ville med Duchlain. Hadde de ham som pressmiddel ville det bli svært vanskelig å få gjort noe som helst av mottiltak.

Ohlain var rask som en katt og han gled ned av taket og var i en mørk gang bak bygget, smidig snek han seg frem og gled ned gjennom en nedgang til kjelleren. Det måtte være noe han kunne bruke der, noe som kunne hjelpe ham. Han var nede i et slags lager, det luktet mat og urter der og antagelig var det et bygg som både kjøkkenet og hospitalet brukte. Det gav Ohlain ideer med en gang. Han skyndte seg, sjekket rom etter rom og etter litt hadde han oppdaget at det var en stor vinkjeller der nede.

Ohlain gliste litt stygt, orker er svake for alkohol men de tåler det utrolig godt. Det skal uhyggelig mye til for at en ork skal bli full, med mindre… Han raste bort til rommet som var urte lager, lette ivrig gjennom hyllene med møysommelig merkede krukker og sekker og bak i en krok fant han en krukke med det han var ute etter. Det sølvskimrende pulveret i krukka var svært farlig og han var klar over det også. Men ved gudene, de fortjente det!

Prestinnene brukte det nok mot rotter og andre uvelkomne småkryp men han hadde mye bedre bruk for det nå. Han kjente at hjertet hamret av engstelse for broren, hva hadde egentlig skjedd der etter at han gikk for å rekognosere?

Han forbannet seg for å være så sen, men det hadde vært så tettpakket med orker overalt at han ikke greide ta seg usett tilbake før. Angrepet tok ham med total overraskelse, orker slåss ikke slik, ikke på hellig grunn. Men det var ingen mulighet til å finne ut av det før han hadde fått sin bror og denne kvinnen i sikkerhet. Spørsmålet var hvordan.

Han tok med seg krukken og satte frem flere tønner med vin. Han åpnet hullet i toppen på alle sammen, tilsatte flere skjeer med pulveret og ristet rundt noen ganger så det løste seg opp. Det så greit ut, utmerket. Han fordelte krukka på alle tønnene der nede og sparte bare en ørliten en til Duchlain i tilfelle han trengte det. Det var å misbruke god vin men den tjente et godt formål. Han skjulte den vesle tønna bak en dør, så tok han et par mindre tønner og snek seg opp. Det gikk en dør ut til gårdsplassen fra fronten av bygningen. Han så at ingen orker var på vakt nå, de var sikre på seieren og han skjøv døra litt på gløtt og plasserte vintønna i døråpningen, helte litt vin på bakken der. Lukta ville tiltrekke dem fort.

Han løp ned i kjelleren igjen, fylte noe av den forgiftede vinen i et vinskinn og så satte han kursen mot den avdelingen der orkene som hadde fanget Duchlain virket for å ha satt kursen. Ohlain hadde kledd seg i mørke klær som skjulte ham godt og han visste godt hvordan han skulle snike seg frem. Han ble ikke oppdaget selv om det var nære på et par ganger. Giften i vinen ville ikke drepe orkene, til det var den ikke sterk nok, men den ville gjøre dem svært beruset og han håpet at det ville være nok. Men porten var bevoktet og murene også og de vaktene ville neppe la seg overtale til å drikke uansett. Det var eliten av krigere orkene hadde plassert der og de var stolte av å gjøre en god jobb.

Det sto to vakter foran døra, de hang på spydene å så slitne ut og Ohlain skar en grimase. Han var ingen magiker men han hadde et visst magisk talent i kraft av sin avstamning. Det ville bli vanskelig men han kunne greie det. Han hvisket en rolig besvergelse og følte at et merkelig kaldt gys raste gjennom ham, han hadde noen få minutter på seg nå. Han krøket seg sammen og ruslet fremover i den halvmørke gangen, for orkene der fremme så han nå ut som en av dem og han holdt frem vinskinnet. Det luktet godt og han passet på å se underdanig ut. De to vaktene løftet hodene og så forbauset og mistenksomt på denne fremmede orken som kom ruslende med et vinskinn i nevene. "Her brødre, del dette. Belønning fra vår herre og mester! Dere fortjener det!"

Han rakte den nærmeste skinnet med blikket mot bakken og orken gjorde store øyne og grep det med grådige never. De to hadde vært sure fordi de ble satt til å holde vakt men så hadde altså deres herre tenkt på dem allikevel. Det var omtenksomt gjort. Den fremmede orken sjokket bort og de to hev seg over vinskinnet og kranglet høy lydt om hvem som skulle få drikke først. Ohlain ventet bak hjørnet, det var lite trolig at de fikk avløsning på en god stund ennå, og vinen burde virke forholdsvis fort.

Ute hørte han brått rop og begeistrede brøl og han kikket fort ut gjennom en sidedør. Noen soldater hadde oppdaget tønna og kjelleren og nå bar de ut tønner og forsynte seg som om de var gale. Det ble helt vin i alt fra krus til hjelmer og orkene helte det i seg med slurping og rap. Ohlain nikket for seg selv, dette gikk riktige veien.

Duchlain hadde sovnet og Ygraine var nesten sovnet også da hun brått våknet til igjen av et smell et eller annet sted. Hun var så omtåket at hun ikke greide høre hvor det kom fra og hun hadde nesten sovnet igjen da døra i rommet deres brått fløy opp og flere skrekkelige skapninger raste inn. Ygraine skrek og visste i det øyeblikket at det var for sent, for sent til å berge Duchlain, for sent for alt. Duchlain bråvåknet med et gisp og strakte seg etter sverdet som lå ved sengeenden men en av orkene slo ham i hodet med en kølle og en annen grep Ygraine. Hun var så redd at hun ikke engang greide skrike, de slengte på henne en kappe som lå der og halte dem med seg ut. Hun forsto med ett hvorfor de ikke hadde drept Duchlain, de ville bruke ham som pressmiddel. Og hva med henne? Hun ventet at de skulle drepe henne men i stedet ble hun halt med ned i et kjellerrom ved siden av linklede lageret. Det var ganske stort og kaldt og ble brukt til å lagre ved og krukker og slikt og Ygraine kastet seg ned ved siden av Duchlain så fort de låste døra bak dem. Det var kaldt der og han var naken. Hun kjente på hodet hans, det var en kul der men ingen alvorlig skade og hun gispet lettet, trakk ham opp mot sin egen kropp og la kappen rundt dem begge to. De kom til å fryse, hva kom til å skje nå?

Hun var livredd og forvirret og skalv allerede av kulden. Hva nytte hadde han av henne? Hun var ingen kriger og kunne ikke forsvare ham, og orkene kunne lett ta livet av henne. Antagelig hadde den orken som så ut til å være lederen spart henne for å bruke henne mot ham. Ygraine kjente at tårene fylte øynene og hun var motbydelig tett i nesen, hun ville ikke det, bli hans akilleshæl. Men uten henne

202

hadde han ingen der! Alle mennene var døde, det var ingen tvil om det. Noen måtte hjelpe ham, gi ham styrke! Hun bestemte seg der og da for at hun skulle få ham ned i elva, koste hva det koste ville. Det var deres eneste sjanse.

Ygraine satt der og skalv, hørte svakt stemmer på andre siden av døra, noen snakket til de to vaktene og stemmen var lav og ydmyk. Så hørte hun at vaktene kranglet litt på det grove skarrende språket de brukte før kranglingen ble merkelig uklar. Hun reiste seg usikkert, det var lyder som om noen slåss, så var det noe som måtte være bannskap og snøvling og så ble det stille, helt stille. Hun snek seg bort til døra og skrek nesten da hun så Ohlain som rolig gikk bort til de to liggende vaktene og spiddet begge to gjennom tinningen med de smale alvesverdene sine.

Ohlain åpnet døra og så litt forbauset på jenta som sto der, hun var naken og skalv av kulde, Duchlain lå der med kappen over seg og Ohlain så skarpt på henne. "Hva gjør du her jente, hvorfor er du sammen med min bror?"

Ygraine svelget fort. "Jeg, jeg er her fordi jeg ville berge hans sønn. Din bror fortalte om sin far, og giftermålet. Så jeg sa ja til å gifte meg med ham, for å berge guttens arv. Og Nahron sendte tre ravner med papirene til kongen. Jeg er hans hustru Ohlain!"

Ohlain måpte, om månen hadde begynt å danse rundt på himmelen og stjernene sluknet hadde han ikke vært mer forskrekket. Men han forsto hva broren hadde tenkt, ved gudene som han forsto. Det var egentlig klokt, jenta så ut til å være av høy ætt og noe fortalte ham at hun hadde virkelig bein i nesa. Broren trengte en slik kvinne i livet sitt. Ohlain tok seg sammen. "Jeg må få dere vekk herfra, orkene er snart drukne hele gjengen men utenfor er det også mange og jeg aner ikke om de er på vakt nå eller ei. "

Ygraine hev etter pusten, så bedende på ham. "Det er en vei ut, en vei en av de gamle tjenerne her fortalte meg om!"

Hun rev frem medaljongen som ennå hang rundt halsen hennes. "Det er en elv under her, en kan komme ned i den gjennom brønnen og følger en del kan en komme ut i dalen nesten en fjerding herifra. Det er ikke lett men er en modig kan en greie det!"

Ohlain så smalt på henne. "Er du sikker jente? Det er ikke tull?"
Ygraine så fast på ham og nikket. "Det er sant, karene her ville at
jeg skulle greie meg, jeg var vennlig mot dem og viste dem respekt.
"

Ohlain tenkte i noen sekunder. "Ok, jeg tror deg. Det er en vei ut via
brønnen. Hvordan kommer vi oss bort til den usett?"
Ygraine tenkte fort. "Orkene er snart fulle sa du?"
Ohlain nikket. "Ja, men ikke vaktene på muren og i porten, de får
ikke røre slikt så lenge de er på vakt. "
Ygraine kjente at hun dirret av kulde og Ohlain så at hun var blek
om leppene og helt hvit ellers. Hun var tøff, annet kunne ikke sies
om henne. "Da må vi få dem vekk derfra, jeg tror jeg har en ide"
Hun så fast på Ohlain. "Neste rom er et kledelager, hent noen klær
til meg fort. "
Han så litt forvirret ut men skyndte seg ut, det ble neppe vaktskifte
men det kunne være at lederen ville se til fangene for å hovere og
planlegge. Han brøt opp døra og kom tilbake med armene fulle av
tøy. Ygraine trakk på seg det hun klarte og så fikk de på Duchlain
resten med felles anstrengelser. Ygraine snakket mens de jobbet.
"Taket over spisesalen er tekket med gammel halm, og orkene har
buer har de ikke? En brannpil burde gjøre susen. "
Ohlain nikket konsentrert. "Jeg skjønner hvor du vil jente, det blir
kaos. "
Hun nikket. "Brønnen ligger litt for seg selv, i enden av
gårdsplassen og den er skjult av vognskjulet. Vi kan greie det!"
Ohlain samlet seg, han grep broren og heiste ham opp over ryggen
som om han var vektløs. "Fint, vi kommer oss ut herfra!"
Han gikk ut i gangen og stengte døra, la de to vaktene til så de så ut
som om de sov eller var beruset, blodet fra sårene var så mørkt at
det forsvant i håret på dem. Han gikk opp mot gårdsplassen og så
seg rundt. Det var orker der oppe, mange faktisk. De ravet rundt
mens de brølte på sanger, danset eller skrek fornærmelser til
hverandre og Ohlain gliste litt kaldt av synet. Han nikket til Ygraine
og snek seg fort ut i skyggen, gjemte seg bak et hjørne og Ygraine
fulgte ham stille. Hun var kledd i mørke klær også nå og det var

mannfolkplagg alt sammen. Allikevel var hun utrolig pen og han kunne forstå at broren hadde villet gifte seg med henne.

En eller annen ork hadde slengt fra seg en armbrøst og et kogger langs veggen på ene huset der og Ohlain snappet den til seg. Det var flere piler der og han surret fort en tøyfille fra uniformen til et av likene til ei pil og dyppet den i lampeolje fra en av de mange kjertene som var plassert langsmed husveggene. Ygraine sto i skyggen og Ohlain la Duchlain fra seg langs baksiden av huset før han listet seg frem igjen med armbrøsten. Vaktene holdt øye med alle de som ravet rundt og var ikke oppmerksomme. Godt var det! Han tente pila på en fakkel og lot den fly i samme øyeblikk så ingen skulle rekke å se hvor ilden kom fra. Pila fløy godt, den landet på taket av spisesalen og den gamle halmen var svært antennelig. Det lød et blaff, så brant taket godt og vaktene begynte å rope og skrike til hverandre og kom løpende.

Ohlain grep Duchlain igjen og slengte ham over skulderen. Ygraine løp foran og de utnyttet skyggene for alt de var verdt. Orkene løp mot spisesalen for å redde sine der og det var ingen ved brønnen. Ygraine stønnet av engstelse og iver mens hun løp. "Det er en dobbel vinde, med brems på. En må slå over hjulet ved håndtaket. " Ohlain nølte ikke engang et sekund. Han skjønte mekanismen med en gang og slo på bremsen med ene foten mens han hev seg over kanten av brønnen og grep det grove tauet. Ygraine hev seg etter og grep det andre tauet og hun kvalte et skrik da det begynte å gå nedover, svært fort. Heldigvis var vinden svært godt smurt, den lagde liten lyd og Ohlain klamret seg fast til tauet med en hånd mens han støttet broren med den andre. Ygraine kunne knapt fatte hvor sterk han var. Mørket var kompakt der nede og hun begynte å lure på hvor dyp brønnene egentlig var da iskaldt vann brått slo opp rundt henne og hun slapp tauet i panikk. Ohlain traff vannet ved siden av henne og holdt Duchlain oppe, han så fort på henne. "Hvor er åpningen?"

Ygraine svelget hardt, det var så mørkt og kaldt og hun var så forferdelig redd men hun tvang seg til å holde hodet kaldt. "Tre fot over bunnen av brønnen. Den er ikke stor!"

Ohlain nikket bare. "Greit, jeg svømmer ned og trekker Duchlain etter meg, du kommer etter og dytter om det trengs, vi har kun sekunder for han er bevisstløs og kan ikke holde pusten, forstått?" Ygraine jamret seg, hun hadde ikke forestilt seg hvor skremmende dette virkelig var. "Jeg forstår!"

Ohlain nikket og klappet henne på hodet. "Du er modig jente, min bror har funnet en verdig hustru i deg!"

Han trakk pusten dypt noen ganger, så sank han ned under vannet og Ygraine så at han trakk Duchlain etter seg. Dere drukner begge to, hodet hennes sa en ting og hjertet noe annet og hun tvang seg til å trekke pusten og dykket etter dem. Hun så ingenting, bare stummende mørke og iskulde og hun famlet desperat etter de to mennene. Brått kjente hun strøm i vannet, det trakk og hun fulgte strømmen og kjente et par bein som var på vei gjennom en åpning i murverket så smal og liten at hun kjente panikken gripe seg. Hjertet og lungene brant allerede etter luft og hun skrek innvendig i det hun klemte seg etter Duchlains bein og halte seg frem med hendene. Det var bare så vidt hun greide klemme seg igjennom, det var bakdelen med å ha et par yppige bryster og hun kjente at det svartnet for henne. Utenfor var det strøm og hun sparket desperat men visste ikke hva som var opp og ned.

Hun var sikker på at dette var slutten da hun kjente at en hånd grep tak i henne og halte henne oppover og hun kjente at ansiktet brøt overflaten. Hun gispet desperat etter luft og blunket forvirret. Det var ikke helt mørkt der, faktisk lå det et svakt blåaktig lys over alt der og hun blunket forvirret. Ohlain fløt ved siden av henne og holdt Duchlain oppe. "Du ser jente?"

Hun nikket og han strakte frem armen, rørte henne nølende. "Godt, det gjør ikke jeg, du må lede vei!"

Ygraine svelget og så seg rundt. Det var mulig å ta seg frem ved siden av elva, en smal elvebredd strakte seg langs den og det var lavt under taket og direkte ufyselig men det kunne gå. Hun svømte bort til elvebredden og Ohlain kom rett bak henne. Alven festet en snor i beltet hennes og i sitt så de ikke kom fra hverandre og så begynte hun sakte å ta seg frem.

Overalt var det stalagmitter og stalaktitter og hun slo hodet noen ganger. En måtte bøye seg og åle seg flere steder og Ohlain stønnet av anstrengelse og halte Duchlain etter seg. Det gikk sakte og hun frøs igjen, så det dirret i hver en muskel. Men hun stanset ikke for hun visste hvor farlig det var. Sakte fulgte de elva nedover og hun mistet alt begrep om tid og rom. Bekmørket og den svake blålige glansen var alt hun så og elva som rant stritt nedover. Det var glatt flere steder og de måtte virkelig slite for å finne en trygg vei fremover.

Ohlain rykket i tauet hennes. "Jeg tror han våkner til, vi må stanse litt!"

Ygraine hikstet av lettelse og sank på kne ved siden av Duchlain, Ohlain la ham ned på litt sand og støttet ham opp. Duchlain stønnet og det rykket i øyelokkene hans, han åpnet dem med et halvkvalt skrik og Ohlain la armen rundt ham, tvang ham ned. "Rolig broder, det er meg. "

Duchlain prøvde å se men kunne ikke engang skimte skygger, alt var mørke og væte og han frøs noe helt vanvittig. "Ohlain? Ved gudene, hva har skjedd? Ygraine!"

Ygraine grep handa hans. "Jeg er her, orkene angrep i mørket, men Ohlain berget oss. Vi er i en underjordisk elv under tempelet, jeg kjente til en vei ned til den via brønnen!"

Duchlain lagde en underlig lyd. "Soldatene mine?"

Ohlain sukket lavt. "Døde, alle sammen. De hadde ingen sjanse er jeg redd. "

Duchlain hulket og la hendene foran ansiktet. "Mine tapre kamerater, jeg burde blitt der og dødd med dem! Hvorfor drepte de oss ikke?"

Ygraine strøk ham over håret. "Orkene visste hvem du var, ville bruke deg som gissel og pressmiddel overfor din far. "

Duchlain bannet grovt og satte seg sakte opp. "Hvordan føler du deg?"

Ohlains stemme var myk og mild og Duchlain hostet og strakte seg. "Som en druknet katt tror jeg, hva nå?"

Ygraine klappet ham på handa. "Det er en vei ut herfra, jeg vet ikke hvor langt det er dit ennå, men vi kommer ut i kløfta et stykke unna tempelet. "

Duchlain stønnet og gned hodet, han gned armene sine. "Og deretter? Det er orker overalt nå, jeg er redd de vil oppdage oss temmelig fort!"

Ohlain prøvde å se optimistisk ut, broren så det jo ikke men han gjorde det av instinkt. "Det får vi tenke på når vi kommer oss ut av denne elva. Klarer du litt til?"

Duchlain stavret seg opp, han sjanglet og så ynkelig ut men greide å gå. "Takk, takk for at dere fikk meg bort derfra. Jeg ville ikke ha holdt ut å være gissel. Far ville aldri tilgitt det, men han ville gått med på det meste for å redde meg!"

Ohlain smilte fort. "Du er min bror, vi er født av samme kvinne husk det. Og apropos kvinner, fortell meg hvordan det har seg at jeg er borte noen få timer og kommer tilbake og finner deg som nygift!"

Duchlain kremtet og Ygraine kunne se den merkelige minen på ansiktet hans. "Jeg vil fortelle, om det er greit for deg Ygraine? Jeg og Ohlain har ingen hemmeligheter og alt er trygt hos ham, tro meg!"

Ygraine sukket men skjønte at Ohlain burde få vite, hun stolte på ham. "Selvsagt kjære deg, bare fortell!"

Duchlain fortalte med svak stemme om kvelden før mens de tok seg sakte frem, han la ikke skjul på noe og Ohlain så sint og skuffet på ham da han fortalte om hvordan han hadde benyttet seg av sin rett uten å tenke på hva Ygraine hadde av erfaringer før. "Min bror, du skuffer meg!"

Duchlain hang med hodet. "Jeg har skuffet meg selv enda mer bror, og Ygraine. Men er vi heldige har jeg kanskje et liv foran meg til å gjøre opp for de usle dåder jeg har gjort!"

Ygraine svelget. Et liv med Duchlain? Det lød både fristende og skremmende og hun kunne liksom ikke se seg selv som hans kone, presentert for hoffet og alt.

Ygraine syntes de hadde slitt seg frem en hel mannsalder da hun hørte lyden av en foss og hun satte farten litt opp. Det var ganske riktig en foss og hun så veien videre også. En svært lav åpning som så nesten umulig smal ut. Ohlain klappet henne på skulderen. "Du greide veien ut av brønnen, denne er større. Tro meg!"

De stanset og hvilte litt før de begynte med krypingen. Denne gangen krøp Ohlain først og så kom Ygraine og Duchlain var sist siden han var størst av dem. Ygraine så heldigvis litt og det hjalp men hun kjente kaldsvetten renne nedover kroppen. Over henne var det metervis med stein og den hang liksom der og truet med å knuse henne. Hun hyperventilerte nesten og klorte seg frem med ville gisp og desperate rykk. Det var svært trangt et par steder, hun var nesten sikker på at hun ville sette seg fast men hun greide det faktisk. Duchlain skjøv på henne bakfra og brått var hun ute av det trange partiet og kom ut bakerst i en smal hule. Ute kunne hun se det gry av dag og hun hev etter pusten i en eksplosiv hunger etter lys og varme.

Ohlain sto der og så vaktsom ut. Han ventet til Duchlain var ute, så gav han tegn til at de to skulle vente der før han forsvant ut åpningen. Duchlain gispet og satte seg, han var blek og virket svimmel og Ygraine ble redd han var skadet. Hun satte seg ved siden av ham og omfavnet ham og han lente hodet mot skulderen hennes og bare satt der. Etter litt kjente hun at skulderen hennes ble våt og varm, han gråt.

Hun følte seg merkelig ydmyk over å være vitne til noe slikt, og hun visste hvorfor han gråt også. Det var for hans tapte menn, for alle livene som var tapt. Ygraine sa ingenting, hun bare holdt rundt ham til han ble stille og bare satt der, hentet varme fra henne.

Ohlain kom tilbake, alven hadde en dyster mine i ansiktet. "Det er orker i dalen ja, men ikke mange ennå. De er på vei mot slettene tror jeg. "

Duchlain stønnet. "Da vil de angripe byene, hva kan vi gjøre?"

Ohlain satte seg på huk, så fast på broren. "Først og fremst finne et trygt sted å hvile til i natt, vi kan ikke bli her og vi trenger varme og mat. "

Duchlain lukket øynene. "Jeg vet det, men jeg kjenner ikke denne trakten. "

Alven nikket, hjalp broren på beina. "Jeg fant et bra sted et stykke unna her, vi bør være trygge der. Men vær stille og følg meg fort!" Ygraine hjalp Duchlain med å holde balansen, de fulgte alven som tydeligvis visste nøyaktig hvor de skulle gå. De gikk ned til den elva som fulgte overflaten og den gikk i en meget smal kløft, bulderet kunne høres på lang avstand. Ohlain holdt skarp utkikk og listet seg fremover, siktet seg mot en utstikkende skrent som liksom hang over det frådende vannet. Han stanset og så alvorlig på Ygraine. "Dette er ganske vanskelig, men stol på meg. Det er trygt. "

Han bøyde seg ned og fisket noe ut fra en sprekk i berget, det var et tau og det var festet i et eller annet på undersiden av berget. Duchlain gliste og nikket og grep tauet, spente det rundt seg og gikk bort til kanten, så svingte han seg utfor og ble borte og Ygraine kvalte et skrik. Det var ikke langt ned til vannet men det gikk vilt og voldsomt der. Ohlain trakk opp tauet igjen og knøt det rundt Ygraine. "Han vil fange deg opp, bare slapp av. "

Hun så vill øyd på ham og alven gav henne et puff så hun raste over kanten. Tauet tok tak og hun svingte over vannet før hun kom tilbake og ble grepet tak i og halt inn. Det var en hule der, en åpning som helt klart var laget av dyktige hender og ingen kunne se den om en ikke visste at den var akkurat der. Den var ypperlig skjult. Duchlain løsnet henne og tauet forsvant, noen sekunder senere kom Ohlain svingende og festet tauet i bergveggen. Det var grått og gikk helt i ett med fjellet.

Duchlain så spørrende på broren som spaserte inn med avslappet mine. "Dverg gjort?"

Ohlain nikket fornøyd. "Ja, eldgammelt men godt som nytt vil jeg si. Her er vi trygge til i natt, orkene er livredde rennende vann. "

De kom inn i et stort rom og Ygraine så vantro på det. Det sivet litt lys inn fra sprekker i taket og det avslørte et rom med en slags peis, flere brede senger med noe som måtte være halmmadrasser og tykke tepper lagt pent sammen på hyller. Duchlain sukket lettet og gikk bort til peisen, det lå ved der og fyrstål og han tente fort opp og hengte av seg de våte klærne. Ygraine gjorde det samme, hun følte at det bare ville være tåpelig å være blyg for begge de to mennene hadde sett henne naken og hun var da gift med den ene for pokker. Teppene var varme og gode og hun satte seg ved peisen og nøt varmen.

Duchlain så spørrende på Ohlain som vred vann ut av det lange mørke håret og så ukomfortabel ut. "Hvordan skal vi komme oss videre?"

Alven så smalt på ham. "Jeg tar en rundtur og ser etter noe å spise, dere kan hvile og vente her så lenge. Jeg skal se om jeg finner en trygg vei også. Men ikke regn med det, med så mye pakk i terrenget kan det bli vanskelig. "

Duchlain bare nikket matt og lente seg mot veggen, aldeles innpakket i tepper. Ygraine satte seg ved siden av ham og Ohlain ble borte igjen, antagelig trengte ikke alven særlig med hvile ennå. Duchlain la armen rundt henne og så satt de bare der mens varmen sakte seg tilbake i kroppen på dem og livet ble levelig på nytt.

Ychmal kunne vært meget begeistret over denne muligheten han hadde fått dumpet rett opp i hendene på seg, men han var det ikke. Det sto alt for mye på spill, og han prøvde så godt han kunne å virke opptatt hele tiden. De to mennene som var satt til å passe på ham var ikke spesielt intelligente, i det minste syntes han det. De var nok smarte i vanlig forstand men slike ting som dette kunne de lite om. Han kunne ha overbevist dem om hva som helst og de ville ha trodd det. Ychmal passet på å holde dem i aktivitet, han gav dem ordre hele tiden, sendte dem ut for å handle ting for seg og trakk dem med seg til kongens bibliotek. Han var egentlig litt sjokkert over Arendts mangel på viten rundt de vises levemåter og talenter der i riket. Det var åpenbart at den fanatiske adelsmannen så verden gjennom et filter der kun det som passet hans livssyn slapp gjennom. Ychmal passet seg vel for å glise for mye når han trakk med seg en av de to vokterne ned til biblioteket. Det var selvsagt folk der nede, noe annet var utenkelig og han kjente mannen som styrte biblioteket meget godt. Det var en gammel venn av ham og fyren var minst åtti men så ut som om han var tjue år yngre.

Ihroc var en gang ridder men en skade hadde gjort det umulig for ham å ri, han haltet kraftig og gikk med stokk og kroppen var bøyd og stiv men han var like smart som noen og Ychmal hadde stor beundring for hans kunnskap og evne til å tenke fort. Ihroc hadde vært en del av det gamle akademiet i byen, der vismenn og magikere ble utdannet og han kunne ennå et og hint som dagens ungdom hadde glemt. Ychmal hadde presentert vaktene sine som hjelpere og Ihroc hadde bare smilt og nikket og hjulpet til med å lete etter de riktige tekstene. Men Ychmal hadde et triks opp i ermet ingen av hans vakter hadde forutsett, et glemt språk svært få nå kunne forstå. Det var et språk skapt av bevegelser og positurer og det var meget subtilt og nyansert. En som var god i det kunne fortelle en hel saga bare ved å klø seg og Ychmal hadde instruert Ihroc grundig om hva som egentlig foregikk. Hver dag avla han en rapport til Ihroc som lovte å avlevere alt Ychmal fant ut til våpenmestrene når de ankom.

Overfor Arendt gjorde Ychmal fremskritt, han virket for å jobbe svært iherdig med å tyde kodene og Arendt bet faktisk på. Han visste godt hvor dedikert Ychmal var til jobben sin og regnet med at den gamle vismannen var like besatt av å vise seg som alle andre er det. Å kunne skryte av å ha tydet noe slikt burde gi alle ny energi og masse pågangsmot. Arendt ble faktisk litt imponert, vaktene fortalte at den gamle sjelden hvilte og var i gang hele tiden, han tok bare små pauser for å spise og tre av på naturens vegne og han sov lite. Sannheten var at Ychmal snaut nok sov i det hele tatt, han var ikke avhengig av slikt lenger i sin alder, i stedet mediterte han og løste gåtene i hodet i stedet for å gjøre det på papiret. Alt han skrev ned var tåke legging, han gav små hint som pekte i alle retninger men alt virket fornuftig i forhold til det han fant ut. Han gjorde det til en pågående prosess og endret stadig utgangspunktet etter som han tydet mer. Han unnlot aldri å skryte av hvor dyktig den personen som hadde laget kodene hadde vært, beskrev koder gjemt i koder og var nesten lyrisk i sine beskrivelser av de mange lagene i arbeidet. Vaktene svelget det rått, de var ikke vant med slikt og de var faktisk litt interessert også. Den gamle var faktisk sjarmerende om enn noe tung å høre på, han gjentok seg selv til tider og kunne brått spore av å snakke om noe helt annet. Men de rapporterte til Arendt og det virket for å gå fremover dag for dag.

Egentlig hadde Ychmal avkodet det hele for lengst, koden var temmelig kompleks men ikke verre enn at en intelligent person burde skjønne den. Skatten eller hva det var det egentlig var hadde blitt skjult i en dal inne i den fjellkjeden som ble kalt rivetindene på de lokales språk. Det var en ikke særlig høy kjede med fjell som var uvanlig forreven med bratte fjellsider og merkelige formasjoner. Ychmal visste at mange undret seg over hvordan de fjellene var blitt skapt og han undret seg også men geologi hadde aldri vært hans sterke side. Nå sto det om å finne ut akkurat hva det var som var skjult der, hva disse mennene var så desperate etter å finne. Han hadde ikke hørt mer fra denne Uthar og hadde skjønt på vaktenes løsprat når de trodde han sov at de hadde skaffet mannen av veien. De var tydeligvis ikke redde for å begå mord og for Ychmal var det et ganske klart tegn på at det sto om noe mye mer enn gullmynter eller juveler. Han studerte gamle legender og slikt når han var i biblioteket og siden bøkene var på språk vaktene ikke forsto kunne han villede dem kraftig. Al'duchans skatt var velkjent i legendene men hva hadde det egentlig vært? Det måtte være noe sannhet i legendene og han måtte sile gjennom alt og finne ut hva som lå bak. Det var åpenbart at dette var noe mennesker ikke skulle være i besittelse av og han prøvde av alle krefter å skjønne hva det kunne være. Arendt var en mann som tydeligvis gikk til ekstreme ytterligheter for å sikre seg det han ville ha, det burde være mulig å lure noe ut av mannen, noe han kunne bruke. Ychmal satte seg ned ved en bok og skrev tilsynelatende av en del, egentlig prøvde han å finne en måte å lure Arendt på.

Akisha hadde som vanlig gjort et organisatorisk arbeid som var utrolig, hun hadde vært overalt virket det for og alt var klappet og klart da de skulle ri. Hestene var ivrige og Dheg var like streng som alltid da han formante dem om å ta vare på dem. En skulle tro dyrene tilhørte ham slik han oppførte seg. Whaly var fra seg av engstelse som vanlig og Akisha måtte bruke tid på å roe henne ned. De hadde med seg en liten flokk pakkhester siden de ikke kom til å reise fort og alle var klare for kamp eller hva de ellers kom til å måtte møte. Rhylja hadde blitt med sammen med Wilbwyn og Elda. Arnulf ble igjen i sirkus siden han slet med gikta som han sa, og Thoran hadde uansett ikke noe i kamp å gjøre.

Akisha håpet bare at de kunne gjøre noe, at de kunne hjelpe folk og unngå et blodbad. Frostfugl hadde bestemt seg for å bruke en ås like ved byen som utgangspunkt og de red dit i samlet gruppe. Raigh virket forventningsfylt og Våk hadde noe i blikket Akisha ikke riktig visste om hun likte. Hun forsto hvordan han hadde vært før han møtte Elywen og nå så de visst en avglans av den tiden. Å drepe orker var hva denne mannen hadde levd for i mange lange år og hans ekspertise og kunnskap kunne bli steinen i vektskålen for dem alle.

Frostfugl hadde fraktet dem slik før, hun var rimelig selvsikker men også litt nervøs og alle samlet seg rundt henne så tett de kunne. Frerk hadde blitt med denne gangen og den enorme dragekatten var kanskje iøynefallende men den kunne bite fra seg og var en verdifull alliert. Akisha så tilbake mot byen en siste gang, hun ante ikke når hun ville se den igjen, om hun fikk komme tilbake i det hele tatt og hun sukket og lukket øynene, gav seg over til gudinnens kraft. Det kom et blaff av lys og en følelse av intens kulde og vind rev i dem, så sto verden stille igjen og alle åpnet øynene. De var ikke langt fra en mindre by med et kjent tempel og Akisha sukket lettet. Det første spranget hadde gått bra. Men det var ennå to igjen og de kunne ikke reise videre før neste dag. Frostfugl trengte å hvile så lenge og Akisha gav tegn til at de skulle ri videre. Hestene var oppspilt av dette og danset og steilet, Akisha følte at hun burde vært mer oppspilt også, mer ivrig på å se mer av verden men hun greide det ikke. Følelsen uteble helt. Hun var i stedet nervøs for hva de ville finne der borte, hun visste alt nå at gudinnen var med henne for hun hadde merket hevnulvene hele tiden. De vandret rundt henne, like utenfor rekkevidde for hennes menneskelige sanser men evnene

214

som prestinne røpet dem uansett. Hun følte deres kulde og hunger og gyste, dette kunne komme til å bli virkelig ille.

Kapittel 7: Svik og makt

Storm muren mine brødre, bring dem alle ned
Led oss ei til fall
Vit at det kun finnes to veier, vår seier eller død
Hør ulvene hyle mot månen i natt

Kong Corat av Osholdar var en ganske høy og flott mann med tykt hvitt hår og et meget velpleid skjegg, han var populær blant sine undersåtter for sitt rettferdige styresett og sin prinsippfasthet men han var også uvanlig sta og stri. Corat var ikke en mann som vek fra sine mål nesten uansett hva som skjedde og det hadde gitt ham både fiender og problemer. Av landets adel var det mange som helst ville sett ham styrtet fra tronen men ingen av dem vågde å gjøre opprør, de visste at det fort kunne koste dem både hodet og navnet.
Kongen satt i sin tronstol i den store salen som var hovedrommet i palasset, fra tronen hadde han utkikk over så å si hele byen siden palasset var bygget på toppen av den enslige åsen hele byen var bygget rundt og på. Tronsalen hadde mange vinduer og denne dagen var uvanlig vakker med blå himmel og strålende sol. Allikevel var ikke humøret hans det aller beste, det gikk rykter om at det var sett røyk fra områdene innover i landet og reisende var blitt borte. Og hans ene sønn, Duchlain, skulle ha avgitt rapport via duer for lengst, den konflikten han var sendt for å megle i burde la seg løse raskt for en mann av hans kaliber.
Corat så med smale øyne på de folkene som var møtt opp for audiens, de fleste ønsket hans mening i alt fra tvistemål til saker som angikk arv og skatt og slikt og han prøvde å konsentrere seg men greide det ikke. Noe surret rundt i tankene hans hele tiden, gav ham ingen ro. Det var en merkelig følelse av fare som fikk ham til å

vri seg ukomfortabelt og se seg rundt. Han hadde tjent som soldat som gutt, det hadde gitt ham en krigers instinkter og de fortalte ham nå at noe var på ferde. Han rettet seg opp og prøvde å se våken og velvillig ut men det var ikke lett.

Corat var i sitt seksti sjette år og ennå sterk og frisk men alderen krevde sitt, han var ikke så dum at han overvurderte sin egen styrke. Hans sønn Alderim var hans tronarving og han forventet seg store ting av denne hans første ektefødte sønn. Corat hadde fem døtre også, to av dem var hans konkubiners og tre var ektefødte og de var allerede giftet bort til mektige menn i riket. Han hadde all grunn til å være fornøyd med sin familie, med ett par unntak. Duchlain var en kilde til bekymring med sin motstand mot nytt giftermål men Corat regnet med at han før eller siden tok til vettet. En mann burde ikke leve alene, så enkelt var det. Corat visste alt for godt hvor mye dumskap en mann kan finne på uten en sterk livsledsager og han ønsket bare at sønnen skulle bli lykkelig. Han måtte vedgå for seg selv at Alyssa hadde vært en feil, hun hadde vært adelig og brakte stor rikdom med seg men også mye sorger og problemer.

Han ville aldri vedgå det for andre men han klandret seg selv for Duchlains ulykkelige ekteskap, hans mor Alima hadde ikke trengt å gå hardt på for å få ham med til å gå med på å godkjenne ethvert ekteskap sønnen skulle ønske å inngå så lenge hans brud var adelig. Og trusselen om å gjøre barnet fra dette dødfødte ekteskapet arveløst burde også gjøre susen. Nei, Duchlain var ikke hans største bekymring.

Det var det hans andre konkubine fødte sønn som var, Costaon. Gutten var noen og tjue og en døgenikt av dimensjoner, han gjorde aldri annet enn å henge etter andre mer suksessrike og dyktige unge menn og etterligne dem i alt bortsett fra og faktisk gjøre noe selv. Han skrøt, var uærlig, arrogant og upålitelig og han hadde en flamboyant stil som etter hvert hadde fått Corat til å skjønne at han neppe noen gang ville kunne ekte en kvinne. Det gikk rykter om at Costaon rett som det var brakte pene gutter til sine gemakker og Corat kunne revet av seg skjegget i frustrasjon.

Det var mange ved hoffet med den legningen og folk så ikke noe direkte galt i det, gudene valgte for en og en kunne ikke opponere mot det, men guttunger? Hadde han foretrukket barske soldater kunne kanskje noe av styrken deres smittet over men nei!

Corat hadde tidlig merket at Costaon ønsket makt, mer makt enn han rettmessig kunne få som sønn av en konkubine. Han prøvde seg på alskens kunster og smiger for å få mer innflytelse på styret av landet men Corat gjorde seg hard, sannheten var at Costaon var for dum til å styre noe annet enn sitt eget kjærlighetsliv og snaut nok det. Han blåste i utdannelsen han kunne fått, ryktet sa at gutten snaut nok kunne lese, og høyere vitenskap var totalt uinteressant. Corat visste at hans bestefar, gamle Chilvu ville ha sendt gutten rett i tempellære og befalt ham å bli munk. Nå ville ikke det gå, de skikkene var fjernet og Corat var egentlig glad for det. Men han engstet seg for gutten, før eller siden gikk han for langt og gjorde en gedigen tabbe og hva da? Han kunne ikke tillate seg å gjøre unntak, ikke engang for sitt eget kjøtt og blod. Om Costaon gjorde noe straffbart måtte han straffes, så enkelt og greit var det.

Corat hadde snakket med hans mor flere ganger og prøvd å få henne til å irettesette gutten men Anurha greide ikke se noe galt ved ham. Hun var som kvinner flest fra Zhardon, lidenskapelig forelsket i sin egen sønn og kun opptatt av hans ve og vel. Corat hadde kjøpt henne fra en slavehandler siden hun da var nesten uvirkelig vakker men hun falmet fort. Det var slik kvinner fra det landet var, de ble fete og slappe etter å ha født og var de rike ble de enda verre siden de da regnet det som en rett å spise alt de ønsket. Det landet kom til å gå til hundene snart om ikke holdningene der endret seg, det var han overbevist om. Den dullingen og overdrevne kjærligheten til sønner ville føre dem i fordervelsen, han visste at landet som lå på en stor øy allerede sto på randen av kollaps siden folk drepte jentebarna de fikk. Det var snart ikke kvinner å finne noe sted der. Anurha var naiv og dum som mange av sitt folk, skjønnhetspleie var det eneste hun kunne noe om og hun regnet ikke med at hun trengte noe mer heller. Hun hadde vært morsom i begynnelsen, naiviteten og mangelen på kunnskap om verden hadde fascinert ham men etter at gutten ble født hadde han ikke besøkt sengen hennes noe mer. Hun frastøtte ham med den endeløse dullingen for gutten og måten hun oppførte seg på. Corat tenkte grum i hu på hva som ville skje om Costaon gjorde noe kriminelt, Anurha ville ta sin død av det. Han ristet på hodet og tok i mot et skriv fra en mann som ønsket at han skulle bestemme i en rettstvist angående noe land. Han leste dokumentet og gav en kjennelse han mente var god, tankene hans var allikevel et helt annet sted.

Han var midt i audiensene da en budbringer kom løpende så frakkeskjøtene danset bak ham, mannen var blek og så temmelig opphisset ut og Corat følte at noe kaldt fløy gjennom rommet i samme sekund. Han reiste seg og budbringeren kastet seg ned på kne foran ham, rakte ham en skriftrull. "Herre konge, det kom to ravner for litt siden, fra troppen du sendte ut til fjellene. Det angår din sønn Duchlain. Dette er en rask avskrift av det som sto på brevene ravnene bar, de var like. "

Corat vinket alle folkene der vekk, han hadde en synkende følelse i magen, fryktet det verste. Han rullet ut skriftrullen. Øverst sto det skrevet med en håndskrift han kjente som sin faste skrivers. "Ærede konge, jeg er Nahrod, offiser og feltprest i din sønns bataljon. Vi ble overfalt av orker, mange falt og enda flere ble såret. Vi har søkt tilflukt i tempelet kjent som de syv dyders hus, vi vil bli her og forsvare det og holde orkene tilbake så prestinnene får en sjanse til å flykte. Din sønn Duchlain sender sine hilsninger, han ønsker å bli her og kjempe med sine menn, vi regner ikke med at noen vil komme levende herifra. I sin nød har han tenkt på dine ord og dine ordre og har gitt etter for dine krav. Han har her på denne kveld og i disse vitners nærvær inngått ekteskap med jomfru Ygraine av Mirdasher, en meget fremstående adelsslekt fra naboriket. Her følger vielsesattesten. Han ønsker fra sitt hjerte at du frigjør deg fra din hardhet og gjør hans sønn legitim igjen, det er hans siste ønske. Din ydmyke og ærbødige tjener, Nahrod av Osholdar. "

Corat klemte papiret mellom fingrene, kjente at beina truet med å gi etter under ham.. Orker? Der?! Og de hadde angrepet hans soldater? Hva slags galskap var dette? Han måtte snakke med noen, en eller annen som kunne gi ham ro til å tenke og forstå. Hans sønn var antagelig død nå, han hev etter pusten, måtte støtte seg på en søyle og kjente det som om noe i ham ble revet ut, langsomt og pinefylt. Han ville skrike, brøle mot skjebnen og forbanne gudene for dette men kunne ikke miste besinnelsen i alles påsyn. Han raste nedover gangene, famlet seg frem gjennom engstelsen og sorgens tårer til han fant rommet hennes, løp inn og hun sto som vanlig ved de utsøkte orkideene sine og snudde seg forbauset og skremt over ankomsten.

Hun strakte armene mot ham, trakk ham med seg mot en sofa. Hun så ut som en tjueåring men det ville hun alltid gjøre, som alv var hun evig ung og udødelig og den vakreste juvel i riket. I det minste likte han å kalle henne det. "Min kjære, hva er det?"

Han greide ikke si noe, rakte henne bare papiret og hun leste og slo handa for munnen med et lite skrik. "Å hellige gudinne" Corat visste at hun hadde et helt spesielt bånd med sine sønner, både Duchlain og Ohlain som var hennes sønn fra et tidligere ekteskap med en annen alv. "Kjære, fortell meg, er han i live? Jeg vet at du kan sanse ham, er han ennå blant oss?"

Alima satte seg ned, hun var blek og de store fiolblå øynene var vidt oppsperret, hun var brått vakrere enn noen gang før. Hun lukket øynene, ble rolig og stille og Corat tvang seg til å bli stille også. Hun trengte ro for å konsentrere seg. "Begge mine sønner lever min kjære, men situasjonen deres er prekær, jeg sanser fare rundt dem på alle kanter"

Corat var både lettet og skremt på en gang, orkene i krig? Hva i alle guders navn hadde skjedd? "Han har giftet seg, hva med denne Ygraine?"

Alima smilte mildt. "Min sønn vil aldri ha valgt annet enn en kvinne som er ham verdig. Jeg sanser hennes sjel også, nær dem. Hun er sterk denne piken, og modig. Jeg tror hun vil forbause oss alle"

Corat svelget hardt. "Jeg vil ta i mot henne som mitt eget barn bare min sønn vender helskinnet hjem igjen. Kan vi hjelpe ham på noe vis?"

Alima lukket øynene igjen, det var en mine av sorg over ansiktet hennes. "De kan få hjelp, den er på vei nå, fra langt borte fra. Jeg sanser bare makt, enorm makt, og renhet. "

Hun åpnet øynene, de strålte. "Gudinnens utvalgte er på vei Corat, hennes styrke og hennes vrede i ett. "

Corat så litt forvirret ut men Alima smilte og strøk ham over kinnet. "Frykt ikke, våre sønner vil komme hjem, jeg føler det på meg. Gjennom fare og flukt og lidelse men hjem kommer de. Orkene bekymrer meg mer, jeg sanset slikt et raseri, et brennende hat!" Corat brummet og strøk seg gjennom håret. "Orker er da bare hat også, og ren ondskap"

Alima nikket sakte. "Ja, men dette hatet var målrettet, sterkt og ren odlet. De hater av en grunn min kjære og jeg frykter for vårt land. "

Corat reiste seg, kysset henne hengivent på pannen. "Jeg skal sette mine beste menn på det, vi må finne ut av dette, og det meget fort!" Hun nikket og han klemte handa hennes og gikk ut igjen, han stolte på henne når hun sa at guttene ville klare seg, hennes sanser var andre enn dem et menneske brukte. Men hvorfor hadde orkene gått til krig? Hvor var de nå, og hva var deres planer? Han måtte begynne å jobbe.

Han ble stanset i gangen av et følge med hoffdamer ledet av hans offisielle dronning, Ferna. Hun var eldre enn ham, godt oppe i sytti årene og svært alderdommelig av seg allerede. Hun så ut som en nitti åring på mange vis, huden var vissen og flere nummer for stor og hun hadde nesten ikke hår igjen så hun gikk med en parykk. Tennene var falt ut for lengst og hun så svært dårlig. Corat visste at det skyldtes alle skjønnhetsmidlene hun hadde brukt opp gjennom årene. Mange av dem var direkte giftige og nå så en resultatet av det. Det var egentlig et mirakel at hun var i live. Ferna hadde vært gift i to uker med hans eldre bror Ioshan da han brått døde, Corats far hadde sporenstreks beordret ham til å gifte seg med brorens enke for å bevare formuen hennes i slekten og han hadde adlydd selv om han allerede da egentlig avskydde kvinnfolket. Ferna hadde aldri vært vakker, hun hadde en fremstående hake som lignet litt på et nebb, en liten spiss nese han likte å sammenligne med nesa på en grisunge og et rundt ansikt med to små blasse øyne som alltid hadde vært plagsomt nærsynt. Håret var tynt og pistret og fargeløst og resten av kroppen var også et katastrofe område. Hun lignet en sekk med turnips, andre ord kunne ikke beskrive henne.

Nå kan en person allikevel være vakker selv om kroppen har sine feil og mangler, hadde hun hatt en fin personlighet kunne han ha elsket henne uansett men nei, Ferna var en furie, en forferdelig plage av et kvinnfolk han egentlig helst ville vært kvitt for lengst. Heldigvis var hun fruktbar og hadde unnfanget hver gang han greide å drikke seg så full at han orket å ligge med henne. De seks barna de hadde var resultatet av de seks gangene det hadde skjedd og han gyste bare han tenkte på det. Hun hadde da heller aldri vist noen interesse for hans evner som elsker, hun bare lå der og led seg gjennom det siden hennes oppdragelse tilsa at en ordentlig kvinne aldri nøt sex, det skulle være en ubehagelig plikt og ikke annet. Og denne puritanske holdningen hadde hun i absolutt alt, unntatt det å kjefte, klage og mase.

Hun var hoffets skrekk og Corat var overlykkelig de dagene gikten hennes var så hard at hun ikke kom seg ut av senga. Hoffdamene tjente henne av ren plikt og de fleste var livredde for hennes vrede og så henne helst død og begravet. Corat bukket høflig for henne, han prøvde alltid å være så vennlig han kunne for det var tross alt ikke hennes feil at hun hadde blitt oppdratt som hun hadde men det var ikke enkelt. De små mysende øynene pliret mot ham og hun slo til en av tjenestejentene over fingrene med viften da jenta prøvde å rette på det tykke svarte sløret hun bar over hodet. Kanskje var det synd i henne men medfølelsen var særdeles vanskelig å fremkalle når en så hvordan hun behandlet folk rundt seg. "Min herre, jeg akter å få svar på hva dette skal bety? Jeg venter en sending med min favoritt parfyme og den er tre dager for sen. TRE dager! Det er en fornærmelse!"

Corat bet tennene sammen, han visste hvor hun fikk den gyselige parfymen fra, en landsby lengre inn i landet i retning fjellene. De lagde mye slikt der. Hadde ikke forsendelsen kommet kunne det tyde på problemer i den retningen. Han nikket alvorlig. "Min frue, jeg vil sette mine beste menn på det med en gang, vi skal finne ut av det!"

Ferna så litt perpleks på ham, han pleide ikke være så medgjørlig? Hun hadde sett frem til og virkelig presse ham men det var åpenbart at noe hadde skjedd og hun ble brått engstelig. Ferna var ingen klok kvinne men hun visste at det å styre et rike ikke er lett og hennes husbonds dystre uttrykk gav henne grunn til bekymring. Hun vinket en av pasjene som tjente henne bort til seg. "Gutt, finn ut om noe er galt, gi meg svar så fort du vet noe!"

Gutten nikket bare og løp sin vei og Ferna sukket og satte kursen mot kjøkkenet. Hun ville be kokken lage et godt måltid til henne, hun trengte noe som varmet blodet mot gikten. Svin stekt med pepper og en god honningsøtet vin burde gjøre susen, og kanskje noen kandiserte epler. Ferna skyldte på det kjølige klimaet når helsa var som verst men egentlig var hun allerede en alkoholiker med ødelagt lever og kort tid igjen, hoffets medikus prøvde å forklare henne hvor farlig all vindrikkingen var men hun hørte ikke på det øret. Litt vin skadet aldri noen og det var dannet og viste klasse og etikette å vite mye om vin. Hun innså ikke at hun helte i seg nok til å ta livet av en vanlig person hver dag. Hadde Corat visst om det hadde han antagelig stanset all frakt av vin til hennes gemakker men hun hadde skjult det til nå. Noen gleder skulle en da ha i livet.

Grev Aglaran av Osholdar var ikke en særlig fremtredende person i riket, han var tvert i mot regnet som noe av en særing som sjelden eller aldri viste seg i sosiale sammenhenger og som nødig sa noe som helst. Han var så forsagt og stille at noen mente han var tilbakestående og han dilet lydig i hælene på enhver som tok ledelsen. Aglaran var en av Arendts seks medsammensvorne og han var blitt med på dette kun fordi Arendt visste at de trengte hans store rikdom og innflytelse i naborikene. Slekten han kom fra var opprinnelig fra riket i nord og der var den ennå sterk men i Osholdar var det kun ham tilbake og det virket ikke for at han tenkte på å skaffe seg en hustru noen gang. Ble han tilsnakket av kvinner stotret og stammet han aldeles ubehjelpelig og svetten silte. Hoffet hadde mye moro av å gjøre narr av stakkars Aglaran, og han sto bare der med hodet senket og tok i mot. Arendt var ikke noe bedre, han behandlet mannen som en tjener og hadde fri tilgang til alle eiendommene og det Aglaran hadde av gamle skrifter og opptegnelser. Aglarans ætt hadde alltid vært svært opptatt av å skrive ned alt som skjedde og det var i hans bibliotek Arendt først hadde kommet fysisk på sporet av kartet og de andre gjenstandene. Aglaran hadde først sett Arendt som en venn og venner hadde han lite av så han lot mannen få alt for frie tømmer. Nå var det for sent å gå tilbake på det og Aglaran kjente hver dag hvor mye vanskeligere det ble å tolerere Arendts oppførsel. Og nå var Uthar død, myrdet brutalt av Arendt og hans håndlangere. Aglaran hadde ingen illusjoner om sin egen skjebne, Arendt ville bli kvitt ham akkurat som han hadde kvittet seg med andre brysomme individer tidligere. Arendt var en kaldblodig morder som aldri lot noen komme i veien for sine mål og Aglaran var en av de få som virkelig forsto hva de hadde rotet seg inn i.

Han hadde lest skriftene sine selv og var antagelig like lærd som Ychmal men det røpet han aldri. I stedet gikk han der som et annet mehe og tok i mot kjeft og kritikk uten å ta til motmæle en eneste gang. Men de hadde feiltolket Aglaran totalt, han var slettes ikke så dum og forsagt som folk trodde. Han hadde en ytterst skarp hjerne og en evne til å tenke som var lite annet enn fenomenal. Han visste hvordan han skulle utnytte dette til sin fordel og til Arendts fall. I stillhet hadde han involvert nok en person i planene, en person med nok makt til å vippe Arendt av pinnen og forandre alt. Å blande seg inn i den slags komplotter var livsfarlig og Aglaran visste det men han skulle snu spillet i sin egen favør. Den overivrige unge jyplingen var håpløst bortskjemt og eide ikke disiplin men det brydde ikke Aglaran seg om. Han visste at kaos snart ville råde og i slike situasjoner skjer det fort ting ingen kan forutse. Noen mord her og der og en trone kan lett falle på nye hender, og den som ville sørge for at det skjedde var ham. Han var ganske sikker på at han kunne sørge for at ingen ville mistenke ham heller.

Aglaran var satt til å vokte den informasjonen Ychmal fremskaffet og han hadde allerede sett at vismannen prøvde å lure dem og trenere fremgangen. Det fikk ham til å glise rått for seg selv, Arendt var for dum og arrogant til å innse det og han tok hatten av seg for gamle Ychmal. Han håpet at den praktfulle gamle vismannen ville klare seg, i ham så han en bror i ånden og han håpet at Arendt kom til å kveles av sin egen selvdyrkelse til slutt. Egentlig hjalp Ychmal ham, han kunne gjøre sine egne forberedelser mens resten av gruppen famlet rundt i blinde, misledet av vismannens falske spor. Han visste allerede hvor målet var og han trodde han visste hva skatten var også. Det var en umulighet men allikevel ikke, så mange legender snakket om den så da måtte det ha en kjerne av sannhet. Nei, Arendt kom til å angre at han var født før dette var over, og Aglaran ville komme ut av det som en seierherre. Hans medsammensvorne ved hoffet ville gi Arendt og gjengen skylden for det som måtte skje og alt ville bli gjemt og glemt.

Arjhed våknet sakte og kjente seg forbausende vel, han lå i en myk seng med et tungt teppe over seg og han skjøv seg opp og så seg rundt. Nauth satt og stelte Millas brannsår og to dryader sto ved ildstedet og virket for å koke sammen et eller annet. Det var en rolig atmosfære der og Arjhed undret seg over hvor lenge han hadde sovet. Nauth så at han var våken og skyndte seg bort til ham, hun rakte ham en kopp med noe i og Arjhed tok den takknemlig. Han var tørr i munnen og hodet føltes underlig lett og svevende. Koppen inneholdt noe som antagelig var en form for fruktsaft og det smakte utrolig godt. Han drakk det tomt og Nauth tok en kjapp titt på brannsårene hans. De så ikke så ille ut og han skjønte at disse skapningene visste mye om helbredelse.
Nauth hjalp ham med å sette seg opp og rakte ham en slags lang tunika av et mykt stoff og et par bukser i det samme materialet. De var behagelige å ha på og han følte seg litt brydd over omsorgen. Nauth nikket i retning Milla. "Hun blir ok også, sårene hennes gror, men jeg er redd sårene i sinnet trenger lengre tid på heles. "
Arjhed nikket sakte. "Hun så noe ingen skulle behøve å se!"

Nauth skar en slags grimase og freste lavt. "Det vil jeg tro ja, hun har skreket i søvne arme barn. Jeg tror vi må beholde henne her en stund, vi kan hjelpe henne men det tror jeg ikke at noen der ute vil være i stand til nå. Det skjer for mye til at de kan prioritere traumene til en arm jentunge"

Arjhed så spørrende på skapningen. "Dere vet hva som foregår der ute?"

Nauth sukket og så ned. "Selvsagt, vi vet alt gutt, orkene har blitt fornærmet og vil kreve hevn av hele riket. Det er som et snøskred min venn, det må rase fra seg før det vil stanse. "

Arjhed rynket pannen. "En dverg satte meg ut på denne ferden, han sa at orkene hadde plyndret dvergbyer og tatt deres våpen."

Nauth lukket øynene i noen sekunder. "Vi vet, vi sanset slik smerte og død fra fjellene. Dverger er ikke våre favoritter, de er gjerne grådige og sta og ser kun verden fra sitt eget ståsted men de er tross alt skapninger av lyset. De fortjener ikke hva som skjedde. Og orkene er kun mørke og hat nå, de har blitt en uting, skapt for ondskapen selv kan det virke for. De må stanses før det blir en ildebrann som legger verden øde. "

Arjhed så spørrende på henne. "Hvorfor vil de ha hevn?"

Nauth sukket og gav ham et litt oppgitt blikk. "Noen har stjålet hellige gjenstander fra deres øverste helligdom, hvorfor vet vi ikke men vi prøver å finne det ut. "

Arjhed strøk seg over håret, han var en enkel jeger og visste lite om verden men han forsto såpass at dette var en alvorlig situasjon.

Nauth reiste seg og gikk bort til ildstedet, kom tilbake med en bolle med en slags stuing som luktet godt. Arjhed fikk en skje og måtte vedgå at det smakte veldig godt. Nauth smilte fornøyd. "Det er godt å se en ung mann med god appetitt. "

Arjhed svelget unna og så litt spørrende på henne. "Er det noe som kan gjøres for å stanse orkene? De er på vei mot byene og det kan bli forferdelig!"

Nauth så sliten ut og det var et fjernt glimt i blikket hennes. "Det er makter på ferde her hinsides hva vi forestiller oss, vi har en mistanke om hva det er tyvene vil, men vi vet det ikke sikkert. Er det som vi tror må de aldri få gjennomføre planene sine for det vil være en sann katastrofe. Men gudene har folk i sin tjeneste som vil gjøre det de kan, og de er på vei. "

Arjhed rynket pannen. "Folk?"

Nauth nikket. "Gudinnens utvalgte Arjhed, hennes vrede og makt på jord. De vil hjelpe byene med forsvaret og kanskje stanse de som står bak alt dette men orkene tror vi ikke de kan stanse, ikke helt. Gudene ønsker at vi hjelper dem for mørket må aldri få vinne over lyset. "

Arjhed tok en ny skje, han så at Milla rørte seg i søvne og hun virket så skrekkelig ung der hun lå. Arme barn, men det ville bli mange som henne om denne krigen ikke ble stanset fort. "Hvordan kan en hjelpe gudene?"

Nauth så litt vemodig på ham. "Ved å gjøre som de befaler en, og følge de stier de peker ut. Jeg har en følelse av at gudene har en spesiell skjebne pekt ut for deg unge mann. "

Arjhed ble litt nervøs. "Hvordan det?"

Nauth smilte, de skarpe tennene gjorde smilet litt skremmende. "Du er en jeger Arjhed, jeg vil tro du tjener jegerguden?"

Arjhed nikket usikkert. "Ja, jeg vil da si det. Det er hva vi lærte hjemme og hva jeg har vokst opp med. Jegerguden er vår leder i alt vi gjør. "

Nauth klappet ham på skulderen. "Da har du kanskje hørt sagnet om jegergudens hær?"

Arjhed rynket pannen, prøvde å huske men kom ikke på noe slikt. "Nei, det var far som lærte meg det vesle han kunne og det var vel ikke mye. Han var en enkel mann, som de fleste i vår landsby. "

Nauth satte seg bedre til rette, hun så merkelig fornøyd ut og det lyste svakt i de underlige øynene. "Det er et eldgammelt sagn, fra tider så langt tilbake at ingen lenger har noe begrep om hvor lenge det er. Det var en tid da gudene selv vandret på jorden og grep inn i de dødeliges liv. "

Hun rakte ham et krus til med drikke og Arjhed begynte å føle seg merkelig mett. "På den tiden var det stor ondskap i verden, for den var ung og balansen var ennå ikke skapt. De gode guder kjempet store slag mot mørkets krefter og de vant og tapte mye. Jegerguden var av de som kjempet hardest mot mørket. "

Arjhed nikket sakte. "Det forstår jeg, han står for naturens krefter ikke sant?"

Nauth nikket vitende. "Natur ja, det ekte, ikke det unaturlige og kunstige. Senere mistet gudene evnen til og tre inn i verden som kjøtt og blod, annet enn i små korte øyeblikk.. Men det er en måte å kalle jegerguden tilbake på, for han er så knyttet til verdensveven at den forbindelsen aldri kan brytes. Han lever i naturen Arjhed, i dyr og fugler og alt liv. De sier at han kan vekkes, bringes tilbake for en tid som kjøtt og blod i sin fulle makt. "

Arjhed så storøyd på Nauth. "Hvordan er det mulig? Og hva nytte kan det være?"

Nauth smilte skøyeraktig. "Jegergudens krefter er naturens, hans makt er utrolig stor Arjhed, og kan stanse de største hærskarer. Han er vred nå, orkene sprer mørke og død over hans land og gudene ønsker ikke det. Han skapte dem faktisk, som sterke og ville jegere men ikke som det de har blitt nå. "

Arjhed sukket. "Vred ja, det skjønner jeg godt, de orkene slakter alt de ser. De er som pesten selv!"

Nauth trakk på smilebåndet igjen. "De er en pest ja, en ondskapens smitte. Og vekkes jegerguden vil han prøve å fjerne den smitten fra landene igjen. Men da må alt gjøres riktig!"

Arjhed hadde blitt litt nysgjerrig. "Du nevnte at han har en hær?"

Nauth reiste seg og ba ham sitte litt, hun forsvant inn en dør og etter litt kom hun tilbake med et lite bilde noen måtte ha malt. Det var eldgammelt og så vidt tydelig men Arjhed kunne siklne figurene på det. Han svelget og så litt tvilrådig på Nauth, synet skremte ham. Bildet forestilte flere dyr stilt opp i en rekke, og bak dem skimtet han bare så vidt en mektig skikkelse som holdt en bue opp mot himmelen. Det var en mannsfigur men hodet var som på et eller annet dyr virket det for, med et mektig gevir. Han husket vagt at faren hadde kalt Jegerguden den hornkledde noen ganger.

Dyrene var det skremmende, de var malt hvite alle sammen med røde øyne og de virket truende. Det var en enorm ulv, en stor hjort, en slags katt, et villsvin og en hest samt en stor hvit ørn. Nauth la bildet ned og sukket. "Jegergudens hær, dyrenes ånder kan en kalle dem. De kommer når han kaller og det sies at ingen ond skapning kan overleve hans hær. "

Arjhed måtte svelget igjen. "Det tror jeg så gjerne, de ser ville ut!" Nauth klappet ham på skulderen. "Å vekke jegerguden blir uansett siste utvei, det krever mye og er farlig i seg selv. Vi må prøve å redde det som reddes kan først. "

Arjhed svelget litt plaget. "Jeg skulle liksom bringe budet videre til byene, så de vet om hva som skjer der ute!"

Nauth smilte og strøk ham trøstende over kinnet med en klo. "Ta det med ro unge mann, byene vil få vite om det. Det er andre på vei med samme bud og jeg tror at du vil bli viktig videre, det er edelmot i deg gutt, mer enn i mange andre mennesker. "

Arjhed bare rødmet og Nauth reiste seg og klappet i hendene. To dryader kom gående og fant frem salver og slikt og snart var de i ferd med å behandle ham igjen. Det føltes godt å bli tatt hånd om men han hadde et agg i sjelen ennå, han skulle så gjerne ha fullført det oppdraget han hadde fått. Men var det som Nauth sa, at han hadde en viktig oppgave foran seg, så skulle han ved gudene gjøre det hva det enn ble, han ønsket mer enn noe annet å gjøre sitt for å se til at orkene ble slått.

Ygraine kjente at varmen seg tilbake i kroppen, sakte men sikkert. Duchlain hadde strukket ut de lange beina og viftet med tærne mot varmen og hun måtte trekke på smilebåndet av synet. Det var tydelig at han hadde vært kald også. Egentlig kjente hun ham ikke, tanken var brå og føltes litt ubehagelig. Hun hadde sett ham i noen typer situasjoner men hva med hverdagene? Om de noen gang kom? Ville hun like ham da? Ville han like henne, og ville familien hans godta henne? Det var hva hun engstet seg mest for. Men hun visste at disse tankene ikke burde få plage henne nå, hun måtte konsentrere seg om mer presserende ting, som å overleve dagene som kom. Duchlain smilte til henne og vred litt mer vann ut av håret, han finger gredde det og sukket lavt. "Ved alle guder jente, jeg var sikker på at det var slutten, og jeg var sikker på at jeg hadde sviktet deg!"

Ygraine bare så ned, hun følte seg litt flau men også stolt, hun hadde berget dem ved å fortelle om elva. Duchlain bikket på hodet. "Du var vanvittig modig som vågde å gå ned i elva med oss, det er virkelig godt to i deg. "

Ygraine kjente at hun rødmet svakt. "Jeg har blitt vant med å presse meg, det er sannheten. "

Han strakte seg, tok handa hennes. "Det vet jeg, du har jobbet som en hest i tempelet, men det skal du få slippe nå. Når vi kommer hjem er jeg sikker på at alle vil beundre deg og elske deg. Aldri mer skittengrå kjortler Ygraine min, men silke og fløyel og de vakreste kjoler"

Ygraine skar en liten grimase, han så den og så spørrende på henne. "Hva er det?"

Hun så ned, klemte handa hans tilbake nesten ubevisst. "Hjemme var det mye vakkert, jeg gikk i de fineste tøyer og hadde alt jeg ønsket meg. Men det var hult og falskt alt sammen, kun makt betydde noe. "

Duchlain sukket og satte seg nærmere henne, la armen rundt skuldrene hennes. "Kjære deg, slik er det ikke hos min far. Han er en stri pinn men de fleste ved hoffet er ordentlige personer, de ser på deg, ikke på tittelen eller ryktet ditt. Det er noen unntak men de er nettopp det, unntak"

Ygraine svelget, så spørrende på ham. "Hvem da, jeg vil så gjerne bli kjent med din familie. "

Duchlain skar en grimase men den var fylt med humor. "Vel, vi har min fars offisielle hustru Ferna, hun er et skrekkelig kvinnemenneske ingen kan fordra men bry deg ikke med det. Hun kan ikke fordra andre heller, bare seg selv og til nød barna sine men de er heller ikke akkurat høyt verdsatt. "

Ygraine så vantro på ham. "Hva? Liker hun ikke sine egne barn?"

Duchlain ristet på hodet. "Nei, hun er oppdratt til å mene at det å få barn er en plikt og ikke mer enn det, alle har blitt oppdratt av barnepiker og hun har knapt snakket til dem noen gang. Hun har tre sønner og tre døtre. Far har røpet for meg at han bare har vært i senga hennes seks ganger også, en for hver av dem. Jeg skjønner ham, hun ligner et hunn troll!"

Ygraine fniste lavt. "Andre som ikke er helt gode?"

Duchlain skar en grimase og denne var alvorlig. "Min halvbror Costaon, han er så bortskjemt av sin mor at han tror verden har ham som midtpunkt, og han klarer ikke å se sine egne begrensninger. Det har gått en del stygge rykter om den gutten i det siste, jeg håper for hans skyld at det bare er rykter, ellers vil jeg tro at fremtiden hans står på spill. "

Ygraine nikket, hun hadde sett sin andel slike menn, unge hanekyllinger som trodde at de kunne oppnå alt uten egentlig å gjøre noe, eller som var så stolte og stri at de ikke maktet se verden for hva den egentlig var. Hun kremtet litt. "Men Ohlain er også din halvbror?"

Duchlain nikket og smilte brått varmt. "Ja, fra min mors første ekteskap. Hun hadde en mann av sitt eget folk men han døde og av en eller annen grunn endte hun opp hos far. Og jeg tror at hun er den eneste han virkelig elsker av sine kvinner. Mor er unik. "

Ygraine smilte litt skjelvent. "Og jeg regner med at jeg må godkjennes av henne først og fremst da. "

Duchlain lo mykt og kysset henne på kinnet. "Mor vil godkjenne deg uten tvil, du er sterk Ygraine, og annerledes enn de bortskjemte hoffjentene. Hun vil juble over at jeg fant deg."

Hun så ned. "Så du regner... du regner ekteskapet vårt for reelt?"

Han så henne dypt inn i øynene. "Selvsagt, vi sverget for gudene gjorde vi ikke? Og jeg ble din husbond også i kjødet selv om det kanskje burde skjedd på en litt annen måte. Jeg går aldri tilbake på det jeg sverger Ygraine, og jeg vet allerede nå at jeg neppe noen gang vil angre på det! Gjør du?"

Hun kjente at hun rødmet igjen, forbasket også. "Nei, jeg angrer ikke, det er bare så fremmed og nytt. Det har skjedd så fort. "

Duchlain strøk henne over kinnet. "Det har du i hvert fall rett i, men vi kunne ikke gjort noe annerledes ikke sant?"

Ygraine nikket sakte. "Nei, vi handlet rett. "

Duchlain la hodet på skulderen hennes. "Og kommer vi oss levende fra dette skal vi bli enda bedre kjent, det lover jeg!"

Ygraine skulle til å svare et eller annet lite åndfullt da Ohlain brått dukket opp igjen, han hadde en hare i ene neven og noen røtter i den andre og han hadde en ganske innbitt mine i fjeset. Duchlain rettet seg opp og så ventende på ham og alven la fra seg haren ved ildstedet og satte seg. Han så sliten ut og var dyvåt. Det ble store våte flekker der han satt og han skar en grimase og begynte å vrenge av seg klærne. Ygraine måtte snu seg og hun kjente at kinnene brant. Ohlain var ganske lik Duchlain på mange måter, men han var smalere og mer senete, ikke så muskuløs og kroppen var helt hårløs. Duchlain hadde da hatt litt kroppshår i skrittet men alven var like glatt som en fisk over alt. Det måtte være rasen som gjorde det. Ohlain tok et teppe og snurret om seg og Ygraine følte seg litt bedre med en gang. Ohlain var like vakker som Duchlain, bare på en annen og kanskje mer forfinet måte. Duchlain var mer maskulin og barsk og kanskje mer tiltrekkende om en foretrakk røffere menn. Duchlain så avventende på broren som tørket seg mellom tærne med lavmælt banning. "Så du noe?"

Alven nikket og grep en kniv for å gjøre opp haren. "Orker, orker overalt. Forbannede avskum, det kryr av dem. Men jeg tror de trekker nedover dalene. Det kan være mulig å snike seg etter dem om en er varsom. "

Duchlain så nervøs ut. "Noen trygge steder du vet om?"

Ohlain nikket kort og begynte å skjære opp det magre vesle dyret. "Det er en forlatt hytte lenger nede i dalen, oppe i en kløft. Orkene finner den neppe for du må gjennom en foss for å komme dit. Antagelig var den bygd da fjellene tilhørte naboriket, som et tilholdssted for grensevakter. Den står ennå, vi kan greie det på en dagsmarsj om vi klarer å gå fort, og ikke blir stanset. Fra den hytta går det stier ned til lavlandet jeg tror er forholdsvis trygge. Men det blir en lang vei, og en hard vei selv om det kanskje er den tryggeste. "

Duchlain sukket. "Da får vi gå for det, vi kan ikke være ute om natten nå, ikke med det pakket snokende rundt og ikke uten utstyr. " Ohlain bare nikket og gjorde opp haren, han begynte å steke kjøttet over ilden og Ygraine kjente at hun var utsultet. Det ulte i magen på henne men hun forsto at det ikke ble så veldig mye kjøtt på hver. Haren var ikke stor og mager. Ohlain la røttene i aska så de ble varme og etter en stund hadde de et ganske greit måltid som ble fortært i stillhet. Duchlain satt og funderte over ruten videre. Det var garantert oppdaget at de var stukket av og orkene lette etter dem, men kunne de forstå hvor langt av lei de egentlig var kommet? Han håpet ikke det. Ohlain gav mesteparten til de andre to, han greide seg lenger uten mat enn et menneske og hadde krefter i overflod. Det var kulda som hadde vært problemet for ham men nå var han varm igjen og satte seg i åpningen til rommet som vakt. Ygraine og Duchlain la seg til å sove og krøp tett sammen for varmen sin skyld. Det føltes merkelig å ha en annen så nær men det var også underlig betryggende og godt. Ygraine hadde ikke regnet med at hun skulle sovne så fort men hun var borte vekk nesten før hun fikk lagt hodet ned.

Da hun våknet var Duchlain allerede på beina, han sto og kledde på seg og hun så at klærne deres hadde hengt til tørk over ilden. Det meste var tørt igjen og hun var lettet over det. Å ta på seg kalde våte klær var noe hun håpet at hun skulle slippe å måtte gjøre igjen. Ohlain satt ved døra og stirret ut i morgenlyset med fjernt blikk, Duchlain hjalp Ygraine med å bli klar og hun bant opp håret og samlet seg. De måtte gå fort og hun bare ba gudene om at de ikke ble oppdaget. Ohlain så at de to andre var klare og nikket rolig. "Jeg har merket at orkene har trukket forbi oss, i det minste har hovedstyrken deres passert. Det kan være slengere bak så vi må være på vakt. "

Duchlain strakte hendene og åpnet og lukket hendene hardt. "Jeg ville følt meg bedre med godt stål i nevene"

Ohlain kastet en lang kniv til ham. "Dette er hva jeg har å avse dessverre. Ygraine, du får klare deg med en stokk. "

Hun smilte litt skjelvent. "Det er greit, jeg er ikke vant med våpen. "

Duchlain hjalp henne med å klatre opp, ute hadde sola så vidt stått opp og lyset var mildt og nesten drømmeaktig. Fjellene var vakre slik, badet i en svakt rosa farge som gjorde dem innbydende. Ohlain begynte å gå, han utnyttet terrenget vanvittig godt og de to fulgte ham som best de kunne. Ygraine forsto at disse to virkelig kunne det å ta seg frem usett, selv slet hun siden hun ikke var vant med å gå så fort men Duchlain hjalp henne som best han kunne. Hun så orker, flere ganger ble de passert av små grupper mens de gjemte seg i alt fra kratt til fjellsprekker og hun kjente at hjertet nesten stanset i henne av frykt hver gang. Hun kjente stanken fra skapningene og visste at om noe virkelig var ren ondskap var det disse.

De tok noen små pauser så de fikk hvile men farten var høy stort sett hele tiden. Ygraine forsto at både Duchlain og Ohlain var mer utholdende enn vanlige mennesker og hun følte seg direkte underlegen til tider. Av og til forsvant Ohlain for noen minutter til en halv time og kom tilbake blodig og med et stygt glis om munnen. Han ryddet veien for dem kalte han det og Ygraine forsto at han drepte orker å la dem så de andre orkene trodde det var flere fiender i terrenget. Det var smart og det skapte forvirring også.

Da dagen var på sitt lyseste var de kommet et godt stykke nedover i dalen, de så veien nedover og de så at orkene trakk nedover mot slettene. Det kom flere og flere av dem, og så ble det brått nesten slutt. Baktroppene var kommet og Ohlain mente at han hadde sett de orkene som angrep tempelet også, lederen deres medregnet. Han så ikke mye glad ut og Duchlain gliste bare av den uttalelsen. Kreket kunne ha det så godt og Ohlain mente at orkene nok hadde renset ut i sine egne rekker som straff for at fangene greide å flykte.

De hadde krysset et par elver og var nede på en flate da Ohlain brått skygget for øynene og pekte. "Der fremme ved svingen, Ravn og gribb!"

Duchlain ble blek, han svelget synlig. "Vandrere?"

Alven myste, de mørke øynene virket for å skinne i sollyset. "For mye Ravn til det, jeg frykter det verste!"

Ygraine kjente det som om magen falt helt ned i bunnen av kroppen og hjertet galopperte i slike tunge sugende tak som stjal all kraft fra henne. "Karavanen... "

Ohlain så fremover med mørkt blikk. "Redd for det!"

Ygraine gjemte ansiktet i hendene. "Åh guder!"

Duchlain så forpint på broren. "Er det noe vi kan gjøre?"

Alven nikket. "Se om det er noen forsyninger igjen vi kan bruke. Det er ingen i live der lenger, og jeg ser ingen orker her i dalgangen. De er langt foran oss nå. Vi kan sjekke det ut ganske trygt. "

Ygraine klynket, hun var kvalm for hun visste allerede på et merkelig vis hva de ville se. "Det føles ikke bra å skulle ta fra de døde!"

Duchlain klemte henne varsomt. "De har ikke behov for noe nå Ygraine, annet enn våre bønner"

De tre fulgte terrenget som før, var varsomme og brukte tid men de kom fram og Ygraine kjente at beina ikke bar henne, at hun bare måtte sette seg. Det var grusomt, for forferdelig til at hun helt greide å ta det inn. Ohlain så rundt seg med smale øyne. "De har skjønt at de ble angrepet, de har prøvd å bruke vognene som en slags mur. Jeg ser bare noen få døde hester, resten av dyrene må orkene ha tatt eller så har de rømt. "

Duchlain lagde en merkelig lyd, han gikk sakte bort til en haug i utkanten av haugen av døde og istykkerslåtte vogner. Ygraine så hva han stirret på, det var den hesten han hadde ankommet på, en stor brungylden hingst. Dyret lå på siden med flere ork piler stikkende ut fra kroppen og den hadde blod i kaker over bryst og forbein. Det lå døde orker rundt den og Ygraine forsto hva det tapre dyret hadde gjort. Den hadde prøvd å slåss mot fienden, som den var trent til å gjøre.

Duchlain hulket lavt og Ohlain la handa på Ygraines skulder, leide henne litt bort. "La ham sørge i fred, den hesten var som en bror for ham. "

Ygraine skjønte det, hun prøvde å unngå å se men måtte. Alle de døde var kjent for henne, alle de blodige oppsvulmede likene var folk hun visste hvem var. Og det var tydelig hva slags død de fleste av dem fikk. Mennene som ikke hadde blitt drept med en gang var pint i hjel, hun så at flere var skåret i biter mens de var i live og noen var brent over små bål. Det oste ennå svidd kjøtt og hun snudde seg og kastet opp galle. Det var allikevel kvinnene som var verst. Hun hadde hatet mange av dem men nå kunne hun ikke annet enn å angre på det, hun syntes så synd på dem. Søster Frid lå inne ved ene vogna, den var veltet og hun hadde åpenbart rukket å reagere før orkene fikk tak i henne. Ygraine kjente igjen dolken som sto i brystet hennes som en prestinnen brukte til å åpne brev med. Hun hadde tatt sitt eget liv før orkene rakk å voldta henne. De andre var derimot ikke spart for den skjebnen, det virket for at de fleste av jentene og kvinnene hadde blødd i hjel av skadene, få bar merker etter våpen. Hun så at Emalda lå henslengt over en død hest, hun var naken og det så ut som om brystene var skåret av henne. Bhetir lå et stykke unna, hun så ut som om strupen på henne var blitt kuttet og kroppen var blodig og fordreid, gudene hadde heller ikke spart henne for denne grusomme skjebnen. Ygraine kjente seg svimmel og Ohlain gikk gjennom de veltede vognene og lette etter ting de kunne bruke. Han fant litt mat i en sekk og noen kjortler og tepper som ikke var for blodige. Duchlain tok seg sammen og de greide å finne et kort sverd og en dverg øks samt et par korte kniver og et kogger med ork piler.

Ygraine var matt av skrekk og sorg og vantro, hun greide ikke tenke på det. Duchlain klappet henne på skulderen. "Vi vil sende noen hit når vi kommer hjem, så de døde kan bli begravet. Vi kan ikke bli lenger, jeg er lei for det Ygraine"

Hun snufset. "Jeg forstår"

Ohlain bet tennene sammen. "Jeg tror ikke orkene fikk tak i mer enn noen få hester, jeg skal se om jeg kan finne et par ridehester for de har neppe trukket langt unna elva. Vi kan trenge gode ridedyr nå. "

Duchlain bare nikket og satte seg i skyggen, bort fra det grusomme synet av det som hadde vært en karavane. Ygraine satte seg ved siden av ham, hun følte seg tom og hul. Duchlain sukket og trakk henne inntil seg, la hodet på skulderen hennes. De satt der en god stund, ingen av dem sa noe for det var ingenting de kunne si.

Ygraine kjente at noe som lignet raseri steg i henne, dette skulle ikke gå uhevnet. De måtte se til at orkene ble stanset og fikk sin rettmessige straff.

Ohlain kom tilbake etter en god time, da hadde han seks kavalerihester i leie tom bak seg, dyrene hadde sadler og hodelag på og virket nervøse men friske. Ohlain smilte bredt. "Det går en liten flokk oppe i en sidedal her, jeg så trekk hestene og flere kavaleri hester. De kan være der enn så lenge, jeg tok de sterkeste. "

Duchlain så litt lettet ut. Han klappet ene hesten på flanken og vinket på Ygraine. "Du kan ri denne hoppa, hun er støere enn de andre. "

Ygraine var ikke vant med hester i det hele tatt. Hun hadde ikke vært gammel nok til å lære å ri da hun ble sendt til tempelet og den gråbrune merra var temmelig høy men hun så snill ut og snuste på henne. Duchlain hjalp henne i sadelen og så steg han opp på en langbeint svart vallak mens Ohlain tok en gulaktig hingst som så litt innful ut. De andre hestene tok de på slep. Ygraine måtte vedgå at det gikk fortere å ri og de hadde bedre oversikt fra hesteryggen men var også lettere å få øye på. Ohlain ledet an og Ygraine kunne bare klamre seg til salen og be om at hun slapp å ramle av i det vanskelige terrenget. Heldigvis var kavalerihester trent til å være rolige under rytter uansett og hoppa brydde seg ikke om at rytteren var helt grønn.

De nådde hytta før det ble helt mørkt, den var gjemt i en canyon og de måtte ganske riktig ri gjennom en liten foss for å komme inn dit. Det var mer en bu enn ei hytte men det var en peis der og en bred seng og noen kokekar hang igjen sammen med annet en vandrer kunne trenge. Ygraine var mør bak og gledet seg til å hvile, det hun hadde sett var som brent fast i minnet hennes og slapp ikke taket. Ohlain tok seg av hestene og Duchlain lagde litt mat av det vesle de fant av proviant. Det ble ikke stort men det ble da en slags stuing som ikke var helt håpløs i hvert fall. Ygraine var vant med langt verre og ulvet i seg på tross av alt.

Ohlain strakte seg og gjespet, han så faktisk litt trøtt ut og Ygraine forsto at det var uvanlig. Duchlain skar en grimase og la mer ved på peisen, det var begynt å bli ganske varmt der nå og det var en lettelse. Ohlain kikket ut av døra, hestene beitet fredelig på de få grasstråene som stakk ut av bakken der og alven smilte fornøyd. "De holder vakt for oss, de vil merke det om det nærmer seg fiender. Vi kan slappe av i natt. "

Ygraine sukket lavt. Slappe av, hvem kunne det etter det de hadde sett denne dagen? Hvordan skulle hun noen gang kunne fjerne disse minnene fra sinnet? Ohlain begynte å rote gjennom hytta på jakt etter ting de kanskje kunne ha bruk for og han halte frem en flaske fra bak en lampe som sto på peisen. Den var dekket med støv og han blåste det bort og kikket nærmere på den. "De har glemt igjen noen ganske edle dråper her"

Duchlain så skjevt på halvbroren og rakte frem handa. "La meg se, vaktene hadde egentlig ikke lov til å oppbevare slikt i vakthyttene. "

Ohlain kastet flaska til Duchlain som så på etiketten og rynket pannen. "Ved gudene, dette er virkelig sterke saker. Og en eldgammel årgang også. "

Ygraine lente seg fremover og så på flaska, det sto skrevet noe på den med merkelig flytende skrift og hun kjente den igjen. "En hel flaske med vin fra Tarabrand? De må ha vært rike de som satte den igjen her!"

Duchlain gliste litt. "Er ikke sikkert at det er original væsken som er i flaska, jeg vil neppe tro det faktisk. En slik vin er det vel bare høyere offiserer som har hatt råd til. "

Ohlain nikket mot Duchlain. "Åpne den, sjekk det ut!"

Duchlain trakk på skuldrene, grep en kniv og bikket opp korken, han holdt flaska litt unna og snuste forsiktig. Det kunne være noe som ikke lenger luktet særlig godt men han fikk et forbauset uttrykk i ansiktet. Det luktet faktisk svært godt, en mild krydret duft av blomster og sommer og Ohlain løftet et perfekt øyebryn i en overrasket grimase. "Ved gudene, det er virkelig ekte saker"

Duchlain smilte litt uskikkelig. "Og takke gudene for det, jeg trenger å drikke skal jeg få sove nå. "

Ohlain skar en grimase. "Jeg har sett mye i mitt liv men det var noe av det verste ja, orker er utrolig rå vesen. Jeg tror ikke engang bergtroll ville gjort noe slikt. "

Duchlain ristet på hodet. "Nei, bergtroll ville kun drept og reist videre, de piner aldri noe med vilje. De er for primitive til å glede seg over slikt. "

Ygraine så litt spørrende på de to. "Dere har opplevd mye sammen?"

De to nikket og hun sanset båndet mellom dem, sterkere kanskje enn mellom vanlige brødre siden de delte alveblodet gjennom deres mor. "Vi har kjempet mange slag sammen ja, delt både gleder og sorger!"

Ygraine smilte svakt, hun hadde søsken men de hadde aldri betydd noe for henne. De hadde vært oppdratt hver for seg og hun kjente dem ikke, ikke engang før hun ble sendt bort. Det var merkelig bittert å tenke på.

Duchlain tok en real slurk av flaska og gispet lavt, tørket seg om munnen. "Ved alle guder, det er som å drikke rent solskinn. "

Ohlain tok flaska og drakk også, han rapte og så brydd ut, rakte den til Ygraine som nølende satte tuten til munnen. Det smakte fantastisk, hun hadde aldri smakt noe lignende før. Hun følte seg bedre med en gang og det var som om de tunge mørke skyene som hadde samlet seg i sinnet sakte gled bort. Hun tok en slurk til og Duchlain tok flaska, drakk dypt før Ohlain fikk neste slurk. Alven smilte skjevt. "Nesten synd at jeg ikke evner å bli ordentlig full. Det er en av fordelene ved å være fullblods. "

Ygraine visste ikke at alver ikke kunne bli fulle og så litt forbauset ut. Duchlain gliste litt fåret. "Men jeg har nok menneske i meg til å bli drita, og ved gudene som jeg trenger det!"

Han tyllet nedpå igjen og Ygraine fikk noen slurker og etter litt var flaska tom og Ygraine følte seg svært merkelig til mote. Det var brått som om ingenting lenger virkelig betydde noe, bare at det var gøy og hun følte seg underlig løssluppen og nesten leken. Hun hadde smakt vin før men aldri reagert slik og hun visste at denne vinen var lagd på en hemmelig og spesiell måte som gav den andre egenskaper enn vanlig alkohol. Duchlain satte seg på senga og Ygraine satte seg ved siden av ham, det svingte lett for henne og hun fniste lavt. Om prestinnene hadde sett dette ville de vel ha steilet, eller kanskje ikke. Med det ryktet hun hadde ville de vel bare ha trukket på skuldrene av henne.

Duchlain var blitt blank i øynene og han hadde fått noe nytt i blikket, noe varmt og ivrig og han lente seg over og kysset henne varsomt på halsen. "Jeg tedde meg ille mot deg Ygraine, jeg gjorde deg vondt. Vil du la meg få en sjanse til å gjøre det godt igjen?" Ygraine hev etter pusten, hun ble øyeblikkelig nervøs igjen men merkelig nok bare psykisk. Hun så litt forvirret på ham. "Men vi er ikke alene her, og vil du virkelig? Nå?"

Duchlain så smalt på Ohlain som bare trakk skjevt på smilebåndet. "Ohlain er min nærmeste venn Ygraine, vi har delt alt i livet, også kvinner om du må vite det. Han gjør ikke noe av det!"

Ygraine kjente hvordan det svingte og hun følte seg underlig lett. Og hun kjente en slags trang til å være god mot ham, hun hadde berget ham og de hadde kommet seg levende unna. Og hun ville glemme det hun hadde sett den dagen, selv om hun var nervøs visste hun at det neppe ble like ille som første gangen uansett. Hun nikket nølende og Duchlain smilte lykkelig og kysset henne på munnen, hendene hans smøg seg inn under klærne hennes og løsnet dem og Ygraine greide ikke være blyg. Hvorfor ante hun ikke men hun følte seg brått trygg der, aldeles trygg. Duchlain ville henne bare godt og hun stolte på ham.

Ohlain hadde satt seg med ryggen til og prøvde å kjemme det lange håret med en kam nesten uten tagger, han kjente at vinen faktisk hadde hatt en viss effekt på ham også. Han ble ikke full men det løsnet hemningene og følelsene løp mer fritt. Han var misunnelig på Duchlain, hun var nydelig og han merket at det var for lenge siden han hadde hatt en kvinne. Men han tvilte på at Duchlain ville være villig til å dele henne med ham, hun var tross alt hans hustru og ikke en tilfeldig elskerinne.

Duchlain trakk av henne alt og fikk av seg sine egne klær, hendene hans gled over henne og følelsene det fremkalte var uvanlig gode.

Hun slappet av og prøvde og bare drive med strømmen og merkelige nye fornemmelser gjorde seg gjeldende. Duchlain kysset brystene hennes og sugde på brystvortene mens han strøk henne over ryggen, lot leppene gli over den følsomme huden på halsen hennes og småbet henne i øreflippen. Det var som om huden hennes brått brant, ble overfølsom. Han kysset henne på munnen igjen mens hendene lekte med brystene hennes og hun gispet da hun kjente tunga hans mot sin egen. Hun var brått glovarm over det hele og Duchlain hvisket navnet hennes og trakk henne nærmere. Han lot handa gli ned mellom lårene hennes og begynte å kjærtegne henne meget varsomt og tålmodig.

Ygraine greide ikke holde tilbake et gisp, hun hadde aldri følt noe slikt noen gang, brått hamret pulsen i henne og hun ble våt og kjente seg merkelig tom. Hun trengte ham, og nå var hun ikke redd lenger heller. Hun kysset ham tilbake med iver og Duchlain gned henne med en finger til hun sitret og skalv i grepet hans. Hun kjente at hver berøring fikk henne til å gløde av nytelse og hun forsto brått hvorfor folk likte dette. Duchlain var svært glad for at hun reagerte og han tok seg god tid, han var langt fra noen novise i elskovskunsten og visste hva kvinner likte. Han leste henne hele tiden og prøvde å finne hennes følsomme punkter og hun reagerte så vidunderlig sensuelt. Hun måtte ha vanvittig mye opplagret lidenskap i kroppen, hun hadde bare ikke vært klar over det.

Han angret som en hund på måten han hadde oppført seg på i tempelet og satte alt inn på å gi henne glede tilbake og hun virket for å glemme tid og sted å gå helt opp i de nye følelsene han introduserte henne for. Duchlain lot varsomt en finger gli inn i henne, det var ingenting som hindret ham lenger og Ygraine lukket øynene med et lite skrik og presset kroppen mot ham. Hun var klar, så klar hun kunne bli og han kjente at hans egen opphisselse også hadde nådd de store høyder. Ygraine stønnet navnet hans og han skjøv seg over henne, hun la beina sammen rundt ham og han lot seg sakte gli på plass. Ygraine greide ikke holde tilbake et skrik men denne gangen var det ikke av smerte, hun hadde aldri følt en slik fryd noen gang. Hun var hel, komplett. De var ett og det var mer riktig enn noe hun noen gang hadde gjort.

Duchlain stønnet hest og begynte å bevege seg i en langsom stø rytme og Ygraine greide ikke tie stille, hun måtte slippe det ut, stønnet høyt for hvert støt og lot kroppen følge rytmen hans. Det å kjenne ham i seg var så deilig at hun trodde hun skulle besvime. At det kunne gjøre så stor forskjell å være klar for det i motsetning til i tempelet da hun var livredd.

Ohlain slet der han satt, hjertet hamret i ham og han lukket øynene, prøvde å tenke på noe annet men det gikk ikke. Lydene og bevegelsene han følte fra de to ble for mye. Han greide ikke la være å snu hodet å se på. Ygraine var fantastisk, så perfekt at det var vondt å tro og hun glødet formelig av lidenskap og glede. Synet var så fengslende at han ikke kunne løsrive seg. Hun hadde aldri opplevd slikt før, han visste det og han var på en måte beæret over å være vitne til det.

Duchlain beveget seg rolig, stønnet lavt og huden hans glinset av svette i lyset fra peisen. Ohlain husket de gangene de hadde nytt av en kvinne sammen og han greide snart ikke styre seg.

Han snudde seg igjen, løsnet buksene og kjærtegnet seg selv, håpet at det ville tilfredsstille ham.

Ygraine så at Ohlain så på dem, hun så at han gispet og pustet tungt, at blikket hans formelig brant av trangen han følte. Hun burde følt seg brydd over at noen så på, men i stedet var det noe merkelig pirrende i det, og hun følte seg nesten litt uskikkelig på en sensuell måte. Den pirrende varmen bare steg og steg i henne med hver bevegelse Duchlain gjorde, hun greide snart bare å hive etter pusten og klamre seg til ham, hele kroppen glødet av denne vidunderlige følelsen av å være fylt og brått var det som om noe eksploderte i henne. Hun skrek, vred seg i spasmer mens den mest intense nytelse hun noen gang hadde følt raste gjennom kroppen. Duchlain skrek navnet hennes, slapp seg løs og fant en annen og raskere rytme som tok ham til orgasme også. Det å se henne komme for første gang var så opphissende og fantastisk at han følte seg rørt like inn i sjelen og det var utrolig å kjenne hvordan hun strammet seg om ham og brakte ham mot klimaks. Duchlain brølte og kjente at han nesten besvimte av kraften i det, han kunne knapt tro hvor fantastisk det føltes.

Ohlain hadde ikke greid å bli sittende der, han hadde snudd seg, lagt seg langs kanten av senga og stirret på dem mens han lot handa gli over det smertefullt harde lemmet som nå virket for å ha tatt totalt styringen over ham. Å se de to nå frem sammen var så utrolig vakkert men også forbasket opphissende og han kunne ikke greie det lenger. Ygraine hev etter pusten og prøvde å samle seg men den intense gløden var der ennå, den bare slumret i henne, klar til å bryte løs igjen som en brann som ulmer under asken. Duchlain hvisket navnet hennes ømt, la seg ned bak henne og hun kjente at han lot hendene gli over henne igjen, de var ru og sterke og samtidig merkelig behagelige og hun så bort på Ohlain og så hva han gjorde. Duchlain hadde også sett det og forstått hva broren følte, hvordan kunne han unngå å føle slikt med en kvinne som Ygraine til stede på en slik måte? Ohlain led, han merket det med hver sans han hadde, båndet mellom de to var som mellom sjelebrødre av alveblod og Duchlain tok en brå beslutning. Om det var greit for Ygraine var det greit for ham om Ohlain også ble en del av forholdet deres. Tross alt var han og alven nesten som ett allerede og han følte at Ohlain kanskje allerede var i ferd med å falle for Ygraine. Han ville ikke at den beste venn han hadde i verden skulle slite med slike følelser om det var en mulighet for at de kunne bli gjengjeldt. Ygraine hadde et stort hjerte, han visste det med usvikelig sikkerhet. Hun var så avgjort kvinne nok for to, om hun gikk med på det.

Ohlain fanget brorens blikk, så aksepten i øynene hans og skjøv seg nærmere, nesten desperat. Som de fleste av sin rase var han svært varmblodig og den ilden var nesten umulig å slukke uten at den fikk brenne seg ut i sin naturlige form. Å kjæle med seg selv ville ikke hjelpe stort, han kunne kanskje få utløsning men ville ikke bli tilfredsstilt, bare hul tom og full av lengsel. Duchlain lå bak Ygraine nå, de lå som to skjeer i en skuff og han hadde lagt armen rundt henne, lekte med brystene hennes og hun greide ikke slite blikket bort fra Ohlains smekre men sterke kropp og det han gjorde med seg selv. Det var så hun rent skalv av synet, av ilden hun så i blikket hans og den tryglende minen. Duchlain kysset henne i nakken, lot tennene skrape mot den følsomme huden og hun klynket og skalv, igjen brant det i underlivet hennes av denne søte varmen og lengselen. Han hvisket til henne. "Det er ok for meg om du hjelper ham, vi deler som sagt alt. Men det er ditt valg, om du vil være det samme for ham som for meg"

Ygraine nølte et øyeblikk, hun hadde lyst på Ohlain også, hun forsto det brått. Han var like vakker som Duchlain, bare på en annen måte, mer sensuell og forfinet. Hun greide ikke engang finne et påskudd for å være skamfull over den lysten, hun følte det i hver trevl i kroppen at dette var noe som bare måtte skje, at de tre var sammenknyttet av skjebnen Det var ingenting skittent ved det, ingenting galt. Hun gjorde noe godt og hun nikket sakte og skjøv seg nærmere alven som så ut som om han ikke riktig vågde å tro det han så. Han strakte ut en skjelvende hånd, strøk den varsomt gjennom det lange håret hennes og hun smilte mot ham og kom ham i møte, kysset ham ivrig. Ohlain smakte annerledes enn Duchlain, leppene hans var kjøligere og fastere og han dirret svakt. Hun åpnet munnen for tunga hans og strakte handa ned litt nølende. Fant det varme og lengtende harde og kjærtegnet ham forsiktig. Ohlain gispet og lukket øynene, han hadde en mine av noe som lignet pine på ansiktet og hun trodde et øyeblikk at han holdt på å komme men han greide visst å holde igjen bedre enn Duchlain. I stedet trakk han henne inntil seg, kjærtegnet henne med hender og lepper til hun presset seg mot ham og stønnet. Duchlain så på med mørke øyne, han følte seg underlig fornøyd, sammen kunne de virkelig gjøre opp for de vonde opplevelsene hun hadde hatt i livet. Hun fortjente det virkelig og han visste at han ikke kunne bli sjalu på Ohlain, uansett. Ohlain trakk ene beinet hennes opp, la seg bak henne og hun gispet da hun følte ham gni seg mot henne, gli frem og tilbake i den glatte sprekken hennes til hun ikke greide å holde tilbake små skarpe kvink av iver. Han støtte mot det følsomme punktet Duchlain hadde vekket med slik ekspertise for hver bevegelse og hun stønnet navnet hans bedende.

Ohlain var nesten på gråten av takknemlighet, og han var så tent at han snaut greide styre seg. Normalt sett hadde han perfekt kontroll over seg selv, selv i senga men med henne holdt det hardt. Han visste med usvikelig sikkerhet at hun var det samme for ham som hun hadde blitt for Duchlain, det skulle aldri være noen andre i hans hjerte etter dette. Det ville lukke seg og aldri mer slippe noen inn, hun var hans sjelemake fra nå av. Ygraine presset den yppige baken mot ham og han gjorde en rask bevegelse, endret hoftevinkelen og fant veien inn i henne med en jevn men rask bevegelse. Hun var så trang og glatt og varm at han ikke greide holde tilbake et skjelvende rop av ren lidenskap. Ygraine skrek også, han fylte henne på en annen måte enn Duchlain hadde, antagelig hadde det med stillingen å gjøre og hun stønnet av den intense nytelsen.

Duchlain hadde stirret på dem med et uleselig uttrykk i ansiktet, nå trådte han i aksjon igjen. Han skjøv seg ned og før Ygraine rakk og engang undre seg over hva i alle guders navn han gjorde kjente hun tunga hans mot dette følsomme stedet som styrte så mye av hva hun følte.

Følelsen var vanvittig, Ohlain var i henne og beveget seg kraftfullt og målrettet og hun hørte stønnene hans i øret, kjente den dype stemmen hans dirre i kroppen. Og Duchlain lå nede der foran henne og lot tunga leke med henne på en måte hun ikke engang hadde visst gikk an. Det var så vanvittig at hun et øyeblikk trodde hun måtte drømme det hele, men ingen drøm kunne være så fantastisk.

Hun kjente at det strammet seg i henne igjen, varmen raste gjennom henne på nytt og hun presset seg bakover mot Ohlain og skrek det ut og han hvisket hese ord til henne hun ikke forsto men hun skjønte meningen av rent instinkt. Ohlain støtte i mot bevegelsene hennes noen få ganger og så måtte han bare lukke øynene å trekke pusten dypt i det han begynte å komme. Duchlain så åndeløst og tilfreds at broren hadde fått det merkelige uttrykket i ansiktet som røpet at han nådde klimaks, for alver føltes det mye sterkere enn for mennesker og det var normalt at noen individer faktisk besvimte som et resultat av en kraftig orgasme. Ohlain hadde så avgjort den tendensen og Duchlain var klar til å roe ned Ygraine om det skjedde og hun ble skremt. Ohlain bendte ryggen bakover, presset seg så langt inn i henne han kunne komme i en ren refleksbevegelse han overhodet ikke hadde kontroll over og Ygraine hev etter pusten av følelsen. Det var på grensen til å være smertefullt men var det ikke, hun snudde hodet og så på ham i det hun kjente de første pulserende sammentrekningene i ham og den varme følelsen av sæden hans som ble presset ut i henne. Ohlain skrek navnet hennes, det så ut som om øynene hans hadde rullet bakover i hodet på ham og minen hans var som av intens smerte.

Duchlain hadde skjøvet seg opp igjen, kysset henne på kinnet. "Ta det med ro kjære, det er normalt, det kan hende at han slukner noen sekunder, det er også vanlig for ham"

Ygraine så litt forskrekket ut men godtok det, hun følte seg litt ydmyk over å ha skjenket ham så intense følelser. Ohlain hadde vært som en spent buestreng bak henne, dirrende i grepet til en orgasme som sannsynlig ville gitt et menneske hjertestans. Han stønnet langtrukkent og utrolig lettet og så ble han helt slapp og ramlet liksom sammen. Ygraine gispet da han gled ut og snudde seg på refleks. Han pustet og huden hans glødet formelig, han var utrolig vakker der han lå og hun fikk en merkelig øm følelse i brystet. Hun lente seg frem og kysset ham på pannen og Duchlain strøk henne over hodet. "Du var fantastisk kjære deg. Det er ikke alle som ville gått med på dette"

Hun svelget og la seg ned, ble liggende mellom de to og det føltes merkelig riktig. "Jeg vet det, men jeg tror vi har noe spesielt, jeg vet ikke hvordan jeg har den følelsen men den er ekte. "

Duchlain nikket, han følte seg lettet over at ting hadde skjedd så naturlig og lett. Det var faktisk bare å vente at Ohlain følte det samme for henne som ham selv, de hadde alltid hatt samme smak. Ohlain gispet lavt og åpnet øynene, det var tårer i dem og Ygraine strøk ham over kinnet litt forskrekket. Han så på henne med noe som lignet ærbødighet. "Jeg gråter av glede, tro ikke annet meleth nin. Jeg er bundet til deg nå, kropp og sjel så lenge du vandrer på denne jord"

Ygraine satte store øyne og Duchlain smilte litt vemodig og forsto. Broren kom aldri til å søke en annen make, dette båndet han hadde skapt til Ygraine var ubrytelig til en av partene døde. Og han visste at han selv allerede hadde gjort det samme, i den grad menneskeblodet i ham lot ham gjøre det. Det hadde vært et skjebnedøgn på mer enn et vis da de kom til det tempelet. Ygraine ble liggende der mellom de to og snart begynte de å kjærtegne henne igjen, snart brydde ingen av dem seg om hvem berøringene kom fra, alt som eksisterte var følelsen av varm hud mot hud og nærhet. Ygraine hadde aldri følt seg så trygg eller så elsket og hun hadde heller aldri trodd at det var så mange måter å gjøre det på. Hun hadde trodd at det alltid skjedde med mannen øverst men de to viste henne at hun kunne styre det hele like mye som dem, og hun nøt det uhemmet. Hun nådde frem flere ganger og det gjorde de også men Ohlain besvimte ikke igjen. Han bare skrek så veggene nesten ristet og en gang bet han henne i skulderen så hardt at det faktisk gjorde vondt men hun tok det bare som et tegn på hvor intenst det var for ham og godtok det helt naturlig. Da de omsider sovnet i en eneste krøll på senga var det langt på natt og sola var begynt å vise tegn på å stå opp i øst. Hestene hadde vært litt urolige for alt levenet men holdt seg der de var og resten av natten forløp i ro og fred.

Kapittel 8: Fra det skjulte..

Kjemp krigere, la sverdene drikke blod
Led oss ei til fall
Vi lar oss aldri knekke eller slå
Hør ulvene hyle mot månen i natt

Akisha og følget hadde hvilt i et døgn hos prestinnene i tempelet i byen. De hadde blitt meget godt mottatt og Akisha følte seg beæret over respekten de hadde møtt. Men hun hadde også fått noe nytt å engste seg for. Tempelet der i byen var på langt nær så stort eller prangende som det nye i Shabuch men gudinnens nærvær var sterkt der, så sterkt at det fikk hårene til å reise seg på armene hennes og stritte i nakken. Og nærværet var rasende, det formelig glødet av vrede og sorg og Akisha forsto at noe hadde skjedd som angikk gudinnen direkte. Hun tok en beslutning den kvelden, fikk med seg Frostfugl og Elywen og gikk til tempelrommet etter at prestinnene hadde gått til ro for kvelden.

Statuen av ulvinnen var like stor og livaktig som den i Shabuch, det kunne vært den samme faktisk så like var de og hun fant en ro i det velkjente. Akisha sto foran statuen, trakk pusten dypt og fant den roen hun trengte for å fungere som prestinne. "Hør meg o moder, vis oss din sorg, forklar oss din vrede. "

Reaksjonen var så voldsom at ingen av dem hadde ventet det. Foran dem formet det seg et mørkt hull i selve verdensveven, og gjennom det så de en scene så forferdelig at Akisha skrek og rygget bakover og Elywen ble blek og virket for å være i ferd med å besvime. Frostfugl sto der som manet i stein, hun var like blek som håret sitt og øynene var enorme svarte brønner av gru. De så orker, en stor flokk orker som hev seg over et følge med noe som måtte være prestinner og forsvarsløse sårede menn. Det var ingen lyd i denne visjonen og bra var det for Akisha kunne høre det i sitt sinn uansett. Hun skrek igjen og synet forsvant. I stedet sto ulvinnen der, som kjøtt og blod. Øynene glødet av sinne og tennene var blottet. "Dere så det, dere så hva mørkets skapninger har gjort. Jeg har bestemt meg i dette mine døtre, lysets makter kan aldri la dette passere. Dere skal hjelpe andre av lyset og jeg skal forberede deres ankomst. Reis videre i morgen, jeg vil lede dere!"

Ulvinnen ble borte og Akisha kjente at tårene rant, Elywen sto og gispet og Frostfugl hadde seget sammen på golvet, hun satt og skalv og øynene var fremdeles ville. Elywen hjalp henne opp og Akisha så forvirret på den sølvhårete alven. "Hva mente hun?"

Frostfugl bare svelget hardt. "Jeg vil ikke kunne styre sprangene lenger, hun vil bestemme hvor vi havner. "

Akisha sukket lavt. "Da får vi bare stole på henne, og hennes visdom. "

Elywen svelget hardt. "Jeg så noe mer enn dere jenter, jeg så meg selv i drageskikkelse, og jeg tror jeg så Ghuad også. Hun vil trenge all hjelp hun kan få. "

Akisha klemte de to fort, hun følte seg forvirret og redd men også besluttsom. Dette var for horribelt til at de kunne glemme det, det ville gi dem kamplyst og de trengte det. Hun gikk tilbake til det vesle rommet hun og Raigh hadde fått på deling og han satte seg opp i senga og så bestyrtet på henne. "Ved gudene jente, hva er galt? Du ser ut som om du har sett et spøkelse?!"

Akisha satte seg ned på senga, hun kjente at hun egentlig ville hyle, bli kvitt sorgen hun følte gjennom tårer men hun var for sterk til å slippe seg selv helt fri. Raigh strøk henne ømt over håret og hun gjemte ansiktet mot halsen hans. "Bare hold meg Raigh, dette kan du ikke dele med meg, jeg er lei for det men det er for brutalt"

Raigh var smart nok til og ikke presse på, han bare gjorde som hun sa og holdt henne hardt og trygt til hun roet seg og etter hvert sovnet i grepet hans. Da la han henne ned og trakk teppene opp rundt dem. Han sanset angsten i henne og hørte hevnulvene tasse rundt. Han visste at gudinnen hadde vist henne noe skrekkelig og han visste også at hun ville spare ham. Det rørte ham men hun burde vite nå at han var der for henne. Det var for henne han levde og pustet og han skulle være hennes skjold og verge. Det hun så burde han dele uansett hvor grusomt det var, hun burde ikke bære slike byrder alene. Han omfavnet henne varmt og lot søvnen bære seg bort. Morgendagen fikk bringe hva den ønsket, han skulle vite og møte den som gudinnen ønsket.

Ychmal satt ved skrivebordet sitt og skrev ivrig på et pergament, han hadde noen lister med uforståelige tegn foran seg og virket dypt konsentrert. I virkeligheten var han fly forbannet, denne forbaskede oppkomlingen trodde at han kunne tvinge en gammel mann til å jobbe raskere? Ychmal var ikke dummere enn at han skjønte hva Arendt kunne få til, mannen eide ikke skrupler og bare det fakta at Ychmal var den eneste som kunne finne hvor skatten var gjemt hadde berget ham så lenge. Nå hadde Arendt vært der igjen og truet ham med å stoppe all tilgang på mat og drikke, Ychmal kunne bare riste på hodet over slik toskeskap. Uten den slags er det ingen som klarer å jobbe noe særlig og Ychmal hadde allerede en ganske grei plan klar. Han hadde sett mye på gamle kart og funnet et passende sted å sende disse galningene til. Det var en dal ikke langt fra hvor skatten i følge kartet virkelig var gjemt og den var viden kjent for å være livsfarlig. I det minste hadde den vært det og han tvilte på at ting hadde endret seg så veldig mye i så måte.
De kunne rote rundt der i det troll infiserte hullet til de råtnet, de ville aldri finne noe som helst annet der enn død og han unte dem det. Overfor vaktene sine var han som før, tidvis klar som glass og andre ganger så rørete at han trodde de var fordums lærlinger. Han koste seg over å kunne lure dem men var nøye med og ikke å trekke det for langt, det gikk en fin grense der. Han avleverte daglig rapporter til Arendt nå og sørget for at han liksom nærmet seg mer og mer. Han måtte holde dem stangen til han fikk hjelp. Ihroc var forberedt og ville gå til aksjon så snart det ble mulig og Ychmal gledet seg til å se hva kongen fikk gjort med Arendt og resten av slenget hans. Det ville bli en sann svir å se det.
Ychmal var i ferd med å rote gjennom en hel haug med intetsigende

gamle spådommer fra kongedømmets spede barndom da han brått ble var et pergament som så litt vel forseggjort ut til å være verket til en eller annen tilfeldig spåkone på jakt etter noen raske mynter. Han fisket det kyndig frem og myste på det og ene vakten reagerte, han lente seg frem og glante frekt syntes Ychmal. "Er det noe viktig gammer'n?"

Ychmal sørget for og bare å smile litt slik bestefaderlig og satte seg ned, snudde litt på arket som for å finne ut hvor en skulle begynne å lese. "Det gjenstår å se gutt"

Han trakk på seg de enkle brillene han av og til brukte og skjønte fort at han hadde rett. Dette var ikke en hvilken som helst spådom. Det var noe han hadde lett etter i mange år og så skulle han altså finne det under slike omstendigheter. Gudene var av og til underfundige. Han strøk støvet av arket og studerte det nærmere, det var uten tvil eldgammelt og bare det tørre miljøet nede i biblioteket hadde spart det for tidens tann. Skriften var sterk og tydelig og skrevet med en svært aggressiv håndskrift som hoppet litt hit og dit men Ychmal kjente den, ved alle guder som han kjente den. Han gulpet kort og måtte ta seg sammen for og ikke røpe hvor ivrig han ble.

Selve alfabetet var gått ut av bruk for mange hundre år siden og få nå kunne tyde skrifttegnene men han kunne, som en av de få. Det var et meget vanskelig språk å lese, i hver setning var det en nøkkel som fortalte hvilke bokstaver som hang sammen siden vokalene ikke var skrevet opp. Vokaler og konsonanter var plassert i faste par og nøkkelen fortalte hvilke par som gjaldt i denne spesifikke setningen. Visste en ikke det kunne en lese noe helt annet ut av teksten enn det skriveren hadde forutsett. Og denne forfatteren var viden kjent for å være meget vag og begi seg ut på temmelig dulgte stier ordmessig sett.

Ychmal vinket på vakten og løftet vinglasset sitt bedende. "Kan du være så inderlig elskverdig å hente en kagge til med den ypperlige rødvinen? Ta et glass selv også, det er skrekkelig tørt her nå synes du ikke?"

Han slikket seg om leppene og hostet og vakten så brått begeistret ut, når gamlingen nevnte det så var det faktisk forbasket tørt der og han var tørst, og god rødvin? Det sa han aldri nei takk til. Dermed fikk Ychmal et par minutter alene og han utnyttet dem maksimalt. Fort skrev han noe på en papirlapp og stakk den fast mellom bordplaten og den tykke matten som beskyttet den mot slitasje. Ihroc ville få beskjed så fort han møtte ham. Ychmal satte seg så til med selve skrivet, han kjente at hendene dirret litt av iver. Det var sjelden glemte skriv fra denne karen dukket opp og de var utrolig verdifulle. Hans mentor hadde ment at det å komme over et av Nithay av Urdathans glemte skrifter var like sjeldent som å finne en ekte jomfru på et bordell.

Ychmal kunne alt om Nithay, fra mannens fødsel som en relativt enkel bondesønn til hans absolutte herredømme over magikernes akademi for over sju hundre år siden. Nithay var en gåte, en enigma. En mann velsignet med forsynets gave men ikke med de andre gavene som gjerne følger med den. Han var ingen trollmann, eide ingen magi, men han kunne se fremtiden som ingen andre. Noen sa at Nithay hadde vært tilbakestående men Ychmal visste at det ikke stemte. Mannen hadde bare vært meget tilbakeholden med hvem han egentlig var på grunn av sin enkle herkomst og han var ydmyk og uten hovmod. Det var slike sjeldne egenskaper, særlig i disse dager. Han tenkte grum i hu at Arendt kunne ha hatt litt av hvert å lære av den for lengst henfarne seeren.

Dette var en av hans lange spådommer, mange av dem var bortimot umulige å tyde og kunne egentlig vise til hva som helst, en kunne lese det en selv ønsket inn i teksten. Denne var derimot uvanlig direkte. Ychmal tydet seg sakte gjennom linje for linje og han kjente at hårene reiste seg langs nakken på ham og han fikk frysninger nedover ryggen. Dette var noe som ikke hadde skjedd, det var noe som ville skje. Og hva skulle det egentlig bety?

Han så at vakten kom tilbake og tok på seg det vanlige vennlige uttrykket, takket overstrømmende for vinen og lot vakten forsyne seg kongelig. Ychmal var vant med denne rødvinen, han hadde fått den tilsendt fra en by ved kysten som dyrket de beste druer noe sted.

Og denne vinen var av de beste derifra, svært tykk og kraftig og med en egen sødme som skjulte hvor djevelsk sterk den egentlig var. Ychmal kunne tylle nedpå av den uten særlig effekt, kroppen hans var tilvendt dette brygget gjennom mange år. Vakten var neppe så heldig og kom til å bli både søvnig og sløv. Det var akkurat hva Ychmal regnet med. Og han hadde en ide om hvordan han skulle utnytte dette funnet til sin fordel.

Vakten satte seg og virket for å halvsove og Ychmal noterte det han tydet i sin egen kode. Hva det enn var, det lovte ikke bra. Teksten snakket om dagen da de tolv hellige skulle våkne og byens murer skulle falle. Den fortalte om jegeren som skulle gjenoppstå i kjøtt og blod og en hvit flod som skulle svelge mørket. Det sto også om at dødens bror skal hente sitt trofe. Ychmal visste at Nithay kunne være ytterst kryptisk for selv blant hans nærmeste hadde det vært skeptikere som gjerne så at han ble kastet ut av akademiet og mente at han ikke hadde noe der å gjøre. En mann som bare så ting ut av løse lufta uten å bruke magi for å få det til var jo nødt til å være en sjarlatan av de store. I det minste var det deres tro.

Ychmal leste videre. Kongers blod skulle spilles sto det, og dragevinger slå over palassets murer. Ildens rose skulle avverge den høyes død og svarte sjeler fortæres av natten selv. Ychmal ristet oppgitt på hodet. Drager fantes ikke lenger og resten fant han heller ingen mening i. Men neste setning var lovende, den kunne han kanskje utnytte. Den tapte skatt skal finnes av den som ei leter sto det. Og den som leter skal aldri falme av tiden om han det finner. Under jordens knokler ble det skjult, dypt i mørket men dog så ydmykt.

Ychmal smilte lurt for seg selv, Arendt skulle få noen hint å gå etter som sikkert ville lede dem så på villspor at de glemte å huske på å vokte ryggen. Kom hjelpen tidsnok måtte denne mannen fjernes fort, og uten nøling. Arendt var virkelig svært farlig, Ychmal visste at han kunne prøve å kaste hele kongedømmet ut i kaos for mindre men holdt en ham på hugget hele tiden glemte han alt annet. Det var måten å avvæpne denne faren på, ved å leke med ham som en leker med en katt ved å feste en leke i en snor og slenge den rundt.

Ychmal visste ikke noe særlig om hvem Arendt var i ledtog med, han visste ikke om grev Aglaran og hans planer og i hvert fall ikke om det fakta at en fra kongens nærmeste slekt allerede var satt inn i planen. Aglaran var nok en svært forutseende mann men han hadde gjort en tabbe da han lot Costaon bli med i konspirasjonen. Det kom godt med å ha en så nær kongen der når han skulle kvitte seg med sine kumpaner og Costaon var like ivrig som ham ved tanke på hva de egentlig var etter men Aglaran hadde en svakhet som denne gangen kunne bli skjebnesvanger. Han dømte alle ut ifra seg selv og var ikke alltid i stand til å gjennomskue folk som ikke var ærlige med hvor de sto.

Aglaran hadde greid å komme i kontakt med Costaon via en felles bekjent siden Aglaran akkurat som kongens sønn foretrakk menn, og denne bekjente formidlet gjerne kontakt mellom de som ønsket å bli nærmere kjent med hverandre. Costaon var bortskjemt og maktglad og temmelig nytelsessyk og utålmodig og Aglaran hadde innsett dette. Han hadde handlet deretter også og bare gitt gutten den informasjonen han strengt tatt trengte men han hadde ikke tatt med i beregningen at det var langt større svakheter i ungdommens karakter enn som så.

Costaon hadde blitt så ødelagt av sin mors overdrevne omsorg at han hadde bikket over og blitt mer eller mindre psykopatisk av natur. For ham var det aldri andre enn ham selv som telte og han utnyttet andre for alt de var verdt. Aglarans snakk om skatten hadde selvsagt trigget hans iver etter makt og rikdom og ikke minst selvoppholdelses instinkt men enda mer hadde det trigget trangen til å gjøre seg bemerket, gjøre seg fryktet.

Og Costaon var så sjalu på sine slektninger at han begynte å handle før Aglaran egentlig hadde regnet med at noe skulle skje. Costaon aktet ikke å gjøre som den stillferdige og nesten selvutslettende Aglaran sa, i hans øyne var Aglarans plan bare et trinn på veien mot hans egen storhet og han aktet ikke å vente. Det var så at orkene snart sto for portene og Aglaran hadde vel rett i at det var mulig å skjule mye i det kaoset som ville oppstå men hva om kaos allerede var i gang? Enda mer kunne skjules da, og en hovedstad uten fast ledelse ville være enda mer hjelpeløs.

Costaon var ikke fremmed for å skitne til sine egne hender om han måtte og han hadde allerede sett seg ut sitt første offer. Sin eldste halvbror Alderim. Kongens eldste ektefødte sønn og tronarvingen. Costaon hatet sin far, antagelig fordi Corat nektet å gi etter for alle sønnens innfall og så ham for hva han var. Men han hatet sine ektefødte brødre enda høyere og skygget alltid banen når de var til stede. Corat hadde prøvd og aldri å gjøre forskjell på barna sine, uansett hvem som var deres mor men Costaon hadde av en eller annen grunn fått det for seg at han var så inderlig mye bedre enn de andre. Egentlig kunne han ingenting av betydning men han anså de andres suksess som et tegn på at de ble favorisert fremfor ham selv. Hans mor hadde selvsagt fremelsket mye av dette karaktertrekket hos ham med sin grenseløse idolisering av sin sønn. Han elsket henne tilbake på sin egen måte, hun var kilden han fikk sin styrke fra, den som oppmuntret ham. Ellers så han på henne som en klengete sytete hemsko som fylte ham med avsky med sin fete kropp og alt for sentimentale kjærlighet. Han oppførte seg selvsagt som den perfekte hengivne sønn når han besøkte henne men han prøvde å unngå det som best han kunne. Og snart skulle han slippe å se de digre kuøynene mer, hun skulle ut når han ble herre over dette stedet.

Alderim var som sagt første målet og Costaon hadde planene klare. Han visste at tronarvingen var hjemme og visste også at mannen hadde en sterk forkjærlighet for en spesiell frukt han fikk sendt til seg fra utlandet. I Costaons øyne lignet de store brune fruktene noe som aller helst burdevært kastet til grisene men Alderim elsket de søte greiene og Costaon visste hvem som fraktet dem til slottet og hvor de ble lagret. Resten av jobben burde gå meget greit for seg.

Nauth og de to dryadene hadde jobbet med de to ungdommene i noen dager nå, sårene etter brannen var nesten borte men jenta var blitt taus av det og hun virket for å ha blitt meget skadd mentalt. I følge Arjhed hadde hun sett sin egen far brenne til døde og det kunne knuse sinnet til noen og enhver. Nauth visste at de måtte beholde det arme barnet der til hun ble bedre igjen, der ute i den vanlige verden ville hun aldri klare seg nå, det foregikk for mye ondt. Nauth fikk i henne urter som gav en dyp og tung søvn og dryadene hvisket stille besvergelser over henne om natten, deres magi var stille og saktevirkende men den var dyptgripende som røttene til trærne som fostret dem og like mektig. Sakte ville de hjelpe jenta til å glemme det inntrufne.

Arjhed var noe annet, Nauth hadde merket det da han ankom. Det var noe ved den unge jegeren som hadde forundret henne fra første stund. Han hadde en slags energi ved seg, og et edelmot og en indre styrke Nauth ikke hadde sett hos et menneske før. I hvert fall ikke hos et menneske av såpass enkel avstamning og fra så primitive kår. En vanlig jeger fra fjellene, og han hadde ikke engang stilt spørsmål ved det men prøvd å advare så mange som mulig. Reist fra alt han kjente og gått faren i møte med hevet hode. Nauth visste at gudene hadde en storslagen skjebne i vente for ham, sansene hennes fortalte henne det.

Hun trakk på seg en kappe og gikk ut, dryadene ble tilbake i huset og hun gikk sakte langs en merkelig sti som snodde seg gjennom skogen. Den virket selvlysende i mørket og utenfor stien var det et mørke som virket nesten bastant og totalt. Hun gikk lenge, renset seg sjelelig mens hun gikk og hun nynnet på hymner til skaperverket hennes folk hadde kunnet siden tidenes begynnelse. Et rådsmøte i den innerste sirkelen var en hellig ting, en begivenhet av stor betydning. Hun hadde aldri vært med noen gang men nå var hun kallet og kunne ikke avslå. Ikke ville hun det heller.

Etter en god stund sto hun foran en enorm steinsirkel, tjuefire steiner sto der i perfekt orden, som pilarer av enorm velde så de ut til å bære selve himmelen og Nauth neide dypt i ærbødighet for selve stedet. I hennes folks sagn var det her verden ble skapt og hun gyste i det hun tok steget inn i sirkelen. Den lyste opp, hun var den siste som ankom og hun snudde seg sakte og så seg rundt., så de som var samlet der. Det var skapninger der få kjente til for deres verden var så fjernt fra menneskenes, og andre mange visste om men regnet for å være eventyr. Hun svelget og snudde seg mot midten der skapningen de kalte taleren sto.

Han ledet rådssamlingene og var eldre enn dette stedet ble det sagt. I sannhet så han urgammel ut, som en statue dekket med mose og lyng og forvitret og nedbrutt av tidens ubønnhørlige tann. Taleren hadde ikke øyne, men så alt, alle visste det. Nauth bukket og taleren kremtet. Hvor stemmen kom fra ante de ikke for han virket for å være av stein men sannsynligvis eksisterte han på flere plan samtidig. "Nauth, velkommen er du i vår sirkel. Stor fare har kalt oss hit, stor fare truer oss alle"

Nauth så seg fort rundt, hun så en Minotauros, en kentaur og en pegasus samt en hel flokk vesen hun ikke engang visste hva var. Det var en slags katt der på to bein og en kvinne med hale samt noen halvt gjennomsiktige vesen som virket for å flyte rundt som var de luft.

Taleren var den alle så mot nå og stemmen lød igjen, rungende og merkelig fjern, som om opphavet var et sted langt borte. "Orkenes vrede er vekket og den er skrekkelig. Den vil sluke dette landet og så de neste til alt står i brann. Og mørket gleder seg, død og natt vil bre seg og våre navn og våre krefter vil bli glemt. "

Kentauren kremtet kort. "Men orkene kan slås tilbake?"

Taleren var stille i noen sekunder, som om den tenkte hardt. "De kan slås, med gudinnens hjelp. Hennes utvalgte er på vei og de har mektige allierte. Men orkenes ondskap vil bestå i landet selv om de vender tilbake til fjellene, som en gift vil den ligge der og ulme og vente på å bryte ut i flammer igjen.. "

Alle så ned og en av de merkelige gjennomsiktige skapningene grep ordet. "Landet må renses mine venner, naturen vekkes på nytt. De som vekket vreden ante ikke hva de gjorde. "

Nauth følte seg skrekkelig nervøs men tvang seg til å si noe. "Vet vi hva de er ute etter?"

Taleren lagde en merkelig langtrukken lav lyd som hørtes ut som rumling. "De dødelige søker det ingen dødelig bør besitte, slik er det, slik har det alltid vært. Livets lover bør aldri brytes, men de glemmer så fort. De tror relikviene vil vise dem veien og de vil kanskje finne den men det som venter dem er ikke hva de tror. Det er aldri hva de tror. Hva som ble skjult viser seg kun for de som har evnen til å se med hjertet og ikke med øyet. Grådighet vekket vreden og grådighet fyrer opp under den, orkene ønsker mer nå, mer makt og mer blod og klanene vil kjempe igjen til også deres folk er ødelagt. Dette er en krig uten seierherre, kun med tapere. "

En langstrakt skapning som så ut som en mellomting mellom en dryade og en gnom hoppet litt opp og ned i iver. "Men som det ble sagt, landet må renses, hvordan? Kan det berge også dem fra å forgå i sin egen ondskap?"

Taleren brummet igjen. "Landet må vekkes brødre og søstre, jegerguden må vende tilbake. Orkene tilba ham en gang i tiden, de var hans barn før de vendte ryggen til alt som var rent og naturlig og begynte å tilbe mørke makter. Han har ennå kjærlighet til dem men som en streng far vet han at de må tuktes for å lære. Når timen er inne skal jegeren vekkes på nytt, hornet fra eldgammel tid skal på nytt lyde over himmelens hvelv og jegerens horde drive ondskapens makter ut. Dragevinger skal dekke stjernene og dødens bror høste sitt trofe. Ved nymåne skal jegeren vekkes, om han blir gitt det han trenger for å vekkes på nytt"

Nauth kjente at hun skalv, men ikke fordi det var så kaldt der. Dette var en annen kulde, den kom innenfra. En dryade med en merkelig mørk farge på den barkaktige huden bikket på hodet. "Og hva er det han trenger o opphøyde?"

Taleren var stille lenge, så lenge at flere begynte å røre urolig på seg, redde for at han ikke ville svare dem. Så kom stemmen tilbake, fjernere og mer vemodig enn noen gang. "Jegerguden trenger en kropp, en tapper sjel må tilby ham sitt eget kjøtt og blod å besette. Og det offeret må komme frivillig og i full viten om hva det betyr. "

Kentauren så ned, den lange svarte manen danset i en vind ingen der kjente noe til. "Og hva vil det bety?"

Taleren svarte med en gang, stemmen var sterk nå, rommet en styrke og stolthet de ikke riktig forsto. "Den som har båret en gud vil aldri mer bli menneske selv om sjelen forblir den samme. I evig tid vil denne ene være jegergudens bilde på jord, han stemme og

hånd, hans kjærlighet og hans vrede. I denne ene vil jegergudens makt slumre men aldri sove. Og veien vil aldri bli som den var. "
Nauth så ned, hjertet hennes hamret som en tromme og hun visste nå hva gudene hadde i vente for Arjhed, men ville han gjøre det? Ville han la seg besette av en guddom? Og føre en hær mot mørket, en hær verden ikke hadde sett på tusener av år? Hun så at flere snudde blikket mot henne og hun følte også at taleren betraktet henne, uten øyne. Hun svelget krampaktig. "Jeg skal spørre ham. "
Taleren brummet lavt, nesten kjærlig. "Godt søster, det er ikke mye tid å gjøre dette på, men la ham vite at vårt håp hviler i ham, og hans tapre hjerte. "
Nauth kunne bare nikke stille, nymåne, det var ikke langt dit. Taleren lagde en merkelig klemtende lyd og alle visste at rådet var oppløst for denne gang, de forsvant i mørket i hver sin retning og Nauth følte seg underlig tvedelt. Hun tvilte ikke på at Arjhed var tapper nok men var han virkelig den valgte? Og hva kom til å skje når en gud igjen trådte inn i verden som kjøtt og blod.? Noe i henne sa at det var et syn hun overhodet ikke var forberedt på å skue, et syn ingen dødelig var forberedt på å skulle oppleve.

På slottet visste snart alle at noe hadde skjedd Duchlain og Ohlain, og Corat gikk i evig engstelse for hva som kunne komme til å skje om de to ikke vendte hjem. Men det var mer presserende ting å tenke på. Det hadde begynt å komme flyktninger nå, folk rømte fra områdene rundt inn til byen og kongen var i full gang med å organisere hus og hjelpe til med evakueringen av flere nærliggende landsbyer. Noen kom seilende langs elvene og fortalte om skrekkelige hendelser og det virket for at orkene nærmet seg fra alle kanter på en gang. De var på vei mot Steinneven og Corat følte at dette ble en skjebnekamp. Byen kunne ikke falle, den kunne ikke falle for noen fiende. Den var lagd for å tåle hva som helst og skjulte feller og hemmeligheter ingen andre enn noen få kjente til. Han fryktet ikke for sikkerheten til de som kom seg trygt inn men det var noe ganske annet med de som ikke rakk det. Landet var stort og langstrakt og det var få festninger så sterke som denne. Tusener døde og han følte det helt inn i sjelen at landet aldri ville bli det samme igjen. Han beordret så mye av hæren som mulig til å støtte flyktningene og til å reise ut og hjelpe folk av gårde. Han fikk sendt skuter nedover elvene som advarte flere og fraktet folk inn til byen eller ut til kysten om de rakk det og han visste at selve byen også snart var en heksegryte av alskens sladder og ting folk mente å vite. Ingen der hadde trodd at de onde skapningene skulle ty til våpen igjen, deres tro forbød dem det. Men noe hadde altså skjedd som hadde vekket deres ondskap på nytt og Corat undret seg på hva det kunne være. Det måtte være alvorlig hva det enn var. Hoffet var også opprørt og Corat hadde gitt sine tre ektefødte sønner spesifikke oppgaver. De var alle dyktige offiserer og han hadde gitt dem beskjed om å forberede byens forsvar. Han tvilte ikke på dem heller, de ville greie det utmerket. Alle tre var gode dyktige menn som hadde den hardheten som kreves for å bli gode soldater blandet med omtanke for folket. Corat visste at de alle tre gjorde ham stolt, selv før noe hadde skjedd der.

Kvinnene gikk og var svært engstelige og ryktene fløy mellom veggene, det ene mer horribelt enn det andre. Men Corat kunne ikke bry seg med det nå. Ferna prøvde å legge seg opp i det men han hadde vært temmelig brysk da han ba henne vende tilbake til sine egne gemakker. Dette var krig og hennes kunnskaper var til liten nytte i så måte. Han var ofte hos Duchlains mor og ba om råd og hun virket rolig men nervøs også. Hun visste at sønnen var i live men farer truet overalt. Hun kunne bare stole på at hans evner og dyktighet holdt ham vekk fra orkene. Duchlains sønn Ilvar hadde en guvernante og flere barnepiker som passet ham til daglig. Han hadde ingen minner om sin egentlige mor og bra var det, Hun hadde aldri likt Alyssa og visste meget godt at det barnet som førte til hennes død var unnfanget med en annen enn hennes sønn. Som alv hadde hun et annet syn på sex enn mennesker, men utroskap var utroskap og kunne ikke så lett tilgis. Alima var ikke særlig gammel slik alver regner tid men for et menneske var hun mange ganger eldre enn sin husbond og hun hadde stor visdom. At Corat hadde presset igjennom det ekteskapet anså hun som en stor feil og hun

260

visste at også han følte det slik.. Duchlain hadde aldri likt den kvinnen og kun æresfølelsen hadde fått ham til å holde ut med henne så lenge som han nå hadde. Men Ilvar var en velsignelse og Duchlain elsket sønnen dypt og inderlig. Det var ikke rart, gutten var en real hjerteknuser og Alima elsket ham høyt akkurat som de andre der.

Guvernanten var dyktig og gutten lærte fort, han var høyt og lavt og ville vite alt om alle ting han så og Alima bare ba om at han ikke fant ut at faren var i stor fare. Ikke at en så liten gutt kan skjønne så veldig mye men allikevel. Redsel er noe barn fort plukker opp og hun hadde prøvd å holde barnet vekk fra all ståheien og all aktiviteten der. Guvernanten satt i en vinduskarm og prøvde å få Ilvar til å telle hestene i borggården da Alima kom gående forbi. Gutten hvinte av glede og hev seg rundt beina hennes og Alima klemte ham kjærlig. Guvernanten neide dypt og smilte litt unnskyldende. "Han har så mye energi i dag. "

Alima så ned på det strålende ansiktet og strøk barnet kjærlig over kinnet. "Jeg ser det, hva gjør dere i dag?"

Guvernanten sukket litt oppgitt "Jeg prøver å lære dette vesle trollet å telle men det er ikke lett. Han vil bare vite hvor alle soldatene skal"

Alima nikket, hun så at enda en tropp var på vei ut og følte at hjertet hamret ekstra hardt. Ble byen beleiret kunne det bli virkelig forferdelig. "Gå med meg kjære deg, fortell meg alt du har lært disse dagene"

Gutten lyste opp og begynte å ramse opp en hel masse, så fort at det var vanskelig å skjønne hva han sa. Alima kjente igjen begge sine sønner i dette barnet, Duchlains spontanitet og iver og Ohlains mere varsomme måte å nærme seg ting på. Hun visste at hun så yngre ut enn mange kvinner som snaut hadde fått sine første barn og hun hadde allerede barnebarn, men slik var det å være av alveætt. Hun tok Ilvar i handa og de gikk bortover gangene. Ilvar fortalte med stor entusiasme hvordan han hadde lært å legge salen på ponnien sin og noen hoffdamer svinset forbi og vinket kjærlig til det yndige barnet.

De kom inn i en av de mindre salene der kongen samlet folk for å drøfte ting, Alderim og Corat satt der og gransket kart sammen med et par generaler som mente at det burde gå og stanse orkene vest for elva. Mennene så opp og Corat smilte vennlig til barnebarnet som spratt opp på en stol for å se på kartet. Alima grep ham og løftet ham vekk før han ødela tegnene de hadde skrevet på det. Generalene smilte velvillig til gutten og den ene av dem lot ham få leke med den kunstferdige hatten sin litt til gutten mistet interessen og så seg rundt etter noe annet å bruke energien på. Alima hadde stilt seg opp ved siden av Corat og betraktet også kartene og Guvernanten snakket lavmælt med en av kammerjomfruene om at sengetøyet måtte skiftes i deres kammer før kvelden. Alima så at generalene tenkte rett, orker liker ikke å krysse rennende vann og greide de å holde broene vest for byen kunne de forsinke angrepsstyrken lenge. Kanskje lenge nok til at de fleste flyktningene kom seg i sikkerhet. Men hun visste at orkene antagelig kom fra flere retninger og neppe lot seg stanse særlig lenge. De fant alltid en omvei, det visste hun av bitter erfaring.

Corat hørte på alle der og diskuterte strategier som de kunne benytte seg av men han skulle av og til ønske at han hadde flere folk å rådspørre. De hadde så begrensede erfaringer med orker, de visste lite om hvordan disse skapningene kriger. Han studerte kartet igjen, det var ganske nøyaktig men det var detaljer i terrenget som ikke var mulig å få med og som kunne være forskjellen på seier og tap. Og hvor mange var de? Hva slags våpen hadde de? Han var virkelig snart gått tom for ideer. Det og bare få folk innenfor de mektige murene hjalp dem kanskje fra den umiddelbare faren men reddet dem neppe i lengden. Hvor kunne de få hjelp til å slå tilbake en hel hær med slike skapninger? Hvilken makt var stor nok til det? Han kunne ha revet seg i håret om ikke hans stolthet forbød ham det.

Ilvar var høyt og lavt, han kløv på skapene, speilet seg i de blanke skjoldene på veggen og prøvde å klatre i pynte snorene på et gobelin som forestilte en av hans forfedre. Ene barnepike halte ham ned igjen med et smil og kalte ham en liten ape. Deretter så gutten sitt snitt til å rase opp på bordet og forsyne seg fra fruktfatet som var satt frem der så mennene kunne forfriske seg. Han grep en av de mørke fruktene Alderim var så glad i og satte tennene i den med stor iver. Alderim bare så på griseriet og ristet oppgitt på hodet. De fruktene var skrekkelig dyre men han unte gjerne nevøen en av dem, de var litt umodne etter hans smak men gutten likte den visst så hvorfor ikke. Etter litt hadde Corat bestemt at de skulle satse på å få folk over elva og så skulle de befeste alle broene og rigge dem til så de kunne tennes fyr på om nødvendig. Generalene var enige så de gjorde en ekstra mandig honnør til ære for damene som var til stede og gikk igjen i taktfast marsj.

Guvernanten fikk hugget tak i Ilvar igjen og halte gutten med seg for å gi ham et bad og Alima ble sittende med Corat for å lufte engstelsen for Duchlain. Hun følte på seg at sønnene ville få hjelp men ønsket stadig hardere at de var der, med henne. Hun var redd nå, visste at landet sto overfor en skrekkelig krise og hennes sanser fortalte henne også noe mer. Gudene var urolige siden så mye ondskap og mørke var vekket nå, hun hadde drømt om gudinnen de siste nettene og hver natt hadde kvinnen med ulveøynene hvisket noe til henne men hun hadde ikke skjønt det og husket ingenting av det når hun våknet heller. Hun var glad hun var trygg der hun var men hun skulle gitt alle smykkene sine og gladelig tryggheten også for å se sine to barn hos seg på nytt. Alima hadde faktisk hatt et barn til, en datter. Ingen visste noe om dette for hun hadde aldri fortalt det, det smertet ennå for mye og engang å tenke på vesle Nialay. Hun hadde vært hennes første barn og faren hadde vært en hun hadde et ganske kort og stormfullt forhold til da hun ennå egentlig var for ung til å binde seg til en mann. Men hun hadde blitt med barn like fullt og hun hadde vært vettskremt og ekstatisk om hverandre. For deres folk var ethvert barn en sjelden skatt og uendelig verdifullt og stammen hennes hadde vært en utrolig støtte for henne de to årene hun gikk svanger. Alima sukket, da hun gikk med guttene hadde hun visst hva hun kunne vente seg, og svangerskapene hadde vært normale, fødslene likeså. Det hadde ikke hennes første vært og hun hadde nesten satt livet til. Hun hadde vært så alt for ung, kroppen hennes ennå ikke ferdig utvokst og redselen for stor til at hun greide å lytte til instinktene sine. Hun hadde lidd i fire hele dager før hun ble forløst og barnet levde bare i to dager etterpå. En vakker liten pike hun hadde elsket fra første øyeblikk, uansett hvor mye smerte hun hadde lidd på grunn av henne. Og sorgen hadde vært sønderrivende, knusende. Kun hennes ennå smidige unge sinn hindret henne i å gå aldeles til grunne og det tok århundrer før hun våget å åpne hjertet igjen og slippe noen inn. Og også denne kjære mistet hun etter å ha fått Ohlain. I det minste husket hennes eldste sønn sin far, det var en god ting. Av denne grunnen var hun så livende redd for å miste sine kjære, hun visste hvilken sorg det ville skape og fryktet å gjennomleve det på nytt. Hun gikk til sitt eget private lille tempel den kvelden, hun hadde en liten hage bak sine gemakker, rammet inn av høye murer men allikevel et vakkert sted og hun hadde fått et gudetre brakt dit fra stammens skog. Det var høyt og rankt og vakkert og stammen hadde snodd seg om seg selv så den hadde fått et vakkert men underlig mønster hele veien opp. Og allikevel var stammen sterk og rett og bar den brede kronen lett. Nede ved roten var det omhyggelig skåret inn hellige tegn som lyste mot den grå barken som blod. Alima knelte foran det, helte stille melk og vann over røttene og hvisket bønner som skulle sikre en gudenes velvilje og beskyttelse. Hun ba for sine sønner og for Duchlains nye hustru. Hun følte at denne jentas energi på et merkelig vis var knyttet sammen med begge hennes sønner og hadde allerede en mistanke om at de nå begge var å regne som hennes make. For en alv var det langt fra noen merkelig tanke, for et menneske var det heller underlig siden et forhold for dem som regel bare involverer to personer.

Alima gjorde ferdig bønnen og reiste seg, hun frøs litt i den tynne nattkjolen og trakk et pledd om skuldrene. Livet i hoffet kunne være vanskelig til tider, hun var et barn av skogen og tilbake til skogene ville hun vende når Corat ikke var mer. Hans liv var så kort i forhold til hennes, kun som et stjerneskudd en stille natt. Det ville ikke var lenge før hun igjen var fri, men hun ville sørge den dagen det skjedde. Corat hadde vært god mot henne og gitt henne et hjem og sitt hjerte på kjøpet. Og hun hadde lært mye nytt, ikke alt var like godt men enhver erfaring var verdifull. Hun hadde lært mye andre av hennes folk ikke ante noe om og hun måtte smile ved tanken på hva mange av hoffolkene hadde trodd og sagt om henne da hun var ny der. Hun hadde venner der nå, gode venner. Men også folk som skydde henne og hun visste at Ferna var en av dem, men dronningen hadde aldri prøvd å bli kvitt henne. Det var visst skikken med konkubiner der i landet og så lenge Alima ikke hadde prøvd å gå i veien for Fernas makt hadde det gått forholdsvis greit. Alima kunne ikke forstå Fernas livssyn og oppførsel og hun hadde for lengst gitt opp å gjøre seg til venns med dette uvanlig grinete kvinnemennesket. Alima kunne noen ganger ønske at hun kunne brukt magi på Ferna og gjort henne mer omgjengelig men det gikk ikke. Hun hadde lite slike evner og uansett var det ikke lov siden det var regnet som svært uetisk. Alima gikk til sengs med en tom følelse i brystet, hva morgendagen brakte ante hun ikke men hun skulle stå ved Corats side som så ofte før. Han hadde kalt henne sin styrkes kilde og i det fant hun både stolthet og glede, bare hennes sønner vendte hjem ville alt bli godt igjen.

Janrem hadde ligget svært lavt i terrenget siden han ble vitne til mordet på Uthar, han hadde ikke våget å stikke seg ut og han hadde ikke våget å ta på seg noen nye oppdrag heller. Han hadde lagt seg opp penger og klarte seg egentlig på lite om han måtte. Og han var svært god på å skjule seg også, han visste hvordan han skulle utnytte denne byens virvar av gater og smug, alle de som kom til den og fylte den til randen og de som nå snaut visste sin arme råd. Det kom flyktninger nå hver dag og han hadde for lengst skjønt at det hadde med denne forbaskede konspirasjonen å gjøre. Noe i Janrem følte en slags trang til å gå rett til kongen og fortelle det han visste men han var langt fra sikker på om deres monark ville tro ham. Han var tross alt en tyv og hvilke beviser hadde han? Det var flere av disse folkene rundt Arendt som var blant kongens nærmeste adelsmenn og Janrem visste at de ville være kjappe til å reagere om han røpet at han visste.

Det var en ubehagelig situasjon å være i, han hadde prøvd å holde øyne med Arendt og de andre og det virket for at de hadde satt seg for mål å utnytte kaoset. Og de holdt tydeligvis vakt over den gamle vismannen Ychmal. Janrem skjønte at han skulle tyde diverse for dem, dummere var han ikke og han skulle ønske han kunne stikke kjepper i hjulene for dem på et vis. En løsning ville selvsagt vært å bli kvitt gamlingen men Janrem var ingen morder. Han var en tyv, og en forbasket god en også. Han hadde sin stolthet og det å skade folk alvorlig var under hans verdighet. Det overlot han til slike spyttslikkere som lauget som gjorde hva som helst de ble betalt for. Janrem hadde et krypinn der i byen, få visste om det og enda færre trodde at noen kunne bo der. Det var et lite åpent rom under taket på toppen av et gammelt vakttårn på en av de ytre murene. Det var trekkfullt, mørkt og fylt med dueskitt og flaggermus rester men det var trygt. Janrem visste ikke om noen som kjente til den gamle døra som ledet opp til toppen lenger. Tårnet hadde ikke hatt tak da det ble bygget, da hadde toppen hatt brystvern og det hadde vært en stor Baune på toppen der. En gang hadde de brukt slike for å varsle om ufred og fiender og den hadde nok gjort sin nytte flere ganger. Men til slutt ble Baune systemet for gammeldags og de gikk bort fra det. Den ble fjernet og et tak bygget over tårnet for å beskytte det mot vær og vind og det at det var hult og hadde en trapp ble glemt. Tårnet sto i en av de fattigste delene av byen og så så falleferdig ut fra utsiden at ingen vågde seg nær det. Janrem hadde brukt det i mange år men han hadde ikke noe særlig med eiendeler der. Han hadde bare ting der han kunne ha råd til å miste, en liten madrass, tepper og klær og noen skinn vin samt en skinke, litt ost og biter av det tørre brødet som ble solgt på hvert gatehjørne. Han trengte ikke mer for å klare seg i noen dager. Janrem var vant til å være alene, han trengte ikke kompani fra andre og han visste så alt for godt at i hans geskjeft var nære vennskap en svakhet, nesten en slags akilleshæl. Han holdt derfor folk på en armlengdes avstand og selv de som mente at de kjente ham skrøt bare. Ingen kjente Janrem til bunns andre enn Janrem selv.

Han hadde forstått hva Arendt og de andre drev med nå, de var i ferd med å gjøre de siste forberedelsene til hva det nå var de planla og Janrem visste at det dreide seg om en slags skatt. Verdien var sikkert en ting men han kunne ikke helt forstå hva som fikk folk til å gjøre noe så horribelt som det de hadde. Orkene var gått til krig igjen, landet kom til å ligge avsvidd tilbake, hva skulle en da med rikdom? Eller var det noe annet som sto på spill, noe mer? Det var tydelig at de prøvde å fjerne løse ender nå, flere av lauget hadde vært sett rundt i byen og han hadde også sett vakter fra noen av adelsmennenes private hærer som gikk rundt og stilte spørsmål. De prøvde å finne den som stjal kartet for Uthar og lauget var antagelig allerede klar over hvem det var. Tross alt var det ikke så mange der i byen som var så dyktige. Lauget ville bare drepe ham, vaktene ville trekke ham inn for fengsling og så ville han råtne i en celle et eller annet sted eller så skjedde det en ulykke og bort med ham.

Janrem forbannet Uthar for dette men han var ikke rådløs. Det å skjule seg var han vant med, han burde klare det en god stund til og han var også en mester i forkledningens kunst når han trengte forsyninger. Janrem bet tennene sammen og forberedte seg på lange og kjedelige dager men det var en liten pris å betale. Han tenkte litt på og kanskje å skrive et anonymt brev og sørge for at kongen fikk det. Han var dyktig til å skrive og kunne lage brev som så aldeles offisielle ut, det burde kunne gå men da trengte han utstyr og han kunne ikke forlate dette stedet før det ble mørkt. Det var den eneste måten han kunne lette samvittigheten på så han bestemte seg for at det fikk stå sin prøve. Han måtte bare vente på mørket.

Den kvelden snek han seg ut og han hadde trukket på seg en billig parykk som gav ham langt fett mørkt hår og han hadde sotet haken så det så ut som om han hadde mørk skjeggstubb. Dessuten hadde han trukket på noen riktig stinkende klær som ingen der i byen ville gått i frivillig. Gatene var tettpakket med folk, et fremmed fjes til fikk ingen til å reagere. Han gikk der og passet på å se fattigslig ut så ingen kom på ideen om at han kanskje var verdt å rane. Etter en stund kom han over en kremmer som solgte all verden med forskjellige småting. Han kjøpte et ark pergament fra mannen og betalte med mynter fra naboriket. Det var ikke verdt å etterlate seg noen spor. Etterpå vandret han videre og i løpet av noen timer fikk han skaffet seg penn og blekk også. Nå trengte han bare å få satt seg ned og skrevet brevet og han måtte sørge for det nådde kongen og kun ham.

Janrem kjøpte seg litt mat og åt mens hans satt med ryggen mot veggen i en av de små buene som sto langs de ytre murene. Der lå husene nesten oppå hverandre og var stort sett å regne som rønner som hang sammen av lite annet enn gammel vane. Det var en slum men Janrem trivdes der, han kjente alle de mennesketypene som ble trukket til dette miljøet og han forsto dem. Dette var hans hjem og han aktet ikke å la seg jage derifra. Etter maten gikk han sakte enn runde og passet på at ingen fulgte etter ham. Han så ut som en vanlig flyktning, forvirret og rotløs og uten noe sted å gjøre av seg. Det var over midnatt da han trakk tilbake til tårnet og han kjente at han var sliten og trengte søvn.

Han gikk opp trappen og åpnet luka, trakk seg opp og stengte den stille. Duene kurret lavt på takbjelkene og det var stille men brått var det som om et eller annet instinkt grep tak i ham. Janrem var ikke dum, han hadde vært i fare mange nok ganger til å stole på magefølelsen og den fortalte ham at han ikke var alene. Det var ingen vakter der, de ville ikke snike seg inn slik, dette var laugets folk og han var ikke så tåpelig at han undervurderte dem.

Spørsmålet var om de undervurderte ham. Han lot som om han skulle ta en slurk vin, den var sterk og gammel og han hadde et lite fyrstål gjemt i handa. Fort slo han en gnist før han sprutet vinen ut igjen i en bue. Det var så mye alkohol i dette fluidumet at den tok fyr med en gang og den brennende væsken traff ganske riktig en person i den tette svarte drakten lauget brukte.

Janrem brukte øynene godt i noen sekunder, det var fire av dem der. Han kjente at hjertet hugget i ham, fire! Han var i livsfare og visste det. Drakten til laugsmannen han traff brant liflig og fyren ravet bakover med et vræl og prøvde å slå ut flammene, de andre tre styrtet mot Janrem i et meget godt koordinert og helt stille angrep. Janrem hadde kun en lang dolk og en kniv på seg, han trakk begge og tydde til det han en gang hadde lært da han studerte til trollmann. Han hvisket en besvergelse som fikk to av karene til å miste fotfestet og ramle rett om på golvet. Den som var igjen lot det ikke affisere seg, han kom med sverdet først og Janrem parerte med kniven og kjørte dolken rett i halsen på mannen før han rakk å få armen opp som forsvar. Det å kutte en strupe var for tungvint, for mye å skjære gjennom. Å stikke slik var mer effektivt og han trakk bladet ut igjen med et gisp. Fyren som brant hadde sluknet nå, og var antagelig stygt forbrent men ennå i stand til å slåss. Karen hveste nesten og i mørket var det vanskelig å se noe som helst. Janrem var tørr i halsen av skrekk og alt gikk liksom fryktelig sakte. Han dukket under den forbrente sitt angrep og kjørte dolken opp under ribbeina på fyren i et oppadgående støt som punkterte hjertet og fikk mannen til å klappe sammen øyeblikkelig. Den andre han hadde stukket var allerede døende og han skulle til å snu seg mot de andre to da han kjente at det beveget seg bak ham.

Janrem hadde en krigers reflekser, det berget ham til en viss grad. Han hev seg forover og bladet som ville ha styrtet inn mellom ribbeina på ham gled i stedet over dem og kuttet muskelvev og hud. Janrem skrek av smerte, spant rundt og slo ut med knyttneven. Det var et primitivt angrep laugsmannen ikke hadde forutsett og slaget traff mannen rett i ansiktet og knuste nesen hans. Smerten fikk ham til å rave bakover et steg og Janrem beveget seg forbausende fort. Han kjente stedet og fikk mannen mellom seg og den siste av karene. Så kylte han kniven inn i tinningen på den nærmest av all sin kraft. Mannen stupte momentant og det var kun Janrem og en av laugsmennene igjen.

Janrem kjente at blodet rant nedover ryggen på ham, smerten var nesten lammende og han kjente seg svimmel. Han merket at venstre armen ikke fungerte helt som den skulle, antagelig var det gått noen nerver som var nødvendige der og han bannet innvendig. Den siste laugsmannen var antagelig den dyktigste av dem, slu og varsom og erfaren. Janrem undervurderte ikke mannen men måtte bli kvitt ham fort, før han selv ble for svekket. Og hvordan skulle han komme seg vekk? De holdt garantert vakt over tårnet og ville se det om han kom ut igjen og de fire ikke.

Laugsmannen sirklet ham sakte, Janrem bet tennene sammen mot smerten og den økende svimmelheten. Han mistet mye blod, alt for fort. Han var ikke så dum at han ikke forsto at han var alvorlig skadet. Bare flaks hadde avverget et umiddelbart dødelig sår, men det kunne ennå koste ham livet uansett. Tankene hans svirret vilt, han måtte ha et knep i ermet som kunne redde ham? Laugsmannen lo dempet, han visste at byttet var såret og at det kun var et tidsspørsmål før Janrem bukket under for skaden. Janrem kjente at beina dirret under ham, han hadde snart ikke styrke igjen. Det slo ham brått, hva han kunne gjøre. Det var et knep han hadde lært som lærling og det var så stygt at det egentlig var forbudt for alle andre enn erfarne trollmenn. Og det tappet en for mye kraft men Janrem så ikke noen annen utvei nå. Laugsmannen var en trenet snikmorder, Janrem var en tyv som ikke var spesielt god med våpen i det hele tatt. Han måtte bruke de egenskaper han tross alt hadde.

Sakte løftet han høyreneven som for å trygle om nåde, men i stedet skrek han en rask besvergelse som i løpet av et øyeblikk resulterte i en liten kule av intenst lys. Janrem hadde lukket øynene, han visste hvor snikmorderen sto og siden lyset måtte ha blendet mannen var det mulig for Janrem å rase frem de siste to tre stegene og kjøre dolken sin gjennom brystet på ham. Laugsmannen skrek håst og hugg etter Janrem, trakk blod fra et langt sår langsmed underarmen hans før han ramlet sammen i rykninger på det skitne golvet. Janrem jamret seg dempet, han besvimte snart. Han trengte hjelp men hvordan skulle han få det?

Den som ikke har noe å tape har ingenting å frykte og han snublet bortover golvet mot stedet der taket møtte den lave veggen. Det var en luke der og den hadde ikke vært åpnet på flere hundre år. Hva som enda bedre var, den var på siden av tårnet som vendte bort fra gata under. Siden tårnet sto midt over muren var denne siden på utsiden av muren og på den sida var det ingen hus. Det var et område som kun ble brukt til å plassere vogner og annet transport materiell folk hadde med seg til byen siden gatene ikke tålte den slags. Alt avhang nå av at han husket riktig og at ting ikke var flyttet. Et fall fra denne høyden drepte en mann, kort og godt og han bare ba om at gudene var med ham i dette. Han brøt opp luka så stille han kunne og snek seg ut på taket. Det var bratt og glatt og han var svak nå, skrekken og smerten drev ham til å gjøre noe han ellers aldri ville gjort. Han lot seg skli nedover det skrå taket mot et fall på tjue meter og en sikker død om bonden som eide høylasset hadde flyttet det.

Janrem skrek ikke i det han brått var i fritt fall, det skulle han ha. Han bare stirret nedover i mørket og ba om en rask død om ikke vogna sto der lenger. Den sto der, Janrem traff høyet med et dempet dunk og bet tennene sammen da ene armen traff karmen på vogna og brakk. Han kjente at tårene rant av smerte og skrekk og han tvang seg til å kare seg opp av høyet og ut på bakken. Det var kun et sted han kunne være trygg nå og han måtte nå dit før lauget skjønte at han hadde unnsluppet. Med andre ord, han hadde kun minutter på seg. Heldigvis var det ikke langt men han var snaut i stand til å stå på beina lenger. Janrem hadde to i seg, han tvang seg opp, han hadde ennå forkledningen og sjanglet fremover som en full gaterangler. Han ville spy så vondt gjorde det, sårene hamret og dunket og blodet rant ennå, hvor mye blod var det egentlig en mann kunne miste og ennå leve? Armen var like ille og han følte seg underlig fjern, som om ting ikke lenger var virkelig.

Han var ikke redd for døden, ikke i seg selv. Men han var redd for å dø til ingen nytte, det han visste måtte nå frem. Han vaklet seg frem, støttet seg på vegger og kom seg inn i mellom smugene i fattigstrøket. Det var folk der nå også, det yrte av dem og mange rygget vekk for den tilsynelatende døddrukne mannen. Janrem hikstet, synet sviktet for ham og det å legge seg ned og bare å slippe taket var brått fristende men han kunne ikke. Lauget skulle få svi for dette, ved gudene som de skulle få svi.

Han fant den riktige døra innerst i et smug så smalt at det ikke gikk for to personer å gå forbi hverandre. Den var smal og nesten usynlig i mørket og han jamret seg og støttet seg på veggen, måtte ta seg sammen for å greie å banke på i den hemmelige koden han brukte.

Det gikk flere minutter og Janrem var sikker på at han kom til å dø
der ute i smuget da døra brått gikk opp. Et uklart ansikt dukket opp
og han hikstet navnet sitt lavt. To never grep tak i ham og halte ham
innenfor og han pliret mot det svake lyset og så bedende på henne
som sto der. "Hjelp meg Irab, jeg har et knivstikk i ryggen og langs
armen og en brukket arm og.. "
Kvinnen var eldgammel, hun så aldeles ut som en rosin i ansiktet og
bare de små skarpe øynene røpet at hun var klar i hodet. Hun trakk
ham med seg bort til en benk og formelig hev ham ned på den, rev
av ham klærne så han skrek av smerte. Irab var sterkere enn en
skulle tro, hun var heller ikke særlig forsiktig eller omtenksom. Hun
så fort på såret på ryggen hans og smattet bekymret før hun raste
bort i et skap og kom tilbake med et eller annet i en krukke. Irab var
en klok kone, det var henne fattigfolk kom til for å få hjelp og han
visste at hun hatet lauget som pesten. De prøvde å be henne om
penger for beskyttelse da hun først kom til byen og gav seg ikke før
flere av lederne brått og uforklarlig døde av pest, som de eneste i
byen da. Irab var ikke en person en spøkte med, hun leflet med
mørke kunster og var snaut nok mer enn en heks men Janrem kjente
henne og han hadde hjulpet henne med og skaffe til veie diverse
gjenstander hun ønsket ved flere anledninger. Han hadde ingen
illusjoner når det gjaldt hva hun mente om ham men hun var den
eneste han visste om som kunne hjelpe.
Irab helte noe i såret fra krukka og Janrem greide ikke engang
skrike så vondt gjorde det. Irab kaklet kaldt. "Stanser blodet gjør
det, rensker såret. "
Deretter halte hun frem nål og tråd fra gudene alene visste hvor og
begynte å sy begge sårene han hadde. Janrem hulket og prøvde å
ligge stille men det var ikke lett. Alt svingte og han var så slapp og
kvalm og det dundret i armen også. Bruddet var stygt, det trengte
han ikke se for å vite. Irab var ferdig med å sy og klinte noe annet
på sårene, det sved som helvete selv og Janrem skulle ønske han var
bevisstløs, det var for jævlig. Irab kaklet for seg selv, halte frem
bandasjer fra under benken og fort ble han pakket inn temmelig
brutalt men kyndig. Janrem visste at Irab kunne være mild om hun

ønsket det, det var henne jentene på de lokale husene kom til når de trengte hjelp til å bli kvitt resultatene av yrket de drev med. Irab kunne fjerne gryende liv uten at moren strøk med av det og også de sykdommene jentene uavergelig pådro seg. Hun var dyktig men farlig på sitt vis, andre steder ville hun nok ha blitt brent som heks. Irab snudde ham over på siden, betraktet armen hans med smale øyne og Janrem var tørr i munnen av angst og pine. Han visste at det verste kom nå. Irab nølte ikke, hun grep handa hans og satte en fot mot armhulen på ham, trakk til brått og hardt og Janrem så hvordan gnister danset for blikket på ham i det hun halte de brukne beinendene tilbake dit de skulle være. Han peste som en sprengt hest mens Irab fort spjelket armen og bandasjerte den. Det var så vondt at tårene rant uhemmet og han skalv som et aspeløv fra topp til tå.

Irab klasket til ham, nesten lekent. "Såda gutt, ta deg sammen. Du sutrer som et kvinnfolk i barsel gjør du. La meg gjette, du har endelig terget lauget nok til at de vil bli kvitt deg?"

Janrem bare lukket øynene og nikket, han var på grensen til å svime av. Irab gikk bort til et bord og halte frem en vinflaske, trakk ut korken med de tannløse gommene og helte i et alt annet enn rent krus. "Her gutt, drikk. Du har mistet mye blod men du vil greie deg. Jeg vil sørge for at de ikke finner deg, de svina fortjener å smake egen medisin for en gangs skyld. "

Janrem tok i mot kruset med en skjelvende hånd og tømte det. Det var god vin og han lente seg tungt mot veggen og stønnet hult. Irab så granskende på ham. "Går nok noen dager før du kan gjøre noe som helst igjen gutt, vet du hvorfor de kom etter deg?"

Janrem kremtet og prøvde å slappe av, det var ikke lett nå. "Jeg vet noe jeg ikke burde vite!"

Irab så skrått på ham, det var noe kaldt i det skjeve gliset. "Aha, vel, du er ikke den eneste de har ekspedert som følge av litt for mye kunnskap. De trodde de kunne ekspedere meg men der tok de grundig feil. "

Janrem måtte smile svakt, gjett om de hadde bommet der ja. Han åpnet ikke øynene men tvang seg til å sitte oppreist. "Når jeg blir bedre trenger jeg pergament, papir og blekk, jeg må skrive et brev, et veldig viktig brev. "

Irab så forskende på ham. "Hvor viktig da?"

Janrem svelget krampaktig. "Så viktig at det kan berge et kongerike"

Inne i åsene nord for Steinneven sto skogen tett, dette var et område som var dekket med eldgammel eikeskog og det bodde mye folk der i små landsbyer. De fleste brødfødde seg ved å plukke nøtter og selge dem eller ved å garve skinn. Noen av landsbyene var lettere å finne ved og følte nesa enn ved å følge veien. Orkene hadde kommet denne veien, det var en stor styrke som hadde fulgt en av de generalene Obrauch hadde utnevnt og de hadde ikke etterlatt noen levende der. De hadde rast gjennom det småkuperte skoglandet som en ildebrann og nå var de snart ved grensen til slettene som ledet frem mot byen. Der ville de slå seg sammen med sine brødre fra de andre gruppene og så ville snart hevnen deres være fullbyrdet. Orkene hadde slått leir for natten i en liten dalgang, den fulgte foten av det eneste fjellet i området, en furet forblåst knaus som strakte seg noen få hundre fot opp fra åsene. Nå lyste bålene opp i nattemørket og rop og latter fylte luften. Orkene åt og koste seg og for dem var dette rene skjære drømmen. De fikk endelig gjøre som de ønsket og lystet og mange av ropene var hyllninger til den store Obrauch. De merket ikke at de ble betraktet nærmest fra oven. Fjellet hadde svært bratte sider akkurat der og oppe på en hylle satt en skikkelse sammen krøket og stirret ned på ilden med rødgylne øyne som virket for å speile ilden på en merkelig måte.

Han hadde sittet der siden kvelden før og de følsomme ørene hadde fanget opp mye av hva orkene snakket om. Han skar tenner og undret seg på om han skulle skifte skikkelse og bare svi av hele banden der og da. Han kunne lett gjøre det og det ville spare byen for noen hundre motstandere men det ville også være å røpe seg. Og han visste at Elywen ikke ville like det. Han var et våpen de ikke ville avsløre før de måtte. Dessuten, å svi av en slik gruppe gjorde lite forskjell, det var når alle orkene var samlet at det lønte seg å slå til. Dette var snaut nok en forrett.

Elywen hadde informert ham om problemet telepatisk og han hadde bestemt seg for å reise dit før dem og rekognosere litt og det han hadde sett hadde fått selv ham til å reagere. Disse skapningene måtte stanses, for enhver pris. Det var som om en slags galskap drev dem, en form for religiøst hysteri som fjernet enhver tvil og enhver tanke evne de måtte ha eid. Det var skremmende og Ghuad freste for seg selv der han satt. Som svart drage var det lite som kunne stå seg mot ham og overleve og han var sterkt fristet til å gjøre litt skadeverk nå men holdt seg i skinnet for Elywens skyld. Han skulle vite og bite fra seg når tiden kom, inntil da spionerte han og samlet informasjon og om en eller annen uheldig ork oppdaget ham, vel, han trengte jo alltids litt trening.

Arendt satt og leste over dagens rapport fra Ychmal da det banket diskret på døra, han sukket men ropte kom inn og en svært tynn kortvokst kar med temmelig tynn hårvekst kom inn, han bukket kort og Arendt sukket enda en gang og så skjevt på mannen. Ingen som så Ranfrey av Osholdar kunne tro at han var en av lederne i lauget. Han så ut som en stakkars utsultet familiefar med atten unger og lite arbeide. Men utseendet bedro, Ranfrey var meget dyktig og han var ikke en slik person som lot følelser eller andre hensyn løpe av med seg. Han og hans likestilte styrte lauget kaldt og klinisk og uten tanke for annet enn suksess. Det var derfor litt uvirkelig å se at han var lett blek og hadde noen rynker i pannen han vanligvis ikke hadde. Arendt så skarpt på mannen som svelget og virket ukomfortabel.

"Så, hva gjør du her nå?"

Ranfrey så strakt på ham, han hadde da i det minste stolthet i mengder. "Vi feilet, vi fant mannen vi tror stjal kartet men vi fikk ikke livet av ham, og nå er han borte vekk. "

Arendt rykket til, han for opp av stolen og snerret nesten til den vesle magre karen. "Borte vekk?! Og dere skal være de beste?"

Ranfrey nikket kaldt. "Vi er de beste, det er bare et tidsspørsmål før mennene våre finner ham. "

Arendt så smalt på Ranfrey. "Og dere er sikre på at det er riktig person?"

Den vesle mannen nikket kort. "Ingen tvil, han er den eneste her som kan måle seg med oss. "

Han holdt klokelig kjeft om at Janrem flere ganger hadde vist seg å være hakket bedre enn medlemmene av lauget.

Arendt krøllet arket han holdt i hendene, han tvang seg til å puste rolig. De var så nære nå, så fort byen var beleiret og ingen kunne slippe vekk skulle han og hans medsammensvorne unnslippe og søke det som var rettelig deres og når orkene var nedkjempet, om de ble nedkjempet, ville de sitte med det som ville gi dem all makt der. "Greit, dere fortsetter å lete, og drep enhver som kan tenkes å ha snakket med ham. Det må ikke spres, ingen andre må vite om kartet. "

Ranfrey bare smilte servilt og slo hælene sammen før han snudde og gikk ut. Han spilte servil og var god til det også men egentlig hadde han mest av alt lyst til og kald kvele den arrogante adelsmannen. Han skjønte såpass at disse konspiratørene hadde enn stor finger med i spillet når det gjaldt krigen som var i gang og byen var i fare. Hva en enn mente om lauget, de var patrioter så gode som noen. Byen var deres hjem, deres sikre hule og kilde til inntekt og makt. Krigen ville tappe også lauget for menn og ressurser og han kunne ikke nekte for at han var fristet til å begå et lite mord ekstra, uten å kreve noe betalt for det. Det ville gavne dem selv og det ikke så rent lite heller. Arendt hadde betalt godt for å få styre hans avdeling av lauget, og Ranfrey hadde ikke forespurt seg hos de andre lederne. Dette gikk i hans egne lommer, og i lommene til et par av de andre lederne som ikke kunne holdes utenfor. Folkene hans hadde vært mer enn villige til å gjøre det han ba dem om og holde kjeft om det og han hadde ikke trodd at Arendt hadde kunnet være så dum at han satte selve byen i fare.

Arendt så at Ranfrey gikk og han satte seg igjen, betraktet kartet over riket som han hadde spredt ut på bordet foran seg. Det viste området der Ychmal mente at skatten kunne være og det virket meget fornuftig. Det var uveisomt, fjernt fra byen og temmelig lite kjent og bedre enda, det gikk mange sagn om at skattens forrige eier hadde hatt en borg der en gang i tiden. Det stemte nok men han var sikker på at Ychmal prøvde å narre dem hva den eksakte lokaliteten gjaldt, det var nok riktig område men han ville trenge sterkere lut for å tvinge sannheten ut av den gamle vismannen. Han gliste for seg selv, hans slekt hadde vært mektige i mange generasjoner og de hadde samlet på en del gamle gjenstander som Ychmal skulle likt å slå kloa i. En av Arendts gamle forfedre hadde vært magiker og det var via hans nedtegnelser at Arendt først hadde blitt klar over skatten og hva den kunne gjøre. Og ideen hadde aldri sluppet taket i ham, den hadde grodd og blitt sterk og han hadde brukt år av sitt liv på å lete etter sammenhengen, etter det som ville vise dem veien. Arendt var kanskje fanatisk men ikke til den grad at han ikke kunne tenke selv, han hadde forutsett at Ychmal kanskje ville prøve å lure dem og en av gjenstandene Arendts forfedre hadde tatt vare på var i stand til å få sannheten ut av selv de mest sta personer. Han så nesten frem til å bruke den på den sta gamle knarken, se motstanden ramle i grus. De trengte tross alt ikke Ychmal når de visste hvor skatten var gjemt og Arendt var fast bestemt på at vitenen om den skulle holdes hemmelig til de allerede hadde funnet den. Hans medsammensvorne var nødvendige for å skaffe det han trengte men også de kunne ofres om nødvendig. Han hadde en liten drøm om og en dag kunne titulere seg selv som kong Arendt.

Alima hadde sovnet og hun drømte ikke engang denne natten, hun var sliten på grunn av engstelsen for hennes sønner og hun ble grundig forvirret da hun hørte banking på døren og så at det fremdeles var mørkt utenfor. Hun hørte på bankingen at det måtte være noe galt og hun ristet på hodet for å klarne det, hun følte seg temmelig forvirret men skrekk gled sakte inn i sinnet, var det noe med guttene?
Hun fikk på seg en morgenkåpe og løp til døren, åpnet den engstelig. Det var Ilvars guvernante som sto der og kvinnen var blek

og kledd som henne i bare nattkjole og morgenkåpe, håret hang ugredd nedover ryggen på henne og hun var barbeint. "Min frue, du må komme fort, Ilvar er syk!"

Alima ble ikke så engstelig med en gang, det skjedde ofte at barn ble syke og sjelden var det særlig alvorlig men hun fikk på seg sko og gikk etter guvernanten som raste gjennom gangene med en bemerkelsesverdig fart til å være godt oppe i årene.

Ilvars rom lå et stykke unna de kongelige gemakkene siden han var et barn og ikke i arverekken og det var stort og vakkert med mye luksus. Alima så at flere av barnepikene var der og de virket svær urolige og hun fulgte guvernanten bort til barnets seng. Ilvar lå der badet i svette og jamret seg uopphørlig og hun kjente at en ny angst brått raste gjennom henne. Hun hikstet og seg på kne ved siden av den vakre lille sengen, la handa på Ilvars glatte panne. Barnet brant formelig og hun forsto at dette var mer enn vanlig mageknip, dette var farlig. Ilvar skalv og ristet og guvernanten så på henne med tårer i øynene. "Jeg klarer ikke å vekke ham, hva skal vi gjøre frue?"

Alima svelget hardt, det rev henne like inn i sjelen å se det kjære barnet lide og hun måtte samle seg før hun kunne tenke klart.

"Elish, gå til hoffmedikus og be ham komme med en gang. Si at det er alvorlig!"

Barnepiken neide raskt og løp av gårde, i bare nattserken sin.

Guvernanten knelte ved siden av Alima og tok Ilvars vesle hånd.

"Ved alt hellig frue, hva feiler det ham?"

Alima svelget hardt. "Når merket du det?"

Guvernanten så skremt ut. "For bare litt siden, han var helt frisk da han la seg, like vanskelig å få til å gå til ro som vanlig"

Alima måtte smile et øyeblikk, å få Ilvar i seng om kvelden kunne være en sann prøvelse for gutten hadde enormt med energi og brukte sjelden alt i løpet av en dag. Ilvar jamret seg igjen, kroppen ristet og Alima begynte å tro at han hadde en eller annen form for anfall. Hun visste at barn kunne få fallesyken men det lignet ikke denne fryktede tilstanden. De fikk ikke feber, og det varte sjelden mer enn noen korte minutter før de var helt normale igjen. Og Ilvar var kvart alv, alver får ikke den slags problemer og selv med så mye menneskeblod ville alveblodet i ham beskytte ham mot det aller meste.

Det gikk noen minutter, så kom Elish tilbake med hoffets medikus, en kar i femti årene som var kjent for å være en uvanlig dyktig lege og også et svært vennlig og omtenksomt menneske. Noen leger gikk rundt og trodde at de hadde større kunnskap om hva pasienten følte enn pasienten selv men Oldthak var ikke slik. Alima neide fort for ham og legen satte fra seg den store kofferten ved siden av senga. Han hadde sikkert sovet for han var i nattskjorta og hadde en lue på hodet og så temmelig merkelig ut ved tanke på at han normalt sett aldri viste seg uten sin verdige svarte og hvite uniform. Oldthak la en hånd på Ilvars kinn, følte fort på pulsen og pusten, ristet i barnet. Alima så på legens uttrykk at han ikke likte dette og hun sank sammen på kne på golvet, hjertet hamret i henne av engstelse og fortvilelse., Det kunne bare ikke skje det kjære barnet noe galt. Skjebnen kunne da ikke være så grusom? Og hun bet tennene hardt sammen ved tanken på at Duchlain ikke var der nå. Hvordan ville han ta nyheten om det verste skjedde? Ilvar var hele hans verden, hele hans liv.

Alima bare satt der mens Oldthak undersøkte gutten og stilte barnepikene spørsmål om alt fra avføring og urinering til uvanlig oppførsel. Ingen kunne rapportere noe annet enn det vanlige og den gråhårete legen så mer og mer bekymret ut. Ilvar stønnet og jamret seg og hadde tydelige smerter og han svettet som et dyr samtidig som at han ikke lot seg vekke. Alima ønsket at hun kunne be om hjelp, men gudene hjalp en neppe i slike tilfeller. Oldthak så fort på guvernanten. "Send en av jentene hjem til meg, be henne hente min lærling og be ham ta med alle medisinene i den røde kassen, han vet hvilken hun mener da. Og be ham være rask!"

Guvernanten sendte en av kammertjenerinnene av gårde og Alima så bedende på legen som sjekket guttens reflekser og kjente på magen hans. "Hva kan det være?"

Oldthak så smalt på henne. "Jeg vet ikke, jeg har aldri sett slike reaksjoner på noen sykdom jeg kjenner til. Dette forstår jeg ikke, han brenner snart opp, den feberen er livsfarlig. "

Han snudde seg mot guvernanten igjen. "Fyll et badekar med kaldt vann, og legg laken i det. Vi må kjøle ham ned!"

Alima så at kvinnene skyndte seg å gjøre som de fikk beskjed om, Oldthak sto og tok guttens puls og han virket oppriktig bekymret. "Han prøver å kjempe mot det, hva det enn er. Spørsmålet er om han er sterk nok!"

Alima lukket øynene og kunne ikke bære seg for å håpe at styrken han hadde arvet fra henne ville være nok. Alver var motstandsdyktige mot de fleste sykdommer og tålte det utroligste i forhold til et fullblods menneske. Men hun husket at Alyssa hadde vært skrøpelig og enten det var reelt eller bare påtatt så var det en faktor en måtte ta med i betraktningen. Oldthak åpnet kofferten han hadde hatt med, hentet frem flere gjenstander som fikk Alima til å se skremt på ham. Oldthak kikket fort på den skremte alvekvinnen. "Ta det med ro frue, jeg er ikke av disse forbannede kvakksalverne som bruker årelating som medisin mot alt mellom himmel og jord. Eller igler, jeg har sett pasienter forblø på grunn av at de hadde blitt nesten dekket av de motbydelige krekene. Noen såkalte leger klarer ikke å begrense seg!"

Alima bare nikket, Ilvar skalv igjen, den vesle kroppen ristet så senga skalv og det kom noen motbydelige gurglelyder fra ham som fikk et par av barnepikene til å jamre seg og snu seg rundt i avsky og fortvilelse. Badekaret var fylt nå og Oldthak og Alima løftet det bevisstløse barnet opp i karet, støttet hodet hans mellom våte puter og la våte kalde laken rundt den ristende kroppen. Han så så skrekkelig sårbar ut der han lå, som noe hva som helst kunne skade og Alima vred hendene og hikstet medfølende. Oldthak kjente på barnets panne. "For høy temperatur kan skade hjernen, vi kan bare håpe at gutten tåler dette. "

Oldthaks lærling kom løpende, han hadde en rød kasse under armen og var påkledd. Han bar også Oldthaks uniform og den aldrende legen hev på seg klærne mens lærlingen åpnet esken og tok ut diverse ting. Det var små flasker og krukker og instrumenter Alima aldri hadde sett før. Oldthak mumlet mens han gikk gjennom samlingen og lærlingen sto der og så perpleks og nervøs ut. Det var

tydelig at gutten ikke hadde sett noe slikt før. Ilvar skrek ut, kroppen rykket til og Oldthak bannet og grep gutten så ikke hodet hans havnet under vann. Det virket brått for at krampene ble sterkere.
Alima så vantro på ham. "Er det vannet som gjør det?"
Oldthak ristet på hodet. "Nei, hva det enn er som feiler ham, han taper kampen!"
Oldthak grep en slags sprøyte og satte på en svært tynn nål, så fylte han den med en lyserød væske fra en liten flaske og litt blankt væske fra en slags ampulle. Han injiserte det i barnet og blikket hans fortalte henne at han virkelig ikke forsto dette. "Dette vil gjøre krampene svakere og dempe smertene"
Alima bare nikket og Oldthak svelget hardt. "Jeg vet at Duchlain ikke er her, men vår konge bør få vite om det. Jeg skal være ærlig frue, jeg frykter for barnets liv!"
Alima gispet og kjente at beina ikke kunne bære henne, å miste Ilvar var utenkelig, han var da bare et barn? Hun kunne til nød forestille seg å miste en av sønnene, men de var menn! De kjempet og forlot slottet og møtte farer og de visste hva de gikk til. Men et barn?
Hun hulket og vinket på guvernanten. "Onthina, gå til min herre og fortell ham om dette, gå nå!"
Alima visste at hun ville trenge Corats styrke for å klare dette, men det ville tynge også ham og tynge ham mye. De elsket alle det livlige barnet og tanken på å miste ham var som en dolk i brystet.
Alima klamret seg til kanten av badekaret og så at krampene var blitt svakere og pusten var roligere. Kanskje kunne Oldthak virkelig berge ham?
Lærlingen sto der og så redd ut og Oldthak vinket på ham. "Ermhid, du kan sette vann til kok på peisen der, ordne en hvit duk til bordet der og legg ut alle instrumentene i tilfelle vi må ty til kirurgi her. Jeg håper ved gudene at vi slipper. "
Ermhid nikket bare og gikk til aksjon med stor iver og dyktighet og Oldthak tok pulsen til gutten igjen før han helte i ham flere væsker gjennom en slange han førte ned i magen på barnet. Oldthak virket svært moderne i sine metoder og Alima var glad for det. Noen leger

stilte diagnosen ved å se i innvollene til dyr eller ved å lese stjernene og de greide sjelden å kurere noe annet enn innbilte plager.

Corat kom løpende en halv time senere, mannen var blek og Oldthak satte ham fort inn i situasjonen. Alima omfavnet Corat hardt og han hvisket beroligende ned i håret hennes men hun sanset godt hvor engstelig også han var blitt. Ilvar var det eneste av hans barnebarn som bodde der i palasset og han var svært knyttet til gutten.

Oldthak satt der og passet på som en smed, natten seg sakte fremover mot dag og det virket ikke for at situasjonen endret seg. Krampene var ikke så sterke lenger og gutten jamret seg heller ikke så Alima hadde begynt å få et stille håp om at det ville gå den rette veien. Hun satt der på en sofa lent mot Corat som halvsov da Oldthak brått rykket til og bannet hest. Alima løftet hodet og rakk å se at vannet var blitt rødt av blod før legen og lærlingen løftet barnet ut av vannet og hev ham opp på bordet med en tydelig desperasjon. Alima skrek nesten og Corat grep henne, tvang henne til å sitte.

Hun så ikke hvor blodet kom fra og ble nesten hysterisk og Oldthak så fortvilet mot dem. "Han har blodig diare, det er noe innvortes i ham. "

Corat bet tennene sammen. "Aner du hva det kan være?"

Oldthak ristet på hodet. "Nei, og jeg kan ikke bare åpne ham heller, ikke når barnet er i denne tilstanden. Det vil drepe ham."

Legen fant frem noen nye remedier, lyttet på magen med et slags rør og førte til og med en finger opp bak på barnet. Lærlingen så blek ut og Oldthak hveste små ordre til ham. De to jobbet intensivt, koblet en nål til armen på barnet og festet en tynn slange til den, i andre enden festet de en krukke med en slags klar væske. Oldthak banket varsomt på guttens mage og så forvirret ut. "Jeg aner ikke hva det er, men han blør så helt tydelig i magen et sted. Jeg fatter ikke hvorfor?"

Han snudde seg fort mot barnepikene. "Han kan ikke ha stappet noe i munnen i løpet av dagen, noe ufordøyelig?"

Barnepikene ristet på hodet samtidig. "Nei herre, vi har overvåket alt han har gjort. "

Oldthak tenkte tydelig så hardt han kunne. "Han har ikke spist noe uvanlig, noe han aldri har rørt før?"

Alima rynket pannen. "Han spiste en frukt før i ettermiddag, en av de brune rare som Alderim er så glad i. Ved rådsmøtet?"

Oldthak knipset på ene barnepiken. "Hent en slik, vis meg dem!"

Jenta raste ut og Alima så forvirret på legen. "Kan det ha noe å si? En frukt?"

Oldthak nikket stramt. "Noen personer kan ha en overfølsomhet for visse matvarer. Det er noen som blir meget syke av melk, andre tåler ikke nøtter uten å svulme opp og potensielt dø av det. Om disse fruktene er slike at noen ikke tåler dem kan det være hva som feiler barnet. "

Corat så segneferdig ut og Alima strøk ham trøstende over kinnet. "Alderim får dem hentet fra kysten, de gror på noen øyer lengre vest. Jeg kan ikke fordra dem men han elsker dem. Gutten har merkelig smak!"

Oldthak nikket bare og tok Ilvars puls igjen, så betenkt ut. "Hjertet hans slår så sakte, det er merkelig ved tanke på blodtapet. Det stemmer slettes ikke, jeg forstår ikke dette!"

Barnepiken kom styrtende tilbake, hun hadde like godt tatt med seg hele fruktbollen og snublet nesten i teppet i det hun kom heseblesende inn i rommet. Hun var rød i ansiktet og måtte ha løpt som en gal for hun pustet som en blåsebelg og svetten rant av henne.

Oldthak tok en av de brune fruktene, snuste på den og klemte på den. Alima kjente på den litt stramme lukten at de ikke var helt modne ennå. Corat så spent på Oldthak som tok en kniv og kløvet ene frukten i to. kjøttet var hvitt og fast og det var en stor svart stein i midten av frukten. Alima hadde aldri smakt på dem og syntes lukten av dem var avskyelig. Oldthak snuste nøyere på kjøttet, skar en liten bit av det og smakte fort på den før han spyttet det ut. Han skrelte av det tykke gummiaktige skallet på frukten og betraktet den nøye før han gjorde det samme med en til. Corat så bare forvirret på legen som ristet på hodet. "Jeg tror ingen vil reagere på disse slik Ilvar har gjort det. Noe annet er feil. "

Han skrellet en frukt til og nå rykket han fort til og vinket lærlingen til seg, holdt frukten oppe. "Ser du hva jeg ser?"

Corat kom seg på beina, gikk bort til de to. "Hva? Hva er det dere ser?"

Legen holdt frukten frem for kongen og Corat gispet lavt, det hvite fruktkjøttet hadde fått en merkelig gråaktig farge i et lite område og lukten var svakt syrlig og ikke som den skulle være. "Ved gudene, hva er det?"

Oldthak satte seg i en stol, tørket seg over pannen. Ute var det høylys dag nå, Alima hadde ikke merket seg med det før nå. Tiden hadde liksom ikke betydd noe. Legen sukket og så med triste øye på Alima. "Jeg har vært en tosk, en forbannet idiot. Jeg har glemt en svært viktig ting for en lege, å se på pasientens familie like mye som pasienten selv. "

Alima fuktet leppene forvirret. "Hva mener du?"

Oldthak sukket tungt og støttet hodet i armene. "Ilvar er ikke menneske, ikke fullt og helt. Han er sterkere enn et vanlig menneskebarn. Men ikke så sterk som en fullblods alv"

Oldthak gjemte ansiktet i hendene. "Der gjorde jeg min feil. Hadde gutten vært menneske ville han allerede nå vært død, hadde han vært fullblods som du frue ville han knapt ha merket noe. "

Corat så forvirret på legen og på frukten han ennå hadde i handa. "Hva mener du Oldthak?"

Legen tok frukten og kastet den inn i ilden med et fnys. "Gift mine herskaper, frukten var forgiftet! Og jeg tror ikke at den giften var ment for Ilvar!"

Corat gispet og ravet bakover, øynene hans ble enorme. "Alderim!"

Alima grep ham i armen, ristet ham. "Send en av jentene til ham, be ham holde seg langt unna de fruktene!"

Corat spant rundt og fikk ene tjenestejenta til å løpe, så sank han sammen på sofaen. "Ved gudene, et giftmord! Hvem kan ha tanker om slikt?"

Alima svelget hardt. "Oldthak, har Ilvar en sjanse?"

Legen så snaut på henne, han stakk barnet i handa, dro ut litt blod og helte det på en plate. Deretter helte han på noen dråper med en

284

blålig væske og så avventende ned på reaksjonen. Den var brå, blodet koagulerte i løpet av noen brøkdels sekunder og ble en geleaktig masse. Han sank liksom sammen. "Nei Alima, han har ikke en sjanse. Alveblodet i ham har holdt ham i live til nå men det vil ikke vare. Giften har allerede begynt å bryte ned de indre organene hans. Se bare her!"

Han trakk lakenet til side og de så at magen til barnet nå var full av mørke flekker som lignet blåmerker. Alima kjente at det svimlet for henne, hun greide snaut stå på beina og Corat grep henne fortvilet og desperat. "Den skyldige skal få svi for dette, ved alle ting hellig, jeg sverger det!"

Alima hulket bare. "Om den skyldige i det hele tatt kan finnes!"

Corat så brått forferdelig ut, øynene skjøt lyn og huden i ansiktet var rød. "Jeg skal finne ham, om det blir det siste jeg gjør! Bare slottets egne folk vet om Alderims kjærlighet for disse fruktene. Jeg skal sette mine beste menn på saken!"

Alima greide ikke svare, tårene bare rant og hun ante ikke hva hun skulle si. Oldthak sto og så ned i golvet med slagen mine. "Jeg beklager, kun gudene kan hjelpe dette barnet nå. Han er døende!"

Corat rensket stemmen, den skalv betydelig. "Lider han?"

Oldthak ristet på hodet. "Nei, han er langt vekk allerede, sjelen er nesten fri. Han føler ingen smerte der han er nå. "

Lærlingen sto der og gråt og barnepikene holdt det svare hylekor bakerst i rommet, guvernanten hadde ramlet sammen på golvet og skrek så hun ristet og Alima følte at hun var nære ved å bli like hysterisk selv. Oldthak kjente på barnets puls. "Giften gir langsom puls, jeg skulle skjønt det før men han er jo bare et barn, ingen vil da tenke på å myrde et barn. Men når giften var ment for en annen er saken også annerledes. Han har kanskje en time til, neppe mer!"

Alima skrek, et langt sorgfylt ul som fikk Corat til å gripe henne som i desperasjon. Det kunne ikke være sant, det fikk ikke være sant. Det var umulig! Corat hulket lavt og gjemte ansiktet mot håret hennes. "Vår arme sønn, vår arme arme sønn, hvordan skal vi kunne fortelle ham om dette?"

Alima bare hang i armene hans, for fortvilet til og engang å tenke. Corat bar henne bort på sofaen igjen, tvang henne ned. Han ropte på flere tjenere og begynte gråtkvalt å gi ordre, ting måtte ordnes og advarsler gis. Heretter måtte noen smake på all mat de kongelige fikk.

Ute var det strålende solskinn nå og Alima hørte at noen snakket muntert sammen der ute, lo. Hun skrek igjen, og Corat løftet henne opp, bar henne tilbake til hennes kammers mens hun hylte og slo og sparket. Sorgen var så sønderrivende at selv ikke den pinen det var å føde kunne sammenlignes med dette. Oldthak kom og helte i henne noe beroligende og hun gled inn i en merkelig halv våken tilstand. Den siste tanken hun hadde før hun svimte av var rettet mot Duchlain. Hun prøvde å sende ham all sin medfølelse og all sin styrke. Han ville trenge den nå, i møte med slik sorg.

Ilvar trakk sitt siste sukk da sola nådde senit den dagen, noen få minutter senere gikk en svartkledd mann ut på muren rundt palasset og han tok langsomme nesten vaklende steg bort til en stor gongong som sto plassert midt foran palassets kuppel. Mannen ventet et par minutter, så løftet han en stor klubbe og begynte å slå. Lyden var voldsom, harde smell som i seg selv bar bud om ond skjebne. I byen under stilnet bråket, folk så opp med forvirring og engstelse. Gongongen ble bare brukt om en kongelig person var gått bort og de visste da ikke om at noen var syke nå? På slottets flaggstenger ble de svarte sørgevimplene heist og snart spredte budet seg over byen. Et barn var dødt, et uskyldig barn hadde falt offer for den skjendigste av alle forbrytelser og folket reagerte med vantro, sorg og et gryende sinne. Hvem, ved alle uhellige guder, var så utrolig ondsinnet å gjøre noe slikt når situasjonen var som den var. I folket kokte vreden og sakte smeltet den folkehavet sammen til en helhet, som en smed forener biter av stål til et redskap. Ilvar ble et symbol for alle de som hadde mistet alt og hans ukjente banemann den som bar ansiktet til de som sto bak. Steinneven rustet seg til kamp og dens velde hadde aldri vært større, ei heller dens vrede.

www.ingramcontent.com/pod-product-compliance
Lightning Source LLC
Chambersburg PA
CBHW070445030726
47503CB00004B/898